Paradiesgrün

The air we breathe

A. A. Ida May

Impressum
A. A. Ida May
c/o Fakriro GbR / Impressumservice
Bodenfeldstr. 9
91438 Bad Windsheim

ISBN: 978-3-9824676-1-0

Covergestaltung: Constanze Kramer,
www.coverboutique.de
Bildnachweise: ©Roberto, ©AB Photography, ©kume 111000 – stock.adobe.com; tomert – depositphotos.de

Kapitel 1

Das Ticken des Zeigers dröhnte in Jaras Kopf und riss sie aus ihren Gedanken. Sie kaute auf ihrem Stift, als ihr Blick auf die Wanduhr fiel. Es war kurz nach acht und sie war bereits eine halbe Stunde zu spät.

„Verdammt schon wieder."

Sie wollte den Fallbericht unbedingt noch durcharbeiten. Mit dem Gefühl irgendetwas übersehen zu haben, blätterte sie die Seiten vor und zurück, wobei ihre Haarsträhne bei jedem Luftzug wild tänzelte.

Nervös klopfte sie mit dem Stift auf die Akte, so als ob die Zeilen ihr eine Lösung oder ein verstecktes Türchen zeigen könnten. Mit einem Seufzen stieß sie sich schließlich vom Bürotisch ab, packte ihre Tasche und verließ die Kanzlei.

Vor zwei Jahren hatte sie ihr Studium zur Anwältin abgeschlossen und war seitdem gefühlt, nicht mehr aus dem Büro gekommen. Für ihr Studium hatte sich Jara damals entschieden um etwas bewegen zu können. Menschen und vor allem die Umwelt müssen schließlich geschützt werden.

Wie ein Mantel umhüllte die kalte, feuchte Luft der Herbstnacht Jara, als sie aus dem Haupteingang des Bürokomplexes trat. Laub lag auf den Wegen und schimmerte im Licht der Laternen. Nebelschlieren zogen sich entlang der Straßen.

Wie sie die kurzen Tage hasste, der Herbst war definitiv nicht ihre Jahreszeit.

Aus ihrer Manteltasche summte rhythmische Musik. Sie fischte ihr blinkendes Telefon heraus und ging ran.

„Ich bin auf dem Weg."

„Wo steckst du?“, quietschte es aus dem Telefon.
„Sozusagen gleich da.“, log sie. „Gib mir noch zehn Minuten.“
„Beeil dich, sonst müssen wir ohne dich anfangen, wir verhungern!“

Mit ordentlicher Verspätung öffnete sie die Türe des kleinen Restaurants. Beim Anblick ihrer Freunde musste sie automatisch lächeln.

Einmal die Woche trafen sie sich am Stammtisch ihres Lieblingsitalieners. Dieses Mal hatten sie ihr Treffen etwas vorgezogen, denn bereits am darauffolgenden Tag würde Jara im Flugzeug nach Brasilien sitzen, um nach langer Zeit ihre Großmutter zu besuchen.

Kapitel 2

Am nächsten Morgen wurde Jara von ihren Eltern abgeholt, um sie zum Flughafen zu bringen. Regen prasselte gegen die Autoscheibe. Die kleinen Tropfen zogen Linien hinter sich her, bis sie schließlich im Nirgendwo verschwanden.

Ihr Kopf lehnte nachdenklich an der Scheibe. Bei jedem Atemzug beschlug ein wenig das kalte Glas.

„Hast du die Schokolade eingepackt?", fragte ihre Mutter.

Jaras Gedanken waren bereits in Brasilien. Seit sie denken konnte, besuchte sie ihre Großmutter dort jedes Jahr.

Früher hatte sie die Sommerferien bei ihr verbracht, später dann die Semesterferien. Seit sie ihr Studium vor zwei Jahren beendete und anschließend begonnen hatte in der Kanzlei zu arbeiten, war sie leider nicht mehr da gewesen. Sie vermisste ihre Großmutter, und sie vermisste Brasilien.

„Ja, habe ich Mama.", antwortete sie schließlich.

„Du weißt doch, wie sehr Oma Schokolade liebt, sie wird sich riesig freuen."

„Hast du dein Pfefferspray eingepackt? Ich meine das Neue, das ich dir letzte Woche mitgebracht habe?"

„Natürlich Papa."

„Wer weiß, ob das von letztem Jahr noch richtig funktioniert."

„Papa, auch Brasilien ist im einundzwanzigsten Jahrhundert angekommen und deine Tochter erwachsen. Ich kann sehr gut auf mich selbst aufpassen."

Ihr Vater hob eine Augenbraue und blickte sie über den Rückspiegel vorwurfsvoll an.

„Soll ich dich an ...“

„Nein, schon gut.“, schnitt sie ihm das Wort ab. An den Vorfall beim Marathon, den die Stadt jeden Frühling veranstaltete, wollte sie nicht erinnert werden.

„Ich werde aufpassen.“

Ihr Vater folgte der Beschilderung, fuhr in Richtung Abflugterminal, hielt schließlich vor den großen gläsernen Schiebetüren und stellte den Motor des Wagens ab. Jara stieg aus und verabschiedete sich.

„Pass auf dich auf!“, sagte ihre Mutter und drückte sie fest an sich.

„Mach ich Mama.“

„Und Jara!“ Ihr Vater holte ihren Koffer aus dem Kofferraum und reichte ihn ihr.

„Ja Papa, ich weiß, sobald es dunkel wird, bleibe ich zu Hause bei Omi.“

„Gut Kleines.“ Mit diesen Worten nahm auch ihr Vater sie in den Arm, ließ sie gleich darauf wieder los und deutete ihrer Mutter an wieder in den Wagen zu steigen.

Jara schmunzelte und winkte ihren Eltern nochmal, kurz bevor sie den Flughafen betrat.

Kapitel 3

Schon als sie noch ein Kind war, lösten Flughäfen bei ihr unheimlich aufregende Gefühle aus. Hier kamen die unterschiedlichsten Menschen zusammen oder mussten sich trennen. Hier endeten oder begannen die kleinen und großen Abenteuer des Lebens. Aufbruchsstimmung oder Heimkehr, gemischt mit dem Geruch von Kaffee , der in der Luft lag.

Nach etlichen Stunden Flug, den Jara komplett verschlafen hatte, landete sie schließlich in Rio. Wartend in der Reihe an der Passkontrolle, beobachtete sie die Menschen um sich herum. Frustriert blies sie sich eine Haarsträhne aus dem Gesicht. Mit den kurvigen Schönheiten Brasiliens konnte sie nicht mithalten, denn von ihrem brasilianischen Vater hatte sie nicht viel geerbt. Weder die vollen schwarzen Haare noch die karamellfarbene Haut.

Sie steckte sich selbst eher in die Schublade einer typischen deutschen Frau. Blaue Augen, schlanke Statur und helle Haare. Ganz die Mama, dachte sie. Nur ihr Temperament, ja, das hatte sie von ihrem Vater, die Entschlossenheit und zugegeben auch den Dickschädel.

Jara drängte sich durch die Menschenmenge. Sie hatte ihrer Großmutter nicht gesagt, wann sie landen würde, damit diese nicht den ganzen Weg mit dem Bus auf sich nahm, um sie abzuholen.

Ihre Großmutter war alt, aber sie hatte ihren eigenen Kopf, es war sehr schwer, ihr etwas auszureden.

Beim Verlassen des Flughafengebäudes wurde sie fast von der Hitze erschlagen und auch die hohe Luftfeuchtigkeit hüllte sie sofort ein.

Sie folgte den Schildern zum Busbahnhof. Ganz anders als im verregneten Deutschland war es hier warm und schwül. Sie liebte dieses Wetter.

Mit einem Lächeln fischte sie ihre Sonnenbrille aus ihrer Tasche. Als eine Hand sie an der Schulter hielt und sie sich erschrocken umdrehte, ließ sie die Brille fast fallen.

Vor ihr stand ein großer, sportlicher Mann mit einem breiten Grinsen.

„Ramon! Oh wow, was tust du denn hier?" Jara fiel Ramon um den Hals. Sie hatte ihn nun schon über zwei Jahre nicht mehr gesehen. Ramon war praktisch bei ihrer Großmutter aufgewachsen. Seine Mutter musste schon immer viel und lange arbeiten, um seine vier Geschwister und ihn durchzubringen. Seinen Vater hatte er nie kennengelernt und auch das Verhältnis zu seiner restlichen Familie war sehr angespannt. So wurden Jara und vor allem ihre Großmutter zu einem wichtigen Teil in Ramons Leben.

„Du dachtest doch nicht wirklich, dass Omi Avó und ich auf deinen Trick reinfallen und du plötzlich vor uns stehen kannst." Er lächelte und seine weißen Zähne blitzten auf.

„Aber woher weißt du…"

„Deine Mutter ist sehr auskunftsfreudig.", lachte er.

Sie rollte mit den Augen.

„Du hättest nicht extra herfahren müssen, ich hätte auch den Bus nehmen können."

„Ja, das hättest du, aber dann hätte ich dir nicht mein neues Auto zeigen können." Er schob sie in Richtung der Parkplätze.

Sie hatten sich viel zu erzählen und quasselten und gestikulierten wild umher. Schließlich griff Ramon nach seinem Autoschlüssel und ein kurzes Blinken und Hupen folgte.

Sie staunte nicht schlecht, als sie den nagelneuen Geländewagen vor sich erblickte.

„Ja, ich weiß, es ist etwas übertrieben, aber diesen Traum musste ich mir einfach erfüllen."

„Schon ok." Sie nahm ihn in den Schwitzkasten und zerzauste seine Haare. Das hasste er schon als Kind.

„Oh nein, Jara, lass das." Ramon befreite sich aus ihrem Griff.

„Na warte, bis wir zu Hause sind." Lachend stiegen beide ins Auto.

Kapitel 4

Als Jara am Morgen aufwachte, zog ihr der Geruch von frischem Kaffee in die Nase. Sie streckte sich in ihrem Bett und öffnete blinzelnd die Augen. Sie hatte wie ein Stein geschlafen. Nach ihrer gestrigen Ankunft hatten sie alle zusammen gegessen und bis in die Nacht hinein geredet. Ihre Großmutter hatte, wie erwartet, wieder einmal viel zu viel gekocht und alle Nachbarn eingeladen. Die Menschen hier nutzten jede Gelegenheit um ein kleines Fest zu feiern.

Ramon war noch spät abends zurückgefahren. Er wohnte nun in Rio.

Jara setzte sich im Bett auf und schaute aus dem Fenster. Müsste sie einen Ort auf Erden auswählen, an dem sie für immer blieb, dann wäre es hier. Das Haus und der große Garten ihrer Großmutter, das war ihr Paradies.

„Schätzchen, wo bleibst du? Der Kaffee wird noch kalt.“, rief ihre Großmutter aus der Küche.

Lächelnd schwang sie sich aus dem Bett, zog ein Shirt über den Kopf und schlüpfe in ihre Shorts.

Omi Avó stand in einem bunten Kleid und Schürze am Herd. Jara umarmte ihre Großmutter und drückte ihr einen Kuss auf die Wange.

„Omi Avó es riecht köstlich.“ Sie nahm sich die Tasse mit der dampfenden Flüssigkeit.

„Komm Kind, lass uns draußen frühstücken.“ Mit diesen Worten nahm sie das Tablett und verschwand durch die Terrassentür. Jara folgte ihr in den Garten.

Die Vögel zwitscherten und das Surren der Insekten erfüllte die Luft. Das Grundstück lag auf einer kleinen Anhöhe, halb vom Dschungel verschluckt und doch konnte man die Meeresbrise auf der Haut spüren.

Der Ozean war in Sichtweite und schien sich wie eine endlose Linie über den Horizont zu erstrecken. Der Garten war etwas Besonderes, es standen riesige Bäume darin und die verschiedensten Blumen und Pflanzen, die ihr Großvater damals aus dem Amazonas mitgebracht hatte. Unzählige Kolibris in den schillerndsten Farben surrten den ganzen Tag von Blüte zu Blüte.

Jara sah ihre Großmutter an. Das Gesicht, braun von der Sonne. Tiefe Falten hatten sich im Laufe ihres Lebens um Augen und Mund gebildet. Sie war eine starke Frau, schon immer. Mit großem Herz und viel Leidenschaft hatte sich Jaras Großmutter ihr Leben lang für ihre Mitmenschen eingesetzt und das in einem Land, in dem die Schere zwischen arm und reich immer größer wurde und Korruption an der Tagesordnung stand. Ihre Großmutter war damals der Anstoß gewesen, weshalb sie sich für das Jura Studium entschieden hatte.

„Ich habe dich so sehr vermisst Omi!“ Sie löffelte ihre Papaya und schielte zu ihrer Großmutter.

„Ich dich auch mein Kind. Du solltest nicht so viel arbeiten und mich wieder öfters besuchen.“ Ihre Großmutter nahm Jaras Gesicht in die Hände.

„Ach Omi hör schon auf, du hörst dich an wie Mama. Ich arbeite für eine gute Sache, es ist nicht zu viel.“

„Na gut na gut, ich will dir nichts vorschreiben. Mit deinem Dickkopf kann man dir sowieso nichts sagen.“, entgegnete sie schmunzelnd und hob die Hände.

Jara erschrak. Mit einem Mal landete flügelschlagend ein Ara auf dem Tisch. Er stolzierte auf und ab und versuchte, die Papaya, die sie gerade löffelte, zu stehlen.

„Guten Morgen. Ich habe für dich ein eigenes Frühstück, lass Jara ihre Papaya, du Frechdachs.“ Sie sah den Vogel sanft an und schob ihm dann eine kleine Schüssel mit Früchten zu.

„Er ist wunderschön.“

„Seit ein paar Monaten kommt er mich jeden Tag besuchen und verbringt den Tag mit mir hier im Garten.“ Jara bestaunte den Ara. Er war groß und hatte prachtvolles buntes Gefieder. Sein Körper war leuchtend gelb und die Federn seiner Flügel waren so blau wie der Himmel.

Nach dem Frühstück führte ihre Großmutter sie im Garten herum und zeigte ihr die neuesten Blüten und Früchte. Am späteren Nachmittag gingen die beiden Frauen runter ins Dorf.

„Omi, lass uns noch kurz zum Strand gehen."

Der Wind blies eine sanfte Brise ans Land und verwehte Jaras Haare. Die Großmutter zog die Schuhe aus, Jara tat es ihr gleich. Sie musste lächeln, das barfuß im Sand laufen, hatte sie definitiv von ihrer Omi Avó.

Den ganzen nächsten Tag verbrachten die beiden damit, den Garten zu pflegen. Ihre Großmutter erzählte zu jeder Pflanze eine Geschichte von Jaras Großvater. Sie liebte ihn noch immer wie am ersten Tag und vermisste ihn sehr.

„Weißt du mein Kind, bald werde ich ihn wieder sehen.", sagte Oma Avó und zeigte in den Himmel.

„Ja Omi, aber nicht zu bald, ich brauch dich hier doch noch so sehr." Sie nahm ihre Großmutter in den Arm.

Abends saßen sie auf der Terrasse und bestaunten die untergehende Sonne.

„Ich muss dir noch etwas zeigen!" Großmutter holte eine alte Ledermappe, die aus allen Nähten zu platzen schien.

„Das sind die Unterlagen deines Großvaters. Alle wichtigen Aufzeichnungen seiner Forschung und vor allem alle Eigentumsurkunden der Gebiete, die unserer Familie gehören. Die, die dein Großvater angeschafft hatte, um die Menschen, Tiere und Pflanzen dort zu schützen."

Jara nahm die Ledermappe in die Hände. Das Leder fühlte sich trotz der abgenutzten Erscheinung weich an. Sie blickte ihre Großmutter an, die nach kurzem Schweigen zu erzählen begann, weshalb sie wollte, dass sie sich die Unterlagen ansah.

Das Kerzenlicht umrahmte das Gesicht von Omi Avó. Jara konnte ihre Worte kaum fassen. Während sie aufmerksam zuhörte, schaute sie sich die Unterlagen, die vor ihr auf dem Tisch lagen, durch.

„Ich verstehe nicht, warum so ein Interesse an unseren Gebieten besteht. Was wollen diese Leute dort? Die Areale liegen fast alle in Schutzzonen oder zumindest in Bereichen nahe den Schutzzonen. Die Grundstücke sind für Unternehmen doch nutzlos."

Großmutter sprang auf und kam wenige Minuten später mit einem offiziellen Schreiben des Amtes in den Händen zurück. Sie streckte ihr den Brief entgegen.

„Dieses Schreiben kam vor wenigen Wochen."

Jaras Augen flogen über das Papier und wurden immer größer.

„Omi in dem Schreiben steht, dass einige Schutzzonen aufgehoben werden. Ich denke aber nicht, dass es um unsere Gebiete geht. Unsere Namen stehen nicht auf der Liste, sieh nur." Sie streckte Oma Avó eine Seite des Anschreibens hin, auf der eine Liste mit Flurnummern und dessen Besitzer aufgeführt waren. Um sicherzugehen, kramte sie die Besitzurkunden aus der Mappe und verglich die Flurnummern. Gerade als sie die Unterlagen bei Seite legen wollte, stach ihr eine Nummer ins Auge, die ihr bekannt vorkam. Tatsächlich, nach mehrmaligen vergleichen war sie sich sicher.

„Da muss ein Fehler vorliegen, diese Flurnummer gehört mir und ich habe sie garantiert nicht an diese Firma verkauft. Omi, weißt du etwas davon?"

„Nein mein Kind, ich habe alle Interessenten, die in ihren feinen Anzügen wegen der Grundstücke zu mir kamen, gleich vom Grundstück gejagt. Für kein Geld dieser Welt würde ich das Erbe deines Großvaters hergeben."

Fassungslos über die jüngsten Ereignisse, die Erzählungen ihrer Großmutter und die offiziellen Schreiben, fing Jara an, die Puzzelstücke zusammen zu setzen. Hier stimmte etwas ganz und gar nicht. Sie musste den Geschehnissen auf den Grund gehen, und zwar so schnell es ging.

„Omi mach dir keine Sorgen, ich werde gleich morgen nach Rio fahren und alle Unterlagen anfordern. Hier handelt es sich bestimmt um ein Missverständnis.", versuchte sie ihre Großmutter zu beruhigen und nahm ihre Hand fest in ihre eigene.

Kapitel 5

Am frühen Morgen machte sich Jara auf den Weg zur Bushaltestelle. Die kühle Morgenluft strich ihr übers Gesicht. Die ersten Sonnenstrahlen kletterten über die Berge, bald würde die Sonne hoch am Himmel stehen und die Erde glühen lassen.

Langsam ließ sie ihre Reisetasche auf die rote Erde sinken, der Riemen schnitt in ihre Schulter. Sie setzte sich auf die Tasche und stützte ihr Kinn mit den Händen ab.

Ein Lächeln huschte über ihr Gesicht, sie freute sich auf die gemeinsame Zeit mit Ramon. Während der Tage, die sie in Rio verbrachte, würde sie bei ihm wohnen. Bevor sie ankommen würde, standen ihr aber noch einige Stunden mit dem Bus bevor.

Der Bus hatte bereits eine gute halbe Stunde Verspätung. Das mit den Abfahrtszeiten nahm hier keiner so genau, man fuhr los, wenn man bereit war.

Es war bereits später Nachmittag, als Jara in Rio ankam. Eigentlich wollte Ramon sie am Busbahnhof abholen, doch der Bus hatte auf dem Weg in die Stadt eine Panne und somit eine gehörige Verspätung. Er musste ins Training, schrieb ihr aber seine neue Adresse. Ramon hatte eine kleine Wohnung in Santa Teresa.

Als sie vor dem bunten Haus stand und den kleinen Garten im Eingang betrachtete, ging ein Fenster in der unteren Etage auf und eine Frau streckte den Kopf hinaus.

„Senhorita Jara Maria?“, fragte die Frau.

Sie war gut über fünfzig Jahre alt. Ihre schwarzen Haare trug sie zu einem hochgesteckten Dutt und an den Ohren baumelten große goldene Kreolen.

„Ja, guten Tag."

Das Fenster wurde mit einem lauten Knall geschlossen. Kurze Zeit später trat die Frau mit einem großen Schlüsselbund aus der Haustür und öffnete ihr das Eingangstor.

„Es muss immer beides verschlossen sein in Ordnung? Das Tor und die Eingangstüre."

„Sicher, ja in Ordnung."

Die Frau musterte sie und drückte ihr schließlich einen ziemlich gebrauchten Schlüssel in die Hand.

„Du bist aus Europa?" Es war mehr eine Feststellung als eine Frage. „Ramon hat etwas erwähnt."

„Ja, ich wohne in Deutschland." Jara nahm den Schlüssel an sich.

„Wie lange bleibst du?", fragte die Frau abweisend.

Sie lief in Richtung der Haustür und bedeutete ihr zu folgen.

„Hier in Rio? Nicht lange, ich werde bereits nächste Woche wieder zurück aufs Land fahren."

Die Frau blieb abrupt stehen und blickte sie eine Weile an.

„Du darfst niemanden hierherbringen. Ich möchte kein Gesindel im Haus."

„Ja, natürlich nicht.", stotterte sie etwas überfordert.

„Ramon ist so ein netter Junge."

Jara verstand langsam, worum es hier ging. Der Dame passte nicht, dass bei Ramon eine Frau einzog, auch wenn es nur für ein paar Tage war.

Sie musste kichern. Unweigerlich schlichen sich Bilder in ihren Kopf, wie die Vermieterin morgens Ramons Bekanntschaften verscheuchte.

„Was ist so lustig?" Die Dame des Hauses wirkte etwas verärgert.

„Nichts Senhorita…"

„Nenn mich Gabriela."

Ihr fiel die Schokolade ein, die sie eigentlich Ramon mitbringen wollte, ihr schien die Tafel als Friedensangebot an die Vermieterin aber doch etwas mehr Sinn zu machen.

„Bitte sehr, ich habe ihnen Schokolade aus Deutschland mitgebracht. Als Dankeschön, dass ich ein paar Tage bei Ramon bleiben darf. Wissen sie, ich kenne Ramon schon sehr, sehr lange. Wir sind praktisch miteinander aufgewachsen. Er ist wie ein Bruder für mich.“

Die Augen von Gabriela erhellten sich beim Anblick der Schokolade. Volltreffer, dachte sich Jara.

„Ach so, das wusste ich gar nicht.“, sagte die Dame mit einem sanften Ton, hakte sich bei ihr ein und ging mit ihr weiter zur Haustür.

Überrumpelt von dem Stimmungswechsel lächelte sie Gabriela zögerlich an, sagte aber nichts.

„Komm mit, ich mache dir einen Kaffee und etwas zu essen, du musst müde von der Reise sein.“

„Das ist sehr nett, aber ich wollte…“

„Ramon kommt erst spät vom Training, also komm.“, schnitt Gabriela ihr das Wort ab.

Sie ließ keine Widerworte zu, dass stand fest. Jara verbrachte also den Nachmittag bei Gabriela.

Das Haus war nicht nur von außen bunt, auch in Gabrielas Wohnzimmer waren die Wände farbig gestrichen.

Die beiden Frauen redeten über alles Mögliche, aber hauptsächlich ging es selbstverständlich um Ramon. Gabriela quetschte jede Kleinigkeit über ihn, aus Jara, heraus.

Als es bereits dunkel wurde, ließ sie Jara endlich nach oben in die Wohnung.

Die Wohnung war winzig, aber sehr schön. Öffnete man die Haustür, stand man direkt im Wohnzimmer, von dort aus ging es weiter in eine kleine Küche, in der es ziemlich schwer sein dürfte, sich zu zweit aufzuhalten. Direkt an der Küche gab es einen ebenso winzigen Balkon, auf dem einzig ein Stuhl stand, das Badezimmer und ein Schlafzimmer, das war alles.

Sie öffnete die Tür zu dem kleinen Vorbau. Die kühle Abendluft tat ihr gut und sie beschloss sich mit den Dokumenten, die ihre Großmutter ihr mitgegeben hatte, auf den Balkon zu setzten. Je länger sie die Unterlagen durchforstete und sortierte, desto sicherer war sie, dass hier etwas ganz und gar nicht stimmte.

Es war bereits nach zehn Uhr, als sie Ramon im Treppenhaus hörte. Sie stand auf und öffnete ihm grinsend die Türe.

„Na du lieber Junge, wie war dein Training? Du armer, armer Junge, trainierst immer so hart.“, zog sie ihn auf.

„Ich merke, du hast Gabriela kennengelernt."

„Und ob ich das habe. Leider musste ich ihr auch die Schokolade schenken, die eigentlich für dich gedacht war."

„Oh nicht doch Jara, wieso machst du so einen Unsinn?"

„Ich wollte die nächsten Tage hier in Frieden ein und aus gehen. Es mussten gewisse Opfer gebracht werden. Wenn du sie nett bittest, bekommst du bestimmt etwas ab."

„In Frieden sagst du also, dann schuldest du mir aber was.", lachend warf er die Sporttasche in die Ecke und begrüßte sie mit einer Umarmung.

„Wie war deine Busfahrt?"

„Lang, aber in Ordnung."

„Da du mir die Schokolade vorenthältst, wie wäre es, wenn du mich als Wiedergutmachung zum Essen einlädst? Ich sterbe vor Hunger."

Sie blickte ihn schief an, „Wiedergutmachung? Pah, von wegen, ich musste den ganzen Nachmittag bei Gabriela sitzen und mir anhören, wie wunderbar du doch bist. Du hättest mich vorwarnen können, Ramon."

„Ich bin einfach wunderbar."

„Langsam denke ich, du hast etwas zu oft den Ball an den Kopf bekommen."

„Ich habe es vermisst, mit dir herumzualbern.", gestand er und schubste sie auf die Seite.

Die beiden verließen amüsiert das Haus und gingen ein paar Straßen weiter in ein Restaurant.

Das Restaurant lag in einem kleinen Hinterhof. Stühle und Tische waren wild zusammengesammelt, zum größten Teil aus Plastik, ein paar auch aus Holz oder Metall. Lichterketten waren zwischen den alten Mauern gespannt und in einer Ecke des Hinterhofes war ein kleines Holzpodest gebaut, auf dem eine Frau stand, die mit außergewöhnlicher Stimme sang. Jara und Ramon nahmen an einem Tisch direkt vor dem Podest platz und bestellten sich etwas zu essen. Trotz später Stunde war viel los und die Bedienungen im Stress.

„Warst du in letzter Zeit mal bei Oma Avó? Ich meine, außer als du mich zu ihr gebracht hast?", fragte Jara beiläufig und sah unter den Tisch, wo sich eine Katze um ihre Beine schlängelte.

„Ab und an fahre ich zu ihr, aber nicht so oft wie ich eigentlich sollte.", gestand er. „Wieso meinst du?"

„Ach nur so."

„Ich weiß, ich hätte öfter nach ihr sehen sollen. Nach dem letzten Herzinfarkt ging es ihr nicht gut. Braucht sie Hilfe mit dem Haus?"

„Nein, das ist es nicht. Sie ist für ihr Alter gut bei Kräften."

Ramon sah sie fragend an, blieb aber stumm. Die Bedienung kam und brachte das Essen.

„Sie hat mir alte Aufzeichnungen von Großvater gegeben. Ein paar wirklich erstaunliche Berichte über einige Gebiete im Amazonasbecken, die er damals geschrieben hatte." Sie schmunzelte und starrte kurz gedankenversunken ins Leere.

„Er liebte die Natur dort und war völlig begeistert von jedem noch so kleinen Detail. Du weißt, er hat große Flächen aufgekauft, um die Natur und vor allem auch die Indigos, die dort leben, zu schützen. Eins hatte er auch dir zu deinem sechzehnten Geburtstag geschenkt, weißt du noch?"

„Ja.", er grinste. „Seit diesem Tag war ich Landbesitzer, aber hatte dennoch nichts."

Schwelgend in Erinnerungen an die Geburtstagsparty zu seinem Sechzehnten, mussten beide laut lachen.

Sie wollte den schönen Moment nicht zerstören, aber das, was sie gestern von ihrer Großmutter erfahren hatte, ließ sie nicht los.

„Omi hat einen Brief vom Amt erhalten, auf dem die Auflösung gewisser Schutzzonen mitgeteilt wurde."

Ramon hörte prompt auf zu kauen und sah in ihre blauen Augen. Er räusperte sich und trank einen Schluck.

„Und dabei geht es um welches Grundstück?"

„Ich habe die Flurnummern abgeglichen. Zuerst habe ich nur eines unserer Gebiete auf der Liste gefunden, aber als ich es nochmals durchgesehen habe, bin ich auf ein weiteres gestoßen. Eines von mir und eines, dass meinem Vater gehört. Anstelle unserer Namen steht dort als rechtmäßiger Eigentümer allerdings eine Firma, die ich nicht kenne. Wir haben diese Areale aber nie verkauft, ganz bestimmt nicht."

Ramon wurde immer angespannter.

„Vielleicht handelt es sich um ein Missverständnis."

„Davon gehe ich auch aus. Ich werde der Sache dennoch auf den Grund gehen und morgen auf dem Amt die Einsicht in die Unterlagen anfordern."

„Es wird sich bestimmt aufklären. Allerdings, so wie ich unsere Bürokratie einschätze, geht das sicherlich länger. Ich werde dir die Unterlagen dann nach Deutschland schicken."

Jara nickte.
„Ich frage mich aber auch, was diese Firmen dort draußen wollen. Es sind Schutzzonen tief im Regenwald, in denen indigene Völker leben. Es ist schlichtweg unmöglich, diese Gebiete industriell zu nutzen oder einen wirtschaftlichen Vorteil zu erlangen."
„Wie du bereits sagtest, es sind Schutzzonen, da kann überhaupt nichts sein. Schließlich kann die Regierung diese nicht einfach nach Belieben ändern oder gar auflösen." Ramon versuchte zu lächeln um sie etwas zu beruhigen.
Sie stocherte mit ihrer Gabel im Essen.
„Vielleicht hast du Recht."
Nach kurzem Schweigen fügte sie hinzu, „Aber weißt du, was mir nicht aus dem Kopf geht?"
„Jara mach dir nicht immer so viele Gedanken!"
„Hör doch kurz zu. Omi hat mir erzählt, dass vor einiger Zeit immer wieder Anzugträger bei ihr aufgetaucht sind und sie gedrängt haben, Gebiete zu verkaufen, bevor die Regierung sie sowieso irgendwann enteignen würde."
„Das ist doch Schwachsinn.", entgegnete er.
„Das denke ich auch, doch in den Unterlagen habe ich ein paar Visitenkarten unterschiedlicher Unternehmen gefunden und auch den ein oder anderen vorgefertigten Kaufvertrag, die Omi natürlich nicht unterzeichnet hat."
Er schien ihr zwar zuzuhören, wirkte aber etwas genervt von ihrer Erzählung.
„Nach meiner Internetrecherche habe ich herausgefunden, dass all diese Firmen den gleichen Firmensitz haben. Auch im Handelsregister bin ich fündig geworden. Gleich zwei der Firmen gehören demselben Inhaber, der als Besitzer bei einem unserer Grundstücke hinterlegt ist."
„Das ist nicht ungewöhnlich. In der Stadt gibt es große Gebäude, in denen mehrere Unternehmen angesiedelt sind und es ist ja auch nicht verboten, mehrere Unternehmen zu führen."
Sie runzelte die Stirn „Meinst du wirklich, dass das nicht auffällig ist?"
„Ist es nicht."
Sie verschwieg ihm, dass sie bereits mehrmals versucht hatte, diese Firmen zu kontaktieren und bei keiner Firma jemanden erreicht hatte.

„Jara." Er nahm ihre Hand. „Es wird sich alles klären. Mach daraus keine größere Sache, als es ist und vor allem mach dir keine Gedanken und genieße lieber die Zeit mit mir hier in Rio und bei Omi."

Ihre Augen verengten sich. Ramon schien bei dem Thema immer genervter zu werden. Sie konnte sein Verhalten nicht zuordnen, hatte aber auch keine Lust mehr, mit ihm zu diskutieren. Irgendwie hatte er auch Recht. Es brachte ihr nichts, sich im Voraus schon verrückt zu machen. Sie musste einfach abwarten, welche Informationen sie vom Amt erhalten würde.

Die restliche Nacht ließen sie mit ein paar Drinks, leichteren Gesprächsthemen und in Erinnerungen ihrer gemeinsamen Kindheit schwelgend ausklingen und genossen die laue Sommernacht.

Kapitel 6

Jara war müde. Müde von ihrem Job, müde, sich Sorgen zu machen, müde, weil sie einfach zu viel im Kopf hatte, so verschlief sie den halben Tag. Nachmittags stand sie auf und setzte sich mit einer Tasse Kaffee wieder an die Unterlagen. Das ganze Thema ließ sie nicht in Ruhe. Wie ein innerlicher Instinkt trieb es sie voran.

Sie beschloss das Amt anzurufen und einfach mal nachzufragen, ob sie Einsicht in die Grundbücher erhalten könne. Ihr wurde aber mitgeteilt, dass es sich um vertrauliche Daten handle und sie nur persönlich Auskunft bekäme. Damit musste sie sich erst einmal zufriedengeben.

Ramon stieß polternd die Haustüre auf „Jara, Jara!"

Sie saß in der Küche an dem schmalen Tisch und starrte in ihren Laptop. Als er hereinstürmte, blickte sie ihn fragend an.

„Ich habe unterschrieben. Ich gehöre nun offiziell dem Fußballklub Rios an. Ich habe sogar einen Stammplatz in der ersten Mannschaft. Das viele Training hat sich bezahlt gemacht." Er platzte fast vor Stolz.

Quietschend sprang sie auf und viel ihm um den Hals.

„Herzlichen Glückwunsch. Wow, ich kann es gar nicht glauben."

„Kommenden Sonntag ist ein Derby. Kommst du?"

„Na klar."

„Ich wusste das du das sagst, gut dass ich schon den VIP Pass für dich organisiert habe.", grinsend zog er eine Plastikkarte aus seiner Hosentasche.

Der VIP Pass baumelte an einem langen Band, das mit dem Logo des Vereins geziert war. Er überreichte ihr den Pass und hing ihr das Band feierlich um den Hals, wie bei der Verleihung einer Goldmedaille.

Sie musste unwillkürlich lachen.

Sie plauderten eine Weile, während Jara anfing, ein paar Sandwiches zu belegen. Nachdem sie alles aufgegessen hatten, ging Ramon laut singend duschen. Zu ihrer Überraschung kam er, nach einer ganzen Weile, in Schale geworfen, wieder aus dem kleinen Badezimmer stolziert.

„Los wir gehen feiern." Völlig überdreht sprang er in der Wohnung umher. Sie wollte die ausgelassene Stimmung nicht ruinieren, musste aber unbedingt mit ihm über die Dinge sprechen, die sie heute herausgefunden hatte. Sie saß bereits wieder vor ihrem Laptop und sah ihn besorgt an.

„Ramon, ich bin da auf etwas gestoßen, wir müssen unbedingt sprechen."

„Logisch, lass uns auf dem Weg zum Klub reden. Los, zieh dich um."

„Nein wirklich, das ist Ernst. Das musst du dir unbedingt ansehen!"

„Ich habe heute offiziell einen Stammplatz im Kader der ersten Mannschaft Rios erhalten. Können wir das nicht erst einmal feiern? Morgen werden wir über alles sprechen! Freu dich einfach mit mir."

„Ich freu mich für dich, Ramon wirklich aber…"

„Mach dir nicht ständig Gedanken. Lass das Leben zu und wenn es nur für diesen einen Abend ist!" Mit diesen Worten fischte er grinsend das blaue Seidenkleid aus ihrem Koffer und streckte es ihr entgegen. „Na los."

Sie klappte ihren Laptop zu und nahm das Kleid.

„In Ordnung. Heute Abend, aber morgen muss ich unbedingt…"

„Ja ja, morgen kannst du den Papierkram immer noch durchlesen." Er stieß sie Richtung Badezimmer.

„Aber jetzt mach dich fertig, wir haben was zu feiern."

Sie verschwand im Badezimmer, strich sich das Kleid über und zog den Reißverschluss an der Seite zu. Sie betrachtete sich im Spiegel. Mit den kurvigen Schönheiten dieses Landes konnte sie nicht mithalten, aber immerhin ließ das Kleid ihre blauen Augen zur Geltung kommen. Sie öffnete die Haarspange und entwirrte die Knoten mit ihren Fingern. Die hellen Haare vielen ihr in sanften Wellen über die Schultern. Ein wenig Lippenstift und Ohrringe rundeten das Outfit ab. Schließlich öffnete sie die Tür des kleinen Badezimmers und ging zurück in die Küche, in der Ramon schon ungeduldig auf sie zu warten schien.

„Fertig, wir können los.“, sagte sie lächelnd.
Er starrte sie an.
„Was ist?“, fragte sie unsicher.
„Du ... bist wunderschön.“, platzte es aus ihm.
Verlegen strich sie sich die Haare zurück.
„Hör schon auf, lass uns gehen, sonst überlege ich es mir noch anders.“
„Auf keinen Fall. Ich werde jetzt mit der schönsten Frau ganz Rios tanzen gehen.“ Er nahm ihre Hand und zog sie mit sich aus dem Haus.

Kapitel 7

Das Taxi hielt vor einem der angesagtesten Nachtklubs Rios. Der Name des Klubs strahlte in greller Leuchtschrift in die Nacht und die lauten Rhythmen dröhnten bis auf die Straße. Ramon steuerte schnurstracks an der nicht enden wollenden Menschenschlange vorbei, direkt auf den Eingang zu. Jara blieb ihm dicht auf den Fersen und wäre fast in ihn hineingerannt, als er abrupt anhielt.

Er plauderte kurz mit dem Türsteher, der sie dann, noch vor allen anderen, hinein in den Klub ließ.

„So so. Als künftiger Fußballgott muss man sich also nicht mehr anstellen und warten, bis man an der Reihe ist?“, spottete sie.

Er drehte sich zu ihr um. „Ganz genau. Warte kurz hier.“, gab ihr einen Kuss auf die Wange und ließ sie am Rand der Tanzfläche stehen.

Sie blickte sich um. Der Klub war brechend voll mit Menschen, die sich alle zum Beat bewegten. Die bunten Lichter der Scheinwerfer flimmerten wild durcheinander und färbten Gesichter und Körper ein. Die Brasilianer wussten, wie man richtig feiert und man sich zum Rhythmus bewegt, so viel stand fest.

Sie konnte kaum stillhalten. Es kribbelte in ihren Fußsohlen und sie fing an, ihre Hüfte langsam kreisen zu lassen. Der Bass hämmerte in ihrer Brust.

Plötzlich tauchte Ramon wieder in der Menge auf.

„Komm mit.“

Sie bahnten sich einen Weg durch die Massen, bis sie zu einer Treppe kamen. Er hatte tatsächlich einen Platz in der VIP-Lounge. An den Fußballstar Status musste sie sich erst einmal gewöhnen. Er stellte ihr seine Freunde und Teamkollegen und deren weibliche Begleitungen vor.

Sie musste schmunzeln. Ramon war wie ihr kleiner Bruder und nun wurde er von unzähligen jungen Frauen bewundert und angeschmachtet. Wie die Zeit nur so schnell verging.

Jara wurde aus ihren Gedanken gerissen, als ein Freund von Ramon ihr eine Frage stellte und versuchte, sie in ein Gespräch zu verwickeln.

In der Tischmitte stand eine große silberne Schale, geziert von zwei Löwenköpfen.

Der Abend startete bereits feucht fröhlich.

Die Schale war gefüllt mit Eiswürfeln, in denen viele Flaschen mit alkoholischen Getränken steckten. Sobald eine Flasche geöffnet wurde, eilte die Bedienung herbei und ersetzte die fehlende Flasche.

Nach einer Weile betrachtete Jara Ramon von der Seite. Seine Augen strahlten, das machte sie ungemein glücklich. Sein Blick traf ihren.

„Schöne Frau wollen wir tanzen?“ Er stand von der Lounge auf und streckte Jara seine Hand entgegen.

Sie ergriff seine. „Sehr gerne.“

Die beiden stiegen die Treppe hinunter und stürzten sich auf der Tanzfläche in die Menschenmenge.

„Ich glaube Jamiro hat ein Auge auf dich geworfen.“, flüsterte er ihr ins Ohr.

Sie verzog das Gesicht und musste laut lachen.

„Doch wirklich, sieh nur, wie er uns beobachtet.“

Sie räusperte sich, „das kann ja gut sein, aber…“

„Aber was? Wartet dieser Langweiler in Deutschland auf dich? Konntest du dich noch immer nicht von diesem Toni, Thomas, Tim …“

„Er heißt Tom und ist kein Langweiler.“, fiel sie ihm ins Wort.

„Tom. In Ordnung er heißt Tom, aber er ist ein Langweiler.“

Sie verdrehte die Augen. „Wir müssen nicht über ihn sprechen, wir sind nicht mehr zusammen.“

„Dann weiß ich nicht, wieso du immer wieder zurück nach Deutschland gehst.“

„Ich habe mein Leben in Deutschland. Meine Familie und meine Freunde. Meine Arbeit, die ich sehr liebe und mit der ich übrigens vielen helfen kann.“

„Hier in Brasilien hast du auch Familie und ich bin hier, hast du mich vergessen?“ Er sah sie ein wenig eingeschnappt an.

„Nein natürlich nicht.“

„Die Menschen hier könnten deine Hilfe als Anwältin auch gut gebrauchen."

Er wusste gar nicht, wie Recht er damit hatte. Wenn das stimmte, was sie herausgefunden hatte, dann musste jemand dagegen vorgehen.

Schnell versuchte sie das Thema zu wechseln, "Welche der Frauen ist nun eigentlich die geheimnisvolle Katalina? Du hast mir so viel von ihr erzählt, aber noch gar nicht vorgestellt."

„Sie ist nicht hier. Du wirst sie kommenden Sonntag kennenlernen. Sie arbeitet im Stadion."

Er blickte suchend über seine Schulter Richtung Lounge.

„Was ist? Bist du dir doch nicht mehr so sicher, ob sie hier ist?", neckte sie ihn.

Er wirbelte sie herum und zog sie dichter an sich. „Ich bin mir sicher aber ...", er zögerte und wirkte abwesend, dann fing er sich wieder und sagte schnell, „ich glaube Jamiro brennt darauf, meinen Platz einzunehmen."

Als wäre das sein Stichwort gewesen, stand Jamiro auf und kam runter auf die Tanzfläche. Die anderen folgten ihm und innerhalb kurzer Zeit wurden die Freunde von Frauen umschwärmt. Eines stand fest, Fußballer kamen hierzulande sehr gut an.

Jara tanzte ein paar Lieder mit Jamiro, wandte sich dann aber ab und ging zur Bar. Nach dem vielen Champagner brauchte sie dringend Wasser. Die Bedienungen flitzten hinter der Bar hin und her und ließen sie warten, doch plötzlich standen gleich zwei vor ihr. Als sie bestellen wollte, stellte sie fest, dass die Kellner gar nicht sie ansahen.

„Senhor Fernandes." Der Kellner vor ihr wirkte sichtlich nervös.

„Ich denke, die Dame will etwas bestellen.", sagte eine tiefe Stimme hinter ihr.

Sie drehte sich um. Vor ihr stand ein großer, attraktiver Mann mit dunklem, lockigem Haar. Das kantige Gesicht markant und fest und von einem kurzen Bart umrahmt. Die Ärmel seines Hemds hatte er bis zu den Ellbogen hochgekrempelt. Die große Uhr an seinem Handgelenk fing die bunten Lichter der Scheinwerfer ein. Seine dunklen Augen fixierten Jara. Sie versuchte seinem durchdringenden Blick standzuhalten, wendete ihren doch schnell wieder ab, drehte sich dem Kellner zu und bestellte ihr Wasser. Der Kellner blickte sie und dann wieder den Mann hinter ihr an. Erst als dieser zustimmend nickte, holte der Kellner das Wasser.

„Danke.", sagte sie mit einem kurzen Blick über die Schulter.

Der Mann hatte sich nicht bewegt, er stand immer noch aufrecht und selbstsicher hinter ihr. Ihn umgab eine gewisse Überheblichkeit, kalt, arrogant, fast schon gefährlich.

Sie griff nach ihrem Wasserglas und wollte gerade zurück zu Ramon, als der mysteriöse Mann ihr den Weg abschnitt.

„Senhor, ich…"

„Rafael.", verbesserte er sie.

Sie ignorierte ihn „Bitte lassen Sie mich durch."

Er bewegte sich nicht, nur ein Schmunzeln umspielte seine Lippen.

Ein anderer Kellner im schwarzen Anzug stürmte herbei. „Senhor Fernandes ist etwas in Ihrer Lounge nicht nach Ihren Wünschen? Senhor, wir…"

Ohne den Blickkontakt mit ihr zu brechen, deutete Rafael dem Mann zu schweigen.

„Möchtest du mir deinen Namen verraten?"

Sie fühlte sich in seiner Anwesenheit klein, das hasste sie, also richtete sie sich auf, holte tief Luft und entgegnete möglichst hart, „Nein, ich denke nicht." Provokativ nahm sie einen Schluck des Wassers, das ihr kalt die Kehle hinunterlief, drehte sich blitzschnell um und verschwand in der Menge. Mit einem zufriedenen Lächeln blickte sie zurück zu dem Mann an der Bar. Ihre Blicke trafen sich kurz und auch er konnte sich ein anerkennendes Schmunzeln nicht verkneifen.

„Wo warst du?" Ramon tauchte neben ihr auf und legte seinen Arm um sie.

Sie hob ihr Glas und zeigte es ihm. „Ganz ruhig, ich war nur Wasser holen."

Sein Blick fiel in Richtung Bar, dann erstarrte er plötzlich.

„Ramon? Was ist mit dir? Du wirkst den ganzen Abend schon unruhig."

Er sah sie zögernd an und hob sie an den Oberarmen fest. „Unsinn, nein, es ist alles in Ordnung."

Glaubte er wirklich sie würde es nicht bemerken? Als könne er seine plötzliche Unsicherheit vor ihr verbergen.

„Na gut, dann lass uns tanzen.", seufzte sie schließlich und ließ es auf sich beruhen.

„Wir sollten nach Hause."

„Nein, ich bin noch nicht müde, lass uns noch etwas feiern. Du hast es dir verdient.“

„Ich hätte es wissen müssen.“, murmelte er und schielte erneut zur Theke.

„Was hättest du wissen müssen?“

„War ja klar, dass du ihm sofort auffallen würdest.“

„Wem fällt was auf?“ Durch die laute Musik verstand sie nur Wortfetzen.

Blinzelnd sah er zu ihr.

Sie befreite sich aus seinem Griff und legte eine Hand auf seine Wange.

„Lass uns den restlichen Abend genießen, in Ordnung?“

„In Ordnung.“ er nahm ihre Hand und sie gingen zurück in die Lounge zu seinen Freunden.

Mittlerweile war es tiefe Nacht. Jara schwirrte der Kopf, sie hatte eindeutig zu viele Cocktails getrunken. Sie ging raus auf die Terrasse des Klubs und legte ihre Hände auf das kühle Geländer.

Die Wellen rauschten gleichmäßig und trieben eine sanfte Brise zum Strand hin bis hoch auf die Terrasse.

Sie liebte den Geruch des salzigen Wassers und den Klang der Wellen.

Hier draußen war es etwas ruhiger, nur ein paar Leute und einige Pärchen, die es nicht abwarten konnten, nach Hause zu kommen, hielten sich auf der Terrasse auf.

Sie schloss für einen Moment die Augen, atmete tief ein und genoss diesen unbeschwerten Augenblick. Doch das Gefühl, beobachtet zu werden, beschlich sie. Sie öffnete die Augen, drehte sich um und erschrak. Der rätselhafte Mann von der Bar stand dicht neben ihr.

„Senhorita.“, er machte eine kurze Pause und blickte sie fordernd an, „Möchtest du mir deinen Namen noch immer nicht verraten?“

Ohne zu Antworten sah sie sich um. Abgesehen von ein paar Security Mitarbeitern, war die Terrasse plötzlich menschenleer.

Seine dunklen Augen sahen sie durchdringend an. Dieser Ausdruck brachte sie völlig aus dem Konzept. Der Mann, der so lässig neben ihr am Geländer lehnte, war ihr unheimlich.

„Errate ihn doch!“

„Du willst spielen?“, fragte er ungläubig und amüsiert zugleich.

Sie blickte ihn herausfordernd an, antwortete aber nicht.

„Gut lass uns spielen. Ich verliere aber nicht."

„Nein? Niemals?"

„Niemals!"

„Das werden wir ja sehen."

Rafael grinste abschätzig.

„Was bekomme ich für deinen Namen?"

„Was möchtest du?" Sie bereute ihre Frage, sogleich sie ihr über die Lippen glitt. Sie hätte eindeutig weniger trinken sollen. Was dachte sie sich überhaupt? Eigentlich wollte sie nur kurz frische Luft schnappen. Sie sollte sich nicht auf irgendwelche Spielchen von Fremden einlassen, denn genau das war es, ein Fremder der versuchte mit ihr Spielchen zu spielen.

Er starrte lange in ihre strahlend blauen Augen, dann glitten seine Mundwinkel nach oben und er lächelte ein wenig.

„Wir können nicht spielen. Das wäre nicht fair."

„Angst zu verlieren?", fragte sie kampfeslustig.

„Nein, denn ich kenne deinen Namen bereits. Jara Maria."

Das hatte sie nicht erwartet. Sie wusste nicht, wer dieser Mann war, und auch Ramon hatte heute Abend nicht mit ihm gesprochen. Sie kannte in Rio niemanden, und niemand kannte sie. Woher also wusste er ihren Namen?

„Woher?", stotterte sie und ärgerte sich, dass sie sich nicht abwenden konnte. Sich nicht endlich umdrehte und ging.

„Woher ich deinen Namen kenne?", er blickte aufs Meer hinaus, „Ich habe dir gesagt, ich verliere nie."

„Ich denke, ich werde besser wieder hineingehen." Entschlossen ging sie zur Terrassentür und wollte diese gerade öffnen, als er ihr Handgelenk festhielt. Sie drehte sich verblüfft um.

„Noch nie hat mich jemand stehen lassen, du tust es schon das zweite Mal an diesem Abend. Du liebst wohl die Gefahr."

„Lass mich los. Für deine Spiele musst du dir eine andere suchen."

„Jara, du wolltest spielen. Ich habe dich gewarnt."

„Dennoch ist das Spiel jetzt vorbei. Außerdem ist es kein faires Spiel, wenn der Gewinner bereits feststeht, und jetzt lass mich los!"

Sie wollte wieder rein, er hielt aber noch immer ihr Handgelenk und ließ nicht locker.

„Du bist eine schlechte Verliererin. Das macht aber nichts." Er zog sie an sich und fuhr von ihrer Schulter langsam runter bis zur Taille. „Denn ich nehme mir generell, was mir zusteht."

Sie spürte seinen überlegenen Blick, wie er all ihre Bewegungen und ihre Mimik beobachtete. Sie fühlte sich starr wie ein Reh im Scheinwerferlicht eines heranrasenden Autos.

Ihren Blick zu Boden gewandt, um ihm nicht ihre Unsicherheit zu zeigen, folgte sie seinen Impulsen. Dem leichten, aber bestimmenden Druck, den er auf ihre Hand ausübte. Seine warme Hand an ihrem unteren Rücken, die sie unwillkürlich immer näher zu ihm brachte. Zögerlich folgte sie seinen Schritten, wie er sie so scheinbar leicht über die Terrasse schweben ließ. Ohne es zu wollen, tanzte sie mit ihm unter dem schwarzen Nachthimmel, unpassend zu der dröhnenden Musik im Hintergrund, langsam zu ihrem eigenen Takt. Sie hob behutsam den Kopf, roch sein Parfüm und bemerkte seine ruhig steigende und senkende Brust. Sein Mund formte ein triumphierendes Lächeln, seine Augen verrieten seinen vermeintlichen Gewinn. Er beugte sich zu ihr herab, seine Lippen beinahe auf ihren liegend.

Jara blinzelte. Ihr Selbstbewusstsein kehrte mit einem Schlag zurück und sie reckte ihr Kinn.

„Auf Wiedersehen Fremder.“ Verabschiedete sie sich und entglitt ihm geschickt aus der nächsten Drehung.

Als sie zurück zur Lounge kehrte, traute sie ihren Augen nicht. Auf dem Glastisch neben der großen silbernen Schale mit den Löwenköpfen, waren weiße dünne Linien akkurat nebeneinander gezogen. Ein Mädchen hob ihren Kopf vom Tisch. Ihre Augen waren geschlossen und sie lachte amüsiert. Jara blickte Ramon an. Auch an seiner Nase hing ein wenig des weißen Pulvers, was er sich gerade mit dem Handrücken aus dem Gesicht wischte, als ihre Blicke sich trafen.

Sie stürmte aus dem Klub. Das konnte nicht wahr sein. Es war genug Aufregung für eine Nacht. Zuerst diese seltsame Begegnung mit dem Fremden und dann hatte sie Ramon auch noch mit Drogen erwischt. Sie wollte nach Hause, und zwar sofort.

„Wag es nicht, dich aus diesem Schlamassel heraus zu reden.“

Sie hatte bemerkt, wie er ihr nach draußen gefolgt war und funkelte ihn wütend an. Er versuchte nach ihrer Hand zu greifen, doch sie entzog sie ihm blitzschnell.

„Was ist nur mit dir los? Ramon, du hast so viel erreicht und nun setzt du das für einen kurzen Kick aufs Spiel?“ Sie schlug die Hände über ihrem Kopf zusammen.

Er wollte gerade etwas sagen, kam aber erst gar nicht dazu.

„Nein, ich will nichts hören.“ Sie wandte sich um und stolzierte die Straße entlang, weg von der dröhnenden Musik des Klubs. Sie musste sich konzentrieren, nicht zu sehr zu schwanken, die Welt um sie herum schien sich zu drehen.

„Jara, du läufst in die falsche Richtung. Nach Hause geht es hier entlang.“ Er deutete in die entgegengesetzte Richtung.

Sie machte auf dem Absatz kehrt, hielt kurz inne und marschierte in die andere Richtung, an ihm vorbei.

„Mist.“ Sie bückte sich und zog ihre Schuhe aus. Wie konnte irgendjemand nur die ganze Nacht in solchen High Heels herumlaufen?

Eine Weile gingen beide stumm nebeneinanderher.

„Es tut mir leid. Du musst dir keine Sorgen machen. Weißt du, das ist hier normal, alle machen das.“

Er versuchte sich zu erklären, als er jedoch den wütenden Blick von ihr einfing, fügte er schnell hinzu, „ich verspreche dir, ich habe alles unter Kontrolle. Ich mache das nicht jedes Mal, wenn ich feiern gehe.“

Sie liefen schweigend an der Promenade entlang.

„Sind wir wieder Freunde?“, fragte er neckend.

Sie stieß ihn zur Seite, von den gepflasterten Steinen, hinein in den Sand.

„Na klar du Blödmann, aber du weißt ganz genau, was diese Drogen mit einem machen können und wie schnell man davon abhängig werden kann. Hör auf damit, bevor es dich in Dinge zieht, aus denen du es nicht mehr raus schaffst.“

Sie war noch sauer, aber Ramon blödelten schon wieder herum, sodass sie ihm nicht lange böse sein konnte. Schließlich setzten sie sich in den kalten Sand. Das Meer lag glitzernd zu ihren Füßen.

Als sie endlich in der Wohnung ankamen, dämmerte es bereits. Er hatte Jara den ganzen Weg nach Hause huckepack getragen.

Nun lagen die beiden zusammen auf dem Bett und starrten an die Decke.

„Du hast eindeutig zu viel getrunken Maluca.“

„Maluca? Ich bin nicht verrückt!“, gluckste sie und boxte ihm leicht gegen die Rippen.

„Ahhh.“ Er krümmte sich spielerisch vor Schmerzen, drehte sich dann zu ihr und umarmte sie.

„Ich habe dich vermisst.“

„Ich dich auch.“, seufzte sie und schloss die Augen. Das Bett schien sich wie wild zu drehen.

Er strich ihr eine Haarsträhne aus dem Gesicht und betrachtet die Nase, das Kinn und ihre Lippen.

Jara drehte sich um. „Lass uns schlafen, die Sonne geht schon auf.“

Kapitel 8

Rafael lehnte an der Brüstung des Hotelbalkons, beobachtete, wie die Sonne langsam aufging, und fuhr mit seinem Daumen gedankenversunken die feinen Linien des Whiskyglases entlang. Die Brise, die vom Meer hoch zum Balkon wehte, strich ihm sanft durch die dunklen Locken. Seine Jeans hing tief auf seinen Hüften, sodass die Muskelstränge herausragten. Bis auf die kleine Narbe an seiner Taille, die er von einer Schießerei hatte, war sein muskulöser Körper makellos. Die vielen Tattoos reichten mittlerweile von seinem Oberarm über die Schulter und zierten bereits einen Teil seines Rückens. Von seinem Bizeps schaute ihn ein Jaguar gefährlich an.

Die Frauen lagen ihm zu Füßen. Er musste sich nicht einmal sonderlich anstrengen, wenn er die Nacht nicht allein verbringen wollte, meist genügten schon ein paar schöne Worte.

Normalerweise stand er zufrieden hier und sah der Sonne beim Aufgehen zu, doch heute nicht. Heute war es anders. Er war nicht zufrieden.

Das Spiel mit den Frauen reizte ihn und er hatte schon ewig keine Herausforderung mehr gehabt. Bei diesem Gedanken musste er schmunzeln. Seine erste Wahl von vergangener Nacht schien kein Interesse an seiner Persönlichkeit gehabt zu haben. Das war er nicht gewohnt.

Rafaels Blick fiel kurz über seine Schulter, als er das leise Rascheln der Laken hörte.

„Komm zurück ins Bett, Rafael.“, säuselte eine der beiden Frauen verschlafen.

Er entgegnete nichts und wendete seinen Blick wieder auf das Meer.

Er hatte nicht viel mit den beiden Frauen gesprochen, bevor sie hierhergekommen waren. Nicht mal an ihre Namen konnte er sich erinnern.

Sein Blick schweifte über die Straße, die weit unter ihm lag. Bald schon würden die ersten Touristen auf die Promenade stürmen und der Trubel würde erneut beginnen. Wie jeden Tag, jede Woche, in jedem verdammten Jahr.

Er leerte sein Glas mit einem Schluck und drehte sich um. Er musste gehen, endlich ins Bett, in sein eigenes, um zu schlafen, und zwar allein.

Er musste zur Ruhe kommen. Die Geschäfte liefen gut, zu gut und das bedeutete noch mehr Arbeit und meist auch noch mehr Ärger als sonst.

Zurück im Hotelzimmer, aufhob er sein Hemd vom Marmorboden und zog es an.

„Um elf müsst ihr hier raus sein." Er zog sein Jackett an und zupfte den Hemdkragen zurecht, „Frühstück könnt ihr euch vom Zimmerservice bringen lassen." Mit diesen Worten verließ Rafael das Hotelzimmer. Den Frauen würdigte er keinen weiteren Blick. Er konnte nicht genau sagen, ob er sie schon einmal hierher mitgenommen hatte. Vielleicht, das spielte für ihn aber auch keine Rolle.

Mit dem Aufzug fuhr er die vielen Stockwerke bis zur Hotellobby. Ein sanfter Ton erklang und die Türen des Fahrstuhles öffneten sich. In der prunkvollen Lobby war es still, die meisten Hotelgäste schliefen noch.

„Guten Morgen Senhor Fernandes, wie immer um elf?", fragte der Concierge hinter dem Empfangstresen.

Er nickte dem Concierge zustimmend zu und legte im Vorbeigehen die Zimmerkarte auf den Tresen.

„Und Frühstück für zwei, danke Paolo.", sagte er und setzte seine Sonnenbrille auf, bevor sich die großen Glastüren des Hotels öffneten, er in sein Auto stieg, welches eben vorgefahren wurde und nach Hause fuhr.

Kapitel 9

Als Jara aufwachte, stand die Sonne bereits hoch am Himmel. Ramon lag nicht mehr neben ihr, stattdessen fand sie einen Zettel, auf dem nur ein Wort geschrieben war, Training.

Sie streckte sich, ihr Kopf brummte von der gestrigen Nacht. Als sie nach Hause kamen, hatte sie sich nicht einmal mehr ausgezogen, sie trug noch immer ihr blaues Kleid.

Sie stieg in die Dusche und versuchte gar nicht erst den gestrigen Abend Revue passieren zu lassen.

In der Küche fiel ihr Blick auf die Unterlagen, welche ihre Großmutter ihr mitgegeben hatte. Sie seufzte, packte diese dann aber entschlossen in ihre Tasche.

„Ein Versuch ist es wert.“, ermutigte sie sich und verließ das Haus in Richtung Zentrum. Außerdem würden die frische Luft und ein wenig Bewegung, gegen den, bereits abklingenden Kater, helfen. Sie wollte auf dem Amt die Grundbuchauszüge sichten, um herauszufinden, was an ihren Befürchtungen dran war.

Ihr Weg führte über die Escadaría Selarón. Eine kunterbunte Treppe und einer der beliebtesten Touristenattraktionen Rios. Der chilenische Künstler Jorge Selarón hatte mit über zweitausend Kacheln ein Kunstwerk geschaffen.

Sie mochte die Treppe. Bunt und wild ergaben die vielen kleinen Einzelteilchen das große Ganze. Sie beobachtete eine Familie, die krampfhaft versuchte, ein Foto von sich und der Treppe zu knipsen.

„Kann ich euch helfen?“, fragte sie höflich und deutete auf die Kamera.

Zuerst verunsichert, dann aber einwilligend gab der Junge sie ihr. Jara schoss ein paar Bilder und reichte die Kamera zurück.

„Schaut sie euch an, ich denke, es sind ein paar gute Schnappschüsse dabei.“

„Danke vielmals.“

Sie winkte ab, „Sehr gerne.“, drehte sich um und sprang die letzten Stufen runter. Ein Blick auf ihre Uhr sagte ihr, dass sie sich besser beeilen sollte, bevor das Amt zur Siesta mehrere Stunden schloss.

Das alte Gebäude mit den riesigen Säulen und Skulpturen stand prachtvoll inmitten der modernen Hochhäuser. Jara stieg die Steinstufen zum Eingang hinauf. Sie waren schon so abgenutzt, dass sie ganz glatt und glänzend waren.

Am Empfang konnte man ihr zunächst nicht weiterhelfen. Sie musste warten, bis eine Dame, die für die Grundbucheinträge zuständig war, eine Besprechung beendete. Als diese endlich am Empfang auftauchte, erklärte Jara ihr Anliegen. Die Dame hörte sich alles geduldig an.

„Bitte kommen Sie in mein Büro, dann können wir uns die Unterlagen ansehen.“

Sie folgte ihr durch den langen Gang, bis sie schließlich eine braune Tür öffnete und in ein kleines Büro mit zwei Schreibtischen eintrat.

„Bitte nehmen Sie doch Platz.“, sagte die Dame und zeigt auf einen Stuhl mit dunkelgrünem Polster.

Sie tat, wie ihr gesagt wurde.

„Wie bereits erwähnt, geht es um diese Grundstücke, die meiner Familie gehören.“ Sie streckte ihr über den Schreibtisch eine Auflistung der Flurnummern zu.

Die Dame tippte Nummer für Nummer in ihren Computer.

„Was möchten Sie denn mit diesen Gebieten? Die liegen fast alle tief im Regenwald. Sie wissen, dass die meisten Gebiete Schutzzonen sind, dort dürfen Sie nichts bauen.“

„Das ist mir bewusst, danke. Es geht nicht darum, diese Gebiete zu nutzen. Ich möchte bitte einen Einblick in die Grundbuchauszüge.“

Wieder tippte die Dame wild in ihren Computer.

„Von folgenden Gebieten kann ich die Grundbuchauszüge anfordern, das wird aber einige Tag in Anspruch nehmen. Wir müssen mit den verschiedenen Staaten Kontakt aufnehmen.“ Die Dame markierte die Flurnummern auf ihrer Liste und überreichte sie ihr mit einem Lächeln.

„Was ist mit den ganzen anderen Grundstücken?", fragte sie verwirrt und schaute vom Zettel in die warmen Augen der Frau hinter dem Schreibtisch.

„Tut mir sehr leid Senhorita, diese Grundstücke gehören nicht Ihnen oder Ihrer Familie."

„Das muss ein Missverständnis sein. Sehen sie, das sind die Besitzurkunden. Laut diesen Urkunden gehören die Grundstücke bereits seit Jahrzehnten meiner Familie."

Die Frau betrachtete die Urkunden verblüfft.

„So alte Unterlagen hatte ich schon lange nicht mehr in meinen Händen." Dann wendete sie sich wieder dem Computer zu und tippte erneut auf die Tastatur.

„Diese Verträge sind veraltet und ungültig."

„Was soll heißen, sie sind veraltet?"

„Diese Grundstücke wurden alle in den letzten sechs Jahren verkauft."

„Das kann nicht wahr sein. Unmöglich! Können Sie mir bitte die Kaufverträge zeigen?"

„Ich darf Ihnen leider keine Auskünfte über diese Gebiete geben."

„Auf welche Namen laufen diese Gebiete nun?"

„Tut mir leid Senhorita, ich kann Ihnen nichts Genaueres sagen."

Jara war aufgebracht und zog das Schreiben, das ihre Großmutter erhalten hatte, aus ihrer Tasche.

„Handelt es sich um diese Firmen?"

Die Dame sah sich das Schreiben an.

„Woher haben Sie diesen Brief?"

„Der wurde an meine Großmutter geschickt."

„Dieses Schreiben wurde Ihnen fälschlicherweise zugesendet. Wie bereits gesagt, gehören diese Gebiete nun nicht mehr Ihrer Familie."

„Ja, das habe ich verstanden. Aber diese Namen. Sind das die neuen Eigentümer?" Sie zeigte auf einige der Firmen.

Die Dame sah sie mitfühlend an und nickte kaum merklich.

„Auch das darf ich Ihnen nicht bestätigen. Ich würde vorschlagen, sie sprechen mit meinem Vorgesetzten Herrn Ganda. Vielleicht kann er in dieser Sache mehr für Sie tun. Für einen Termin sprechen Sie am besten mit seiner Sekretärin. Das Büro ist im oberen Stock, Zimmer 416."

Jara bedankte sich und verließ das Büro.

Wie ihr gesagt wurde, ging Jara in den oberen Stock, vorbei an einer riesigen Kuppel aus bunt bemaltem Glas.

Sie klopfte an die Tür und wartete auf eine Reaktion. Da diese ausblieb, klopfte sie erneut. Nach ein paar Minuten spähte eine Sekretärin heraus, die sich ihr Anliegen anhörte und sie bat, einen Moment Platz zu nehmen und weiter zu warten.

„Ich will doch nur die Grundbuchauszüge und Kaufverträge sehen, das kann doch nicht so schwer sein.“, murmelte sie zu sich und legte ihren Kopf in die Hände. Sie war immer noch davon überzeugt, dass dies ein großes Missverständnis war.

„Verzeihung Senhorita.“

Sie schrak auf und blickte die Sekretärin an, „Ja?“

„Senhor Ganda wird Sie erst morgen empfangen können. Bitte kommen Sie gegen zehn Uhr.“

„Natürlich, ja in Ordnung. Vielen Dank.“ Ihr fiel es schwer, ein Lächeln herauszupressen.

Sie hatte den ganzen Nachmittag in diesem Gebäude verbracht und hatte nichts erreicht. Seufzend setzte sie sich draußen auf die steinernen Stufen und beobachtete eine Weile die Leute um sie herum.

Plötzlich merkte sie, dass auch sie beobachtet wurde. Im Schatten des Gebäudes saß ein Wachtmeister auf einem alten hölzernen Stuhl und lächelte sie freundlich an. Sie lächelte zurück. Der Stuhl war bestimmt schon so alt wie der Wachtmeister, der darauf saß. Sie schätzte den alten Mann gut und gern auf siebzig Jahre.

In Gedanken ließ sie das Gespräch mit der Dame auf dem Grundbuchamt Revue passieren, dann stand sie entschlossen auf und machte sich auf den Weg zu dieser einen Adresse.

Angekommen bei der Adresse, auf die mehrere Firmen gemeldet waren, blickte sie sich um.

Das hatte sie nicht erwartet. Die Adresse lag mitten in Rios Geschäftsviertel. Etliche namhafte Firmen, Banken und Regierungsgebäude waren dort angesiedelt.

Als sie endlich vor dem gesuchten Gebäude stand, überprüfte sie mehrmals die Hausnummer. Sie war richtig, daran bestand kein Zweifel. Das Gebäude war sehr hoch und die Fassade mit Stein verkleidet. Die Fenster alle bodentief und mit goldfarbenen Schnörkeln verziert. Neben der Eingangstür hingen goldene Namensschilder. Jara fuhr mit dem

Zeigefinger darüber und entdeckte vier der ihr kürzlich bekannt gewordenen Firmennamen.

Sie atmete tief ein und stieß mit einem Ruck die schwere Glastür auf. Die kalte Luft und das leise Surren der Klimaanlage kamen ihr entgegen. Hinter ihr fiele die Tür lautlos ins Schloss und sperrte den Straßenlärm draußen aus. Die Still, welche in dem Gebäude herrschte, lag schwer in der Luft.

Vereinzelt hörte man klingelnde Telefone und durch den Flur konnte man die eine oder andere Person schnellen Schrittes von Zimmer zu Zimmer eilen sehen.

Im eher klein gehaltenen Eingangsbereich saßen zwei Damen hinter einem Tresen aus Marmor.

„Entschuldigen Sie bitte, in welchem Stockwerk finde ich diese Firma.“ Sie schob einer der Damen eine Visitenkarte über den Tresen.

Die Dame lächelte sie an, „Haben Sie einen Termin Senhorita?“

Das Lächeln der Dame erinnerte sie an einen TV-Spot für Zahnpasta. „Nein, ich wollte ...“

„Wen darf ich anmelden?“, fiel die Dame ihr ins Wort.

„Es geht um ...“

Wieder unterbrach sie die Dame barsch, verlor aber niemals ihr Lächeln. „Ihren Namen bitte.“

„Jara Maria da Silva.“, entgegnete sie knapp.

Die Dame wählte eine Nummer. Jara drehte sich vom Tresen weg und sah sich ein wenig um.

„Senhorita da Silva, leider ist heute keiner mehr zu sprechen. Möchten Sie eine Nachricht hinterlassen?“

Sie wandte sich wieder der Dame zu.

„Nein ist schon in Ordnung. Könnten Sie es bitte bei dieser Firma auch einmal versuchen?“ Sie nahm die erste Visitenkarte wieder an sich und streckte der Dame die zweite entgegen.

„Selbstverständlich.“

Aber auch bei den Firmen der zweiten und dritten Visitenkarte war keiner zu sprechen.

„Vielleicht habe ich bei dieser hier Glück.“

Die Dame hinter dem Tresen rollte genervt mit den Augen.

„Tut mir leid Senhorita, diese Firma ist nicht mehr in diesem Gebäude angesiedelt.“, sagte sie freundlich und schob ihr die Karte über die Theke zurück, bevor sie diese überhaupt angesehen hatte.

„Aber draußen auf dem Schild steht doch der Name.“
„Wie gesagt, sie sind nicht mehr in diesem Gebäude.“
„Vielen Dank für Ihre Hilfe.“, sagt Jara seufzend und verließ das Gebäude.

Die zweite Dame hinter dem Tresen hatte das Gespräch zwischen ihrer Arbeitskollegin und Jara belauscht. Sie war daraufhin auf die Toilette verschwunden und tippte nun hektisch eine Nummer in ihr Handy.
„Gerade war eine Frau hier, die sich nach den Firmen deines Bosses erkundigt hat.“ Die Dame lehnte sich an die Waschbecken und hörte der Stimme am anderen Ende zu.
„Ihr Name war Jara Maria da Silva. Sie wollte mit Mitarbeitern aus vier der Firmen sprechen.“ Wieder lauschte die Dame der Stimme am anderen Ende der Leitung.
„Was sie genau wollte, weiß ich nicht. In Ordnung, ich melde mich wieder, sollte sie nochmals auftauchen.“ Die Dame beendete das Gespräch, zupfte ihren Ausschnitt zurecht und ging zurück zur Arbeit.

Kapitel 10

Müde schloss Jara die Wohnungstüre auf. Ramon hatte gekocht, die ganze Wohnung duftete köstlich.

„Du hast gekocht.“, stellte sie überflüssigerweise fest, als sie die Küche betrat und ihm über die Schulter blickte.

„Nur ein wenig.“

Das allerdings war untertrieben. Er hatte Reis und Bohnen aufgesetzt, frisches Gemüse angebraten und für sich ein Stück Fleisch zubereitet.

„Riecht sehr lecker.“

Er drehte sich zu ihr. „Hattest du einen anstrengenden Tag?“

„Kann man wohl sagen.“, schnaubte sie, dann fiel ihr Blick auf die Zeitung, die auf dem Tisch lag.

„Wir haben es auf das Titelblatt geschafft.“ Er musste lachen.

Auf dem Titelbild des Magazins war eine Aufnahme aus der letzten Nacht von den beiden zu sehen. Das Foto musste auf dem Heimweg geschossen worden sein, denn es zeigte, wie er sie huckepack trug.

„Oh nein, das ist nicht dein Ernst?“

„Ich kann nichts dafür.“

„Doch kannst du, du bist der Star, nicht ich.“ Sie nahm die Zeitung in die Hand, verdrehte die Augen und las die Schlagzeile laut vor. „Fußballstar und Held der Frauen.“ Sie prustete los.

„Wenn die wüssten, dass ich dich früher aus den Schlammpfützen gezogen habe.“ Kichernd setzten sie sich an den Tisch und aßen.

Draußen war es bereits dunkel, als Ramon eine Idee kam.

„Lass uns die Sterne und die Lichter der Stadt ansehen. Ich habe hier eine kleine Dachterrasse, der Ausblick ist wirklich schön.“

Sie mussten aus dem Fenster klettern und mit einer kleinen Leiter weiter hoch aufs Dach.

Die Dachterrasse stellte sich als kleines Stückchen Flachdach heraus, aber der Ausblick war wirklich wunderschön. Das Dach war von der Sonne noch warm und vor ihnen breiteten sich die Lichter der Stadt, wie ein nicht enden wollendes Meer, aus. Über ihnen leuchteten die Sterne.

„Es sieht so aus, als würden die Lichter der Stadt mit den Sternen um die Wette leuchten."

Die beiden genossen diese kleinen Momente zu zweit immer sehr. Ramon redete ununterbrochen und erzählte ihr ausgiebig, was sie die letzten Jahre alles verpasst hatte. Irgendwann schlief sie ein.

Als sie wieder aufwachte, war auch Ramon eingenickt. Er sah so friedlich aus, wie er auf dem Dach lag, dachte sie sich.

„Du hast das kleine Glück hier so sehr verdient.", sagte sie leise, während sie ihm über den Kopf streichelte.

Jara seufzte. Sie liebte ihn wie einen Bruder. Er hatte keine leichte Kindheit durchlebt, auch deswegen würde sie alles für ihn tun, wirklich alles.

„Ramon." Sie rüttelte ihn sanft wach, „Ramon, wach auf. Wir sind eingeschlafen. Komm mit, wir gehen ins Bett."

„Ja ist gut." Er rieb sich die Augen und streckte sich.

„Ramon, wir sind auf dem Dach, wir können doch nicht hier oben schlafen.", kicherte sie und versuchte ihn wach zu rütteln.

Dann kletterten die beiden herunter vom Dach und wieder durch das Fenster, hinein in die Wohnung.

„Jara?"

„Ja."

„Was machst du morgen?", fragte er schlaftrunken, nicht einmal seine Augen waren geöffnet.

„Ich habe morgen einen Termin in der Stadt. Wieso fragst du?"

„Aber nicht wieder beim Amt, oder? Ich muss besser auf dich aufpassen."

„Lass uns schlafen gehen, Ramon. Wir sprechen morgen."

Sie schob ihn in sein Zimmer und legte sich dann auf das Schlafsofa.

Woher wusste er, dass sie heute auf dem Amt gewesen war, sie hatte es nicht erwähnt oder doch?

Am nächsten Morgen war sie eine halbe Stunde zu früh zu ihrem Termin eingetroffen. Typisch deutsch, dachte sich Jara und verdrehte die Augen. Wie sie es hasste, sich bei diesen Klischees zu ertappen. Das frühe Aufstehen hatte sich nicht ausgezahlt, denn nun musste sie länger warten.

Die Sekretärin teilte ihr zusätzlich die Verspätung von Senhor Ganda mit. Er würde erst in gut einer Stunde Zeit für sie haben. Sie schnaubte, hatte sie denn eine andere Wahl, als geduldig zu warten?

Sie beschloss sich die Zeit mit einem Kaffee zu überbrücken und ging den Gang hinunter bis zur Treppe.

Abwesend stieg sie die Treppe hinab, konnte ihren Blick nicht von der gläsernen Kuppel abwenden und stieß prompt mit jemandem zusammen.

„Aua, oh nein! Entschuldigen Sie bitte. Wie ungeschickt. Tut mir wirklich leid.“, entschuldigte sie sich tausendmal.

Sie war frontal mit einem Mann zusammengestoßen. Er hatte seinen Kaffee die Treppe hinauf balanciert und Jara ebenfalls übersehen. Nun war der Becher leer und die braune, heiße Flüssigkeit auf seinem Shirt verteilt.

„Kein Problem, ich muss mich entschuldigen, ich habe Sie nicht gesehen.“, erwiderte er, blickte aber nicht auf.

Er war zu sehr damit beschäftigt, seine Unterlagen vor dem Kaffee zu retten, was ihm jedoch nicht gelang. Wie in einem Wirbelsturm flogen nun auch einzelne Blätter die Treppe hinunter. Jara musste unweigerlich grinsen. Er stand da wie ein begossener Pudel und er tat ihr leid. Erst jetzt hob er seinen Kopf und blickte sie an.

Sie hob sich schnell die Hand vor den Mund, denn sie wollte ihn nicht auslachen. Er sah so tollpatschig aus, wie er da zwischen all dem kleinen Unglück auf der Treppe stand.

„Wow hast du blaue Augen. Ähm, ich meine, … mein Name ist Mijo.“ Verlegen streckte er ihr die Hand entgegen.

„Ich bin Jara und du hast braune Augen.“, lachte sie und schüttelte Mijos Hand.

Sie lief die Treppe hinunter und sammelte die Unterlagen ein.

„Nein, das musst du nicht machen.“

Mijo eilte ihr hinterher und wollte helfen, die Papiere einzusammeln. Bei dem Versuch vielen ihm die Stifte und der Notizblock aus dem offenen Rucksack.

„Doch ich glaube ich muss.“, kicherte sie.

„Danke."
„Arbeitest du hier?"
„Ja, also nein, ich bin Journalist und recherchiere für einen neuen Artikel. Ich arbeite also gerade schon, aber nicht für den Staat."
„Ich habe noch ein wenig Zeit bis zu meinem Termin, ich besorge dir einen neuen Kaffee."
„Nein schon in Ordnung. Das musst du nicht, ich habe schließlich nicht aufgepasst. Und außerdem, der Kaffee hier aus dem Automaten, ist nicht besonders gut.", winkte er ab.
„Wenn der Kaffee hier nicht gut ist, dann lass uns schnell in das Café auf der gegenüberliegenden Straßenseite gehen. Hast du Zeit? Ich würde meine Kaffeeschuld wirklich gerne begleichen."
„Ja, ja klar habe ich Zeit, aber lass mich dir dann wenigstens den besten Kaffee dieser Stadt zeigen. Ist nicht weit von hier, versprochen." Mijo lief los.
„Vorsicht.", wollte sie ihn warnen, aber es war schon zu spät. Da er sie noch immer ansah, knallte er gegen die Glastür.

Die beiden gingen ein paar Minuten zu einem kleinen Kiosk in einer Seitengasse. Auf der Straße standen einige Hocker, auf denen die Leute saßen, ihren Kaffee tranken und über das Leben philosophierten.
„Du hast recht, das könnte wirklich der beste Kaffee der Stadt sein.", bestätigte sie und roch an der dampfenden Tasse, die sie gerade bestellt hatte.
Er lächelte zustimmend.
„Du bist nicht von hier, nicht wahr? Dein Akzent ist… komisch."
„Mein Akzent ist komisch?", lachte sie. "Nein, ich bin nicht von hier, ich komme aus Deutschland."
Die beiden verstanden sich auf Anhieb super.
Mijo erzählte ein wenig von seiner Arbeit als Journalist und seinem Auslandssemester in Rom. Das Gespräch verlief leicht, denn auch Jara hatte während Ihres Studiums ein Auslandssemester in Rom absolviert.
„Journalismus hat mich auch immer sehr interessiert, ich hatte mich aber dann doch für Jura entschieden. Erzähl mal, wie ist das so, als Journalist die Welt zu verändern?"
„Ja die Welt verändern ...", er zog scharf die Luft ein, „es ist schwierig, bringt kein Geld und ist gefährlich, aber sonst ein absoluter Traumberuf. Während meines Studiums hatte ich den Schwerpunkt Politik gewählt, in

der Realität sind diese Themen aber mehr als sensibel. Ich berichte deshalb öfter auch mal über die aktuellen Ereignisse in Rio. Klatsch und Tratsch eben…“

„Bist du denn durch deine Berichterstattung schon einmal in eine gefährliche Situation geraten?“

„Ja. Ja, das kann man so sagen.“ er kratzte sich verlegen am Hinterkopf.

„An was arbeitest du gerade?“

„Ich schreibe die Biografie unseres Bürgermeisters, daher bin ich auch des Öfteren im Amt.“

„Ja verstehe.“

„Was wolltest du auf dem Amt? Bitte denke nicht, ich bin neugierig“ Mijo schmunzelte verlegen „aber, ich habe in letzter Zeit einige Stunden dort verbracht und kenne mich mittlerweile ziemlich gut aus. Vielleicht kann ich dir bei etwas helfen.“

„Ach, ich will nur einige Grundstücksurkunden meines Großvaters einsehen. Es gab wohl ein paar Fehler bei den Flurnummern und jetzt herrscht ein heilloses Durcheinander. Die Grundstücke sind meiner Familie sehr wichtig, aber ich will dich nicht damit langweilen.“

„Nein, du langweilst mich nicht. Das Grundbuchamt ist im ersten Stock den Flur entlang ganz hinten. Die Dame, die dafür zuständig ist, ist sehr nett.“

Sie lächelte „Ja, danke, dort war ich schon. Oh nein, ich habe total die Zeit vergessen. Tut mir leid, ich muss los.“

Beinahe hätte sie ihren Termin verpasst.

„Hier meine Karte. Falls du bei deinem Vorhaben Hilfe benötigst oder du mal wieder den besten Kaffee der Stadt trinken willst, ruf mich an.“, bot er an.

„Danke, werde ich.“

Sie stand auf und ging schnellen Schrittes los.

„Man sieht sich.“, rief er ihr nach ein paar Metern hinterher und hob unsicher die Hand zum Abschied.

„Bis bald Mijo.“ Sie drehte sich flüchtig um, dann tippte sie hastig >Danke für den Kaffee< und sendete ihm eine Textnachricht. Schnell eilte sie zurück zum Amt.

„Senhorita da Silva?“

„Ja.“ Sie hatte es gerade noch rechtzeitig zurückgeschafft.

„Senhor Ganda hat nun Zeit für Ihr Anliegen. Kommen Sie bitte mit.“

Die Sekretärin hielt ihr die Türe auf und ging dann zügig voraus. Sie trug ein graues, eng sitzendes Kostüm und ihre Pumps klapperten bei jedem Schritt.

„Danke.“, sagte Jara, als die Sekretärin vor einer Tür stehen blieb und ihr deutete hineinzugehen.

„Guten Tag Senhorita da Silva. Wie kann ich Ihnen helfen?”

„Guten Tag Senhor, vielen Dank, dass Sie sich Zeit für mich nehmen. Es geht um unseren Familiengrund im Amazonasbecken. Mein Großvater kam in seinen jungen Jahren als Forscher hier nach Brasilien und hatte große Gebiete gekauft. Nun habe ich herausgefunden, dass diese Gebiete auf fremde Namen beziehungsweise auf diverse Firmen laufen. Das muss ein Fehler sein. Mein Großvater hat zu Lebzeiten keines der Grundstücke verkauft und auch meine Großmutter hat niemanden die Grundstücke überschrieben. Einige davon wurden mir damals an meinem achtzehnten Geburtstag überschrieben und auch ich habe nichts davon weggegeben, geschweige denn verkauft. Ich hatte bereits mit der Dame, die für die Grundbucheinträge zuständig ist, ein Gespräch, sie meinte, sie können mir in dieser Sache vielleicht weiterhelfen. Gerne würde ich die Kaufverträge und alle aktuellen Unterlagen zu diesen Flurnummern einsehen. Ich bin immer noch überzeugt, dass es sich hierbei um einen großen Irrtum handelt.“

Er sah sich die Unterlagen lange an, schüttelte aber immer wieder den Kopf.

„Tut mir leid Senhorita. Die Unterlagen sind korrekt. Die Grundstücke gehören nicht mehr ihrer Familie. Wenn Sie möchten, kann ich die Unterlagen in Manaus anfragen. Dann sehen wir weiter.“

„Das kann unmöglich sein. Ja, fragen Sie die Unterlagen an. Ich muss wissen, wer dies veranlasst hat und…“

„Wir werden sehen, was wir tun können, aber machen Sie sich keine Hoffnung.“, wurde sie von Senhor Ganda unterbrochen, „Was wollen Sie überhaupt mit diesen Grundstücken, die liegen in der Wildnis. Dort gibt es nichts für Sie, rein gar nichts.“

In ihr brodelte es. Wie konnte er so etwas sagen?

„Wie meinen Sie, dort gibt es nichts? In diesem Gebiet leben Menschen! Menschen, an denen meinem Großvater sehr viel lag, genauso wie an der Wildnis, und genau darum hatte er die Gebiete gekauft, um die

Menschen und die Natur, in der sie leben, zu schützen. Ich würde also nicht sagen, dass es dort nichts gibt!"

Senhor Ganda zog hörbar die Luft ein und hob die Brauen.

„Wir werden uns bei Ihnen melden Senhorita da Silva."

„Wann denken Sie, bekommen Sie die Informationen aus Manaus?"

„Vielleicht in zwei oder drei Monaten."

„Zwei oder drei Monate? So lange kann ich nicht warten. Ich fliege in zwei Wochen zurück nach Deutschland."

„Tut mir leid Senhorita. Das ist die Bürokratie heutzutage. Ich werde Sie kontaktieren."

Es tat ihm keineswegs leid, dachte sie sich.

Er stand auf, öffnete die Tür und deutete ihr das Büro zu verlassen. Sie verstand, folgte ihm zur Tür, blieb dann aber stehen, sah Senhor Ganda kurz in die Augen und lief schließlich weiter.

„Benötigen Sie nicht meine Kontaktdaten?"

„Ach ja selbstverständlich. Bitte hinterlassen Sie diese unten am Empfang für mich." Er schloss die Tür.

Sie hörte, wie er den Schlüssel im Schloss drehte und anfing zu telefonieren.

Am Empfang wartete sie, bis sie an der Reihe war. Vor ihr beugte sich ein Mann lässig über den Tresen und tuschelte mit der Empfangsdame. Diese war sichtlich angetan, denn immer wieder ertönte ein leises und verlegenes Kichern. Nach ein paar Minuten bemerkte die Dame hinter dem Tresen sie endlich und blickte zu ihr.

Auch der Mann drehte sich um. „Hallo Senhorita, welch eine schöne Überraschung."

„Hallo Senhor Fernandes.", stammelte sie perplex.

Rio war eine Millionenstadt und ausgerechnet er musste ihr über den Weg laufen. Es war ihr sichtlich unangenehm, sie dachte, sie würde Rafael nach der Nacht im Klub nicht wiedersehen müssen.

Er schmunzelte, „Heute so förmlich?"

Sie überging seinen Kommentar, trat an den Tresen und hinterließ ihre Telefonnummer sowie die Adresse von Ramon. Die Dame notierte sich die Daten und versprach, diese an Senhor Ganda weiterzugeben.

„Um welche Angelegenheit geht es?"

„Senhor Ganda weiß Bescheid. Wir warten auf Rückmeldung aus Manaus.", fügte sie knapp hinzu und schielte verstohlen zu Rafael.

Er starrte sie immer noch an und genoss sichtlich ihre Unbehaglichkeit. Dieser selbstgefällige Blick und diese Arroganz, die er ausstrahlte, schüchterten sie ein.

„In Ordnung, vielen Dank Senhorita da Silva.“, sagte die Dame förmlich und widmete sich sofort wieder Rafael.

Sie bemerkte seinen Starren, wie er sie beobachtete, als sie das Gebäude verließ. Sie hätte gerne gewusst, was er dachte, aber sein Blick verriet nichts.

Kapitel 11

Rafael musterte Jara, während sie ihre Kontaktdaten an die Empfangsdame weitergab, beobachtete jede ihrer Bewegungen, wie sie verlegen wegsah, jeden Augenkontakt mit ihm vermied, nervös an ihrem Rock zupfte und sich ihre Haare hinters Ohr strich. Und dann konnte er doch noch ihren Blick erhaschen. Für eine Sekunde sahen ihre leuchtend blauen Augen ihn an.

Es war, als würde man einem hungrigen Wolf ein Lamm vor die Höhle legen.

Er neigte ein wenig seinen Kopf, sah sie an und überlegte, wie sie wohl schmeckte.

Wie sie sich wohl anfühlen würde?

Stellte sich vor, wie sie sich winden würde.

Wie sie unter seinen Berührungen erbeben würde.

Wie sie ihn anflehen würde, sie endlich zu erlösen.

Er räusperte sich, um nicht weiter seinen Fantasien nachzuhängen. So gerne er sich weitere Dinge ausmalen würde, hier ging es um das Geschäft.

Man hatte ihm bereits gesagt, das sie gestern Nachforschungen im Geschäftsviertel von Rio angestellt hatte und hartnäckig versuchte, etwas über seine Firmen herauszufinden.

Bei dem neuen Projekt im Amazonas hatte er sich auf Ärger eingestellt, nicht aber damit gerechnet, dass der Ärger in so einer außergewöhnlichen Gestalt auftauchen würde. Was für eine überaus angenehme Wendung. Es war einfach zu berauschend, um nicht davon zu kosten. Er würde sich nur allzu gerne auf das kleine Spielchen einlassen.

„Senhor Fernandes?"

Er ignorierte das hohle Geschwätz der Empfangsdame. Es nervte ihn, wie leicht die Frauen doch zu durchschauen waren. Schon fast stupide genau wusste er, welche Knöpfe er drücken musste, um an das zu kommen, was er wollte.

„Schätzchen, gib mir den Zettel.", befahl er.

Die Empfangsdame sah ihn verdutzt an und rührte sich nicht.

„Na los, Senhor Ganda wird ihn nicht benötigen!", fügte er forsch hinzu und streckte die Hand aus.

Sie riss den Zettel mit Jaras Kontaktdaten von ihrem Block und reichte ihn Rafael.

„Danke." Er starrte auf den Zettel und steckte diesen in seine Hosentasche.

Kurz nachdem Jara fluchtartig das Gebäude verlassen hatte, trat Lissandro durch die Tür, den Blick interessiert über seine Schulter nach draußen gerichtet.

„Habe ich eben die Frau aus dem Klub wiedergesehen?", fragte Lissandro Rafael, ohne ihn zu begrüßen.

„Ja, das war sie.", antwortete er knapp, wandte sich vom Tresen ab und richtete sich auf.

„Was tut sie hier?", fragte er und fügte nach einer kurzen Pause gedankenversunken hinzu, „Gestern war sie im Geschäftsviertel."

„Sagtest du schon."

„Macht sie Probleme?"

„Keine, die ich nicht in den Griff bekommen würde."

Beide starrten auf die Tür, durch die Jara eben verschwunden war.

„Du bist spät.", stellte Rafael mit einem Blick auf seine Armbanduhr fest.

„Es hat zwar länger gedauert, aber nun haben sie es garantiert verstanden und werden sich nicht mehr in unsere Geschäfte einmischen. Sie sind nicht lebensmüde. Sollten sie dennoch etwas Unüberlegtes tun, wird es hässlich." er folgte Rafael und rieb sich unterbewusst über seine Fingerknöchel.

Die beiden liefen durch die Eingangshalle des Amtes Richtung Treppe.

„Wenn sie kein Interesse an dir hat, dann könnte ich vielleicht mal mein Glück versuchen." Lissandro lachte laut auf, als sie die Treppe in den oberen Stock hinaufstiegen.

„Kein Interesse? In spätestens zwei Woche frisst sie mir aus der Hand."

„Träum weiter. Endlich kommst auch du mal an deine Grenzen."

Rafael blieb auf der obersten Treppenstufe stehen.

„Wollen wir wetten?"

„Um deinen schwarzen Mustang." Lissandro war bereits ein paar Schritte weiter den Gang entlanggelaufen und drehte sich nun zu ihm um, „Diese Wette gewinne ich!"

„Wir werden sehen." er konnte sich das Schmunzeln nicht verkneifen und holte Lissandro ein.

„Ich will einen Beweis, nur dein Wort zählt diesmal nicht. Ich bin mir sicher, sie wird dich nicht ranlassen."

„Ich werde dir ihr Höschen zum Frühstück servieren."

„Meine Herren."

Die beiden wurden von einem Herrn in einem braunen Anzug unterbrochen. Er räusperte sich vorsichtig und sah die beiden nervös und eingeschüchtert an. Blitzartig änderte sich Rafaels Haltung. Allein durch seinen Blick ließ er den Abgeordneten vor ihm verstummen und Schweißperlen auf dessen Stirn treten.

Kapitel 12

Als Jara die Türe nach draußen öffnete, schlug ihr die heiße Mittagshitze ins Gesicht. Es fühlte sich an, als würde sie gegen eine Wand laufen. Auf dem Platz vor dem Amt entdeckte sie einen Straßenverkäufer mit Limonade. Sie sprang die Steinstufen hinunter und kaufte zwei Becher. Mit den kalten Erfrischungsgetränken ging sie zurück zum Eingang des alten Gebäudes und reichte eines dem Wachtmeister, den sie gestern gesehen hatte.

„Guten Tag Senhor Guetteiro.“, sie las den Namen des Wachtmeisters an einem kleinen Schild, dass an der Uniform hing, ab. „Mein Name ist Jara.“

„Guten Tag Senhorita.“

Der Wachtmeister war sehr dankbar für die kleine Erfrischung und sie kamen schnell ins Gespräch. Nach einer kurzen Zeit erfuhr sie, dass Senhor Guetteiro schon sein Leben lang Wachmann beim Amt war. Er erzählte ihr all die kleinen und großen Geschichten, die im Laufe der Zeit passierten. Wie er als kleiner Junge mit seiner Familie nach Rio kam und schließlich als junger Bursche hier als Wachtmeister angefangen hatte. Er verliebte sich damals Hals über Kopf in die Empfangsdame.

Senhor Guetteiro erzählte, wie er um seine Liebe kämpfte, die schönste Frau der Welt heiratete und eine Familie gründete. Nun hatte er sogar schon Urenkel.

Er holte eine kleine lederne Brieftasche aus seiner Jacke und zeigte ihr stolz die Bilder seiner Familie.

Nach einer Weile verabschiedete sich Jara bei Senhor Guetteiro und schlenderte durch die geschäftigen Straßen der Stadt.

Sie wollte Ramon später noch vom Training abholen.

Als sie beim Stadion ankam, dämmerte es bereits.

„Hallo Jara, wie war dein Tag?“ Ramon lief ihr winkend entgegen. Über der Schulter hing seine Sporttasche und seine Haare waren noch nass vom Duschen.

„Hallo Ramon.“

Seine Kollegen tuschelten und lachten. Auch Jamiro war unter den Fußballern und winkte ihr zu.

„Hallo Jamiro.“, fügte sie schnell hinzu.

„Der arme Junge, du machst ihn noch ganz verrückt.“

„So ein Unsinn.“

Jara boxte Ramon sanft an die Schulter.

„Doch, wenn ich es dir sage. Seit unserer Partynacht spricht er nur noch von dir.“

„Ramon, lass gut sein. Ich habe Hunger. Wollen wir etwas essen gehen?“

„Sicher Maluca, was immer du willst.“ Kaum hatte er die Worte beendet, ging er in Deckung. Er wusste, dass sie nicht gerne Maluca, Verrückte, genannt wurde.

„Na warte, wenn ich dich erwische.“

Jara und Ramon hatten sich Coxhina, gefüllte Teigtaschen geholt und liefen an der Promenade entlang.

„Schnell beeile dich, Ramon, ich will den Sonnenuntergang nicht verpassen.“

Sie lehnten sich an eine Mauer und beobachteten, wie die Sonne allmählich zu einem feuerroten Ball wurde und hinter den Bergen verschwand. Alles wurde in ein warmes Gold getaucht.

„Wieso bleibst du nicht einfach hier?“

„Bevor ich zurückfliege, will ich nochmal zu Omi. Ich hatte sie schon so lange nicht mehr gesehen.“

„Ich meinte, wieso du nicht hier in Brasilien bleibst? Wieso willst du immer wieder zurück nach Deutschland?“

„Hör bitte auf damit. Das Thema hatten wir doch schon so oft.“

„Gefällt es dir hier nicht mehr?“

„Doch natürlich.“

„Du kannst bei mir wohnen. Wer weiß, wenn die Saison gut läuft, kaufe ich uns ein neues Apartment.“

„Du weißt um das geht es nicht. Ich habe mein Leben in Deutschland."

„Du kannst dir auch hier ein Leben aufbauen. Du hast mich und Omi und wer weiß vielleicht mal Jamiro.", scherzte er.

Sie rollte mit den Augen, „Ich ziehe her, heirate und bekomme Kinder und lebe glücklich bis an mein Lebensende?"

„Ganz genau."

„Ja natürlich und mein Studium werfe ich vorher hier ins Meer."

„Nein, das darfst du ruhig behalten.", witzelte er.

„Das wäre nicht ich und das weißt du genau."

Ihr Telefon vibrierte. Sie nahm es aus der Tasche und las grinsend die Nachricht.

„Wer schreibt dir?"

„Mijo, ich habe ihn heute kennengelernt. Er ist Journalist."

„Du triffst dich mit anderen Männern!", stellte er etwas verärgert fest.

Jara war immer wieder verwundert, wie schnell die Stimmung bei Ramon kippen konnte. Das war früher nicht so. Irgendwie wirkte er viel angespannter, seit sie sich vor zwei Jahren das letzte Mal gesehen hatten.

„Mach dich nicht lächerlich Ramon. Das steht dir nicht."

„Was steht mir nicht?"

„Die Eifersucht. Du weißt, du hast keinen Grund dazu."

„Ich bin nicht eifersüchtig. Ich mache mir Sorgen."

„Das musst du nicht. Ich kann sehr gut auf mich selbst aufpassen."

„Das scheint mir nicht so. Du warst heute wieder auf dem Amt und hast nach den Unterlagen aus Manaus gefragt, nicht wahr?"

„Woher weißt du davon?"

„Jara, ich flehe dich an, hör auf damit."

„Woher weißt du davon?", wiederholte sie mit strengem Ton.

„Du weißt nicht auf was du dich einlässt."

„Auf was lasse ich mich denn ein? Klär mich auf."

„Du warst lange nicht mehr hier. Das Leben ging weiter und es hat sich einiges geändert."

„Ich versteh dich nicht, was hat sich geändert?"

„Manchmal kann man sich nicht für richtig oder falsch entscheiden, man hat keine Wahl."

„Ramon, von was sprichst du, ich verstehe kein Wort. Man hat immer eine Wahl!"

Er drehte sich schnaubend weg.

„Was willst du mir eigentlich sagen?"

„Nichts Jara, vergiss es. Ich bitte dich nur darum, aufzuhören. Hör auf etwas zu suchen, das es nicht gibt. Du jagst Geistern hinterher. Bitte!" Seine Augen sahen sie flehend an.

„Na gut.", seufzte sie.

Sie dachte im Traum nicht daran aufzuhören. Irgendetwas ging hier vor sich. Er musste von ihren weiteren Recherchen nichts wissen. Aber woher wusste er, dass sie auf dem Amt war und was meinte er mit „man hat keine Wahl"?

In dieser Nacht fand sie keinen Schlaf, wälzte sich von links nach rechts. Ihr war heiß, dann wieder kalt und ihre Gedanken spukten wild in ihrem Kopf umher. Sie lag auf dem Rücken und starrte die Decke an.

„Was solls.", flüsterte sie zu sich und setzte sich auf.

Auf ihrem Schoß klappte sie ihren Laptop auf und kramte die Visitenkarte von Mijo aus ihrem Geldbeutel.

„Dann schauen wir mal, was über dich im Internet zu finden ist."

Erst stieß sie auf die bekannten Social Media Einträge, die heutzutage so ziemlich jeder hat. Dann aber fand sie einige Berichte, die er geschrieben hatte. Sein Portfolio schien ziemlich bunt zu sein. Er schrieb über den letzten Karneval, über die touristischen Auswirkungen auf das Land, über einen Brand in der Bibliothek und tatsächlich auch über einen Unfall, den er erwähnt hatte.

Kurz bevor sie die Suche beenden wollte, zog eine Schlagzeile ihre Aufmerksamkeit auf sich. Als sie die Schlagzeile anklickte, um den Artikel zu lesen, war dieser allerdings nicht mehr verfügbar.

Das kam ihr seltsam vor und sie scrollte weiter und weiter nach unten.

„Geldwaschanlage Favela. Wie die Familie Fernandes ins Visier der Behörde gerät.", las sie leise. Auch dieser Artikel konnte nicht geöffnet werden, die Seite war inaktiv.

Sie fand noch einen Artikel, in dem der Familienname Fernandes die Schlagzeile zierte. „Das Fernandes Imperium wächst." Dieser Artikel ließ sich öffnen, war aber zum größten Teil geschwärzt. Weitere Artikel über die Wahl in Brasilien, illegalen Grundstückshandel, das Wasserkraftwerk und die Korruption des Landes, all diese Artikel konnte sie nicht öffnen. Entweder ihr wurde der Zugang verweigert, die Seite war inaktiv, der Beitrag gelöscht oder bis zur Unleserlichkeit geschwärzt.

„Das gibt es doch nicht. Was hast du nur entdeckt Mijo?"

Hastig fischte sie ihr Telefon aus der Tasche und textete ihm.

> Noch wach? <

> Nein. <

> Gut, ich habe Fragen. <

> Es ist ein Uhr nachts. Morgen Treffen? <

Sie ging nicht auf seinen Vorschlag ein und fiel direkt mit der Tür ins Haus.

> Ich habe mich im Internet über dich erkundigt und habe viele Artikel gefunden. <

> Hoffe sie gefallen dir. <

> Kann sie nicht lesen. <

> Oh, diese Artikel. <

> Dass dich der Journalismus in Gefahr gebracht hat, war nicht übertrieben. <

> Nein war es nicht. Worauf willst du hinaus? <

> Was weißt du über den illegalen Grundstückshandel? <

Eine ganze Weile antwortete Mijo nicht auf ihre Frage. Sie stand auf und ging in die Küche, um sich ein Glas Wasser zu holen. Dann endlich vernahm sie das leise Vibrieren ihres Telefons. Schnell eilte sie zurück zum Sofa.

> Besser du stellst keine Fragen! <

> Bitte. <

> Nein, glaub mir. <

> Wo kann ich den Artikel nachlesen? <

> Gar nicht. Wurden alle aus dem Netz genommen. <

Sie textete ihm einen traurigen Emoji.

> Wieso willst du das wissen? <

> Es interessiert mich. <

> Wieso? <

> Nur so… Gute Nacht. <

Sie warf das Handy auf ihr Kissen und fuhr sich mit den Händen durch die Haare. Ihr war bewusst, dass sie Mijos Vertrauen gewinnen musste, bevor er ihr mehr erzählen würde. Er wusste etwas und konnte ihr vielleicht helfen.

Kapitel 13

Am nächsten Tag hatte Ramon vormittags frei und schlug vor, die Zeit gemeinsam am Strand zu verbringen.

Sie sprangen ins kühle Nass und vergruben die Füße im Sand.

„Weißt du noch? Wie früher als Kinder.“, sagte er und strahlte über beide Ohren, als er mit zwei Softeis vom Eisverkäufer zurückkehrte.

„Erzähl bloß nicht Oma Avó, dass wir vor dem Mittag schon ein Eis essen.“, kicherte Jara.

Der Vormittag ging viel zu schnell vorbei und sie zog eine Schnute, als Ramon aufstand und zum Training musste. Sie blieb noch eine Weile liegen, ließ ihren Blick in die Ferne schweifen und dachte einfach einmal an nichts.

Wie gut es ihr doch ging. Sie musste keine Angst haben, ihr Zuhause, ihre Familie und ihre Existenz zu verlieren. Sie musste sich keine Sorgen machen. Oder etwa doch?

Ihre Gedanken schlichen sich wieder zu den Erzählungen ihrer Großmutter.

„Nein heute nicht.“, murmelte sie zu sich selbst. Sie wollte heute ihren Kopf frei machen und sich nicht mit Dingen beschäftigen, die sie noch nicht verstand. Also zog sie sich schnell ihr weißes Strandkleid über ihren Bikini und schnappte sich ihre Tasche.

Um der Mittagshitze zu entgehen, besuchte sie den botanischen Garten Rios. Sie war mit ihrem Vater oft hierhergekommen. Er erzählte ihr immer wieder die Geschichte, wie er ihre Mutter hier im Garten kennengelernt hatte.

Jara lief die Allee aus riesigen Palmen entlang, deren massiven Stämme kerzengerade links und rechts vom Weg in den Himmel ragten. Die

Enden der langen Stämme wurden von dunkelgrünen, palmtypischen, gefiederten Blättern gekrönt.

Um die Mittagszeit war es im Garten immer sehr voll. Viele Leute flüchteten in den kühlen Schatten der grünen Gewächse.

Der majestätische Springbrunnen bildete das Zentrum des Gartens und war die beliebteste Attraktion, nicht nur bei den Touristen. Jara kannte zum Glück einen kleinen Platz, den die meisten Besucher nicht wahrnahmen.

Vorbei am Seerosenteich lief sie die staubigen Wege entlang, weiter in den Garten hinein.

Sie stieg ein paar steile, mit Pflanzen bewucherte Stufen hinab, bis sie zu einem Steinbänkchen kam. Die Bank stand unter einem großen Baum und war beinahe vollständig grün bewachsen.

Sie setzte sich auf den kühlen Stein und hörte dem Gezwitscher der Vögel und dem Surren der Insekten zu.

Im Schatten wuchs eine wilde Orchidee, ihre Lieblingspflanze. Sie packte ihr Notizheft aus und fing an zu zeichnen. Mit dem Bleistift zeichnete sie zuerst die Umrisse und versuchte dann die Schattierungen mit ihren Fingern zu wischen. Sanft strich sie mit der Fingerkuppe über das Papier.

Vertieft in ihre Zeichnung, bemerkte sie nicht, wie jemand die Stufen hinabstieg und sich zu ihr auf die Steinbank setzte.

„Hallo Jara."

Sie fuhr erschrocken herum.

„Du, … du bist es.", stotterte sie.

„Ja, ich bin es. Wen hattest du denn erwartet?", fragte Rafael.

Sie strich sich eine Haarsträhne hinters Ohr.

„Niemand, ich hatte nur nicht bemerkt, dass du die Treppe heruntergekommen bist. Diesen Platz hier kennen nicht so viele, deshalb hatte ich nicht erwartet..." Sie merkte, wie sie belanglos vor sich hinplapperte und hörte schließlich mitten im Satz auf.

„Es scheint, unsere Wege kreuzen sich ständig."

„Ja." sie zögerte, misstrauisch sah sie ihn an, „scheint wohl so."

Sein Blick fiel auf das Notizbuch und auf die Zeichnung der Blüte. Instinktiv hielt sie das Notizbuch mit beiden Händen umklammert, gegen ihre Brust.

„Du hast Talent, die Zeichnung ist dir wirklich gut gelungen."

„Danke.", sie stand von der Steinbank auf, legte ihr Notizbuch ab und ging zu der Blume.

„Wusstest du, dass Orchideen zu den ältesten Pflanzen der Welt gehören? Die wilden Orchideen im Amazonas leben von der Luft des Regenwaldes. Sie sind nicht nur außergewöhnlich schön, sie besitzen auch Heilkräfte."

Jara betrachtete begeistert die makellosen Blütenblätter mit den kräftigen Farben und verspielten Mustern. Sie fuhr behutsam mit den Fingerspitzen über die sanften Linien der Blüten und stellte sich die Frage, warum er ihr das erzählte.

Sie ließ ihren Blick von der Blume ab und merkte erst jetzt, dass er dicht neben ihr stand und sie durchdringend anstarrte. Überrumpelt von der plötzlichen Nähe blinzelte sie schnell und versuchte die Situation einzuordnen.

Im selben Augenblick spürte sie seine warmen Lippen auf ihren. Den Bart über ihre Haut streichend. Fordernd schmiegten sich seine Lippen immer fester auf ihre, nahmen ihr die Luft. Sie starrte ihn mit großen Augen an. Damit hatte sie nun wirklich nicht gerechnet. Seine Hände umfassten ihre Schultern und ließen ihr keinen Millimeter Freiheit.

Sein Zungenspiel war forschend, immer intensiver, beinahe so, als würde er die Kontrolle verlieren. Für den Bruchteil eines Momentes schien der Gesang der Vögel aufzuhören, die Insekten verstummten und Stille schwebte in der Luft, nur um im nächsten Moment doppelt so laut zurückzukehren. Ihre Hände stießen gegen seine Brust. Wenig beeindruckt ließ er von ihren Lippen ab, reagierte ansonsten aber nicht. Er starrte in ihre Augen, als ob er etwas suchen würde, auf eine Reaktion warten würde. Schließlich ließ er sie los. Sie schnappte nach Luft. Sie hatte das Gefühl, ihr wurde der Boden unter den Füßen weggezogen. Sie konnte nicht genau sagen, was in seinen Augen lag, konnte den Ausdruck nicht deuten. Dann war es wieder da, sein überhebliches und kühles Grinsen. Reflexartig holte sie mit ihrer Hand aus, doch er fing sie ab und umschloss fest ihr Handgelenk. Belustigung blitze in seinen Gesichtszügen auf.

„Du hast verloren, weißt du nicht mehr? Ich wollte nur meinen Gewinn einlösen." Mit diesen Worten verschwand Rafael so schnell, wie er aufgetaucht war.

Sie starrte ihm hinterher. Was sollte das? Woher wusste er, dass sie hier im Garten war und noch dazu in einem sehr abgelegenen und versteckten Teil der Anlage?

Abwesend strich sie mit ihrem Zeigefinger über ihre Unterlippe. Wieso hatte er sie geküsst und war dann fluchtartig verschwunden?

Wer war dieser Mann?

Was steckte hinter Rafael Fernandes?

Sie konnte bisher nicht viel über ihn herausfinden, dennoch tauchte sein Name immer wieder auf. Irgendetwas war im Gange, da war sie sich sicher.

Nun war sie wieder allein, allein in dem riesigen Garten mit tausend Fragen.

Er war ihr unheimlich und sie traute ihm kein bisschen, aber wenn dieser fremde Mann sie so anblickte, verlor sie sich in seinen Augen.

Sie lief noch eine ganze Weile im Garten umher.

Die Tage in Rio flogen nur so an ihr vorbei.

Kapitel 14

Lässig ging Rafael die staubigen Wege durch den Garten auf den Ausgang zu. Er war sich sicher, sie würde schon bald wie Wachs in seinen Händen dahinschmelzen, auch wenn sie sich jetzt noch etwas sträubte. Das gefiel ihm, forderte ihn heraus. Er würde sie einfach erobern, zu seinem Konto dazu zählen und die verdammte Wette gewinnen. So würde er zwei Fliegen mit einer Klappe schlagen. Er gewann die Wette und er würde sie dazu bringen, mit der Fragerei aufzuhören. Wer weiß, was sie alles herausfinden konnte.

Sie war stur und so wie es schien, fest entschlossen den Dingen, über die sie gestolpert war, auf den Grund zu gehen.

„Nun spielen wir mein Spiel.“, murmelte er vergnügt vor sich hin und setzte sich auf den Beifahrersitz seines schwarzen Mustangs.

Lissandro wartete bereits mit laufendem Motor auf ihn.

„Sie hat dich wieder abblitzen lassen.“, stellte Lissandro amüsiert fest.

Rafaels Grinsen breitete sich über sein ganzes Gesicht aus, er trommelte vergnügt mit beiden Händen auf die Armatur. Das war Lissandro Antwort genug. Kopfschüttelnd setzte er seine Sonnenbrille auf, fuhr los und konnte sich ein Schmunzeln nicht verkneifen.

„Du bist gerade dabei, die Wette zu verlieren und dieses Baby hier wird in wenigen Tagen mein sein.“

Er drückte das Gaspedal durch und der Motor beschleunigte, gefolgt von einem kurzen aufheulen.

Aus dem Radio drang laut der Bass der Musik. Als Rafaels Telefon klingelte, drehte er die Musik etwas leiser und ging ran. „Ja?“

Aus dem Hörer drang eine Frauenstimme direkt und fordernd.

„Nein Mutter, ich werde diesmal nicht zu spät sein." Er verdrehte die Augen, „Samstagabend. Ist gut, ich werde dort sein." Dann legte er wieder auf.

Er war für Samstag mit seiner Mutter zum Abendessen verabredet. Geschäftlich verstand sich. Sie war nicht die typische Mutter, die ihm als Kind den Schmutz aus dem Gesicht putzte, nein, sie war an erster Stelle Geschäftsfrau und das ziemlich erfolgreich. Bis zum Tod von seinem Vater war sie die Frau hinter einem der mächtigsten Männern Rios. Doch nun war sie die Gründerin eines ganzen Imperiums, das sie jahrzehntelang mühsam, gemeinsam mit ihm, aufgebaut hatte.

In den letzten beiden Jahren hatte sie sich immer weiter vom Geschäft zurückgezogen und überließ ihm das Imperium. Ganz loslassen konnte sie jedoch nicht, und so fanden regelmäßig kleine Treffen statt, bei denen sie das ein oder andere Mal versuchte, die Fäden in die richtige Richtung zu ziehen.

Kapitel 15

Die ersten Sonnenstrahlen weckten Jara. Sie genoss das Gefühl der warmen Lichtstrahlen auf ihrer Haut, streckte und reckte sich im Bett, bevor sie mit viel Schwung die Bettdecke zur Seite warf und aufstand. In der Küche holte sie sich ein Glas Saft und trat auf den Balkon, um die Morgenluft einzuatmen. Mit einem flüchtigen Blick sah sie die Mails auf ihrem Telefon an, legte es dann aber schnell zur Seite und lachte der Sonne entgegen.

Die Straße zu ihren Füßen war bereits voller Leben.

Sie wurde ungeduldig, ihre Zeit hier in Rio war schließlich begrenzt.

Sie ging wieder hinein und fing an, sich für den Tag bereit zu machen. Gerade als sie sich die Zähne putzte, hörte sie die Melodie ihres Telefons. Irgendjemand rief sie an. Sie spuckte den weißen Schaum ins Waschbecken, spülte ihren Mund mit Wasser aus und eilte ins Wohnzimmer. Wo hatte sie es nur wieder hingelegt. Die Melodie hörte nicht auf zu singen und ertönte in Dauerschleife. Jara lief kreuz und quer durch die kleine Wohnung und fand es auf dem Balkon wieder. Sie stand da, nur in Unterwäsche und einem zerzausten Dutt auf dem Kopf, aber das war ihr egal.

„Mama?", sagte sie schnell, als sie den Anruf entgegennahm. „Tut mir leid, ich hatte nicht erwartet, dass du schon so früh wach bist. Wie spät ist es bei euch, 5 Uhr?" Sie späte in die kleine Küche an die Wanduhr.

Sie plauderte eine Weile mit ihrer Mutter. Als die Nachbarin unten in dem kleinen Vorgarten auftauchte und sie mit einem bösen Blick bestrafte, verabschiedete sie sich und legte auf.

„Guten Morgen Gabriela." Zum Trotz, übertrieben lächelnd winkte sie der Vermieterin zu.

Gabriela schüttelte den Kopf und verließ das Grundstück durch das vordere Eingangstor. Jara konnte sich ein Lachen nicht verkneifen. Sie stand immer noch in Unterwäsche auf dem Balkon, vielleicht sollte sie sich jetzt erst einmal anziehen. Im Wohnzimmer schaltete sie das Radio ein und drehte den Song, der gerade lief, laut auf. Tanzend fischte sie eines ihrer Sommerkleider aus ihrem Koffer und zog sich an.

Danach versuchte sie die Firmen, die laut Grundbuchamt nun Eigentümer ihrer Grundstücke waren, abermals telefonisch zu erreichen, doch wie die vielen Male zuvor, ging niemand ans Telefon oder reagierte auf die Nachrichten, die sie hinterließ. Das energische Klopfen an der Türe ließ sie aufhorchen. Sie beendete den Anruf und ging quer durch das Wohnzimmer in Richtung der Eingangstüre. Wieder ertönte das Klopfen, das mittlerweile in ein Poltern überging.

„Ja ich komme schon.“, flüsterte sie mehr zu sich.

Das Klopfen hörte nicht auf, nun bewegte sich der Türgriff.

„Ja doch, ich komme schon!“, rief sie dem Poltern entgegen.

Gerade als sie die Tür erreichte und den Griff betätigte, wurde die Tür von außen aufgestoßen und Gabriela stürmte hinein. Sie sah sich suchend um.

„Ich hatte dir gesagt, ich will hier kein Gesindel!“ Sie deutete mit dem Zeigefinger auf Jara und sah sie misstrauisch an.

„Natürlich ich weiß, aber ich versteh nicht…“

Gabriela ließ sie nicht ausreden. „Verkauf mich nicht für dumm. Schon seit Tagen lungern sie hier herum.“

Jara sah sich verdutzt um.

„Wer lungert hier herum?“

„Den ganzen Tag schleichen sie die Straße rauf und runter. Du denkst vielleicht, ich merke das nicht!“

„Gabriela, ich weiß nicht, von was du sprichst.“

„Ich warne dich, zieh Ramon nicht in irgendwelche krummen Geschäfte. Ich sagte kein Gesindel!“, mit diesen Worten stürmte Gabriela wieder aus der kleinen Wohnung und warf die Tür schwungvoll hinter sich zu.

Zurück blieb Jara, die ihr verdutzt nachsah und bei dem lauten Knall, welche die Türe verursachte, kurz zusammenzuckte. Kopfschüttelnd ging sie auf den Balkon und sah runter auf die Straße, konnte aber niemanden verdächtigen entdecken.

Als sie später nach etlichen Anrufen und Warten in der Telefonschleife niemanden auf dem Amt erreichte, ging sie kurzerhand vorbei. Sie plauderte ein wenig mit Senhor Guetteiro, der sie herzlich begrüßte und ging dann rein.

Am Empfang versicherte man ihr, dass keine Nachrichten aus Manaus gekommen seien und sie doch etwas Geduld haben solle. Das war das Problem. Wenn sie eins nicht hatte, dann war es Geduld. Im Hintergrund hörte sie Stimmen, die ihr sehr bekannt vorkamen. Sie verstand nur Wortfetzen. Sie spähte die Treppe hinauf. Nun war sie sich sicher. Sie konnte ihn zwar nicht sehen, aber seine Stimme war unverkennbar. Tief und rau.

Oben stand Rafael Fernandes und so wie es sich anhörte, sprachen die Männer im oberen Stock über Grundstücke und Rodungen im Amazonasgebiet und in Mato Grosso.

„Mist, was macht der schon wieder hier?“, fragte sie sich flüsternd.

„Senhorita kann ich Ihnen sonst noch weiterhelfen?“, sprach die Dame am Tresen sie genervt an.

„Ähm nein, nein, alles in Ordnung, ich werde jetzt gehen.“, sie strich sich ihr Kleid glatt und lauschte ein letztes Mal.

„…um das Problem werde ich mich persönlich kümmern. Verlassen Sie sich darauf. Machen Sie nur ihre Arbeit richtig. Guten Tag Senhor Ganda.“

Die Stimmen schienen sich zu verabschieden. Schnell huschte sie aus dem Gebäude. Sie suchte Zuflucht bei Senhor Guetteiro und setzte sich auf die Stufen hinter seinen hölzernen Stuhl.

„Senhorita was…?“

„Pssst, er darf mich hier nicht schon wieder sehen.“

Der Wachmann reckte sein Kinn und baute sich vor dem Stuhl auf, so wurde sie vollständig bedeckt.

Einige Männer traten aus dem Gebäude heraus, stiegen in Autos und fuhren davon.

„Stecken Sie in Schwierigkeiten Senhorita?“

„Ich weiß es nicht.“, murmelte sie.

Rasch zog sie ihr Telefon aus der Tasche und textete Mijo.

> Kaffee?? <

Er antwortete sofort > Gern. Wann? <

> Jetzt <

Im Café musste sie nicht lange auf Mijo warten. Sie saß auf einem der äußersten Stühle an der Wand und grübelte. Als sie ihn entdeckte, winkte sie ihm.

„Hier drüben bin ich."

„Wieso setzt du dich so abseits?"

„Ich habe uns schon zwei Tassen Kaffee bestellt."

„Oh gut. Wie geht es dir?"

„Gut denke ich, aber ich muss dich dringend etwas fragen. Was hat es mit diesen Artikeln auf sich? Wieso sind all diese Artikel aus dem Netz genommen worden?"

Er zog fragend die Augenbrauen hoch.

„Von welchen Artikeln sprichst du?"

„Geldwäsche, illegaler Grundstückshandel, Korruption." Sie sah, wie er mit jedem ihrer Stichworte nervöser wirkte.

„Soll ich weiter machen?"

„Nein, nein, schon gut."

„Du weißt, von welchen Berichten ich spreche?"

Er kratzte sich unsicher am Hinterkopf.

„Ja, ich weiß genau, von was du sprichst Jara, ich bin kein Idiot."

„Und?"

Er seufzte. „Die Agentur, mit der ich damals zusammengearbeitet habe, gibt es nicht mehr. Wir hatten in ein Wespennest gestochen und nicht mit Gegenangriff gerechnet. Die Dinge, die wir aufdeckten, haben einigen Herrschaften nicht gefallen, die Wahrheit tut meistens weh."

„Und was ist dann passiert?"

„Sie haben die Agentur geschlossen und einige Journalisten sitzen im Gefängnis. Manche sind verschwunden oder untergetaucht, ich weiß es nicht."

„Das können die doch nicht machen.", entgegnete sie entsetzt.

Ein bitteres Lächeln spielte auf seinen Lippen, „Doch die können alles. Mir ist es noch gut ergangen, ich lebe zumindest noch und war nur ein paar Monate im Gefängnis."

„Aber ..."

„Kannst du jetzt verstehen, warum ich dir die Informationen nicht so einfach geben kann? Es ist gefährlich Jara."

Sie starrte abwesend in ihre Kaffeetasse und versuchte die Puzzelteile zusammen zu fügen.

„Um was geht es hier eigentlich? Was versuchst du herauszufinden?"

„Sag mal, was weißt du über Rafael Fernandes?", platzte es aus ihr heraus.

Mijo, der gerade an dem heißen Kaffee nippte, verschluckte sich. „Die offizielle Geschichte oder die inoffizielle.", witzelte er nervös.

„Beides."

„Offiziell ist er einer der reichsten Männer dieses Landes. Der begehrteste Junggeselle, wenn man so will, und unterstützt selbstverständlich die Menschen in der Favela. Er hat ein Waisenhaus und ein paar Projekte mit Jugendlichen und so einen Kram. In meiner Anfangszeit als Journalist habe ich tatsächlich für eines dieser bunten Klatschzeitschriften geschrieben und ihn ein paar Mal interviewt."

„Hm."

„Wieso fragst du?"

„Und die inoffizielle Version?"

„Auch für dieses Thema ist hier der falsche Ort.", er rutschte auf seinem Hocker hin und her.

„Mijo bitte."

Er kniff die Augen zusammen. „Woher kennst du ihn?"

„Ich habe ihn vor ein paar Tage im Klub getroffen."

„Hast du mit ihm…"

„Oh großer Gott nein. Na ja, gestern Nachmittag war ich im Park und er stand plötzlich vor mir."

„Ihr habt euch verabredet und jetzt weißt du nicht mehr, ob er wirklich der Mann deines Herzens ist?"

„So ein Unsinn, ich habe mich nicht mit ihm verabredet. Er ist einfach aufgetaucht."

„Einfach aufgetaucht?", wiederholte er amüsiert, als ob sie einen Witz gemacht hatte.

„Ja, ich sagte doch, er stand plötzlich vor mir."

„Er lässt dich beobachten.", stellte er trocken fest.

„Übertreib nicht Mijo. Ich habe diesen Mann einmal kurz getroffen. Wenn du es genau nimmst, haben wir nicht einmal viel miteinander gesprochen."

Er blickte sie stirnrunzelnd an.

„Er hat mich zufällig im Park gesehen und dann, na ja er hat mich geküsst und ist dann wieder verschwunden und ..." Verlegen zeichnete sie den Kaffeefleck, den ihre Tasse auf dem Tisch hinterließ, nach. Sie konnte Mijo nicht ansehen, sie wusste selbst nicht, was sie von all dem halten sollte.

„Meine Güte, du steckst in Schwierigkeiten und wenn sie mich hier mit dir erwischen, dann geht das nicht besonders gut für mich aus.“, schnitt er ihr das Wort ab und blickte um sich.

„Es ist nur so, irgendwie haben sich unsere Wege nun schon des Öfteren zufällig gekreuzt und ich traue ihm nicht.“

„Das ist auch besser so.“, wieder blickte er sich nervös um. „Du glaubst nicht wirklich, dass sich eure Wege zufällig kreuzen, bei Rafael Fernandes geschieht nichts zufällig! Rafael Fernandes taucht nicht einfach so irgendwo auf. Er führt ein Imperium, hat das halbe Land in seinen Händen. Hier geschieht nichts ohne das er es weiß oder befiehlt.“

Sie biss sich auf die Unterlippe und sah Mijo an. „Ich denke, ich benötige deine Hilfe.“

„Wo bist du hineingeraten?“

Sie schüttelte kaum merklich ihren Kopf und legte dann ihre Hand auf die seine „Mijo, wie lautet die inoffizielle Version?“

Er seufzte und blickte sich nochmals um, „Also gut, aber nur die Kurzfassung. Einige wenige behaupten, dass sein Geld aus Geschäften im Amazonas kommt. Man munkelt, dass er dort verantwortlich für die Rodungen und die Brände ist. Landraub beziehungsweise illegaler Grundstückshandel sollte dir ein Begriff sein, um nur eines seiner Vergehen zu nennen.“

„Ich versteh, warum man die Rodungen macht, das Holz kann man teuer verkaufen, aber was hat man von den Bränden?“

„Nicht jeder gibt sein Grund und Boden freiwillig her, manche Gebiete sind auch Schutzgebiet. Durch die Brände werden die Grundstücke wertlos und die Schutzzonen aufgehoben. Der Weg ist dann frei, um diese neu gewonnenen Flächen für die Landwirtschaft zu nutzen, für die Viehzucht oder den Sojaanbau zum Beispiel. Das Fleisch und auch das Futtermittel, welches aus dem Soja gewonnen wird, wird dann in die ganze Welt exportiert, übrigens auch in großen Mengen nach Deutschland. Es gibt aber keinerlei Beweise, dass er darin verwickelt ist. Man kann ihm nichts nachweisen. Du solltest wirklich aufpassen Jara. Was auch immer du so hartnäckig versuchst herauszufinden, es ist besser, du lässt die Sache auf sich beruhen.“

„Mijo ich kann aber doch nicht einfach zulassen, dass solche Dinge passieren. Ich habe dir von den Gebieten meiner Familie erzählt. Vor vielen Jahren hat mein Großvater diese Gebiete gekauft, dort leben Menschen, die auf unseren Schutz angewiesen sind. Mal ganz abgesehen von dem großen Ganzen, dass wir den Regenwald benötigen. Das ist die Lunge unserer Erde, er erschafft die Luft, die wir atmen. Die Regierung kann doch nicht einfach dabei zusehen, wie er absichtlich abbrennt und gerodet wird."

Ihr Telefon klingelte, es war Ramon. Sie sprachen kurz und verabredeten sich für den Abend. Als Jara auflegte, schaute Mijo sie mit großen Augen an.

„Was?"

„Ich wollte nicht lauschen, aber Ramon und Fußball. Es ist nicht der Ramon, oder?"

„Ähm, Ramon Santos? Ich weiß nicht, welchen Ramon du meintest, aber mit meinem Ramon bin ich aufgewachsen und ich wohne derzeit bei ihm."

„Ich fasse es nicht. Die Frauen Rios müssen dich echt hassen. Du wohnst bei Ramon Santos, dem Fußballstar und Rafael Fernandes, begehrteste Jungesselle der Stadt, ist hinter dir her.", nun konnte Mijo wieder lachen.

„Blödsinn, das bildest du dir ein, er ist nicht hinter mir her, unsere Wege haben sich nur ein paar Mal gekreuzt. Außerdem können die Frauen Rios beruhigt sein, mein Flug geht schon in knapp zehn Tagen zurück nach Deutschland."

„Ja, wenn das so ist.", scherzte er doch sein besorgtes Gesicht drückte etwas ganz anderes aus.

Das Gespräch zwischen den beiden wurde wieder lockerer und sie sprachen über belanglose Dinge.

„Jara, ich muss jetzt leider los. Ich bring dich noch nach Hause."

„Nein, das musst du nicht, ich finde den Weg schon."

„Wie du möchtest, aber ich habe dich gewarnt."

„Das hast du." Stimmte sie zu.

„Auf die Fragen, die du stellst, werden gefährliche Antworten folgen und dann solltest du lieber nicht allein auf Rios Straßen sein. Ich will einfach nicht, dass dir etwas zustößt."

„Das wird es nicht. Versprochen."

Sie verabschiedeten sich und auch Jara machte sich auf den Weg nach Hause.

Kapitel 16

Rafael saß in seinem Wagen und schaute durch die getönte Fensterscheibe, die einen Spaltbreit geöffnet war. Die Hitze, die grellen Sonnenstrahlen und die Geräuschkulisse der Stadt drangen aufdringlich ins Innere des Autos.

Er wackelte nervös mit einem Knie und stützte sein Kinn auf seinem Handrücken ab. Genervt atmete er aus.

Was zum Teufel machte sie dort so lange in dem Café? Und dann saß sie auch noch mit diesem Reporter an einem Tisch.

Er kannte den Reporter, hatte in der Vergangenheit ein paar Mal mit ihm zu tun. Er hatte auch einmal einen Versuch gestartet, gegen seine Geschäfte vorzugehen, knickte aber lächerlich schnell ein.

Jara schien sich zu amüsieren, denn immer wieder ertönte ihr Lachen und sie warf mit einem gekonnten Kopfschütteln ihr Haar aus ihrem Gesicht.

Sein Telefon klingelte, abwesend nahm er das Gespräch an, folgte der Stimme und dessen Anliegen aber nur halbherzig. Er hatte jetzt einfach keinen Kopf dafür.

Was tat er hier eigentlich? Er ließ jeden Tag Leute beschatten, aber dafür hatte er seine Angestellten, er tat solche Dinge niemals selbst und doch saß er nun hier und wartete. Verärgert über sein eigenes Verhalten pfefferte er sein Telefon neben sich auf den Sitz. Mit den Händen fuhr er sich über das Gesicht und durch seine Locken.

„Senhor Fernandes soll ich ihr folgen?"

Er antwortete seinem Fahrer nur mit einem Nicken. Jara war aufgestanden, hatte sich von dem Reporter verabschiedet und hatte die Straße überquert.

„Was führst du nur im Schilde?“, fragte er sich lautlos.

Um den Reporter würde er sich später kümmern, jetzt wollte er erst wissen, wohin diese sonderbare Person ging, so ganz allein.

Der Fahrer folgte ihr so gut er konnte, doch die engen Gassen und Treppen musste er umfahren und so verlor er sie schließlich.

„Fahr zu Ramon Santos, dort wird sie auftauchen.“, befahl er seinem Fahrer und er sollte recht behalten. Wenige Minuten später tänzelte sie die Straße hinauf. Allen Menschen, die ihr entgegenkamen, begegnete sie mit einem Lächeln. Sie schien naiv durch diese Welt zu schweben, so leicht und unbeschwert. Rafael tippte die Telefonnummer, die auf dem kleinen Stück Papier stand. Hielt dann inne und sah aus dem Fenster.

„Du hast keine Ahnung, mit wem du dich anlegst, Kleines.“

Das Tuten der Leitung drang an sein Ohr. Als er Jaras erschrockenes Gesicht sah, lehnte er sich entspannt in seinem Sitz zurück. Nun hatte er sie wieder dort, wo er sie haben wollte, und konnte die Geschehnisse nach seinen Wünschen gestalten.

Kapitel 17

Jara holte gerade den Schlüssel für das Eingangstor aus ihrer Tasche, als ihr Telefon klingelte. Die Nummer, die auf dem Display aufleuchtete, kannte sie nicht. Ihre Gedanken schwirrten wild im Kopf umher. Sie starrte auf das Display, als würde es gleich den Namen des Anrufers verraten.

„Hallo?“

„Guten Abend Jara.“

„Wer ist da?“

„Hör gut zu. Das ist die einzige Warnung, die ich dir gebe. Misch dich nicht in Angelegenheiten ein, die dich nichts angehen und die du sowieso nicht verstehst. Dachtest du, ich hätte dich heute Mittag auf dem Amt nicht bemerkt?“

„Rafael? Woher hast du meine Nummer?“

„Das spielt keine Rolle. Weißt du, wie viele Menschen täglich in Rio einfach so verschwinden und nicht wieder auftauchen?“

Sie hielt inne und blickte auf, blieb aber stumm.

„Ich glaube, deine Mutter wäre traurig, wenn sie dich heute Morgen das letzte Mal gesprochen hätte.“

Ihr stockte der Atem. Woher wusste er, dass sie heute Morgen mit ihrer Mutter gesprochen hatte?

„Das bunte Sommerkleid, das du trägst, gefällt mir.“

Erschrocken drehte sie sich um, doch sie konnte niemanden entdecken. Hektisch versuchte sie denn Schlüssel in das Schloss des Eingangstores zu stecken, scheiterte aber kläglich. Der Schlüsselbund fiel scheppernd zu Boden.

„Du solltest lieber nicht allein durch Rios Straßen laufen.“

„Verfolgst du mich?"

Er hörte sich amüsiert an, „Nein, ich denke, beobachten trifft es besser."

Sie trat vor auf die Straße, dann hörte sie nur noch ein Tuten aus dem Telefon.

„Rafael?"

Eine Hand auf ihrer Schulter ließ sie schreiend herumfahren. Ihr Herz schlug bis zum Hals.

„Was ist? Hast du einen Geist gesehen?"

Ramon stand verschwitzt vor ihr. Die Sporttasche um die Schulter und eine weiße Tüte, die herrlich duftete, in seiner Hand.

„Erschreck mich nie wieder."

Er lachte, „In Ordnung, wieso, was ist denn?"

„Nichts.", gab sie kurz zurück.

„Sag mal, wieso bist du so schreckhaft? Ist was passiert?"

„Nein Ramon alles gut, du hast dich nur an mich heran geschlichen und ich habe mich eben erschrocken."

Er schüttelte verständnislos den Kopf und folgte ihr hoch in die Wohnung.

Abends versuchte sie Mijo vergeblich zu erreichen, doch er beantwortete weder ihre Nachrichten noch ihre Anrufe. Auch am darauffolgenden Tag ging er nicht an sein Telefon.

Die beiden folgenden Tage vergingen, ohne dass sie etwas vom Amt oder von Mijo hörte. Keine Neuigkeiten, kein Lebenszeichen, keine Nachrichten.

Sie besuchte Senhor Guetteiro, saß mit ihm im Schatten des Gebäudes und erzählte ihm die ganze Geschichte, welche ihre Oma ihr erzählt hatte, und auch das, was sie bisher herausgefunden hatte.

Senhor Guetteiro hörte ihr gespannt zu und ihr tat es gut, endlich über alles reden zu können.

Ramon war oft und lange im Training. Das Spiel am kommenden Sonntag war sehr wichtig für ihn, aus diesem Grund trainierte er noch härter.

Die Abende und die Pausen verbrachten Jara und Ramon zusammen.

Seit der Begegnung mit Mijo hatte sie das Gefühl, langsam paranoid zu werden. Entweder sie bildete es sich ein oder es folgte ihr ständig ein schwarzes Auto. Immer wieder sah sie den Lack des Autos in der Sonne aufblitzen, beim Einkaufen, auf einer Bank sitzend oder einfach nur bei einem flüchtigen Blick aus dem Fenster.

Kapitel 18

Rafael saß auf seiner Terrasse und blickte aufs Meer, welches sich am Horizont erstreckte. Er wartete auf Leonor, die bereits eine halbe Stunde zu spät war.

Er hatte sie vor ein paar Stunden angerufen und hier auf sein Anwesen bestellt. Sie hatte sofort eingewilligt zu kommen. Natürlich hatte sie das, dass tat sie immer.

Im vergangenen Jahr war er einige Male mit ihr ausgegangen, mehr als etwas Spaß war es für ihn aber nie gewesen. Für seine Mutter hingegen war Leonor die perfekte Frau an seiner Seite. Schön und gehorsam, ein perfektes Werkzeug in ihrem Imperium. Auch Leonor war fest entschlossen, ihr Leben an Rafaels Seite zu verbringen, er wusste aber, dass das niemals passieren würde.

Als er ihre dünnen, langen Finger auf seinen Schultern spürte, zog er die Augenbrauen hoch und blickte auf seine Uhr.

„Hallo Liebster.“, flüsterte sie in sein Ohr und fuhr mit ihren Händen langsam an seiner Brust hinab.

„Du bist spät.“

Leonor trat vor ihn und setzte sich auf seinen Schoß. Sie fuhr durch seine dunklen Locken und blickte ihn verführerisch an. Er musterte sie, ihr Kleid und die knallroten Lippen.

„Konntest du es nicht erwarten, mich wieder zu sehen?“

Er antwortete nicht.

„Ich weiß, du wartest nicht gerne, aber auf mich zu warten lohnt sich.“ Sie beugte sich zu ihm, schlang ihre Arme um seinen Hals und küsste ihn leidenschaftlich.

„Wir müssen los.“

„Was? Jetzt sofort?“
„Ja, sofort.“
„Wohin gehen wir?“
Er schob sie von seinem Schoß und stand auf.
„Geh dich hübsch machen, so kann ich dich nicht mitnehmen.“
Leonor sah ihn verdattert an, „Aber…“
„Beeil dich!“, mit diesen Worten verließ er die Terrasse.
Er ging die Auffahrt entlang bis zu seinem mattschwarzen Mustang. Der Kies knirschte unter seinen Füßen.

Er setzte sich in das Auto und startete den Motor. Nach einigen Minuten folgte ihm Leonor. Sie hatte ihre roten Lippen nachgezogen und etwas mehr Puder aufgelegt.

„Steig ein.“, befahl er.

„Wenn du glaubst, mit mir so reden zu können, dann hast du dich getäuscht.“, protestierte sie, folgte aber seinem Befehl.

Er lehnte sich zu ihr hinüber und nahm ihr Kinn in die Hand, „Ich hatte dich hierhergebeten und du bist gekommen, also tu, was du am besten kannst und hör auf dich zu beschweren.“ Er setzte sich wieder aufrecht hin und fuhr los.

„Wir treffen uns mit Geschäftspartnern. Der Erfolg von diesem Treffen ist wichtig für mich, du wirst mir dabei doch helfen?“ Er fuhr mit seiner Hand an ihrem Oberschenkel entlang.

„Das werde ich, ich bin immer an deiner Seite.“, sagte Leonor und blickte ihn eindringlich an.

In der Stadt angekommen, steuerte er den Mustang zur Promenade, zu dem Restaurant, an dem sich die Männer verabredet hatten. Er parkte den Mustang direkt vor dem Eingang, stieg aus und warf den Schlüssel dem Parkdienst zu, der bereits auf ihn zusteuerte. Worte waren nicht von Nöten, der dürre Kerl wusste genau was zu tun war, stieg in das Auto und fuhr weg. Rafael ging zielstrebig durch das Restaurant, dicht gefolgt von Leonor.

„Senhor Fernandes guten Abend. Wie gewünscht haben wir die Dachterrasse für Sie vorbereitet. Sie können versichert sein, Sie werden heute Abend vollkommen ungestört bleiben.“, der Kellner hielt inne und schien auf eine Reaktion von ihm zu warten.

„Gut. Sind sie schon da?“

„Ja Senhor Fernandes, Ihre Gäste sind bereits oben auf der Terrasse und haben am Tisch Platz genommen. Carlos wird heute Abend ihr Kellner sein und Ihnen jeden Wunsch von den Lippen ablesen.“

Rafael sah Carlos skeptisch an.

„Seien Sie sich seiner Verschwiegenheit sicher, Senhor.“

„In Ordnung.“, stimmt er zu und folgte Carlos auf die Dachterrasse.

Der Minister des Bergbauministeriums saß bereits am Tisch und trank Wein. Alexander Lopez stand etwas abseits und telefonierte, wurde aber sogleich nervös und beendete das Telefonat, als er ihn auf der Terrasse entdeckte.

Alexander war der Mann, der ihm die Zertifikate für die Hölzer, die illegal gerodet wurden, beschaffte und sie so ins System einschleusen konnte.

„Meine Herren, entschuldigen Sie bitte die Verspätung. Darf ich euch die bezaubernde Leonor vorstellen? Sie wird uns heute Abend Gesellschaft leisten.“, sagte Rafael und streckte die Hand nach Leonor aus.

Lächelnd begrüßte sie seine Geschäftspartner und setzte sich an den Tisch.

Sie plauderten ein wenig und tranken Wein. Als das Essen serviert wurde, lenkte er das Gespräch in eine geschäftliche Richtung und erläuterte den Herren sein Anliegen.

„Unmöglich Rafael, das kann ich nicht tun.“

„Ich habe mir den Ort nicht ausgesucht. Leider verläuft genau durch dieses Gebiet die Ader.“ Er fuhr mit dem Finger das Gebiet auf der kleinen Landkarte, die nun auf dem Tisch lag, ab.

„Ausgeschlossen.“, entgegnete der Minister wieder. „Von wie viel sprechen wir?“

„Viel.“

„Wie viel Rafael?“

„Wir rechnen mit fünfzig Tonnen.“

Die Augenbrauen des Ministers schossen in die Höhe. Er fuhr mit der Hand nachdenklich über sein lichtes Haar.

„Du müsstest nur diese eine Grenze etwas verschieben.“

Der Minister des Bergbauministeriums schnaubte, blieb zunächst aber stumm.

Rafael lehnte sich lässig zurück.

„Mein Freund, wenn das durch ist, wirst du ausgesorgt haben und als sehr reicher Mann im hohen Alter sterben."

„Ich werde sehen, was ich tun kann. Dem Präsidenten wird das egal sein, um den mache ich mir keine Sorgen, aber das Umweltministerium wird das nicht zulassen."

„Sie müssen es auch nicht zulassen, sie dürfen einfach nur nicht eingreifen."

„Der Präsident hat zwar angekündigt, den Zuschlag für das Umweltministerium, um mindestens ein Viertel zu kürzen, aber wenn du mit deinen Leuten dieses Gebiet bearbeitest, werden sie mit Sicherheit reagieren. Die Probleme sind nicht nur die verdammten Bäume und Tiere. Genau in diesem Gebiet leben Urstämme, von dessen Existenzen auch Beweise vorliegen."

„Minister, schon etliche Jahre werden umweltbezogene Haushaltsausgaben eingespart. Aus sicherer Quelle weiß ich, dass wir schon bald vor dem kompletten Stillstand der Umweltbehörde sind. Sie stehen mit leeren Händen da, mit dem Rücken an der Wand und können nicht mehr auf unsere Aktionen reagieren, aber dennoch möchte ich Sicherheit von dir, hast du das verstanden? Und sollte sich wider Erwarten jemand querstellen, sag mir Bescheid. Ich werde mich dann darum kümmern."

Der Minister nickte nachdenklich und starrte weiter auf die Landkarte.

„Ich benötige jetzt etwas Starkes.", sagte der Minister und rückte seinen Stuhl vom Tisch.

Rafael reagierte sofort und winkte den Kellner herbei.

„Nein, nein, einen guten Whiskey sucht man am besten selbst aus, außerdem habe ich gehört, sie haben hier eine hervorragende Auswahl an Zigarren. Entschuldigt mich einen Moment, meine Herren.", der Minister stand auf und überquerte die menschenleere Dachterrasse.

Rafael blickte zu Leonor, die sich wie vereinbart zurückgehalten hatte und kein Wort verlauten ließ. Sie verstand nicht gleich, was er von ihr verlangte, gab ihm aber zu verstehen, dass sie sich nicht rühren würde.

„Na los, Leonor, begleite ihn!"

Sie verdrehte die Augen, knallte wütend die Stoffserviette auf den Tisch und eilte dem Minister hinterher.

„Minister warten Sie bitte.", als sie ihn eingeholt hatte, hakte sie sich bei ihm ein und die beiden verschwanden lachend von der Dachterrasse.

„Du sagst hierzu nichts?", fragte Rafael Alexander, „Du hast den ganzen Abend noch kein Wort von dir gegeben."

„Du willst das ganze Holz dort raus schaffen?"

„Nein nur die Großen, mit dem Rest machen wir uns keine Arbeit."

„Nur die Großen.", wiederholte Alexander kopfschüttelnd, „Wie, willst du das anstellen? Dort werden keine Lastwagen hinkommen, außer du baust Pisten quer durch das Amazonasbecken, was allerdings unmöglich ist."

„Darum werde ich mich kümmern, zerbrich dir nicht den Kopf. Lass dir lieber etwas wegen der Zertifizierung einfallen."

„Bereits vor vier Jahren habe ich dir gesagt, dass dein Vorhaben unmöglich ist. Rafael, das ist Irrsinn. Ich fürchte, du musst dir jemand anderen für dieses Projekt suchen."

„Alex, du willst deiner Frau weiterhin ein unbeschwertes Leben bieten und sicherlich auch deine Kinder in Sicherheit wissen. Wie alt ist jetzt deine älteste Tochter? Wie heißt sie noch gleich, Anna."

„Anna ist siebzehn.", antwortete er misstrauisch.

Rafael nickte, „Siebzehn, dann wird sie demnächst studieren wollen. Wie willst du das von deinem Gehalt bezahlen?"

„Lass das meine Sorge sein, außerdem hat sie ein Stipendium in den Staaten erhalten."

„Sie wird allein in die Staaten reisen und dort studieren?" Sein Blick fiel zuerst auf die blütenweiße Tischdecke, dann formten seine Lippen ein abschätziges Lächeln, „Ich habe gehört, dass es in den Staaten ziemlich gefährlich, für junge hübsche Brasilianerinnen, ist. Wäre ein Jammer, wenn deiner Tochter etwas zustoßen würde."

„Du drohst mir nach allem, was ich schon für dich getan habe?"

„Alles was du getan hast, hast du für dich selbst getan. Vergiss nicht, wo du heute stehst und was für ein Leben du führst!", versöhnlich fügte er hinzu, „Ich bitte dich lediglich die Geschäfte mit mir weiter voranzubringen auch zum Wohl deiner Familie."

Alexander rutschte seufzend und nervös auf seinem Stuhl hin und her.

„Selbst, wenn ich es auf alle Plantagen und legalen Bereiche aufteile, ergibt das nicht einmal ein Bruchteil von dem, was du aus diesem Gebiet im Amazonasbecken herausholen würdest. Rafael, das ist schlichtweg nicht umsetzbar. Selbst wenn der Minister des Bergbauministeriums es schafft, die Schutzzonen zu versetzen und das Umweltministerium in

Schach hält, wird diese Menge auffallen. 2013 ist die Holzhandelsverordnung in Kraft getreten, das können wir umgehen, das stellt kein Problem dar, aber die öffentliche Aufmerksamkeit steigt immer mehr, die es uns schwer macht, das Holz einzuschleusen."

„Du wirst Wege finden."

„Das wird mich meinen Kopf kosten und am Ende werde ich ins Gefängnis gehen."

„Alle Geschäfte, die sich rentieren, bringen ein Risiko mit sich.", entgegnete er trocken.

„Ein Risiko, das ich nicht eingehen will."

Der Minister und Leonor kehrten zurück und liefen schnellen Schrittes auf sie zu.

„Das ist nicht mein Problem. Du wirst diese Zertifizierung ranschaffen oder deine Familie wird die Feigheit ihres Vaters büßen müssen.", flüsterte er scharf über den Tisch und wandte sich sogleich lächelnd dem Minister zu, der gerade wieder an den Tisch trat und sich setzte.

„Ihre Dame hat einen hervorragenden Geschmack. Sie hat mich von einem neuen Whiskey überzeugt und das kommt bei Gott nicht häufig vor.", sagte der Minister und nahm nochmals einen Schluck aus dem Kristallglas.

Rafael sah zu Leonor. Sie hatte wieder neben ihm Platz genommen und lächelte. Sie setzte das gleiche Lächeln auf, welches sie damals bei dem Schönheitswettbewerb getragen hatte.

ER erinnerte sich noch genau, wie sie zur Miss gekrönt wurde. Eine schöne Frau, ohne Zweifel und dieses Lächeln nahezu perfekt, perfekt und künstlich. Er streichelte über ihre Hand, die auf dem Tisch lag und blickte ihr tief in die Augen.

„Meine Herren, ich denke, wir haben gute Grundsteine für unsere weitere Zusammenarbeit gelegt, nun muss ich mich leider verabschieden.", er rückte den Stuhl zurück und stand auf. Leonor wollte es ihm gleichtun, doch er legte seine Hand auf ihre Schulter und drückte sie bestimmend zurück auf ihren Platz.

Carlos, der Kellner trat an den Tisch und servierte das Dessert.

Rafael beugte sich zu Leonor hinunter, gab ihr einen Kuss auf die Wange und flüsterte ihr ins Ohr. „Du, meine Liebe, bleibst hier. Sorge dafür, dass die Herren sich wohlfühlen und all ihre Sorgen vergessen. Lese ihnen jeden Wunsch von den Lippen. Wenn ihr fertig seid, ruf an.

Ich werde dir einen Fahrer schicken, der dich abholt und nach Hause bringt.“, er wandte sich wieder dem Minister und Alexander zu, „Ich wünsche euch einen angenehmen Abend.“

Kapitel 19

Endlich erhielt Jara den langersehnten Anruf von Senhor Ganda. Er teilte ihr mit es würde ihm leidtun, aber sie würden keine Informationen aus Manaus erhalten. Sie bekam also keine Unterlagen und auch keine Kaufverträge!

Ein Professor aus ihrem Studium hatte ihr Mal gesagt: „Wenn sie sich wehren und du nicht die Informationen erhältst, die du willst, weißt du, dass du auf dem richtigen Weg bist."

„Ihr lasst mir keine andere Wahl." Sie starrte ins Leere und überlegte.

Schließlich verließ sie das Haus und ging zum Busbahnhof. Dort kaufte sie für Montagabend ein Ticket zurück zu ihrer Großmutter.

Als sie durch die Terminals nach draußen auf die Straße ging, entdeckte sie Mijo.

„Mijo, Mijo warte."

Er reagierte nicht und lief weiter durch die Menschenmenge.

Sie holte ihn ein, hielt ihn an der Schulter fest und zwang ihn so, sich zu ihr zu drehen. Fassungslos sah sie ihn an und nahm ihm die Sonnenbrille ab. Er sah weg.

„Meine Güte, was ist denn mit dir passiert.", vorsichtig strich sie über seine Wange.

Sein Auge war blutunterlaufen und etliche Prellungen im Gesicht.

„Ich sagte doch wir müssen vorsichtig sein mit dem, was wir sagen."

„Es tut mir schrecklich Leid Mijo."

„Das muss es nicht. Geh, solange du noch kannst, geh zurück zu deiner Großmutter oder besser, flieg gleich zurück nach Deutschland."

„Ich, ich…", stammelte sie.

„Pass auf dich auf!“, er nahm ihr die Brille aus der Hand und setzte sie wieder auf, ging zum nächsten Terminal und stieg in den Bus.

Sie brachte keinen Ton heraus, sah nur zu, wie sich die Türen des Busses schlossen und dann aus dem Terminal fuhr.

Nach ein paar Augenblicken fing sie sich wieder. Sie musste los, sie hatte bis Montag noch einige Dinge zu organisieren und ihr schwirrte der Kopf vor lauter Fragen.

Kapitel 20

Lissandro hielt den schwarzen Mustang direkt vor dem Eingang des Restaurants. Fackeln brannten vor den riesigen Eingangssäulen, die den großen Balkon stützten. Das gesamte Gebäude war beleuchtet und wirkte so noch imposanter. Hier konnte man im Wert eines Kleinwagens essen, aber satt wurde man davon nicht.

Rafaels Mutter liebte dieses Restaurant. Nicht wegen des Essens, eher wegen der Gesellschaft, die sich hier herumtrieb und wegen der Sonnenuntergänge, die man von hier aus am besten sehen konnte.

„Lissandro, du schuldest mir noch was. Komm mit und wir sind quitt.", bot Rafael ihm an und spähte zum Eingang.

„Du weißt, ich würde alles für dich tun, aber das ist deine Mutter.", Lissandro legte die Betonung auf *Deine* und klopfte ihm auf die Schulter, „Und, ich bin für heute Abend leider schon anderweitig verabredet."

Rafael seufzte und stieg aus dem Wagen aus.

„Wehe, du fährst das Auto wieder zu Schrott."

Er stützte sich an der Tür ab und wollte noch etwas sagen, schüttelte dann aber den Kopf und schlug die Beifahrertür zu.

„Glaub mir, ich werde den Wagen, der in wenigen Tagen mir gehört, nicht zu Schrott fahren."

„Du bist dir zu sicher mein Freund. Mir konnte noch keine Frau widerstehen, früher oder später…"

„Sie schon, Rafael."

Diese Tatsache nagte an Rafael. Es ging ihm nicht um den Mustang, er würde sich einen Neuen kaufen, aber er wollte die Wette nicht verlieren und das Gefühl, zurückgewiesen zu werden, war ihm neu.

„Bis morgen.", lachte Lissandro und fuhr hupend davon.

„Ja bis morgen.", sagte er abwesend und knöpfte sein Jackett zu.
Er ging die wenigen Stufen hoch bis zum Eingang des Restaurants, wo bereits ein Kellner auf ihn wartete.

„Senhor Fernandes, ihre Mutter wartet bereits.", berichtete der Kellner und wies ihm den Weg.

Er schielte hoch zum Balkon, er hatte seine Mutter bereits beim Aussteigen entdeckt.

„Wie immer... Danke."

Der Kellner nickte mechanisch und ließ ihn den letzten Meter allein zum Tisch.

Seine Mutter lehnte am Geländer, nippte an ihrem Martini und sah der Sonne beim Verschwinden zu.

„Junge."

„Mutter."

„Sieh mal einer an, du hast es geschafft, noch bevor es stockdunkel ist."

Er ging nicht auf die spitze Anmerkung ein und setzte sich an den Tisch. Er wollte gerade etwas bestellen, als schon eine Kellnerin auf ihn zukam und sein Getränk vor ihm auf die weiße Tischdecke stellte.

„Ich habe bereits bestellt. Ich dachte mir, du trinkst sowieso immer das Gleiche. Jedes Mal."

„Danke Mutter."

Sie lächelte zufrieden und setzte sich zu ihrem Sohn an den Tisch. Selbstverständlich hatte sie auch schon das Essen bestellt.

So war er aufgewachsen, es fehlte ihm an nichts, nein, er hatte alles im Überfluss, aber alles, was er hatte, war von seiner Mutter sorgsam ausgewählt.

Als er die Geschäfte übernahm und diese sich innerhalb kürzester Zeit explosionsartig vergrößerten, änderte sich die Lage.

Er bekam nun, was er wollte und wann er es wollte. Schon lange wagte es niemand mehr, ihn in eine Richtung zu drängen, zu beeinflussen oder bewahre sogar Vorschriften zu machen. Einzig seine Mutter hatte noch immer Einfluss auf ihn, zumindest ein wenig.

Sie aßen zu Abend und sprachen über die laufenden Geschäfte und die neuen Projekte im Amazonas. Doch er konnte ihr nicht die Aufmerksamkeit schenken, die sie erwartete. Seine Gedanken schweiften ständig ab.

„Rafael was ist heute nur mit dir los?", ärgerte sie sich.

„Tut mir leid, es ist ..." Er brach mitten im Satz abrupt ab. Aus dem Augenwinkel erhaschte er eine Frau in einem weißen Sommerkleid. Ihre hellen Haare fielen über ihre Schultern und sie trug einen Hut, der einen Großteil ihres Gesichtes verdeckte. Er starrte der Frau hinterher. Kurz vergaß er einzuatmen, er wurde nervös, anders konnte er sich das Gefühl nicht erklären, dass sich schlagartig ausbreitete. Er wurde nie nervös! Als sie sich an einen Tisch setzte und ihren Hut abnahm, konnte er das Gesicht erkennen.

Die Frau setzte ein künstliches Lächeln auf und betrachtete ihre Begleiterin.

Er blinzelte verwirrt, als seine Gedanken zurück in die Realität kehrten.

Seine Mutter sah ihn verwundert an.

„Entschuldige mich für einen Moment.", er stand auf und ging zu den Waschräumen. Was zum Teufel war nur los mit ihm. Er ließ kaltes Wasser über seine Hände laufen und befeuchtete seinen Nacken. Für einen kurzen Moment bildete er sich tatsächlich ein, Jara gesehen zu haben. Er wusste, dass das nicht sein konnte, er ließ sie schließlich von seinen Leuten schon seit einiger Zeit beschatten. Er wusste, dass sie bei Ramon war. Wieso also spielte sein Verstand ihm einen Streich? Nach einem kurzen Abstecher an der Bar, wo er sich gleich einen doppelten Whiskey gönnte, ging er zurück an den Tisch.

„Alles in Ordnung Rafael?"

„Ja, mir geht es gut. Es ist nur viel Arbeit mit dem neuen Projekt. Aber du brauchst dir keine Sorgen zu machen, ich habe bereits mit den zuständigen Abgeordneten in Manaus gesprochen."

Seine Mutter bedachte ihn mit einem scharfen Blick, sprach dann aber weiter.

Schließlich verabschiedete sich seine Mutter und verließ das Restaurant.

Er lehnte sich in seinem Stuhl zurück und ließ seinen Blick über den Balkon streifen. Die Frau, die er am frühen Abend für Jara gehalten hatte, saß immer noch mit ihrer Begleitung am Tisch. Er rief die Bedienung zu sich und flüsterte ihr etwas ins Ohr. Er tat, was er immer tat und er hatte Erfolg. Als die Bedienung der Frau in dem weißen Kleid seine Worte flüsterte, blickte diese verlegen zu ihm.

Zufrieden nahm er den letzten Schluck seines Drinks, blickte in das leere Glas und ließ die Eiswürfel ein paarmal kreisen. Das sanfte, klirrende

Geräusch war ihm zu vertraut. Er stellte das Glas zurück auf den Tisch, stand auf und richtete mit gekonntem Griff seinen Hemdkragen.

Selbst noch zu so später Stunde war es warm, nicht einmal die Nacht verschaffte Abkühlung.

Er ging an dem Tisch vorbei, zwinkerte der Frau zu, berührte sie kaum merklich an der Schulter und ging durch die vielen Tische bis zur Eingangshalle des Restaurants.

Bereits auf der Treppe hörte er das leise Klappern der Absätze. Die Frau mit dem weißen Kleid eilte ihm hinterher. Er blieb auf der Treppe stehen und ließ seinen zufriedenen Blick kurz über seine Schulter schweifen. Die Frauen konnten ihm nicht widerstehen, ob sie nun wussten, wer er war oder auch nicht. Früher oder später bekam er sie alle.

An der Straße hielt er ein Taxi an, es war zwar nicht weit zu seiner Hotelsuite hier in der Stadt, dennoch wollte er nicht zu Fuß gehen. Er wollte nicht mehr Zeit mit dieser Frau verbringen als nötig.

Sie war nervös und redete ohne Punkt und Komma.

Er öffnete die Tür und ließ ihr den Vortritt. Es war zwar nicht die Frau seiner Bemühung, aber eine willkommene Ablenkung.

Kapitel 21

Endlich war er da, der Sonntag, an dem das große Spiel stattfand.

Jara stand früh morgens auf und machte Ramon Frühstück. Frisches Brot mit Avocado und Rührei.

Sie presste frischen Orangensaft und kochte Kaffee, eine große Schale mit Fruchtsalat stellte sie auch auf den Tisch.

Sie quetschte einen zweiten Stuhl auf den winzigen Balkon und stellte den Tisch, aus der Küche, direkt an die Balkontüre. Sie stützte die Hände in die Hüften und betrachtete ihr Werk.

„Ja, so müsste es gehen."

Wie auf Zuruf stand Ramon schlaftrunken in der Küche.

„Du kommst genau zur richtigen Zeit. Guten Morgen.", strahlte sie ihn an.

„Guten Morgen."

„Heute ist dein großer Tag."

„Wow, du hast Frühstück gemacht und was für eins."

„Richtig. Viele Vitamine, Eiweiß und so ein Zeug, damit du heute genug Kraft für deinen besonderen Tag hast."

Er lachte.

„Das ist ja ganz wundervoll, aber wie sollen wir auf den Balkon kommen?"

„Stell dich nicht so an, krieche unter dem Tisch durch."

Es funktionierte mehr schlecht als recht. Ramon stieß den Kaffee beinahe um, aber die beiden hatten Spaß und saßen lachend auf dem Küchenboden.

Sie schaffte es als Erste auf einen Stuhl auf dem Balkon.

Die Sonne schien ihr ins Gesicht und die Hitze breitete sich langsam auf ihrer Haut aus.

Ramon aß beinahe alles auf. Als sein Telefon klingelte, merkte er erschrocken, dass er bereits spät dran war.

„Oh Mist, Jara, ich werde gleich abgeholt. Mit dir rast die Zeit immer so davon. Eigentlich bin ich froh, dass du bald wieder nach Deutschland fliegst. Stell dir vor, du würdest hier bei mir leben, dann wäre ich morgen plötzlich achtzig Jahre alt."

„Du bist ein Spinner. Jetzt geh schon, sonst kommst du zu spät." Sie lachte auf.

„Rufst du mich an, wenn du im Stadion bist?"

„Natürlich, mach ich."

Am Nachmittag war nicht nur im Stadion die Hölle los, auch die Straßen waren voller Leute. Es war ein Derby, das die Einwohner Rios mit großer Begeisterung erwarteten. Sie fuhren Autokorso, trugen Trikots und schwangen Fahnen.

Jara schlängelte sich durch die Menschen im Stadion und versuchte Ramon zu finden.

„Jara hier drüben.", er winkte ihr zu.

Bevor sie zu ihm gelangen konnte, musste sie gleich durch zwei Sicherheitskontrollen.

„Man es ist wirklich schwer zu euch Fußballern zu gelangen."

„Ja, das soll auch so sein."

„Bist du nervös?"

„Nein, nein, nicht wegen des Spiels.", gestand er.

Sie sah in fragend an.

„Komm mit."

Sie liefen entlang des Spielfeldes und gingen dann eine Treppe hinauf Richtung VIP-Lounge. Ramon blieb oben auf einem Treppenabsatz stehen.

„Was ist…", aber bevor sie die Frage ganz aussprechen konnte, verstand sie, warum er nervös war.

Am Tresen stand eine bildschöne Bedienung. Es musste Katalina sein.

Sie schenkte den Gästen lächelnd Champagner aus.

„Los Ramon, sprich sie an."

„Du weißt nicht, wie schwer das ist, sie ist so unglaublich. Außerdem fängt das Spiel gleich an."

„Du bist jetzt ein Superstar und kein Feigling. Los, sprich sie an." Sie blickte auf die Uhr. „Ein paar Minuten hast du noch, na los."

„Gut, du hast Recht. Ich versuche es."

Sie beobachtete ihn dabei, wie er unsicher zu Katalina ging und anfing, mit ihr zu sprechen. Seine Bedenken waren völlig grundlos. Sie strahlte ihn an und Jara war sich sicher, dass nicht nur er Katalina schon einige Zeit im Auge hatte.

Jara zwinkerte ihm aufmunternd zu und lief die Treppe runter. Sie machte sich auf den Weg, um ihren Platz zu suchen.

Verträumt lief sie durch die Sitzreihen und musste ständig wieder auf ihrem Ticket nachsehen, welche Platznummer sie hatte.

Sie schnaubte, als sie vermutete, auf der falschen Seite des Stadions zu sein. „Oder doch nicht?!"

„Hallo Senhorita Jara Maria."

Sie zuckte zusammen, erkannte die Stimme sofort und auch die Art, wie er ihren Namen betonte.

Rafael Fernandes. Sie musste weg von hier, und zwar schnell.

Er sah sie mit seinen dunklen Augen an.

Nervös trat sie von einem Fuß auf den anderen und war bereits im Begriff, sich umzudrehen und zu gehen.

Er stellte sich ihr in den Weg.

„Du wirst nicht einfach wieder verschwinden."

Mit diesen Worten lief er voraus an den Rand des Spielfelds. Sie folgte ihm nicht gleich, erst als ihr ein großer Mann im schwarzen Anzug und schwarzer Brille sanft, aber bestimmend die Hand in den Rücken drückte, bewegte sie sich.

Das Stadion war brechend voll. Die Leute grölten und jubelten, denn die Fußballer betraten gerade den satt grünen Rasen.

„Setz dich." Rafael deutete auf den Sitzplatz neben sich.

Jara sah Ramon einlaufen. Die Hände hochgestreckt und mit einem strahlenden Lächeln, badete er in den Lobeshymnen der Zuschauer. Sein Blick fiel auf Jara. Sie konnte nicht deuten, ob Wut oder Besorgnis darin lag. Ramon wandte sich schnell wieder ab und stellte sich auf seine Position.

„Ramon erzählte, du arbeitest in Deutschland in einer Kanzlei?"

„Umweltschutz und Menschenrechte! Die Kanzlei, in der ich arbeite, ist auf Umweltschutz und Menschenrechte spezialisiert.“, entgegnete sie gereizt.

Rafael konnte sich ein Schmunzeln nicht verkneifen, ihm schien es zu gefallen, wenn sie ihn versuchte herauszufordern.

Er legte seine Hand auf ihre. Ihre Haut, fühlte sich weich und warm an.

Das Ertönen der Trillerpfeife holte sie zurück in den Moment. Sie versuchte sich seiner Hand zu entziehen. Er hielt sie aber kurz fest, so fest, dass es schmerzte. Nur um seine Macht zu demonstrieren und sie dann wieder loszulassen.

Sie sah wieder nach vorne und versuchte dem Spiel zu folgen, musste ihre Gedanken sortieren.

Die Sportler rutschten über den Rasen, gingen in Zweikämpfe um den Ball und rannten, als wäre der Teufel hinter ihnen her.

„Woher kennst du Ramon?“ Sie gab sich die größte Mühe, die Frage so beiläufig wie möglich klingen zu lassen.

„Ich bin einer der größten Sponsoren des Klubs und habe Ramon gefördert.“

Sie nickte kaum merklich. Ramon hatte nie dergleichen erwähnt.

„Was wolltest du auf dem Amt, Jara?“

Wieso fragte er das, er wusste genau, was sie auf dem Amt suchte, dachte sie bei sich.

„Antworten.“ Gab sie knapp zurück.

„Antworten auf was?“

„Ich wollte die Grundstücksurkunde meiner Familie einsehen.“

„Warst du erfolgreich?“

„Wieso sollte ich nicht erfolgreich sein!“

Ein Raunen ging wie eine Welle durch das Stadion. Einer der Spieler hatte das Tor nur knapp verfehlt.

„Ich habe gehört, du hast neue Freunde gefunden?“

„Mhhh.“ Sie hatte keine Lust, sich mit ihm zu unterhalten.

Nachdem er keine weitere Antwort bekam, fügte er beiläufig hinzu, „Ich würde Reportern nicht allzu viel Glauben schenken, für eine gute Story verdrehen sie gerne die Wahrheit.“

„Das warst du?“ Sie erinnerte sich, wie Mijo, nach ihrem letzten Treffen im Café, zugerichtet war und ihre Anrufe ignorierte. Er verließ sogar Hals über Kopf die Stadt und drängte sie eindringlich, das Gleiche zu tun.

Rafael schnalzte mit der Zunge. „Rio ist eine gefährliche Gegend, vor allem wenn man sich mit den falschen Leuten einlässt. So etwas passiert manchmal." Er sah sie warnend an.

„Drohst du mir wieder?", fragte sie mit fester Stimme. Eigentlich war es eher eine Feststellung. Sie starrte stur nach vorne auf das Spielfeld.

Rafael fuhr mit seiner Hand über sein Kinn und ein abschätziges Lächeln trat auf seine Lippen.

„Ich schütze dich Jara Maria da Silva."

Wie absurd das klang, aus dem Mund des Mannes, der scheinbar das halbe Land unter Kontrolle hatte und in diverse kriminelle Geschäfte verwickelt war.

Sie wusste noch nicht genau, was für eine Rolle er spielte, aber das würde sie bald herausfinden, da war sie sich sicher.

„Ich kann gut allein auf mich aufpassen. Mach dir keine Umstände."

„Manche Menschen müssen vor sich selbst beschützt werden."

In dem Moment fiel ein Tor, wieder ertönte der Pfiff des Schiedsrichters, doch dieses Mal wurde er von den Fußballfans übertönt. Das ganze Stadion sprang auf, alle bis auf Jara und Rafael, die sich herausfordernd anfunkelten.

Einer seiner Security trat neben Rafael und flüsterte ihm etwas ins Ohr. Er schüttelte den Kopf, murmelte ein „jetzt nicht" und wandte sich wieder ihr zu.

„Ich fliege nächste Woche wieder zurück nach Deutschland, ich bin also nicht mehr lange dein Problem."

Ein nachdenkliches „Hm.", mehr war von ihm nicht zu hören.

Als der Pfiff zur Pause ertönte, stand Jara aus ihrem Sitz auf.

„Wo willst du hin?"

Sie hob ihren VIP Pass hoch, „Ich werde jetzt an meinen Platz gehen."

„Ich denke nicht."

„Doch, das denke ich schon, ich wünsche dir noch ..."

„Du wirst hierbleiben!", fuhr er ihr ins Wort. Seine Stimme fest, keinen Widerspruch zulassend.

Sie hielt seinem Blick stand. Seine dunklen Augen kalt und warnend. Schließlich brach sie den Blickkontakt ab und späte über ihre Schulter.

An dem Security, der hinter ihnen stand und sich nicht rührte, würde sie nicht vorbeikommen. Als sie dennoch einen Versuch wagte und sich umdrehte, straffte der Security seine Schulter und trat einen kaum merklichen Schritt nach vorne. Jara blieb in ihrer Bewegung stehen und kaute unbewusst auf ihrer Unterlippe. Schließlich ließ sie sich, unter den immer noch beobachtenden Blicken von Rafael, zurück in den Sitz fallen. Nervös rutschte sie auf dem Sitz hin und her. Die Situation, und erst recht der Mann neben ihr, waren ihr nicht geheuer. Sie suchte fieberhaft nach einem Ausweg. Dann kam ihr ein Gedanke. Das Stadion war riesig und Rafael konnte seine Security nicht überall haben.

„Nun…“, sie wandte sich ihm zu und stützte ihr Kinn auf ihrer Handfläche ab. „Zur Toilette darf ich, oder?“

Er sah sie forschend an. Die Sekunden schienen ewig anzudauern, bis er schließlich nickte und seine Lippen sich wieder zu diesem überheblichen Grinsen formten.

„Sicher.“

Mit einem aufgesetzten Lächeln presste sie ein „Gut.“ heraus und stand auf.

Sie lief zwischen den Sitzreihen hindurch und war bereits im Begriff, die Tribüne zu verlassen.

„Jara?“

Sie drehte sich kurz um und sah ihn fragend an.

„Lauf nicht weg.“

Schnaubend ging sie weiter.

Kapitel 22

Jara ging genervt durch die Menschenmenge. Wenn Rafael dachte, sie würde sich, von ihm Vorschriften machen lassen, hatte er sich geschnitten. So gern sie das Spiel von Ramon noch ansehen wollte, sie musste verschwinden, und zwar sofort. Durch den ganzen Trubel würde Ramon sowieso nicht merken, ob sie da war oder nicht.

Der Ausgang war auf der untersten Etage und so steuerte sie eine der Treppen an und drängte sich die Stufen hinab. Auch viele der anderen Zuschauer strömten von ihren Plätzen, zu den Toiletten oder den Ständen, um neue Getränke und Knabbereien zu kaufen. Endlose Schlangen bildeten sich.

Als Jara die unterste Treppenstufe erreichte, fiel ihr ein Mann auf. Er starrte sie an. Ging direkt auf sie zu. Der Mann lief dem Strom entgegen und schien die anderen Menschen nicht zu beachten, stieß diese grob zur Seite.

Sie überlegte nicht lange und eilte die Treppe wieder hinauf. Immer wieder warf sie einen Blick über ihre Schulter.

Der Mann hatte nun den Fuß der Treppe erreicht, wurde aber von betrunkenen Fans aufgehalten. Sie grölten und umkreisten ihn, was ihr einen kleinen Vorsprung schuf. Sie wollte zu einer der anderen Treppen, die auf das untere Stockwerk führten, blieb aber abrupt stehen, als sie auch an dieser Treppe einen Mann entdeckte, der seine Hand an sein Ohr hielt und etwas in seinen Kragen zu nuscheln schien. Er hielt ihrem Blick stand. Bildete sie sich das ein? Wurde sie paranoid?

„Scheiße.“, murmelte sie und sah sich in der wuselnden Menschenmenge um. An dem Getränkestand neben sich entdeckte sie einen weiteren Mann, der direkt auf sie zusteuerte. Sie ging ein paar

Schritte rückwärts, bevor sie sich umdrehte und blitzschnell in die andere Richtung eilte. Nervös blickte sie sich um. Ihre Augen suchten wachsam die Menschenmenge ab.

Als sie insgesamt vier Männer ausmachte, die ihr alle zu folgen schienen, flüchtete sie schließlich in Richtung der Damentoiletten. Sie war nicht paranoid, das waren eindeutig Rafaels Gefolgschaft, die ihr folgte. Sie stieß die Tür zu den Waschräumen auf und verschwand darin.

Die Waschräume waren voller Frauen, die sich lautstark unterhielten, sich den Lippenstift nachzogen und lachten.

Jara ging eine Kabine nach der anderen ab, erst in der hintersten fand sie, wonach sie suchte.

Die hinterste Kabine hatte ein Fenster. Schnell verriegelte sie hinter sich die Kabinentüre und stieg auf die Kloschüssel. Sie rüttelte an dem Fenster, doch es war verschlossen und ließ sich nicht öffnen. Sie blickte durch die dreckige Scheibe. Selbst wenn sie es hätte öffnen können, wäre sie nicht weit gekommen. Das Fenster war von außen vergittert und viel zu weit über dem Boden. Bei dem Versuch herauszuspringen, hätte sie sich einige Knochen gebrochen. Wie kam sie nur aus dieser Situation?

„Mist." Verärgert schlug sie gegen das Glas und ließ sich dann auf die Kloschüssel fallen. Mit ihren Kopf an die Wand gelehnt, ließ sie ihren Blick Richtung Decke schweifen und überlegte fieberhaft, dann horchte sie auf. Es war still. Kein Lachen und keine aufgeregten Frauenstimmen waren mehr zu hören. Hallende Schritte ertönten. Sie hielt den Atem an. Ein aufdringliches Klopfen an die Kabinentür ließ sie zusammenzucken. Vorsichtig entriegelte sie das Schloss und öffnete langsam die Tür. Vor ihr stand einer der Männer, die ihr vorhin gefolgt waren, der restliche Waschraum war leer. Leer bis auf Rafael, der mit verschränkten Armen und versteinerter Miene am Waschbecken lehnte. In diesem Moment hatte sie Angst vor ihm.

Sie fasste all ihren Mut zusammen, schob sich an dem unbekannten Mann vorbei und trat neben Rafael.

Mit einem kaum merklichen Kopfnicken in Richtung der Tür deutete Rafael dem Mann, den Waschraum zu verlassen.

„Ich sagte doch, lauf nicht weg!", murmelte er leise. Die Drohung in seiner Stimme war nicht zu überhören.

„Du kannst dich nicht vor mir verstecken, das kann niemand. Also…", er strich ihr mit dem Daumen über ihre Wange. „Tu besser, was ich dir sage."

Sie schluckte trocken, versuchte ihre Angst zu verbergen und öffnete den Wasserhahn, wusch sich die Hände. Dann griff sie über ihn, um an die Papiertücher zu gelangen und sich die Hände zu trocknen.

„Versuchst du mir Angst zu machen?“

„Du hast keine Vorstellung.“

Einen Moment lang starrten sie sich an.

Ohne ein weiteres Wort gingen sie zurück zu seinen Sitzplätzen.

Die zweiten fünfundvierzig Spielminuten schienen ihr unendlich lang. Rio gewann knapp in den letzten Minuten. Die Fans waren außer sich vor Freude. Sie alle sprangen auf und feierten den Sieg, als ob sie selbst das entscheidende Tor geschossen hätten.

Jara fing Ramons Blick ein. Er stand auf dem Rasen, seine Brust hob und senkte sich schnell, sein Trikot war klatschnass. Seine Mannschaftsmitglieder stürmten auf ihn zu und sprangen an ihm hoch, doch Ramon hielt an ihrem Blick fest. Er lachte und weinte.

Sie formte ihm ein stummes „Ich bin stolz auf dich.“ mit ihren Lippen. Dann wurde Ramon unter einem Haufen von Spielern begraben.

Sie wollte aufstehen, doch blitzschnell griff Rafael nach ihrem Handgelenk und hielt sie mit seinem eisernen Griff fest. Sie sah ihn fragend an.

Ein Blitz und ein Klick einer Kamera ließen sie aufschrecken. Sie drehte ihren Kopf, um zu sehen, woher der Blitz kam, und blickte den Reporter verwirrt an. Hatte er von ihr ein Foto geschossen?

Und wieder ein Blitz und der darauffolgende Klickton. Aus einem Blitz wurden viele, sie fühlte sich, als ob sie zum Abschuss freigegeben wurde. Klick, klick, klick. Sie hob ihre freie Hand vor das Gesicht, die andere war immer noch in Rafaels festem Griff.

Er stand auf und zog sie mit sich, geschickt drehte er ihren Arm hinter ihren Rücken. Vorsichtige drückte er ihn nach oben, sie spürte den Schmerz in ihrer Schulter. Sie gab der Bewegung nach, knickte ein wenig ein und rückte dadurch automatisch näher an ihn.

„Du tust mir weh!“

Wieder ein leichter Druck, dem sie sofort nachgab. Mit seiner freien Hand strich er ihr demonstrativ die Haare hinter ihre Schulter, fuhr langsam an ihrem Hals entlang, senkte seinen Kopf zu ihr herab, zog ihren Geruch ein und berührte beinahe mit seinen Lippen ihr Ohr. Lächelnd flüsterte er, „Es ist besser, du zeigst den Kameras dein bezauberndes Lächeln.“

Das raue Geflüster ließ sie schaudern.

„Du weißt doch, du bist mit dem begehrtesten Junggesellen der Stadt hier.“, fügte er hinzu und wandte den Blick wieder in Richtung der Kameras.

Was für ein absurdes Bild, dachte sie sich. Den festen Griff hinter ihrem Rücken konnten die Reporter nicht sehen. Sie sahen nur eine Fremde, die sich dicht an die Seite des skandalumwobenen Senhor Fernandes schmiegte und sich verbissen an einem Lächeln versuchte.

„Bitte hör auf.“ ihre Worte gingen in dem lauten Geräuschpegel unter. Es war, als ob sie gegen einen Sturm ankämpfte. Immer mehr Reporter stürmten herbei.

„Senhorita, wie stehen Sie zu Ramon, unserem neuen Fußballgott?“

„Wie ist das Verhältnis zu Ramon und in welcher Verbindung stehst du zu Rafael Fernandes?“

„Senhor Fernandes, ist die Frau in ihren Armen nun die neue Frau an ihrer Seite?“

„Senhorita, sie sind nicht aus Brasilien, woher kommen sie?“

Tausende Fragen prasselten auf sie ein.

Eine gefühlte Ewigkeit standen sie, wie versteinert, vor der Meute, bis Rafael vorsichtig den Griff lockerte. Er ließ seine Hand an ihrem Rücken herunter streichen, bis zu der Wölbung ihres Pos. Dann war seine Persönlichkeit gefragt und er musste Händeschütteln und posieren.

Sie rieb sich das Handgelenk und starrte immer noch ungläubig um sich. Ein Reporter war direkt vor ihr. Im Gemenge schlug er ihr seine Kamera versehentlich an den Kopf.

Es genügte, sie wollte hier einfach nur noch weg.

Sie quetschte sich durch all die Menschen um sich herum. Rafael wollte sie zurückhalten, doch die Reporter versperrten ihm den Weg und bombardierten ihn mit Fragen. Es eskalierte, als auch noch einige Fußballspieler zu ihm kamen, um mit ihm zu feiern.

Aus einiger Entfernung blickte sie zurück und betrachtete das wilde Gemenge. Rafael posierte mit Spielern vor den Kameras. Ramon war immer noch auf dem Rasen bei einem TV-Interview. Sie war nur noch froh, aus dem Visier der Aufmerksamkeit und aus Rafaels festem Griff entkommen zu sein.

Kapitel 23

Jara stand früh morgens auf und zog sich leise an, sie wollte Ramon nicht begegnen. Sie malte sich ihre Chancen gut aus. Er hatte die ganze Nacht gefeiert und war vor wenigen Stunden erst nach Hause gekommen.

Hektisch suchte sie ihre Unterlagen.

„Das gibt es doch nicht.“ Sie hatte gestern vor dem Spiel alle Unterlagen in ihre Tasche gepackt und nun fehlten sie.

„Suchst du das hier?“, fragte Ramon, der lässig an der Tür lehnte. In einer Hand eine Tasse Kaffee, in der anderen das dicke Bündel. Seine Augen waren rot und tief unterlaufen, es sah aus, als hätte er die Nacht nicht geschlafen.

„Ja.“

Er blätterte wild durch die Papiere.

„Was soll das Jara. Ich hatte dir doch gesagt, du sollst das auf sich beruhen lassen.“

„Gib schon her. Ich bin spät dran.“ Sie riss ihm die Unterlagen aus der Hand.

„Ich meine es ernst. Dir ist die Lage, in der du dich befindest, nicht bewusst!“

Sie drehte sich abrupt um und funkelte ihn böse an, „Ach ja, mir ist die Lage nicht bewusst? Weißt du etwa, was hier vor sich geht, Ramon? Weißt du es? Du hast mir nicht einmal richtig zugehört, als ich mit dir hierüber reden wollte.“ Sie wedelte wild mit der Mappe in der Luft.

Er erwiderte nichts und wandte schnaubend den Blick ab.

„Es geht nicht mehr nur um die Grundstücke unserer Familie. Wenn das stimmt, was ich vermute und was die bisherige Recherche ergeben hat, dann steckt da viel mehr dahinter. Dann geht es hier um

Menschenleben, um Existenzen. Wer tritt für die ein, die sich nicht wehren können? Hast du nicht gesagt, die Leute hier könnten meine Hilfe als Anwältin gut gebrauchen?"

Er blieb stumm.

„Ja das dachte ich mir. Du lebst jetzt deinen Traum und alles andere ist nicht mehr wichtig."

Der Vorwurf in ihrer Stimme war nicht zu überhören.

Nachdem er keine Reaktion zeigte, ließ sie die Haustüre mit einem Krachen ins Schloss fallen.

„Du lässt mir keine Wahl Jara. Verdammt!", flüsterte Ramon zu sich. Er stürmte in sein Zimmer und fischte sein Telefon aus der Jeans, die er heute Morgen einfach auf dem Boden neben sein Bett fallen gelassen hatte.

Bereits nach dem zweiten Klingelzeichen hörte er die Stimme am anderen Ende der Leitung.

„Sie kommt.", berichtete er knapp, dann drückte er den roten Hörer und pfefferte sein Telefon an die Wand. „Scheiße!"

Kapitel 24

Auf dem Weg zum Amt hatte Jara sich wieder beruhigt. Sie stritt sich nicht gerne mit Ramon. Sie verstand zwar nicht, wieso er sich so wenig dafür interessierte, hatte jetzt aber wichtigere Dinge zu tun. Heute Abend würde sie sich bei ihm entschuldigen und ihm alles zeigen, dann würde er es bestimmt verstehen.

Flink sprang sie die Steinstufen hinauf und sah sich suchend um. Wo war nur Senhor Guetteiro?

Noch war es ruhig auf den Straßen und Plätzen. Früh morgens sah hier alles so friedlich aus.

„Senhorita Jara.“, Senhor Guetteiro wedelte ihr mit einem Schlüsselbund zu.

„Guten Morgen Senhor Guetteiro.“

„Komm schnell, wir haben nicht viel Zeit. Wir gehen an der Seite beim Osteingang rein. Dort wird uns niemand sehen.“

Beide schritten zügig an dem Gebäude vorbei.

Senhor Guetteiro öffnete die Tür beim Osteingang.

„Beeile dich und pass auf dich auf mein Kind.“, mit diesen Worten drückte der Wachmann ihr einen kleinen Schlüssel in die Hand. Das war der Schlüssel für die Tür unten im Archiv.

„Werde ich. Danke Senhor Guetteiro.“

Sie nahm den Schlüssel und lief den langen Gang entlang, den sie die Tage schon so oft hin und her gegangen war. Ganz am Ende war die Treppe zum Archiv.

Es blieb nicht viel Zeit, bis die ersten Mitarbeiter ihren Arbeitstag begannen.

Im Dunkeln schlich sie die Treppen hinab in den Keller. Nur ihr Handydisplay spendete etwas Licht. Die kühle und modrige Luft umströmte sie.

Die Tür zum Archiv fand sie schnell, aber ein Geräusch ließ sie herumfahren.

„Jara, da ist nichts, das bildest du dir ein!", versuchte sie sich selbst zu beruhigen.

Sie steckte den Schlüssel in das Schloss, um mit einem Leisen klick die Tür zu öffnen.

Sie traute sich nicht, das Licht einzuschalten und beleuchtete stattdessen mit ihrer Handytaschenlampe den Raum.

Hohe und viel zu überfüllte Regale waren zu schmalen Gängen angeordnet. Je weiter sie in das Labyrinth von Gängen lief, desto staubiger wurden die Akten und Kisten in den Regalen.

Mit dem Finger fuhr sie über die staubigen Schilder und Ordnerrücken. Wie sollte sie hier nur die richtigen Unterlagen finden? Glücklicherweise war alles nach Abteilung und Jahreszahl geordnet, sodass sie einen Anhaltspunkt hatte, dennoch waren es Dutzende von Kisten, die sie durchsuchen musste.

Dann stach ihr eine Kiste ins Auge, die von der dicken Staubschicht befreit war, jemand musste sie erst vor kurzen gebraucht haben. Sie zog sie aus dem Regal und hoffte auf ein Wunder.

„Volltreffer."

Sie begann in den Ordnern der Kiste zu blättern und zu lesen. Fischte eine Karte heraus, auf der sämtliche Schutzzonen und Gebiete sowie Grundstück vermerkt waren. Die Karte war von 1942. Am Kartenende war eine Liste, in der alle Änderungen verzeichnet schienen. Lange wurde nichts übertragen, doch vor ein paar Jahren fingen die Eintragungen wieder an. Diverse Firmen, unter anderem auch diese, die ihr bekannt waren, kauften und überschrieben Grundstücke.

Was ihr gleich ins Auge fiel, war die Tatsache, dass alle Übergaben von ein und demselben Notar bestätigt und beglaubigt wurden. Senhor Oliveira.

Jara blätterte weiter und konnte es nicht glauben, als ihr Zeigefinger die Auflistungen hinabfuhr und immer wieder der Name Rafael Fernandes auftauchte.

„Er hat alles aufgekauft und weitergegeben, aber wozu?"

Sie machte ein paar Fotos.

Es waren nicht alle Geschäfte und Gebietsübertragungen nachvollziehbar aufgeführt, aber es genügte, um weitere Forschungen zu ermöglichen. Vielleicht würde sie tatsächlich aus Manaus noch weitere Unterlagen erhalten.

Als sie den nächsten Ordner durchsehen wollte, hallten Schritte im Gang. Sie hielt den Atem an. Kurz darauf erhellte das Licht das Archiv. Sie wagte es noch immer nicht zu atmen.

Sie blickte auf die Uhr. Eigentlich dürfte hier noch mindestens eine Stunde niemand auftauchen.

Es konnte nicht Senhor Guetteiro sein, er hinkte ein wenig und die Schritte, die zu hören waren, stammten auf jeden Fall von mehreren Personen.

Sie blinzelte zwischen den Regalen durch und konnte einen kurzen Blick auf eine der Personen erhaschen.

Es war die Polizei! Waren sie etwa wegen ihr hier? Wenn ja, woher wusste die Polizei von ihr?

„Senhorita Jara Maria da Silva?", fragte eine Stimme förmlich.

Sie presste die Karte an sich. Was sollte sie nur tun? Nervös kaute sie auf ihrer Unterlippe. Sie versuchte die Kiste nahezu lautlos ins Regal zurückzuschieben, doch als sie sich davonschleichen wollte, blickte sie in das Gesicht eines Polizisten.

Jetzt war sie in Schwierigkeiten!

Sie hätte sich nicht erwischen lassen sollen.

Der Polizist machte kurzen Prozess und nahm bereits die Handschellen von seinem Gürtel, um sie festzunehmen.

Während ein weiterer Polizist zu ihnen stieß, versuchte sie sich zu erklären und die Situation etwas herunterzuspielen. Aus ihrem Studium wusste sie aber, dass einem aus jedem falschen Wort ein Strick gedreht werden konnte, sodass sie sich nach wenigen Widerworten entschied, die Verhaftung über sich ergehen zu lassen.

Was hatte sie sich nur gedacht, Akten aus dem Amt stehlen zu wollen.

Nun saß sie auf der Polizeiwache und wartete auf den Kommissar. Das Ticken des Zeigers der Wanduhr schien immer lauter zu werden.

Mit einem Ruck wurde die Tür des Büros geöffnet, der Kommissar trat herein und setzte sich an seinen Schreibtisch.

„Senhorita Jara Maria da Silva, sie sind aus Deutschland.", stellte er fest.

“Senhor, bitte lassen sie mich erklären.“

Aufgeregt rutschte sie auf dem Stuhl hin und her.

„Es gibt Grund zur Annahme, dass gewisse Personen Landraub begehen, und dass, in weiten Gebieten bis in die Schutzzonen. Es werden nicht nur Bürger ihrer Länder beraubt, die Eingeborenen werden verjagt und der Amazonas systematisch zugrunde gerichtet. Ich glaube, sie legen gezielt Feuer und ...“, sie unterbrach abrupt. Der Kommissar war aufgestanden und drehte ihr den Rücken zu.

„Senhorita, Sie sind nur zu Besuch in diesem Land. Es gibt Dinge, in die sie sich nicht einmischen sollten.“

„Nicht einmischen?“, wiederholte sie ungläubig „Senhor bei allem Respekt. Sie verstehen nicht! Diese kriminellen Machenschaften kosten Tausenden von Menschen ihre Existenzen und ihr Dasein.“

„Nein, Sie verstehen nicht.“ Der Kommissar drehte sich wieder zu ihr um.

Sein Blick war unbeeindruckt und leer.

„Es tut mir leid.“ Er ging um den hölzernen Schreibtisch herum und öffnete die Tür.

„Was tut Ihnen leid? Herr Kommissar, bitte, ich habe Beweise. Die Grundstücksüberschreibungen laufen alle über Senhor Rafael Fernandes, bevor sie weiter an Unternehmer zu einem Spottpreis verkauft werden. Ich bin mir noch nicht sicher, inwiefern gewisse Delikte in Zusammenhang stehen, aber wenn sie mir zuhören, könnten wir es herausfinden. Mit einem Untersuchungsteam könnten innerhalb kürzester Zeit Beweise…“, sie drehte sich zur Tür und verstummte. Ein Polizist trat in das Büro. Er packte Jara am Oberarm und zog sie mit sich aus dem Büro.

„Was soll das? Lassen Sie mich los!“ Sie versuchte sich aus dem Griff des Polizisten zu befreien. Eindringlich sah sie den Kommissar an, ihr Blick schweifte hektisch von links nach rechts, so als ob sie die Wahrheit in den Augen des Kommissars finden könnte.

„Senhor Kommissar bitte, Sie können nicht die Augen vor den Tatsachen verschließen.“ In ihrer Stimme schwang die Angst, genauso wie die Wut mit.

Wenig später fand sie sich in einer Arrestzelle wieder.

Sie war nicht allein. Von den zwei Stockbetten, die an den Wänden befestigt waren, schienen die beiden oberen Betten belegt zu sein, denn als sie in die Arrestzelle gebracht wurde, streckten zwei Frauen die Köpfe von den Pritschen, spähten über die Bettkante, drehten sich aber augenblicklich wieder um.

Eine ältere Frau saß auf dem Boden neben einem der Betten, lehnte mit dem Rücken an das Kopfteil und schlief. Ihr Kopf war seitlich nach hinten gekippt. Bei jedem Atemzug stieß sie ein leises, kaum wahrnehmbares Schnarchen aus.

Von den kalten Betonwänden, die einst in einem zarten hellblau gestrichen waren, bröckelte die Farbe. Jara stand inmitten der Zelle und ließ ihren Blick über die zahlreichen Schmierereien an den Wänden schweifen. Sie konnte den Hass und den Zorn daraus lesen. Was allerdings an den Wänden unausgesprochen dominierte, war die Verzweiflung und Angst der Inhaftierten.

Kapitel 25

Obwohl es mittlerweile mittags war, die Sonne am höchsten Punkt am Himmel stand und draußen die Hitze kaum noch auszuhalten war, fröstelte Jara. Seufzend setzte sie sich auf das freie Klappbett.

„Na großartig, das hast du prima gemacht.", nuschelte sie sarkastisch vor sich hin und fuhr sich durch ihre Haare. Wie war sie nur in solch eine Situation geraten. Sie wollte eigentlich nur die Unterlagen zu ihren Grundstücken einsehen. Plötzlich geriet alles außer Kontrolle.

Als sie merkte, dass etwas nicht stimmte, folgte sie den Spuren und Hinweisen. Mit jedem Gespräch und jeder noch so kleinen Information verlor sie sich mehr in den Geschehnissen und nun konnte sie einfach nicht mehr loslassen.

Es war laut, Gekreische und Gerangel, dröhnte durch die Gänge und riss sie immer wieder aus ihren Gedanken. Die anderen Arrestzellen waren ebenfalls belegt. Im Laufe des Tages brachten Polizisten ständig neue Inhaftierte.

Je näher der Abend rückte, desto mehr Tumult war in den Gängen. Die Unruhe der Insassen wuchs und es kam vermehrt zu Handgreiflichkeiten in den Zellen. Das Gefängnis war schlichtweg überfüllt.

Die Beamten hatten alle Hände voll zu tun und versuchten, unter Einsatz von zu viel Gewalt, die Unruhestifter unter Kontrolle zu bringen.

Nach einer Weile brachten zwei Beamte einen weiteren Insassen in die Zelle gegenüber von Jara.

Der Neue war außer sich und leistete jeglichen Widerstand gegenüber den Beamten.

Sie beobachtete entsetzt das Geschehen. Als die Beamten den Mann endlich eingesperrt hatten, sprang sie auf und ging zu den Gitterstäben.

„He wartet!“, rief sie.

Einer der beiden Polizisten strich sich über seine Handknöchel, die von dem Kampf rot wurden. Er war jung und schien noch nicht lange als Polizist zu arbeiten, denn er hielt tatsächlich vor ihr inne und sah sie freundlich an. Sein Partner jedoch versetzte ihm einen Klaps auf den Hinterkopf und drängt ihn zum Weitergehen.

„Los Junge, lass dich nicht von den Häftlingen ansprechen.“ Er sah sie missbilligend an. „Sie sehen harmlos aus, aber in dem Moment, in dem du ihnen den Rücken zudrehst, stechen sie mit einem Messer zu.“

„Nein, stopp, bitte! Ich habe ein Recht auf einen Anwalt oder zumindest auf ein Telefonat!“

Die Polizisten gingen den langen Gang entlang.

Bevor sie hinter der Ausgangstür verschwanden, warf der neue Polizist einen flüchtigen Blick zu ihr, blieb aber stumm.

„Wie lange muss ich hierbleiben?“, rief sie ihnen verzweifelt nach.

Der Mann in der gegenüberliegenden Zelle lachte und seine Schultern bebten. Sie blickte verwundert zu ihm. Seine Haare waren abrasiert und sein Kopf und Nacken über und über voll mit Tattoos. Unter dem linken Auge glaubte sie ein kleines Kreuz zu erkennen und um seinen Hals war eine Gebetskette tätowiert. Gläubig allerdings, sah er beim besten Willen nicht aus. Unzählige weitere Motive kamen an seinen Oberarmen, unter dem Saum seines Ärmels, zum Vorschein.

„Buh!“ Der Neue keifte durch die Gitterstäbe und fletschte dabei die Zähne, wie ein tollwütiger Hund.

Sie starrte ihn unbeeindruckt an. Sie hatte bereits einige Zeit in Gefängnisse verbracht, allerdings immer auf der anderen Seite der Gitterstäbe.

Bevor sie als Anwältin in der Kanzlei anfing, hatte sie, während ihrem Studium, als Gehilfin einer Strafverteidigerin im Gefängnis gearbeitet und sich an die Anwesenheit und das Verhalten Krimineller gewöhnt.

Sein abermals hallendes Lachen verschwand von einer zur anderen Sekunde und er beobachtete sie interessiert, verwundert über ihre ausbleibende Reaktion.

Sie hielt seinem Blick stand, rührte sich keinen Millimeter.

Der Mann betrachtete sie mit einem halb vorwurfsvollen, halb verwunderten Blick. Ein Blick, der zu fragen schien, was zur Hölle tust du hier? Dann wandte er sich schließlich ab und verschwand zwischen all den anderen Insassen der Zelle.

Sie klammerte sich an die Gitterstäbe und legte die Stirn an ihre Hände. Ja, was zur Hölle tat sie hier?

Langsam ließ sie sich an den Gitterstäben hinab gleiten und lehnte sich mit ihrem Rücken an die kühle Betonwand.

Sie konnten sie nicht ewig festhalten, das wusste Jara. Die Polizei hatte sie lediglich im Keller des Amtes erwischt, in den sie mit Hilfe eines Schlüssels kam. Kein Einbruch also, höchstens unbefugtes Betreten, grübelte sie. Sie hatte keine Unterlagen mitgenommen, dazu fehlte ihr die Zeit. Diebstahl konnten sie ihr dementsprechend auch nicht vorwerfen.

Morgen musste die Polizei sie wieder laufen lassen.

„Na Schätzchen, das erste Mal hier?"

Die Frau, welche vorhin zu schlafen schien, sah nun amüsiert zu ihr rüber.

Sie rollte mit den Augen, gab aber keine Antwort.

„Mach dir nichts draus, morgen lassen sie dich wieder gehen. Was kann ein junges Ding wie du schon anstellen?"

Erst jetzt bemerkte sie das leichte Lallen, das in jeder Silbe der Frau mitschwang.

„Ja, was kann ich schon anstellen?", murmelte sie, zog ihre Knie dicht an ihren Körper und legte ihr Kinn darauf ab.

Kapitel 26

Jara schreckte auf und kniff die Augen zusammen. Sie war eingedöst und das grelle Neonlicht, dass laut dröhnend angeschaltet wurde, blendete sie. Sie drehte ihren Kopf zur Seite, um dem grellen Licht etwas zu entgehen. Es musste mittlerweile schon spät nachts sein.

Schritte hallten den Gang hinauf und verstummten vor ihrer Zelle.

„Senhorita Jara Maria da Silva.“, stotterte ein Polizist.

Die Unsicherheit in seiner Stimme irritierte sie.

Die Beamten waren den ganzen Tag mürrisch und abweisend an ihr vorbeigegangen und hatten nicht ein Wort mit ihr gewechselt. Das zurückhaltende Ansprechen schien ihr nun fehl am Platz zu sein.

Etwas irritiert drehte sie sich zu den Gitterstäben, um den Polizisten anzusehen.

„Sie haben Besuch.“

Ja, das sah sie. Verächtlich schnaubte sie und rutschte ein wenig von den Gitterstäben weg, als sie sah, wie Rafael an die Zelle trat und auf sie hinabsah. In seinem Gesicht spiegelte sich die übliche Arroganz, seine Körperhaltung signalisierte triumphierende Selbstsicherheit.

„Hallo Jara.“

„Was tust du hier?“

„Nach dir sehen.“

Sie verdrehe die Augen und blieb stumm. Sie wollte sich nicht auf ein Gespräch mit ihm einlassen.

Er streckte ihr wortlos eine Wasserflasche entgegen. Sie war am Verdursten, aber ihr würde nicht im Traum einfallen, das Wasser anzunehmen, und so ignorierte sie das Angebot.

„Nimm schon!“

Sie wandte ihren Blick ab. Er zuckte gleichgültig mit den Schultern, öffnete die Flasche und nahm einen Schluck.

„Du bist gestern plötzlich verschwunden und dann heute Morgen, wie soll ich sagen? Diese kleine Dummheit.“ Er zog die Luft durch seine Zähne.

Sie schüttelte energisch den Kopf.

„Meine kleine Dummheit? Du bist derjenige, der hier reingehört.“

„Du bist eingesperrt, ich würde also sagen, du hast etwas Unrechtes getan.“, flüsterte er nun und ging in die Hocke, sodass ihre Gesichter auf gleicher Höhe waren. Er stellte die Flasche durch die Gitterstäbe vor ihr auf den Boden.

Ihm gefiel ihre Sturheit, sie forderte ihn heraus. Sie hatte sich genau so verhalten, wie er es vermutet hatte, und jetzt war sie genau dort, wo er sie haben wollte.

Er bestimmte das Spiel, es war nur eine Frage der Zeit, bis auch sie das einsah.

„Du brichst ein und…“

„Ich bin nicht eingebrochen.“, unterbrach sie ihn barsch.

Er hielt einen Moment inne und fuhr schmunzelnd fort. „Und… du entwendest Unterlagen und Verträge des Staates.“

Wieder schüttelte sie wütend den Kopf.

„Ich würde sagen, das sind kriminelle Taten und aus diesem Grund sitzt *du* in dieser Zelle.“

„Von uns zweien, bist du der Kriminelle, Rafael! Das wissen wir beide.“ Sie konnte nur mit Mühe die aufsteigende Wut in sich kontrollieren.

Ihr Blick wanderte über die feinen Blutspritzer auf seinem weißen Hemd und die leicht blutverschmierten Knöchel. Es schien das Bild, das sie von ihm hatte, zu bestätigen.

„Ich nehme nicht an, das Blut an deinem Hemd ist deines?“

„Nein.“

„Das, Rafael, ist kriminell. Nicht meine Recherche.“

„Das, Kleines, ist Arbeit.“, antwortete er gelassen ohne sie aus den Augen zu lassen.

„Natürlich.“, sie schnaubte. Sie konnte nicht fassen, wie er über seine Geschäfte sprach.

„Recherche würde ich dein Vorgehen nicht betiteln.“

„Ach nein? Wie würdest du es betiteln, Fragen zu stellen?“

Er blickte sie weiter unverändert an.

„Die Widersprüche und Unklarheiten diverser Kaufhandlungen und geschäftlicher Beziehungen können nicht nur mir aufgefallen sein. Von der Korruption, die diese Geschäfte erst ermöglichen, mal abgesehen. Das alles habe ich in wenigen Tagen herausgefunden und ich habe nur an der Oberfläche gekratzt. Nur scheint niemand eine Antwort zu wissen oder ist gewollt sie zu geben. Vielleicht haben sie auch Angst, das Falsche zu sagen."

Er hörte aufmerksam zu, sein Blick durchbohrte sie. Das Flackern in seinen Augen brachte sie in Rage. Ein zufriedenes Flackern wie bei einem Jungen, der die Kerzen auf seiner Geburtstagstorte ausbläst, voller Tatendrang und Begeisterung.

„Dachte ich mir, du hast keine Antwort!", stellte sie zufrieden fest.

„Die habe ich."

„Dann bitte, antworte mir Rafael. Wie würdest du mein Vorgehen nennen?"

„Meine Antwort wird dir nicht gefallen."

Sie blickte ihn herausfordernd an und wartet auf seine Reaktion.

„Naivität!"

Für einen Moment schwiegen beide. Er sah, wie es in ihr brodelte.

„Du denkst wirklich, du hast etwas entdeckt. Denkst du, du kommst hier her nach Brasilien und änderst einfach so den Lauf der Dinge?"

„Nein, das denke ich nicht nur, ich werde es auch tun. Hier geht etwas vor sich und ich werde es herausfinden."

Abermals lachte er amüsiert und stand wieder auf. Er steckte seine Hände in die Hosentaschen und lehnte sich lässig mit der Schulter an die Betonwand.

Auch sie stand auf. „Ich weiß von deinen Geschäften. Gewöhn dich an diesen Anblick.", sie zeigte auf die Gitterstäbe. „Nicht mehr lange und du wirst auf der anderen Seite der Gitterstäbe stehen. Die Polizei kann mich nicht ewig hier einsperren und wenn ich rauskomme, werde…"

„Was? Was wirst du dann unternehmen? Zur Polizei gehen?", fiel er ihr ins Wort. Sein Spott war nicht zu überhören.

„Du kannst nicht alle bezahlen, nicht alle sind korrupt."

Er belächelte sie, das machte sie nur noch wütender.

„Was bildest du dir ein, wer du bist? Auch du musst dich an die Gesetze halten und auch du wirst früher oder später für deine Taten bestraft werden. Du kannst nicht einfach tun und lassen, was du willst. Dafür werde ich sorgen! Ich weiß…“

„Du weißt gar nichts!“, fuhr er sie an. All die Leichtigkeit in seiner Stimme war schlagartig verschwunden.

„Du hast keine Ahnung, in welche Angelegenheiten du dich einmischst. Du hast keine Ahnung, mit wem du dich anlegst. Du bist in einer Arrestzelle und willst mir drohen?“, knurrte er.

„Mich kannst du nicht zum Schweigen bringen, so wie all die anderen, die bisher deinen Weg gekreuzt haben. Du schüchterst mich nicht ein, ich habe keine Angst vor dir!“

Eine Weile funkelten sie sich durch die Gitterstäbe herausfordernd an, keiner sagte ein Wort.

Ohne seinen Blick von ihr abzuwenden, winkte er einen Polizisten heran. Dieser fummelte nervös am Schlüsselbund, sah verunsichert zwischen Rafael und Jara hin und her. Schließlich öffnete er die Zelle und trat beiseite. Rafael beobachtete, wie Irritation in ihren Augen aufflackerte. Nur für den Bruchteil einer Sekunde, wie eine Sternschnuppe, die am Himmel aufblitzt. Er genoss die plötzliche Unsicherheit, die von ihr ausging.

Er betrat die Zelle, langsam und bedrohlich ging er auf sie zu. Sie rührte sich nicht, versuchte ihre stolze Fassade nicht bröckeln zu lassen, hielt ihr Kinn gestreckt, nur ihre Augen wanderten Hilfe suchend zu dem Polizisten und den anderen Inhaftierten in der Zelle, doch niemand rührte sich.

Er konnte nur mit Mühe ein Lachen unterdrücken. Glaubte sie tatsächlich, der Polizist könnte sie vor ihm beschützen? Glaubte sie tatsächlich irgendjemand war dazu in der Lage?

„Du hast keine Angst vor mir?“, fragte er leise und drängte sie immer weiter zurück, bis sie mit dem Rücken an die Betonwand stieß.

„Nein, habe ich nicht.“, erwiderte sie fest.

Er beobachtete, wie sich ihre Brust bei jedem Atemzug langsam hob und senkte. Ruhig und gleichmäßig. Erstaunt legte er seinen Kopf etwas schräg, als ob er mit einem anderen Blickwinkel die Situation besser einschätzen konnte. Es schien ihm, als hätte sie wirklich keine Angst vor ihm.

Seine Augen verengten sich und auf seine Stirn traten zwei Falten. Seine Hand schnellte vor und umfasste ihren Hals. Er drückte gerade so fest zu, dass ihr Atem zu röcheln begann.

„Das solltest du aber!", flüsterte er ihr bedrohlich ins Ohr.

Sie presste ihre Lippen fest zusammen, sodass sich eine Linie bildete. Erst blieb sie regungslos, dann aber bekam sie immer schlechter Luft. Erfolglos versuchte sie seinen Griff zu lösen, seine Hand von ihrem Hals zu zerren.

Er hielt sie mühelos fest. Sah zufrieden zu, wie sie sich unter seinem Griff wandte und ihre Augen immer wieder zu dem Polizisten wanderten.

„Denkst du, er wird dir helfen?"

Sie blieb stumm, konnte nichts erwidern.

„Man beißt nicht die Hand, die einen füttert."

Rafael schnaubte verächtlich, „Was ist los? Hat dich der Mut verlassen?"

Als sie ihren Mund öffnete, verstärkte er seinen Griff um ihren Hals und ließ sie damit, bevor sie etwas sagen konnte, augenblicklich verstummen.

Schließlich ließ er von ihr ab und sie sackte ein klein wenig zusammen. Sie atmete tief ein, ihre Lungen waren gierig nach Luft, ihr Rachen brannte.

Rafael meinte beinahe ihr Herz rasen zu hören und sah zufrieden, wie der Trotz in ihre Augen zurückkehrte.

„Du wirst damit nicht durchkommen, Rafael!" Ihre Worte klangen heiser.

Er strich ihr vorsichtig über die Wange.

Sie wich seiner Berührung aus und ihr Blick ruhte erst am Boden, bevor sie beschwörend zu ihm hinaufsah.

„Früher oder später wirst du einen Fehler machen und dafür bezahlen."

„Und wer wird mich deiner Meinung nach zur Strecke bringen?"

„Ich!"

Reflexartig presste er seine Hand auf ihren Mund. Nicht, dass er ihre Drohungen ernst nahm, sie war keine Bedrohung, keine wirkliche Gefahr. Das war niemand. Nein, ihm wurde bewusst, dass er das Spiel mit dieser sturen Frau, die vor ihm stand, zu sehr genoss. Das war die Bedrohung, welche ihm zu schaffen machte.

„Du drohst mir schon wieder?"

Ihr Atem stieß warm gegen seine Hand.

„Ich werde bereit sein, Jara Maria da Silva. Ich hoffe nur, du bist stark genug, die Konsequenzen zu ertragen."

Er konnte dieses kleine aufkommende Problem jetzt gleich lösen, im Keim ersticken. Er konnte sie aus dem Weg schaffen, so wie er es immer tat. Stattdessen wandte er sich ab und ging.

Der Polizist verschloss hinter ihm rasch die Zelle und eilte ihm nach. Als die Schritte verstummt waren, ging das Licht aus und Jara war wieder im Dunkeln, in einer Arrestzelle in Rio.

Kapitel 27

Rafael verließ das Präsidium und zog sein Telefon aus der Hosentasche. Lissandro nahm das Gespräch nach dem ersten Klingeln an.

„Wo steckst du?“ Er ließ keine Emotionen in seiner Stimme zu.

„Ich bin am Treffpunkt. Du bist spät, gab es Probleme?“

„Nein. Ich bin gleich da.“ Rafael beendete das Telefonat und stieg in seinen schwarzen SUV.

Der Treffpunkt war eine Bar am Stadtrand. Die Bar war klein und alt, hatte schon viele Generationen überdauert und dabei ihren Charme nie verloren.

Hier lungerte alles herum, alles bis auf die feinen Geschäftsleute und Politiker Brasiliens. Es war düster und das wenige Licht legte die Gesichter der Gäste in Schatten. Beim Betreten der Bar stieg ihm augenblicklich der modrige Geruch und kalter Rauch in die Nase. Laute Musik beschallte den Raum, doch das Gemurmel und das Grölen der anderen Gäste dominierte die Geräuschkulisse.

Mit einem Nicken grüßte er den Barkeeper und steuerte auf Lissandro zu, der auf einem der Sofas ganz hinten im Raum saß. Er setzte sich gegenüber von Lissandro, griff nach dem Drink seines Freundes und leerte das Glas in einem Zug. Lissandro beobachtete ihn und legte die Stirn in Falten.

„Ich dachte, es gab keine Probleme?“

„Gab es auch nicht.“, entgegnete er und drehte sich zum Barkeeper. Er streckte zwei Finger in die Luft. Der Barkeeper wusste Bescheid, sie tranken immer das Gleiche, Whiskey auf Eis.

Lissandro schnaubte und seine Mundwinkel verzogen sich zu einem schiefen Lächeln.

„Man könnte meinen, nach all den Jahren hättest du gelernt, dich bei der Arbeit nicht mehr schmutzig zu machen.“

Rafaels eisiger Blick traf Lissandro. Jeder andere Mensch auf diesem Gott verdammten Kontinent hätte sich jetzt eine Kugel eingefangen. Niemand wagte es so mit ihm zu sprechen.

Er zog sein blutiges Hemd aus und warf es in die Ecke. Nun, als er nur noch in seinem Muskelshirt war und die Tattoos auf seinem Oberarm und seinem Nacken zu sehen waren, passte er besser zu dem Klientel dieser Bar. Der Kellner brachte die Gläser, die mit der bernsteinfarbenen Flüssigkeit gefüllt waren. Er nahm das Glas und leerte es erneut in einem Zug.

„Bring nochmals zwei.“, sagte er und stellte sein leeres Glas zurück auf das Tablett.

„Wo sind die anderen?“, fragte Lissandro nach einer Weile.

Mit den anderen meinte Lissandro das Sicherheitsteam, dass die beiden rund um die Uhr umgab. Rafael war einer der einflussreichsten Männer dieses Landes und hatte mehr Feinde, als er zählen konnte. Sein Sicherheitsteam war für Außenstehende nicht erkennbar, sie wichen ihm jedoch niemals von der Seite und waren bei Problemen in Sekunden zur Stelle. Auch sein Anwesen war ausnahmslos immer und zu jeder Zeit bewacht. Ein Eindringen war schlichtweg nicht möglich.

„Ich habe sie zum Anwesen zurückgeschickt.“, entgegnete er knapp.

Lissandro zog die Luft scharf ein.

„Ich bin mit meinem Sicherheitschef hier. Was soll schon passieren?“ Er lehnte sich entspannt zurück.

Seit er denken konnte, war Lissandro an seiner Seite.

„Ich weiß, du stehst auf diese Bar, aber bei der aktuellen Lage ist mir das hier etwas zu heiß.“ Lissandro ließ seinen Blick nervös über die wenigen Gäste schweifen.

„Beruhig dich. Hier wird uns zumindest niemand beobachten.“

„Ja wohl wahr.“ Auch Lissandro nahm nun sein Glas und leerte es in einem Zug.

„Was gibt es Neues aus Manaus?“, fragte er.

Lissandro antwortete nicht sofort und sah ihm einen Augenblick mürrisch in die Augen. Er wusste, das Lissandro gestern lieber im Stadion gewesen wäre und das Spiel und die anschließende Party miterlebt hätte, aber die Geschäfte liefen gerade auf Hochtouren und ihre Konkurrenten warteten kein Fußballspiel ab, um Unruhe zu stiften.

Keine Frage, das Spiel war wichtig, um Präsenz zu zeigen, um den richtigen Leuten die richtigen Worte zu flüstern und gewisse Fäden zu ziehen. Diese gesellschaftlichen Ereignisse waren notwendig, um die späteren Geschäfte zu erleichtern, Lissandros Aufenthalt in Manaus allerdings war nötig, um die Geschäfte voranzutreiben.

„Wir haben mehr gefunden als zuerst erwartet."

„Gut.", nickte er zufrieden.

„Viel mehr als erwartet!", sagte Lissandro eindringlich.

„Hast du die Unterlagen dabei?"

„Sie sind schon auf dem Anwesen. Du musst dich in nächster Zeit in Manaus blicken lassen. Die Situation spitzt sich zu. Es tauchen immer mehr Glücksritter auf."

„Sollen sie nur kommen, Adryelle wird sich über weitere Kundschaft freuen."

„Nimm das nicht auf die leichte Schulter. Wir müssen strategisch an die Sache herantreten. Sonst verlieren wir die Kontrolle. Du solltest…"

„Ich habe es verstanden Lissandro. Ich werde nächste Woche nach Manaus fliegen und alles regeln."

„Und Pedro…"

„Mit Pedro werde ich einen Termin vereinbaren. Wir müssen uns zumindest anhören, was er bieten kann."

„Gut.", nickte Lissandro zufrieden.

„Gut.", wiederholte er abwesend.

„Es wird sich noch zeigen, wie gut es ist. Ich traue ihm nicht."

„Du traust niemanden."

„Ich traue dir."

Er ließ seinen Blick durch die Bar streifen. Er konnte sich nicht auf Lissandros Berichte konzentrieren, wollte sich nicht auf das Geschäft einlassen, nicht jetzt, nicht heute Nacht. Seine Gedanken schwirrten immer noch um Jara.

In dieser Stadt machten Neuigkeiten schnell die Runde und die Fragerei von ihr hatte bereits einige seiner Partner nervös werden lassen. Nervöse Menschen handelten unüberlegt und trafen zumeist dumme Entscheidungen.

Er hatte mit dem Kommissar gesprochen und sein Stillschweigen über den heutigen Morgen erkauft, jedoch gab es immer eine undichte

Stelle und es war nur eine Frage der Zeit, bis der Einbruch zum Stadtgespräch wurde. Er hatte dem Kommissar versichert, sich um das Problem zu kümmern und es auf seine Art und Weise zu lösen. Die Polizei musste sich somit die Hände nicht schmutzig machen und seine Partner würden keinen weiteren Druck auf den Kommissar ausüben. Es hingen mittlerweile einfach zu viele Instanzen mit in den Geschäften im Amazonas.

Auch wenn er sich gerne gleich um diese Angelegenheit gekümmert hätte, würde er Jara diese Nacht noch in der Zelle lassen. Er ließ sie zurück, mit all der Unsicherheit, die er geschürt hatte und all ihren Gedanken, die sich nun um ihn kreisen würden. Ja, sie würde an ihn denken, davon war er überzeugt. Dies erfüllte ihn mit Zufriedenheit und er konnte ein Schmunzeln nicht unterdrücken.

„Was?“, fragte Lissandro verwirrt. „Ich finde das nicht besonders amüsant.“

Er sah ihn an, antwortete aber nicht. Er hatte Lissandro nicht zugehört.

Lissandro schüttelte den Kopf und änderte seufzend das Thema. „Wenn alles nach Plan lief, wieso hast du dann Blut an deinem Hemd und bist zu spät? Du bist nie zu spät.“

„Sie haben sich nicht an die Vereinbarung gehalten, also haben sie die Konsequenzen zu spüren bekommen. Wir können momentan kein weiteres Problem brauchen, dass die Aufmerksamkeit der Öffentlichkeit auf sich zieht.“

„Ich verstehe. Morgen werde ich mich mit Juan und seinem Bruder treffen und sie als neuen Partner einweisen. Sie warten schon lange auf diese Gelegenheit.“

„Mach das.“

Lissandro sah ihn durchdringend an. Er kannte ihn bereits zu lange, um ihm etwas verheimlichen zu können, und das wusste Rafael.

„Du konntest es nicht lassen.“, stellte Lissandro fest.

Er hielt seinem Blick stand und ließ kein Wort über seine Lippen kommen, stattdessen nahm er einen weiteren Schluck des Whiskeys.

„Das muss eine Frau sein. Beschäftigt dich länger als nur eine Nacht und dann hattest du diese Nacht noch nicht einmal mit ihr.“ Lissandro lehnte sich auf dem Sofa entspannt zurück.

„Das Problem wird sich von selbst lösen. Sobald sie rauskommt, ist sie tot. Die Anwältin aus Deutschland hat ganz schön Wirbel verursacht.

Die Herren aus Rio bringt normalerweise nichts so schnell aus der Ruhe, aber diesmal ist die Stimmung sehr angeheizt."

„Ich werde mich selbst darum kümmern, es ist mein Problem.", knurrte er.

„Ja ja schon gut." Er hob gespielt abwehrend seine Hände. „Tu es aber tu es schnell."

„Gleich morgen.", versicherte er ihm. Er wusste nur noch nicht genau wie. Was sollte er mit ihr machen?

Kapitel 28

So verzweifelt sich Jara auch wandte und drehte, der Griff des Polizisten blieb eisern. Früh morgens war der Beamte gekommen, schloss die Zelle auf und zerrte sie heraus.

Sie liefen einen langen, fensterlosen Gang entlang. Das gelbe, dumpfe Licht der flackernden Lampen schaffte es kaum, den Gang zu erhellen.

In ihrem Kopf überschlugen sich die Gedanken. Das Surren der flackernden Lampen übertönte plötzlich alles.

„Wohin bringen Sie mich?"

Der Polizist blieb stumm.

„Senhor, bitte wohin gehen wir?"

Sie wartete vergebens auf eine Antwort.

So wie sich der Polizist verhielt, glaubte sie nicht zu einer Anhörung oder gar ihrer Entlassung geführt zu werden.

Der Polizist öffnete eine Tür, die nach draußen führte. Die Morgensonne blendete sie.

Sie liefen über einen kleinen Hinterhof, dann öffnete ihr Begleiter eine weitere Tür, die hinaus auf die Straße führte, in welcher ein schwarzer SUV parkte.

Der laufende Motor schnurrte.

Ihr gefror das Blut in den Adern. Sie erkannte den Mann, der an dem SUV lehnte.

„Nein! Bitte, Sie müssen mich hier wegbringen. Bitte, bitte helfen Sie mir. Er wird mich umbringen.", sie flehte den Polizisten an und versuchte mit aller Gewalt, sich dem Griff zu entziehen. Der Polizist blickte starr geradeaus und übergab sie, wie es ihm befohlen wurde.

Rafael nahm die schwarze Sonnenbrille ab.

„Guten Morgen.“

„Rafael.“ Sie schluckte. Ihre Kehle fühlte sich trocken an und kratzte.

Einer von seinen Bodyguards tauchte neben dem Auto auf, öffnete die Autotür und stieß sie unsanft in den SUV. Sie spürte das kalte Leder des Sitzes an ihren Beinen. Rafael wechselte kurz einige Worte mit dem Polizisten und setzte sich anschließend neben sie auf die Rücksitzbank.

Der SUV fuhr los und die Häuser zogen schnell am Fenster vorbei.

„Wohin fahren wir?“, fragte sie heißer.

Er antwortete ihr nicht auf ihre Frage.

„Du hättest auf die Warnungen von Ramon hören sollen.“

Ihre Augen verengten sich.

„Was hat Ramon hiermit zu tun?“

Er sah sie einen Moment schweigend an, dann ließ er seinen Blick aus dem Fenster schweifen.

„Was mache ich nur mit dir?“

„Du könntest das Richtige tun.“

Interessiert wandte er sich ihr wieder zu.

„Nun, das wäre?“

„Du lässt mich gehen.“

Ein Schmunzeln trat auf seine Lippen.

„Was amüsiert dich bei dem Gedanken?“

Er stützte sein Kinn auf seiner Hand ab, den triumphierenden Blick auf Jara ruhend.

„Bitte.“, presse sie durch ihre Zähne.

Er blieb stumm. Schüttelte kaum merklich seinen Kopf.

Sie spürte das wilde Pochen ihres Herzens bis zum Hals. Sie musste weg. Weg von ihm und raus aus diesem Auto.

Der SUV hielt an einer roten Ampel. Blitzschnell reagierte sie und tätigte den Türgriff, sie war bereit, hinaus auf die Straße zu springen und wegzulaufen, auszubrechen aus diesem Albtraum, in den sie geraten war.

Doch die Tür war verschlossen, sie bewegte sich keinen Millimeter. Rafael schien belustigt von ihrem misslungenen Fluchtversuch.

„Rafael, wohin fahren wir?“, fragte sie erneut doch auch diesmal erhielt sie keine Antwort.

Aus Verzweiflung schnellte sie vor zur Mittelkonsole. Sie wollte das Auto entriegeln, wollte raus, flüchten aus diesem engen Raum. Rafael reagierte blitzschnell und bevor sie einen Knopf oder gar den Fahrer berühren konnte, presste er sie unsanft zurück auf den Sitz. Sie griff nach dem Sicherheitsgurt des Fahrers und begann daran zu ziehen. Der Fahrer erschrak und das Auto steuerte nach links. Autoreifen quietschten, dann riss er das Steuer nach rechts, um zurück auf seine Spur zu gelangen. Ruckartig wurden sie auf der Rücksitzbank hin und her geworfen. Vorbeifahrende Autos hupten empört.

„Du lässt mir keine andere Wahl.“, mit diesen Worten griff Rafael neben seinen Sitz und holte eine Spritze hervor.

Ihre Augen weiteten sich, als sie begriff, was er in seiner Hand hielt. Sie schlug um sich so fest sie konnte. In der nächsten Sekunde spürte sie einen Stich, ihr wurde schlagartig schummrig.

„Meine Schöne, vielleicht solltest du dich etwas ausruhen.“

„Nein nicht…“

„Schhh.“

Egal wie sehr sie gegen die Müdigkeit ankämpfte, ihr fielen langsam die Augen zu.

„Ja, so ist es gut, lass es zu.“

Er fing sie auf, bevor sie vom Sitz rutschen konnte. Sanft streichelte er ihr über die Haare. Ein berauschendes Gefühl durchströmte ihn. Er war es nicht gewohnt, warten zu müssen, doch nun endlich hatte er in seinem Besitz, was er schon seit Tagen wollte.

Er war froh, dass sie nicht auf Ramon gehört hatte. Nicht aufgehört hatte zu suchen und ihre Neugier sie immer weiter in die Machenschaften hineinzog, die ihr nun zum Verhängnis wurden.

Er genoss das Spiel, welches sie spielten, zu sehr, um sie einfach in den Flieger steigen zu lassen, um das Land zu verlassen.

Kapitel 29

Jara öffnete die Augen. Blinzelnd versuchte sie die Umgebung wahrzunehmen.

Sie setzte sich in dem großen Bett, auf dem sie lag, auf.

Wo war sie?

Was war passiert?

Instinktiv fuhr sie sich mit den Fingern an die Schläfen, in der Hoffnung, das Hämmern in ihrem Kopf zu besänftigen. Erfolglos.

Der Raum, in dem sie sich befand, war groß und hatte bodentiefe Fenster, an denen zu beiden Seiten schwere Vorhänge hingen. Neben dem Bett stand ein roter Samtsessel. Die Wände schneeweiß und hoch, mit Stuck verzierter Decke. Bunte Gemälde gaben dem Raum Wärme und Farbe.

Sie rutschte ans Fußende des Bettes. Nur wenn sie sich streckte, streiften ihre Zehenspitzen den Fußboden. Sie ließ sich von der Bettkante rutschen und lief langsam im Zimmer umher. Auch ein flüchtiger Blick aus dem Fenster verriet ihr nicht, wo sie war. Um sie herum schien alles zu schwanken.

Eine große Kommode aus Holz stand an der Wand, die kunstvoll mit goldenen Details verziert war. Ihre Finger glitten vorsichtig über die glatte Oberfläche.

Jetzt, da sie sich bewegte, spürte sie Übelkeit in sich aufsteigen. Sie hob sich die Hand vor den Mund.

Im letzten Moment entdeckte sie eine Porzellanvase neben der Kommode, griff nach ihr und erbrach sich. Das Hämmern in ihrem Kopf wurde stärker und sie lehnte sich stöhnend ans Bett. Sie wollte nur für einen Moment ruhen, die Augen schließen und durchatmen. Den

Schmerz in ihrem Kopf beruhigen, der sie vom Denken abhielt. Krampfhaft versuchte sie ihre Gedanken zu sortieren. Sie musste herausfinden, wo sie war.

Die Vase immer noch in ihren Händen, ging sie auf die Zimmertür zu. Sie legte ihre Hand auf den Türgriff und hielt eine Sekunde inne, bevor sie die Türe öffnete.

Vom Zimmer aus erstreckte sich ein langer Flur aus weißem Marmor.

Ihr war schummrig und sie musste sich ein paar Mal an der glatten Wand abstützen, um nicht zu stürzen.

Weiter vorne wurde der Flur breiter und es führten zwei Treppen herzförmig in den unteren Stock.

Staunend betrachtete sie den riesigen funkelnden Kronleuchter, der im Treppenaufgang von der Decke baumelte.

Wo war sie hier?

„Senhorita schön, Sie sind aufgewacht. Wie geht es Ihnen?"

Sie fuhr erschrocken herum. Vor ihr stand eine ältere Dame, die sie anlächelte. Sie war klein und rundlich, ihr bereits graues Haar hatte sie zu einem sorgfältigen Zopf gebunden. Sie war schwarz gekleidet und trug eine weiße Schürze.

„Nicht sehr gut.", stotterte Jara perplex. Sie hatte immer noch die Vase in der Hand.

Die Frau vor ihr verstand sehr schnell.

„Darf ich Ihnen das abnehmen Senhorita?" Mit diesen Worten griff die Frau nach der Vase.

„Es tut mir leid. Ich…"

„Das macht überhaupt nichts." Die Frau winkte ab. „Ich bin Marta die Haushälterin."

„Jara.", stellte sie sich knapp vor. Ihr Magen zog sich schon wieder zusammen, sie fühlte sich miserabel.

„Senhorita Jara, möchten…"

„Jara, einfach Jara.", unterbrach sie die Haushälterin. Die Situation war schon bizarr genug, ohne dass diese Dame sie behandelte, als wäre sie die Hausherrin persönlich.

„In Ordnung." Die Haushälterin sah sie etwas irritiert an, fuhr aber gleich fort. „Jara, möchten Sie sich etwas erfrischen? Kommen Sie mit, ich zeige Ihnen Ihre Räume."

„Meine Räume?"

„Ja, Senhor Fernandes sagte, Sie bleiben länger. Ich habe Ihnen unsere schönsten Räume bereitgestellt. Haben Sie schon aus den Fenstern gesehen, Sie können in den wundervollen Garten blicken." Marta ging voraus und eilte den langen Gang entlang.

„Senhor Fernandes?", flüsterte sie fassungslos. „Moment, bitte warten Sie…" Sie lief der Haushälterin nach, zurück in das Zimmer, aus dem sie eben gekommen war. Marta ging geschäftig zum Fenster und öffnete eine Flügeltür. Warme Luft strömte hinein.

„Marta, entschuldigen Sie, ich möchte nicht unhöflich sein, ich habe nicht vor zu bleiben."

Marta sah sie mit einem liebevollen Ausdruck in den Augen an.

„Senh… Jara, aber sicherlich möchten Sie sich vorher etwas frisch machen.", sagte Marta und öffnete eine weitere Tür, die in ein Badezimmer führte.

Jara wurde von ihr kurzerhand hineingeschoben. Das Badezimmer war genauso prachtvoll wie auch das Schlafzimmer. Komplett mit Marmor ausgekleidet, goldenen Wasserhähnen und riesigem Spiegel. Die schneeweißen Handtücher waren sorgsam zu kleinen Rollen gewickelt und in einem Dreieck drapiert.

Sie strich über eine Blüte, die zwischen den Handtuchrollen steckte. Marta schloss hinter ihr die Türe und ließ sie allein. Verdattert stand sie nun da.

Was zum Teufel war hier los? Das letzte, an was sie sich erinnern konnte, war ihre Festnahme von der Polizei und das anschließende Verhör.

Rafael war in der Nacht in ihrer Zelle aufgetaucht, sie hatten gesprochen. Er hatte ihr gedroht, war dann aber gegangen und hatte sie in der Arrestzelle zurückgelassen.

Sie stellte den Wasserhahn an und wusch ihr Gesicht mit kaltem Wasser. Mechanisch griff sie nach einem der schneeweißen Handtücher.

Als sie sich im Spiegel betrachtete, konnte sie sich dunkel an das Fahrzeug und Rafael erinnern. Er war mit ihr von der Wache weggefahren, sie wollte aus dem Auto flüchten, aber was danach geschah, wusste sie nicht mehr. So sehr sie sich anstrengte, es war, als würde in ihrer Erinnerung ein großes schwarzes Loch sein.

Sie wusste nur eines, wenn ihr ihr Leben lieb war, musste sie das Anwesen verlassen, bevor Rafael auftauchte.

Sie legte das Handtuch auf den Waschtisch und öffnete die Badezimmertür.

Marta zupfte an der Tagesdecke auf dem Bett herum und sah verdutzt auf, als sie nach wenigen Minuten bereits wieder aus dem Bad stürmte.

„Senhorita…“

„Ich muss hier weg.“ Panik stieg in ihr auf.

„Senhorita!“ Marta rief ihr hinterher, als sie aus dem Zimmer stürmte. „Senhorita, ich fürchte das wird nicht möglich sein.“

Jara ignorierte die Rufe der Haushälterin und eilte die Treppe hinunter. Unten angekommen stand sie in der riesigen Eingangshalle. Sie spürte den kalten Marmor unter ihren Füßen. Auch hier waren die Decken sehr hoch und mit Stuck verziert. Der hintere Teil des Hauses war komplett mit Glasfronten eingefasst. Von hier aus konnte man über den Garten hinaus aufs Meer sehen.

Das Meer zog sich in einer endlosen blauen Linie am Horizont entlang. Die Terrasse war ein Stück weit überdacht und wurde durch Steinsäulen und Bögen gestützt. Die Sonne färbte sich bereits ein wenig golden. Es musste also schon später Nachmittag sein. Die Schönheit der Umgebung passte nicht zu ihrer bizarren Situation.

Sie vernahm Stimmen, die von der Terrasse her zum Haus drangen und blickte sich hastig um. Eine zweiflüglige große Holztür fiel ihr ins Auge. Auf Zehenspitzen huschte sie quer durch das Foyer und öffnete eine der beiden Flügeltüren einen Spalt breit. Goldene Lichtstrahlen durchschnitten die schattige Eingangshalle.

Sie schlüpfte durch den Spalt raus ins Freie. Zu ihren Füßen führten ein paar wenige Stufen hinab auf den staubigen Boden der Auffahrt, die zu beiden Seiten von Pflanzen begleitet wurde. Sie folgte der Auffahrt bis zu einer alten Steinmauer. Zwei Säulen hielten das Eingangstor zum Anwesen. Ein rundlicher Wachmann stand vor dem Tor und ein paar Security patrouillierten etwas entfernt an der Mauer. Soweit sie sehen konnte, war das Anwesen mit der alten Steinmauer abgegrenzt.

Sie ging auf den Wachmann zu.

„Senhorita haben Sie sich verlaufen?“

„Können Sie mir sagen, wo wir sind?“

„Auf dem Anwesen von Senhor Fernandes.“

„Ja, Danke.“, als ob sie das nicht selbst schon herausgefunden hätte. „Wären Sie so freundlich und würden mir ein Taxi rufen, ich habe leider mein Telefon nicht bei mir.“

„Senhor Fernandes sagt, Sie bleiben eine Weile hier.“

„Das kann nicht wahr sein.“, murmelte sie zu sich selbst, bevor sie sich wieder dem Wachmann zuwandte. „Nein ganz sicher nicht, das muss ein Missverständnis sein.“

Der Wachmann sah sie mit versteinerter Miene an.

„Also, würden Sie mir bitte ein Taxi rufen? Ich würde es selbst tun, aber mein Telefon ...“

Der Wachmann verzog abermals keine Miene.

Sie schnaubte und wollte an ihm vorbei.

„Tut mir leid Senhorita, ich kann Sie nicht vom Gelände lassen.“

„Warum nicht?“

„Senhorita gehen Sie zurück zum Haus. Senhor Fernandes wird bald wieder zurück sein.“, blaffte der Wachmann mürrisch.

Sie drehte sich seufzend um und betrachtete das Anwesen. Es war riesig und die alten Steinmauern mit ihren Verzierungen, Säulen und Bögen sahen so aus, als wären sie schon immer hier gewesen.

Die Berge, die sie in der Landschaft sah, verrieten ihr, dass sie sich noch in Rio befand. Sie liebte den vertrauten Anblick der grünen Riesen an der Küste.

Sie würde jetzt an dem Wachmann vorbeigehen und notfalls in die Stadt zurücklaufen.

Entschlossen ging sie noch einen Schritt auf den Wachmann zu. Dieser, wenig beeindruckt, streckte den Arm aus und versperrte ihr den Weg.

„Ich werde es nicht noch einmal sagen. Senhorita gehen Sie zurück zum Haus, jetzt!“

Gerade als sie sich mit dem sturen Wachmann anlegen wollte, ging das Tor auf. Ein schwarzer SUV fuhr hinein.

Sie erkannte den SUV sofort, denn das gleiche Auto hatte sie auch von der Wache abgeholt.

Das Auto bremste und wirbelte den staubigen Boden auf. Rafael stieg aus und lächelte sie an.

„Jara, was tust du hier? Lass uns zurück zum Haus gehen.“ Er legte seine Hand an ihren Rücken. Sie sah ihn verdutzt an.

Gestern hatte er ihr noch gedroht, sie glauben lassen, sie aus dem Weg schaffen zu wollen und nun stand er vor ihr und lächelte sie an. Im Grunde kannte sie ihn überhaupt nicht und er verhielt sich, als wäre die

Tatsache, dass sie gerade hier auf dem Anwesen zu sich gekommen war, normal.

Sie öffnete ihre Lippen, um etwas zu sagen, doch er wartete ihre Reaktion gar nicht erst ab. Er machte kurzen Prozess. Als sie gerade anfing zu protestieren, hob er sie hoch und warf sie über die Schulter. Sie trommelte mit den Fäusten gegen seinen Rücken und verfluchte ihn. Rafael war wenig beeindruckt und trottete zum Haus. Sie schaute zurück zum Tor und nahm das hämische Grinsen des Wachmanns wahr.

„Lass mich runter, sofort!“

„Du hast keine Schuhe an.“, stellte er trocken fest.

Er setzte sie auf der ersten Stufe am Eingang ab und betrachtete sie neugierig.

Sie strich sich die Haare zur Seite und sah zu ihm. In seinem Gesicht war keine Spur mehr von dem bedrohlichen Mann von gestern Abend in der Zelle.

„Könntest du mir bitte ein Taxi rufen, das mich zurück in die Stadt bringt? Ich fahre heute Abend mit dem Bus zu meiner Großmutter auf das Land.“, fragte sie schließlich und versuchte ihre Stimme so fest als möglich klingen zu lassen. Es war ihr sichtlich unangenehm, ihn um etwas zu bitten. Sie wusste nicht, wie sie sich ihm gegenüber verhalten sollte. Er hatte sie hierhergebracht, aber wozu?

„Nein.“ Er ging an ihr vorbei ins Haus.

Sie blieb verdattert vor dem Eingang zurück. Unglauben war ihr ins Gesicht geschrieben. „Nein?“

Sie stürmte ihm durch die imposante Eingangshalle hinterher. „Rafael!“

Er machte keine Anstalten stehen zu bleiben. Ganz im Gegenteil, er stieß die großen Glastüren zur Terrasse schwungvoll auf.

„Deine Sachen sind bereits in deinem Zimmer. Du wirst hierbleiben.“

„Hier bleiben? Das geht nicht.“, erklärte sie sich. Sie war in der Eingangshalle stehen geblieben und fing seinen überlegenen, kühlen Blick ein, den er ihr über die Schulter zuwarf.

Hatte er gerade gesagt, dass ihre Sachen bereits hier waren? Was war hier los? Sie konnte immer noch nicht verstehen, wieso sie hier auf dem Anwesen war.

„Du verstehst nicht. Mein Flug geht bereits nächste Woche zurück nach Deutschland.“

„Nein Jara, du verstehst nicht! Du hast dich in Angelegenheiten eingemischt, die dich nichts angehen. Du wurdest gewarnt, aber wolltest nicht hören."

Ihr blieb der Mund offenstehen.

„Du wirst das Land nicht verlassen und dieses Anwesen auch nicht!" Mit diesen Worten trat er raus auf die Terrasse.

Sie stürmte ihm hinterher, blieb aber abrupt stehen.

Sie hatte vorher nur einen kurzen Blick nach draußen erhaschen können. Nun, da sie auf der Terrasse stand, sah sie, wie unglaublich schön die Anlage war.

Von der Terrasse aus führte eine breite Treppe hinunter zu einem Infinitypool mit kristallblauem Wasser. Um den Pool herum und weiter auf dem ganzen Gelände waren mitten durch zahlreiche Pflanzen kleine Wege angelegt.

Sie kam aus dem Staunen nicht mehr heraus. Allein von hier oben konnte sie Dutzende seltene Pflanzenarten ausmachen, ihr Großvater wäre begeistert gewesen.

Ihre Wut kehrte zurück, als sie sich neben Rafael stellte.

„Gefällt dir der Garten?" er hatte ihre Reaktion genau beobachtet.

„Er ist wunderschön, aber das tut hier nichts zur Sache. Du hast kein Recht…"

Er schnitt ihr das Wort ab, „Ich habe jedes Recht. Ich habe es dir schon einmal gesagt, ich verliere nicht."

Sie funkelten sich herausfordernd an, bis er seinen Blick wieder abwendete.

„Das ist also ein Spiel. In Ordnung, du hast gewonnen und jetzt lass mich wieder zurück in die Stadt." Sie hob ergeben die Hände.

„Nein."

Sein süffisantes Grinsen trieb ihren Zorn voran. Was dachte er sich nur.

„Wieso? Was willst du?"

Er zog hörbar die Luft ein und wandte sich von ihr ab. Ein Angestellter in einem schwarzen Anzug trat heran. Auf dem Tablett, das er mit sich trug, stand ein Glas mit einer bernsteinfarbenen Flüssigkeit darin.

Rafael nahm das Glas entgegen, nickte dem Angestellten zu, der sich sogleich wieder abwandte und im Haus verschwand.

„Sei froh, dass ich dich von der Polizei abgeholt habe. Du hast einige Leute, wie soll ich sagen, nervös gemacht. Du hast die falschen Fragen zur falschen Zeit und den falschen Personen gestellt." Er drehte sich um und lehnte sich mit dem Rücken an die Brüstung, „Als ob das nicht schon genügte, kommt dir in den Sinn, vertrauliche Unterlagen zu stehlen."

„Ich habe nichts gestohlen."

„Nein, weil die Polizei dich vorher erwischt hat." Er nahm einen Schluck von seinem Drink. „Nicht zu vergessen, die gemeinsame Sache mit Mijo."

„Gemeinsame Sache? Es gibt keine gemeinsame Sache mit Mijo. Ich habe ihn zufällig kennengelernt und ..."

„Du lernst zufällig einen Reporter kennen, der schon mehrmals versucht hatte, sich in Geschäfte einzumischen, die ihn nichts angehen? Du hast Beweise gefunden und hast jemanden gebraucht, der diese veröffentlicht und publik macht. Du wusstest, dass du allein keine Chance gehabt hättest."

„Nein, das stimmt nicht, die Begegnung mit ihm hat nichts damit zu tun."

„Nachdem du herausgefunden hattest, wer er ist, hattest du nicht den Gedanken, ihn zu benutzen?"

Sie antwortete nicht.

„Dachte ich mir. Es gab nur keine gemeinsame Sache, weil ich mich darum gekümmert habe!"

Sie atmete tief ein, fühlte sich ertappt.

„Ist es dann nicht im Sinne von gewissen nervösen Leuten, dass ich so schnell wie möglich verschwinde?"

„Ich denke schon, aber das wäre nicht in meinem Sinne."

„Ich frage dich nochmals, was willst du? Wieso hast du deinen Angestellten gesagt, dass ich eine Weile hierbleiben werde?" Ganz offensichtlich wollte er sie nicht umbringen oder zumindest noch nicht.

„Weil es so ist!"

Sie schüttelte den Kopf, konnte es nicht fassen, er wollte sie wirklich nicht gehen lassen. Sie konnte die ganze Situation nicht glauben.

„Gestern wolltest du mich noch aus dem Weg schaffen und heute..."

„Das will ich immer noch.", er grinste amüsiert.

„Aber warum?", hauchte sie kaum hörbar.

„Das weißt du am allerbesten."

Fassungslos starrte sie ihn an, ließ ihn stehen, drehte sich um und ging schnellen Schrittes ins Haus zurück. Sie durchquerte die Eingangshalle, öffnete die schweren Holztüren und stapfte die Auffahrt in Richtung Eingangstor entlang.

„Das ist lächerlich. Er kann mich hier nicht festhalten. Wenn es sein muss, laufe ich zurück in die Stadt! Erst bin ich in einer Arrestzelle und dann hier eingesperrt. Ich werde bestimmt nicht darauf warten, umgebracht zu werden.“, murmelte sie wütend vor sich her.

Als sie das Eingangstor beinahe erreicht hatte, sprang der Wachmann aus seinem kleinen Häuschen und wollte sich ihr in den Weg stellen. Wütend funkelte sie ihn an und hob warnend ihre Hand. Der Wachmann blieb abrupt stehen und sah ihr hinterher. Sie rüttelte an dem riesigen Tor. Es wackelte nicht einmal.

Das Personal des Sicherheitsdiensts hörte auf zu patrouillieren und beobachteten amüsiert das Schauspiel.

„Mach das verdammte Tor auf.“, fauchte sie den Wachmann an.

Der Wachmann rührte sich nicht und sah immer wieder nervös zur Villa zurück. „Senhorita ...“

„Mach auf!“

Sie schrie, versuchte auf sich aufmerksam zu machen und lehnte sich so weit wie möglich durch die Metallstäbe. Irgendjemand musste sie hören, doch der Wachmann belehrte sie gleich eines Besseren.

„Senhorita, hier wird Sie keiner hören.“

„Irgendjemand wird mich hören und die Polizei verständigen.“

„Keine Sorge Kleines, die Polizei weiß genau, wo du bist.“ Rafael war hinter ihr aufgetaucht. Er hielt immer noch das Glas in der Hand. Er ließ den letzten Schluck im Glas kreisen, bevor er den Drink leerte und sich wieder ihr widmete.

Ihre Gedanken überschlugen sich. Langsam kamen die Erinnerungen des heutigen Morgen zurück.

„Du hast mich betäubt.“

„Mir blieb keine andere Wahl, du wolltest aus dem fahrenden Auto springen und du hast den Chauffeur attackiert.“

„Das ist nicht wahr, so war es nicht und das weißt du.“

In ihrer Stimme schwang Verzweiflung.

Er lächelte und sah auf seine Armbanduhr. „Es war ein langer Tag, du solltest dich etwas ausruhen, bevor wir zu Abend essen.“

„Ich werde nicht ...“

„Jair wird dich in dein Zimmer bringen.“, unterbrach er sie und blickte zurück zur Villa.

Ein Mann lief lässig die Auffahrt zu ihnen hinauf.

Ihre Lippen bewegten sich, doch jeder Ton blieb ihr im Hals stecken. Unglauben war ihr ins Gesicht geschrieben.

Als der Mann sie am Oberarm fassen wollte, wich sie aus.

„Fass mich nicht an!“

Mit einem Kopfnicken gab Rafael den stummen Befehl und ging voraus, zurück zum Haus.

„Rafael, das kannst du nicht machen.“

„Ich kann und werde!“

Alles Treten und Fluchen half nichts. Jair packte sie am Arm und zog sie mit sich ins Haus. Er ließ ihren Arm erst wieder los, als sie vor der Zimmertüre ankamen, aus der sie vor nicht allzu langer Zeit geschlichen war.

Jara trat ein und schmiss die Tür hinter sich zu. Ihr Puls raste. Sie lief auf und ab, wie ein Tiger im Käfig.

Schließlich kamen ihr, Rafaels Worte wieder in den Sinn. Deine Sachen sind bereits in deinem Zimmer, hatte er gesagt. Sie riss die Schubladen der Kommode auf. Tatsächlich waren ihre Sachen bereits fein säuberlich in die Kommode geräumt.

Sie wühlte alles durch, doch ihre Hoffnung, ihr Telefon zu finden, verpuffte. Betrübt setzte sie sich auf den Boden und lehnte den Kopf an die Wand.

Sie konnte nicht genau sagen, wie lange sie so dasaß, bevor sie ein vorsichtiges Klopfen an der Türe aus ihren Gedanken riss.

„Lass mich in Ruhe.“

„Entschuldigen Sie Senhorita Jara, das Abendessen wird in wenigen Minuten serviert.“, sagte Marta durch die geschlossene Türe.

„Ich habe keinen Hunger.“

Schnell verriegelte Jara die Türe. Sie wollte heute niemanden mehr sehen. Vom Fenster aus sah sie den, in der Dämmerung liegenden, Garten. Kleine Lichter leuchteten zwischen den Pflanzen. Auch die alte Mauer, die das ganze Grundstück zu umgeben schien, war beleuchtet.

Sie würde warten, bis alle schliefen und sich dann hinausschleichen und zurück in die Stadt laufen.

Kapitel 30

Am nächsten Morgen kletterte die Sonne die Berge hinauf und kündigte mit einem wunderschönen Morgenlicht den nächsten Tag an.

Mit einem Mal war Jara hellwach. Sie stürzte aus dem Bett und schaute aus dem Fenster. Ihr Atem beschlug ein wenig die Scheibe.

„Nein, nein, nein, ich bin tatsächlich eingeschlafen."

Sie führte einen längeren Monolog mit sich selbst und kam zu dem Entschluss, erst einmal zu Duschen, um einen klaren Kopf zu bekommen.

Nass, tropfend und nur mit einem Handtuch umwickelt, ging sie zu der Kommode, in der ihre Sachen eingeräumt waren. Als sie die Schublade öffnete, merkte sie, dass sich auch die Kleidung, die sie bei ihrer Großmutter gelassen hatte, in der Kommode befand.

„Sie waren bei Oma Avó.", stellte sie entgeistert fest.

Sie zog einen geblümten Rock und ein Shirt aus der Schublade.

Gestern in ihrer Wut hatte sie ein ganz schönes Chaos hinterlassen. Die Kleidungsstücke, die säuberlich zusammengelegt und gestapelt waren, lagen nun kreuz und quer verteilt.

Es klopfte an der Tür. Sie zuckte kurz zusammen und hielt inne.

„Senhorita Jara sind Sie wach?"

„Ja.", murmelte sie leise zu sich.

„Senhorita Jara sind Sie ..."

„Ja.", rief sie nun etwas lauter. „Guten Morgen Marta, ja ich bin wach."

„Guten Morgen, möchten Sie gerne runter auf die Terrasse? Das Frühstück ist angerichtet."

Sie überlegte kurz und zog sich an.

„Bitte Senhorita. Bitte kommen Sie runter.“ Martas Stimme klang liebevoll und sanft.

Jara seufzte und öffnete die Türe. Blieb ihr denn eine Wahl?

„Ja ich komme.“

Marta strahlte sie an und ging voraus, den Flur entlang und die Treppe runter.

Sie wollte der Haushälterin in die Küche folgen, diese schickte sie jedoch raus auf die Terrasse.

Ein großer Tisch mit Kaffee, Säften, Obst und Brot war gedeckt. Rafael saß bereits am Tisch und las eine Zeitung. Sie setzte sich ihm gegenüber, obwohl eigentlich neben ihm gedeckt war.

„Guten Morgen.“ Begrüßte er sie und spähte über die Zeitung.

„Guten Morgen.“, antwortete sie schnippisch und ballte ihre Hände zu Fäusten.

„Hast du gut geschlafen?“

„Ja, leider zu gut.“, murmelte sie mehr zu sich selbst.

„Brauchst du etwas?“

„Nein, du hast ja all meine Sachen schon herbringen lassen.“

„Ja, richtig.“ Seine Stimme klang selbstgefällig.

„Ihr wart bei ihr.“

Er wusste, das sie von ihrer Großmutter sprach. Er nahm einen Schluck Kaffee und las die Zeitung weiter.

„Was habt ihr getan? Geht es ihr gut?“

„Wir sind keine Unmenschen.“ Ein überlegenes Grinsen breitete sich auf seinen Lippen aus. „Deiner Großmutter geht es gut, bisher zumindest. Solltest du jedoch weiterhin Probleme machen, wird ihr nochmals ein Besuch abgestattet und dann wird Jair nicht nur mit der netten alten Dame Kaffee trinken und sich mit ihrem Vogel unterhalten.“

Jair hatte sie gestern nur kurz getroffen und das genügt ihr. Er hatte breite Schultern, einen Stiernacken und seine muskulösen Oberarme schienen das Shirt, das er trug, sprengen zu wollen. Seine dunklen Haare waren kurz und eine feine Narbe an seiner Augenbraue, ließ schließen, dass mit ihm nicht zu spaßen war. Nur seine sanften Augen passten nicht zu dem Bild, das er abgab. Dennoch ließ der große Mann keine Widerworte zu. Er war ein Mitglied von Rafaels Gefolge und tat, was man ihm sagte.

„Ich habe die Warnung verstanden. Lass mich einfach gehen. Ich werde bezüglich deiner Betrügereien nichts unternehmen. Du hast mein Wort.“

„Nein.“

„Ich werde die nächste Maschine nach Deutschland nehmen und verschwinden. Ich habe keine Beweise, zumindest keine belastenden, die vor Gericht standhalten würden.“

Er schüttelte langsam seinen Kopf.

„Rafael, das ist doch lächerlich. Wozu hältst du mich hier auf dem Anwesen fest? Ich bin dir weder von Nutzen noch eine Gefahr.“

Er ging nicht weiter auf ihre Fragen ein.

„Marco.“ Er deutete auf einen der Bodyguards, die mit etwas Abstand am Rande der Terrasse standen. „Er wird dich beschützen und dir helfen, solltest du etwas brauchen.“

Marcos Gesichtsausdruck war freundlich und aufgestellt, es passte so gar nicht zu seiner Haltung.

„Beschützen? Du meinst, er passt auf, dass ich keine Dummheiten mache.“

Rafael legte die Zeitung beiseite. „Ja, das auch.“

Sie versuchte sich an einem Lächeln, es gelang ihr aber nicht.

„Iss!“, befahl er sanft.

„Danke, ich habe keinen Hunger.“

Seine Geduld schien nicht grenzenlos zu sein, denn er zog die Luft hörbar ein und räusperte sich.

„Nun, du hattest gestern Abend schon keinen Hunger.“

„Machen immer alle um dich herum, was du sagst?“

„Ja in der Regel schon.“, entgegnete er ihr ernst.

Sie funkelte ihn störrisch an.

„Ich denke, du solltest dich daran gewöhnen, dass nicht jeder immer das tut, was du möchtest.“

Mit diesen Worten wollte sie sich vom Tisch erheben. Sofort war einer seiner Bodyguards zur Stelle und rückte ihren Stuhl näher an den Tisch, sodass sie sich gezwungenermaßen unsanft wieder setzen musste.

Rafael streckte seine Hand aus und umgriff fest ihr Handgelenk.

Mit einem müden Lächeln herrschte er sie an.

„Ich denke, du solltest dich lieber daran gewöhnen, das zu tun, was ich möchte!“

Bei seinem herrischen Blick, lief es ihr kalt den Rücken runter.

Sie schenkte sich möglichst selbstbewusst und unbeeindruckt eine Tasse Kaffee ein.

Sein Telefon klingelte, er hob genervt die Augenbrauen.

„Ich muss jetzt Arbeiten und noch ein paar Dinge in der Stadt erledigen. Keine Angst, ich komme heute Nachmittag wieder zurück."

Mit diesen Worten wendete er sich vom Tisch ab und nahm das Telefongespräch im Gehen an.

Sie rollte mit den Augen. Ob seine Rückkehr ein Versprechen oder eine Drohung war? Bis heute Abend würde sie hoffentlich nicht mehr hier sein.

Kapitel 31

Sie schlenderten im Garten die zahlreichen kleinen Wege entlang.

Marco schien wie ihr Schatten zu sein, er folgte ihr überall hin.

Er war noch sehr jung, blutjung, nicht sonderlich groß und hatte sanfte, weiche Gesichtszüge. Trotz seiner jungen Jahre hatte er scheinbar schon viel erleben müssen, denn die Narben an seinem Hals und an seinen Händen sprachen Bände.

„Wirst du mir den ganzen Tag hinterherlaufen?"

Er antwortete ihr nicht, ließ den Abstand zwischen ihnen aber größer werden.

„Kannst du nicht wenigstens neben mir laufen? Ich würde mir weniger dumm vorkommen."

Marco schien kurz zu überlegen, dann gesellte er sich an Jaras Seite.

„Wie lange arbeitest du schon für Rafael?"

„Eine Weile."

„Eine Weile? Das ist deine Antwort? Hat er dir verboten, mit mir zu sprechen?"

„Nein."

„Dann möchtest du nicht mit mir sprechen?"

„Ein paar Jahre."

„Wie kam es dazu?"

Marco hielt inne, er schien sich nicht sicher zu sein, was er erzählen und was er lieber für sich behalten sollte.

„Es gab damals eine Schießerei in der Favela. Senhor Fernandes Leute kamen eines Nachts und zündeten die Hütten an. Ich war der Einzige, der von meiner Bande überlebt hatte, seitdem arbeite ich für ihn."

„Wieso… also ich meine wieso ...“, sie versuchte die richtigen Worte zu finden.

„Wieso ich für ihn arbeite, obwohl er mein Feind war?“, er fing amüsiert an zu lachen.

„Ich weiß nicht, aus welcher Welt du kommst Senhorita aber in der Favela heißt es überleben oder sterben. Bevor ich der Polizei Schutzgeld bezahlen muss, schließe ich mich lieber Senhor Fernandes an. Die meisten Polizisten hören sowieso auf ihn. Das Leben in der Favela ist hart, manchmal lässt es dir keine Wahl. Manchmal muss man eben Dinge tun, auf die man nicht stolz sein kann.“

Sie blickte ihn mitfühlend an.

„Oh nein, lass das.“

„Ich habe nichts gesagt.“

„Dein Blick! Ich brauch und will dein Mitleid nicht.“

„Tut mir leid.“ Kaum merklich schüttelte sie den Kopf.

„Das ist mein Leben und es ist gut, besser als das der meisten anderen. Ich bin frei und lebendig.“

Sie versuchte schnell einen Themenwechsel.

„Das Anwesen ist wunderschön. Weißt du, wie alt es ist?“

„Ja das ist es. Nein, offen gestanden habe ich keine Ahnung, wie alt es ist, nach den Geistern im Keller aber sehr alt.“

Bei seiner Antwort musste sie lachen. Marco war zwar da, um auf sie aufzupassen, aber wenigstens war er witzig und seine Gesellschaft angenehm. Wieso sollte sie nicht das Beste aus der Situation machen und ein paar Informationen sammeln, um hier endlich herauszukommen.

„Wie ist Rafael an dieses Anwesen gekommen, mal abgesehen von dem Geld, ist es bestimmt nicht einfach, so etwas zu erwerben.“

„Wenn man die richtigen Leute kennt und die richtigen Geschäfte abschließt, dann schon. Er bekommt alles, was er möchte, merk dir das besser. Soweit ich weiß, ist das Anwesen aber schon ewig in Familienbesitz.“

„Kommt man dort unten ans Meer?“

„Nein das Anwesen ist komplett abgeriegelt, dort unten sind Klippen.“

Er schien ihre Gedankengänge zu erraten, denn er fügte rasch hinzu, „Die Wellen würden dich an den Felsen zerschmettern, versuch es nicht.“

Sie sah sich weiter um und entdeckte zwischen all dem grünen Dschungel ein Stück der alten Mauer.

„Das Anwesen ist eine Festung. Es kommt niemand ungefragt rein und auch nicht raus."

„Kannst du mir nicht helfen, hier rauszukommen?"

„Nein, das kann ich nicht. Ich weiß nicht genau, was Senhor Fernandes vorhat oder was du verbrochen hast, aber glaub mir, es wird einfacher für dich sein, dich zu fügen."

„Mich zu fügen? Das klingt für mich wie aufgeben."

„Das klingt wie überleben! So oder so, du wirst hier nicht ohne seine Zustimmung rauskommen."

Die beiden verbrachten den restlichen Tag redend im Garten.

Kapitel 32

Jara lief in ihrem Zimmer auf und ab. Überlegte fieberhaft.

Rafael hatte ihr gedroht, sie aus dem Weg zu schaffen, hatte es bisher aber noch nicht versucht.

Was hatte er vor?

Was hatte sie entdeckt, dass solch einen Wirbel verursachte? Da musste mehr dahinterstecken als der Landraub und die damit verbundene Korruption.

Seufzend ließ sie sich auf das Bett fallen.

Mit Marco war sie beinahe das gesamte Grundstück abgelaufen und hatte keine Möglichkeit zur Flucht entdeckt. Er hatte Recht, dieses Anwesen glich einer Festung.

Sie würde sich hier im Zimmer einsperren. Hier wiegte sie sich in Sicherheit. Verschanzen, bis jemand nach ihr suchte. Irgendjemand, irgendwann.

Sie lehnte am Fenster, beobachtete, wie die untergehende Sonne die Pflanzen im Garten in ein goldenes Licht tauchte.

Ein zartes Klopfen verriet ihr, dass Marta wieder an ihrer Tür war. Wie auch am vergangenen Tag, versuchte Marta sie mit sanften Worten zu überzeugen, aus dem Zimmer zu kommen. Erfolglos.

Rafael tauchte auf der Terrasse unter ihr auf. Er lehnte sich mit dem Rücken an das Steingeländer und blickte nach oben zu ihr.

Als sie ihn entdeckte, trat sie blitzschnell zur Seite, weg aus seinem Sichtfeld. Belustigt fing er an zu lachen.

„Sperr dich ein, solange du willst." Er verschränkte die Arme vor seiner Brust. „Irgendwann wirst du rauskommen, glaub mir. Der Hunger wird bald zu groß werden."

Sein herablassender Ton ließ sie wütend ihre Zähne zusammenbeißen. Sie würde ihm aber nicht den Gefallen erweisen und eine Reaktion zeigen.

Sie schielte vorsichtig auf die Terrasse hinunter. Er sah immer noch zu ihr hinauf.

Kopfschüttelnd richtete er sich auf und zuckte mit den Schultern.

„Nun Kleines, es ist mir völlig egal, wie lange du dieses Spiel spielen willst, du wirst verlieren. Die Zeit ist auf meiner Seite."

Dann verschwand er und sie war wieder allein.

Auch nach zwei weiteren Tagen passierte nichts und sie zweifelte langsam an ihrem Plan. Sie wurde ungeduldig, zählte die Stunden, Minuten, Sekunden, bis etwas geschah. Nichts.

Kapitel 33

Die Sonne war bereits untergegangen und der Himmel schwarz, als die Türklinke hinuntergedrückt wurde und jemand gegen die Tür polterte.

„Jara mach die Tür auf."

„Nein."

„Mach sofort die verdammte Tür auf!"

Sie antwortete nicht.

„Mach die Tür auf, sonst werde ich es tun."

Sie blieb immer noch stumm, egal wie sehr Rafael tobte.

„Senhor Fernandes, bitte, das bringt doch nichts.", Marta sprach mit sanften Worten auf ihn ein.

Jara legte sich auf das Bett und schloss die Augen. Sie ignorierte die Stimmen und das Gebrüll vor der Tür. Das Herz in ihrer Brust raste, sie war wütend und fühlte sich unglaublich hilflos. Ihre Gedanken spukten in ihrem Kopf.

„Wieso ist sie so stur?"

„Senhor, Sie haben sie hierhergebracht und ..."

„Was dachte sie, würde passieren, wenn sie Akten aus dem Amt stiehlt?", presste er durch die Zähne. Er war aufgebracht.

„Sie benötigt nur etwas Zeit."

Insgeheim hatte er gehofft, dass sie etwas Unüberlegtes tat. Als Ramon den Anruf tätigte, hatte er endlich einen Grund einzuschreiten.

Ihre abweisende Art irritierte ihn allerdings. Er kannte es nicht, zurückgewiesen zu werden.

Sie war nun hier und schloss sich ein.

Er würde nur allzu gerne diese verdammte Tür eintreten. Ihr klar machen, dass er weder verschlossene Türen noch ein *Nein* in seinem Haus duldete.

Er polterte nochmals mit der Faust gegen die hölzerne Tür, doch es kam kein Ton aus dem Zimmer.

Marta legte ihre Hand auf seine Schulter und sah ihn mit ihren warmherzigen Augen an.

Dieser Blick von Marta, als wäre er ein wildes Tier, das beruhigt werden muss. War er das? Benahm er sich gerade wie ein Tier?

Sein Herz raste und er konnte das Blut in seinen Adern rauschen hören, dann ließ er schließlich von der Tür ab und ging.

„Wenn sie morgen nicht aus dem Zimmer kommt, werde ich sie dort rausholen, Marta!" Mit dieser Drohung ließ er Marta stehen.

Am darauffolgenden Morgen hatte Jara Gesprächsfetzen wahrgenommen, die von der Terrasse unten hinauf zu ihren Fenstern hallten. Es war die Rede von verschiedenen Terminen. Es schien, als würde Rafael das Anwesen verlassen.

Sie stand geduldig am Fenster und beobachtete das Geschehen um sie herum. Rafael blieb stehen und sah eine Weile zu ihr hinauf. Sein Blick ausdruckslos und kalt, dann ging er ohne ein Wort, ohne eine Drohung.

Es ging nicht lange und die Terrasse und auch der Garten waren bis auf die wenigen Angestellten menschenleer.

Sie war unsicher, hatte Angst, das Zimmer zu verlassen, aber ihr Magen knurrte. Es machte keinen Sinn, sich weiter einzusperren, es würde niemand kommen, um sie zu holen, sie musste selbst einen Ausweg finden.

Vorsichtig drehte sie den Schlüssel im Schloss und öffnete die Zimmertür. Leise schlich sie den Gang entlang bis zu den Treppen, die in das Erdgeschoss führten. Es war still, niemand schien hier zu sein. Wieder knurrte ihr Magen und sie hielt sich die Hand an den Bauch.

Sie ging die Treppe hinab, direkt in die Küche.

Als sie die Tür öffnete und hineintrat, blickte Marta sie zuerst überrascht an, ganz so, als hätte sie einen Geist gesehen, dann aber breitete sich ein herzliches Lächeln auf Martas Gesicht aus. Sie nahm ihre Hand und führte sie zu einem Holztisch, der auf den ersten Blick viel zu groß für die eher kleine Küche schien.

Sie setzte sich auf einen der Stühle und blickte sich um.

„Möchtest du etwas essen?“, fragte Marta. Sie schob eine Schale beiseite und stellte ihr ein Glas Orangensaft hin.

„Gerne.“

Auf dem Tisch war Gemüse ausgebreitet, eine Holzkiste mit Flaschen stand am Rand und ein Messer lag auf einem Schneidebrett. In der Schale, die Marta zur Seite schob, waren Bohnen.

„Es tut mir leid, ich will dir keine Umstände machen.“

Marta folgte ihrem Blick und winkte ab.

„Das tust du nicht. Ich habe nur das Abendessen vorbereitet.“

„Kann ich dir helfen?“

„Ja, warum nicht. Zuerst wirst du aber etwas essen, du musst am Verhungern sein.“

Wie zur Bestätigung knurrte ihr Magen erneut.

Die beiden Frauen lachten und Jara machte sich gleich über das Frühstück her, dass Marta ihr zubereitet hatte.

Bis zum Nachmittag verbrachte sie Zeit mit Marta. Sie plauderten und Marta erzählte viele Geschichten über das Anwesen, die Menschen, die hier arbeiteten und lebten und auch ein wenig über Rafaels Familie.

Sie verstand sich gut mit der Haushälterin. Sie war warmherzig und mitfühlend, aber auch sie ließ Jara nicht vom Anwesen.

Abends blieb sie in ihrem Zimmer. Sie wollte Rafael nicht sehen und schon gar nicht mit ihm sprechen. Vergebens suchte sie den Schlüssel der Zimmertüre, doch er war verschwunden. Sie lief nervös im Zimmer umher, machte sich auf einen Streit gefasst.

Ihr Herz schlug vor Aufregung schneller als sonst. Bei jedem Geräusch, das von unten hinauf zu ihr drang, zuckte sie zusammen. Als nach ein paar Stunden immer noch niemand zu ihr gekommen war, entspannte sie sich allmählich.

Vom Bett aus bestaunte sie die vielen kleinen Lichter und die Schatten, die sie im Garten warfen, bis sie schließlich einschlief.

Kapitel 34

Rafael öffnete die Tür zu Jaras Zimmer. Als würde sie ihn magisch anziehen, ließ er seinen Blick auf ihr ruhen, während er um das Bett herumging, zum Fenster und sich dort in den roten Samtsessel setzte.

Es war dunkel, nur das Mondlicht zeichnete ihre Konturen ab, wie sie im Bett lag und schlief. Ihre langen, schlanken Beine wirkten in der Nacht schneeweiß, die Hüfte und ihre steigend und senkende Brust, umhüllt von einem Leintuch.

Er nahm einen Schluck aus seinem Glas, spürte die Eiswürfel an seinen Lippen und den Whiskey die Kehle hinunterfließen. Den Daumen ließ er über die feinen kunstvollen Linien des Glases gleiten.

Seine Gedanken überschlugen sich. Nun lag sie da, direkt vor ihm und er konnte nur an den Geschmack ihrer zarten Lippen denken.

In der Hoffnung, er könnte sein Verlangen stillen, war er ihr gefolgt, hatte sie beobachtet.

Damals im Garten, hatte er genommen, was er wollte, doch es genügte nicht, ganz im Gegenteil, es wurde nur schlimmer. Das Verlangen nach mehr größer.

So etwas war ihm bisher noch nicht passiert und das verwirrte ihn. Es war normalerweise eine Leichtigkeit, die Frauen seiner Wahl zu bekommen. Nach einer Nacht mit ihnen verflog der aufgekommene Zauber aber auch schon wieder. Jara aber machte ihm das Leben schwer und das lag nicht nur an ihrer Neugier, was die Geschäfte im Amazonasgebiet anging. Sie wurde zu einer Gefahr für ihn und dass in jeglicher Hinsicht.

Er wusste, sie würde niemals aufhören, immer weiter fragen, Nachforschungen anstellen. Sie war klug, es war nur eine Frage der Zeit, bis sie ihn auffliegen lassen konnte.

Üblicherweise würde er das Problem wie alle anderen, die sich ihm in den Weg stellten, aus der Welt schaffen.

Er konnte nicht sagen, wie lange er bereits dort saß, vielleicht die halbe Nacht, als sie aufwachte.

Erschrocken setzte sie sich auf und zog das Leintuch bis unters Kinn. Sie blinzelte und versuchte im Dunkeln seine Umrisse zu erahnen. Er musste unwillkürlich lächeln. Er beugte sich vor und stützte seine Ellbogen auf den Knien ab.

„Was tust du hier?“, stammelte sie.

Ihre Stimme klang heiser, der Schlaf steckte noch darin. Sie erkannte ihn, als das Mondlicht sein Gesicht erhellte.

Er starrte sie immer noch an, antwortet nicht sofort.

„Ich sehe dich an.“

„Warum?“

Er stand aus dem großen Sessel auf und machte ein paar Schritte auf das Bett zu.

Belustigt schmunzelte er, als er sah, wie sie langsam an das Kopfende des Bettes rutschte. Vorsichtig, ganz so, als hätte sie Angst, schnelle Bewegungen könnten ihn aufscheuchen.

Er stellte das Glas auf den Nachttisch. Setzte sich auf das Bett.

Sie beobachtete aufmerksam jeder seiner Bewegungen und rückte noch ein Stück von ihm weg.

Lächerlich, als würde sie ihm entkommen können. Als hätte sie eine Chance.

Er drehte sich zu ihr, beugte sich nach vorn und spürte, wie die weiche Matratze unter seinen Knien nachgab.

Er legte seine Hand an ihr Gesicht, fuhr mit dem Daumen über ihren Wangenknochen und strich ihr eine Haarsträhne hinters Ohr.

„Wo ist sie jetzt, deine starrsinnige Unerschrockenheit?“

Sein Blick suchend in ihren Augen.

„Komm schon.“ Er ließ seinen Kopf leicht zur Seite fallen. „Im Gefängnis hast du mir so viel davon gezeigt, du wolltest mich zur Strecke bringen. Erinnerst du dich?“

Seine Fingerspitzen glitten ihr Brustbein hinab.

„Ich kann beinahe dein Herz schlagen hören, so fest hämmert es gegen deine Brust.“

Sein Atem strich über ihren Mund. Er genoss diesen Augenblick, wollte, dass das berauschende Gefühl der Überlegenheit eine kleine Ewigkeit andauert. Wollte mehr, wollte alles davon.

Er sah die aufkommende Panik in ihren Augen und blickte mit einem Schnauben zur Seite. Schloss seine Augen, versuchte seinen Atem zu beruhigen.

„Schlaf gut, Kleines.“, flüsterte er, dann stand er auf, nahm das Glas und verließ das Zimmer.

Kapitel 35

Die Sonnenuntergänge sah sich Jara vor allem hier in Brasilien sehr gern an, aber noch lieber hatte sie die Sonnenaufgänge. Die ersten Minuten des Tages, bevor das Leben seine Geschichte schrieb. Das Licht am Morgen ließ alles zauberhaft erscheinen.

Nach dem unheimlichen Besuch von letzter Nacht, konnte nicht mehr schlafen und hatte sich, noch bevor die Sonne aufging, einen Platz im Garten gesucht. Nun saß sie im kühlen Morgentau und bestaunte das Spektakel der aufgehenden Sonne. Die Wellen klatschten rauschend an die Klippen.

Nach einiger Zeit konnte sie sich von dem Anblick losreißen und ging die kleinen Wege durch den Garten hoch zur Terrasse. Oben an der Brüstung lehnte Rafael und beobachtete sie, wie sie die Treppe hinaufstieg. Sie ging an ihm und dem gedeckten Tisch vorbei.

„Du möchtest wieder nichts essen? Nicht einmal einen Kaffee?“

„Nein.“

„Vielleicht sollte ich Marta entlassen und eine neue Köchin einstellen.“

Jara drehte sich um und blickte ihn fragend an.

„Vielleicht würde dir das Essen von einer anderen Köchin besser schmecken.“, erklärte er sich schulterzuckend.

„Das Essen ist ausgezeichnet. Ich kann dir versichern, an dem liegt es nicht.“

„Du isst also lieber in der Küche bei Marta?“

„Sieht so aus.“

„Du gehst mir aus dem Weg und willst auch nicht mit mir sprechen.“, stellte er erbost fest.

„Wozu ein Gespräch, wenn du mir meine Fragen nicht beantwortest?"

„Welche Frage möchtest du beantwortet haben?"

„Wieso bin ich noch hier?"

„Weil ich es möchte."

„Das ist keine Antwort, Rafael." Sie funkelte ihn herausfordernd an.

„Nun wäre es dir lieber, ich hätte dich gleich aus dem Weg geräumt?"

Jara schluckte trocken. War es sein Ernst? Würde er sie töten, um sie für immer zum Schweigen zu bringen?

„Dachte ich mir.", entgegnete er kalt.

„Wo ist eigentlich Marco? Brauche ich heute keinen Aufpasser?", stammelte sie schnippisch, als sie ihre Stimme wieder gefunden hatte.

„Er arbeitet nicht mehr für mich."

„Warum?" Die Verwirrung stand ihr ins Gesicht geschrieben.

„Ich kann mir keinen Angestellten leisten, dem ich nicht vertrauen kann. Nur weil ich nicht hier bin, heißt das nicht, dass ich nicht weiß, was auf meinem Anwesen geschieht oder was du tust, und zwar in jeder Sekunde und bei jedem Atemzug." Bei den letzten Worten kam er ihr viel zu nah. „Ich werde die nächste Zeit nicht mehr nach Manaus fliegen müssen und hier in Rio brauche ich Lissandro nicht. Er wird also ab sofort auf dich achten."

Ihr Blick fiel auf einen Mann, der gerade auf die Terrasse kam und beim Klang seines Namens prompt neben Rafael stehen blieb.

Unter dem Jeanshemd, welches er als Jacke trug, blitzte der Griff einer Waffe heraus. Er verzog keine Miene.

Das konnte unmöglich sein Ernst sein. Rafael hatte doch nicht etwa Marco gefeuert, nur weil er freundlich zu ihr war und sie den Nachmittag zusammen verbracht haben.

Sie wollte zurück ins Haus, doch er hielt sie grob am Arm fest. Der Griff schmerzte. Sie biss die Zähne zusammen und versuchte ihn auszublenden. Sie wollte ihm seine Überlegenheit nicht zugestehen.

Es lag so viel Zorn in seinen Augen, er blieb aber stumm. Schließlich fasste sie Mut und entzog sich mit einem Ruck seinem Griff. Ihre Hilflosigkeit verwandelte sich langsam zu Wut.

Rafael und Lissandro blickten ihr hinterher, wie sie wortlos im Haus verschwand.

„Ich muss Babysitter spielen?", fragte Lissandro genervt.

Rafael tippte etwas in sein Telefon und antwortete nicht. Er war mit Lissandro aufgewachsen, sie waren wie Brüder, sie waren beste Freunde und Geschäftspartner. Lissandro war der einzige Mensch auf diesem Planeten, dem er wirklich vertraute und genau aus diesem Grund würde er, in seiner Abwesenheit, Jara im Auge behalten müssen.

„Klasse, so habe ich mir meine freien Tage vorgestellt."

Rafael hob eine Augenbraue und sah ihn an.

„Schon gut, ich werde sie im Auge behalten."

„Ich hoffe, du erwartest jetzt keinen Dank von mir, schließlich bezahle ich dich auch.", sagte er und steckte das Telefon in seine Hosentasche.

„Sie ist ganz schön aufgebracht."

„Sie wird sich wieder beruhigen."

Lissandro musste lachen. „Ich kann mich nicht erinnern, wann sich eine Frau das letzte Mal so gegen dich gesträubt hat." Gespielt legte er seinen Zeigefinger und Daumen ans Kinn.

„Nein warte, hatte sich überhaupt schon einmal eine Frau geweigert, hierher zu kommen?"

Rafael warf ihm einen finsteren Blick zu und wendete sich zum Gehen.

Lissandro genoss seine Stichelei in vollen Zügen und setzte noch einen drauf.

„Sie hat ganz schön Feuer, ich kann für nichts garantieren."

Rafael lachte, verließ die Terrasse und ging in die Richtung seines Arbeitszimmers. Lissandro folgt ihm.

„So wie es aussieht, bist du nicht ihr Typ."

„Von wegen."

„Oder es liegt daran, dass du sie einfach verschleppt hast. Vielleicht hat ihr aber auch die Betäubung nicht gefallen."

Er blieb abrupt stehen und drehte sich zu Lissandro.

„Willst du mir sagen, wie ich mit dieser Situation umgehen soll?"

„Ich will dir sagen, dass wir weiß Gott gerade andere Probleme haben und du sie zu einem weiteren machst. Unnötigerweise! Als ich aus Manaus zurückkam, sagtest du mir, du würdest dich um das Problem kümmern."

„Richtig und das habe ich getan."

„Seit wann kümmern wir uns so um Problem, Rafael?"

Er schnaubte und ging weiter.

„Rafael!" Lissandro ging ihm nach.

„Seit ich das sage Lissandro, ganz einfach."

Er schüttelte den Kopf. „Das wird nicht gut enden. Erinnere dich an meine Worte Rafael."

Die beiden Männer blieben in der Eingangshalle stehen und sahen verdutzt zu der großen hölzernen Eingangstüre. Ein Flügel stand offen und Jara saß draußen auf den Stufen.

Rafael machte einen Schritt auf die Tür zu, aber Lissandro hielt ihn zurück.

„Nein lass mich lieber den Guten spielen. Du hast heute deinen Standpunkt schon klar gemacht."

Mit einem neckenden Grinsen ging er zur Tür und öffnete auch den zweiten Flügel. Er blickte zurück zu Rafael und sah ihm nach, wie er kopfschüttelnd den Gang hinunter in sein Arbeitszimmer ging.

„Was tust du?", fragte er und blickte hinab zu Jara.

Sie zeigte keine Regung, saß auf den Stufen, die Ellbogen auf ihren Knien abgestützt und ihr Kinn auf ihren Händen liegend.

„Willst du den ganzen Tag so auf das Tor starren?"

Wieder keine Reaktion.

Lissandro holte ein Päckchen Zigaretten aus seiner Hemdtasche und zündete sich eine an.

Sie beobachtete ihn irritiert und schüttelte wortlos den Kopf, als er ihr die Schachtel entgegenstreckte. Er atmete hörbar ein und setzte sich neben sie. Sie rückte etwas zur Seite, versuchte Abstand zu gewinnen und starrte wieder geradeaus auf das Tor.

Er nahm einige tiefe Züge und blies den Rauch auf die Steinstufen. Der Rauch prallte ab und verschwand tanzend in der Luft.

„Du hast Recht, vielleicht gelingt es dir, das Tor so zu öffnen. Gedankenkraft, davon habe ich schon mal etwas gehört." Er machte sich über sie lustig.

Sie drehte ihren Kopf zu ihm und blickte ihn wütend an.

Er sah das Funkeln und den Trotz in ihren blauen Augen. Er konnte Rafael verstehen, sie hatte etwas Fesselndes an sich. Etwas, das einen magisch anzuziehen schien. Er fand dafür nicht die richtigen Worte. Dennoch wusste er genau, was das bedeutete, sie mussten vorsichtig sein. Sie mussten die Dinge unter Kontrolle bringen. Eines war klar, es würde nicht gut enden.

„Danke, ich kann auf deine Kommentare verzichten. Hast du nichts Besseres zu tun?" Sie sprang auf und stapfte davon.

„Doch habe ich.", flüsterte er genervt zu sich und schnipste den Zigarettenstummel in eine kleine steinerne Schale, die versteckt neben der Eingangstür stand.

Keine fünf Minuten hatte er mit ihr verbracht und konnte jetzt schon keinen klaren Gedanken mehr fassen. Das konnten heitere Tage werden.

„Warte Jara."

Er ging ihr nach.

Kapitel 36

Auch in den vergangenen Tagen ließ der Wachmann Jara nicht durch das Tor.

Sie war bereits das ganze Anwesen abgelaufen, es gab keinen Weg hier raus.

Marco hatte damals recht behalten. Sie musste es akzeptieren, dass sie so lange hierbleiben musste, bis Rafael sie gehen ließ oder die Polizei sie finden würde.

Ramon hatte die Polizei bestimmt schon von ihrem Verschwinden in Kenntnis gesetzt.

Sie trat hinaus auf die Terrasse und sah den ersten Sonnenstrahlen des Tages entgegen, beobachtete die Vögel in den Bäumen und atmete die frische Morgenluft ein.

Sie stützte sich auf das Geländer und lehnte sich weit darüber.

„Guten Morgen."

Kurz zuckte sie zusammen, dann aber erinnerte sie sich an die Stimme. Sie hatte Lissandro nicht bemerkt.

„Morgen.", seufzte sie und ließ ihren Kopf hängen. Durch ihre Haarsträhnen schielte sie zu ihm hinüber. Er saß lässig in einem Sessel und blätterte desinteressiert in der Tageszeitung.

Sie hob ihren Kopf wieder an und strich sich die Haare aus dem Gesicht. Schließlich drehte sie sich zu ihm um und verschränkte die Arme vor der Brust.

Gerade als sie ihm klar machen wollte, dass sie keinen Aufpasser brauchte, sah er von der Zeitung auf und hob die Hand. Gab ihr still den Befehl nicht zu sagen, ruhig zu bleiben. Sie schloss ihren Mund und blickte ihn aufmerksam an.

„Gut bist du heute besser drauf als gestern.", bemerkte er sarkastisch.

„Nun, ich habe auch keine Lust dir den ganzen Tag zuzusehen, bei… bei was auch immer."

Bevor sie schnippisch antworten konnte, schnellte er aus dem Sessel auf und kam auf sie zu.

„Komm mit, ich zeig dir etwas."

Die beiden liefen stumm, erst an der Rückseite der Villa, dann an den Garagen entlang, bis ganz nach hinten ans Ende des Anwesens.

„Wohin gehen wir?"

„Wirst du sehen Prinzessin."

Sie verdrehte die Augen, lief ihm aber weiter nach. Plötzlich blieb er stehen. Er drehte sich zu ihr und schob sie vor sich.

„Siehst du?" Er zeigte mit ausgestrecktem Arm geradeaus.

Sie kniff die Augen zusammen. „Was soll ich sehen?"

Er zeigte immer noch in Richtung der Mauer, aber sie konnte nichts erkennen, was ihre Aufmerksamkeit hätte auf sich ziehen sollen.

Sie drehte sich zu ihm um. „Was soll ich sehen?"

Er packte sie an den Schultern, drehte sie wieder in Richtung der Mauer und flüsterte ihr ins Ohr. „Dort oben, genau an dieser Stelle ist die einzige Schwachstelle."

Sie betrachtete die Mauer. Er hatte recht, dort oben war die Mauer nicht mehr intakt. Ganz oben war ein Stein locker, aber sie konnte sich beim besten Willen nicht ausmalen, wie ihr das in irgendeiner Art und Weise weiterhelfen könnte hier herauszukommen und wieso er ihr das zeigte. Sie runzelte die Stirn und ließ ihre Augen die starke Mauer entlangwandern.

„Diese Mauer ist einen guten halben Meter breit. Massiv gebaut, ungefähr…", er gab sich spielerisch grübelnd. „Ungefähr drei Meter hoch. Sie umgibt das ganze verdammte Anwesen und das ist die einzige Stelle, die ansatzweise bröckelt." Er trat grinsend einen Schritt von ihr weg. „Also bitte Prinzessin, tu mir einen Gefallen und hör auf den ganzen Tag das Anwesen abzulaufen, hier kommt niemand, raus oder rein ohne unsere Zustimmung."

Sie funkelte ihn wütend an.

„Ich würde mich gerne anderen Dingen widmen und habe keine Lust, dir ständig nachzulaufen. Rafael wird zum Mittag bereits wieder hier sein, bis dahin, sei brav, Prinzessin."

Er lief, immer noch grinsend, zurück zum Haus.

„Nenn mich nicht so!", brüllte sie ihm hinterher.

Er blieb kurz stehen und blickte über seine Schulter.

„In Ordnung, Prinzessin.", rief er ihr belustigt zu, bevor er weiter ging.

Sie drehte sich wieder zu der Mauer, betrachtete den kleinen Makel und musste sich geschlagen geben.

Gelangweilt streifte sie durch den Garten. Lissandro hatte recht behalten, Rafael war mittags zurück auf das Anwesen gekommen. Er und Lissandro hatten eine hitzige Diskussion geführt und waren gleich zusammen in Rafaels Büro verschwunden. Sie war wieder allein. Auf der hinteren Seite des Anwesens blieb sie auf einem kleinen Mäuerchen am Gemüsebeet sitzen. Ein Gärtner kam den Weg hoch und schob gerade eine Schubkarre mit vertrockneten Palmblättern vor sich her.

„Hallo Senhorita.", grüßte er freundlich.

„Hallo.", entgegnete sie lächelnd. Sie sah ihm zu, wie er die Blätter auf einen Haufen warf und diese dann verbrannte.

„Wie heißt du?"

„Gabriel."

„Ich bin Jara."

Ihr fiel das Tattoo auf seinem Oberarm auf, welches das Logo des Fußballklubs, in dem Ramon spielte, zeigte.

„Kennst du Ramon Santos?"

„Selbstverständlich, er ist der neue Spieler in meinem Lieblingsklub. Er hat außergewöhnliches Talent. Er wird uns diese Saison zum Sieg führen.", schwärmte Gabriel.

„Wenn ich dir einen Brief für Ramon mitgebe, würdest du dafür sorgen, dass er ihn bekommt?"

„Du kennst Ramon Santos?"

„Ja, ich bin mit ihm aufgewachsen. Er würde sich über den Brief sehr freuen."

„Kein Problem, das mache ich gerne."

„Gut ich bin gleich zurück."

Sie suchte im Haus etwas zu schreiben. Einen Stift fand sie schnell nur was das Papier anging, musste sie erfinderisch sein. Lissandro tauchte aus dem Nichts auf und spähte ihr neugierig über die Schulter.

Sie fuhr erschrocken zusammen. „Lissandro!"

„Prinzessin?" Er sah sie fragend an.

„Du sollst mich nicht Prinzessin nennen.“, stotterte sie vor sich hin und versuchte ihn abzulenken.

„Ja, das sagtest du, aber was hast du da?“

„Nichts, ich habe nichts.“

Sie schenkte ihm ihr schönstes Lächeln und ließ das Papier hinter sich verschwinden.

Lissandro runzelte die Stirn und presste ein ebenso gekünsteltes Lächeln heraus.

„Mach keinen Unsinn, hörst du!“

Sie schüttelte immer noch lächelnd den Kopf.

Er schnalzte mit der Zunge, ging an ihr vorbei in Richtung des Arbeitszimmers von Rafael und hob seinen Finger in die Luft.

„Mach mir keine Probleme Prinzessin.“

Kaum war er außer Sicht, kritzelte sie für Ramon schnell ein paar Zeilen auf, faltete das Blatt zusammen und schrieb Ramons Adresse darauf. Dann ging sie zurück und gab dem Gärtner den Brief.

„Ich danke dir.“

„Wie gesagt, kein Problem, ich werde den Brief gleich heute Abend vorbeibringen.“

Mit einem Lächeln auf den Lippen schlenderte sie zurück zur Terrasse.

Als sie am Haus vorbeikam, konnte sie durch das offene Fenster ein Telefonat mithören.

„...dann kümmere dich darum! Das verdammte Holz benötigt ein Siegel und schaff es endlich weg, damit die ...“

Rafael ging im Büro auf und ab und führte ein hitziges Gespräch. In einem Sessel sitzend konnte sie auch Lissandro im Büro ausmachen.

„… nein Alexander, ich sage, es wird nur mit Siegel und Zertifikat verkauft, also mach, was ich dir sage und gib dem Holz die verdammten Abzeichen.“

Sie konnte sehen, wie sich Rafael genervt durch die Haare strich. „Das ist mir egal.“

Als er sie entdeckte, hielt er kurz inne und gab Lissandro ein Zeichen.

„Ich habe die Maschinen bereits organisiert. Sobald die Bäume weg sind, können wir starten und weiter in das ...“

„Prinzessin?“

Sie fuhr erschrocken herum, Lissandro stand plötzlich wieder vor ihr. Verdattert schaute sie nochmals ins Büro und dann zurück zu ihm. Jara hatte das Gefühl, er hätte übernatürliche Kräfte. Sie kannte niemanden, der sich so schnell und leise an jemanden heranschleichen konnte.

„Was hast du mitgehört?“

„Nichts“, log sie. „Ich wollte gerade zum Pool und da habe ich euch im Büro gesehen.“

Er musterte sie eine Weile.

„Erst lungerst du im Kaminzimmer herum und nun belauscht du uns durch das Fenster?“

„Nein Lissandro so ist es nicht, ich habe euch nicht absichtlich belauscht.“

„Komm mit.“

Sie trottete ihm hinterher. Sie hatte aufgehört, nach dem Warum zu fragen und tat mittlerweile, was man ihr sagte.

„Woher kommst du eigentlich? Dein Dialekt klingt nicht nach dem von Rio?“

Diese Frage wollte sie ihm schon die ganze Zeit stellen, fand aber nie die passende Gelegenheit. Vielleicht würde ihn das etwas ablenken.

„Aus Manaus.“

„Aus Manaus?“, wiederholte sie ungläubig.

„Ja, ich komme aus der Gegend von Manaus. Wenn du etwas Geschäftliches wissen möchtest, vergiss es.“ Sein Worte klangen ernst, aber er lächelte sie schelmisch an.

„Ja in Ordnung, ich habe verstanden.“

„Gut.“

Sie waren den langen Flur entlang gegangen und standen nun vor der Bürotür. Er öffnete die Tür und schob sie hinein. Rafael, der an seinem Schreibtisch saß, sprang auf und kam auf die beiden zu.

„Sie hat nichts gehört.“, berichtete Lissandro und setzte sich lässig auf einen der Stühle, die im Büro standen.

Rafael fixierte sie und schien Lissandro nicht zu beachten.

„Sie war auf dem Weg zum Pool.“, fügte Lissandro beiläufig hinzu.

Rafael trat noch einen Schritt auf sie zu. Sein Blick misstrauisch und verärgert. Er fuhr mit einem Finger an der Knopfleiste von ihrer Bluse entlang.

„Auf dem Weg zum Pool?“ Das Misstrauen in seiner kalten, schroffen Stimme war nicht zu überhören.

Er hob den zarten Stoff, der auf ihrem Ausschnitt lag, etwas an und lugte hinein. Sah die Wölbung ihrer Brust und die kleine rosa Brustwarze, wie sie sich im Rhythmus von ihrem Atem hob und senkte. „Nackt?“

Reflexartig stieß sie seine Hand weg und hielt ihre Bluse zu. Ertappt, aber trotzig sah sie ihn an.

Er schloss kurz die Augen, als müsste er sich beruhigen. Er wusste das sie log, er wusste nur nicht, wie viel sie gehört hatte. Er sah zu Lissandro und nickte in Richtung Tür. Lissandro stand seufzend auf, ging ohne ein weiteres Wort und schloss die Tür hinter sich.

„Was hast du draußen gemacht? Im hinteren Teil des Anwesens?“

„Nichts.“

Er fasste sich an den Nasenrücken. Sie merkte, dass er ihr nicht glaubte, kein Wort.

„Darf ich mich nicht einmal frei auf dem ganzen Anwesen aufhalten? Wenn du mich nirgends haben möchtest, wieso bin ich dann immer noch hier?“

Er packte sie grob am Kiefer. Mit Leichtigkeit hielt er ihr Gesicht in einer Hand. Seine Finger bohrten sich in ihre Wangen.

„Halt mich nicht zum Narren. Ich habe dir mehr als genug Zeit gegeben, dich hier einzugewöhnen, aber auch meine Geduld hat ein Ende. Mir ist noch nie jemand so Stures untergekommen.“ Er presste die Worte förmlich durch die Zähne, dann ließ er wieder von ihr ab und ging zum Schreibtisch zurück.

„Lüg mich nie wieder an und halt dich aus Dingen raus, die dich verdammt noch mal nichts angehen! Ansonsten muss ich deiner Großmutter erneut einen Besuch abstatten lassen.“

Die Drohung hallte in ihrem Kopf wie ein Echo und ließ ihren Atem schneller gehen. Sie brauchte einen Moment, um sich zu sammeln. Der kalte Ausdruck in seinen Augen bereitete ihr Angst.

Ohne ihn eines weiteren Blickes zu würdigen, stürmte sie aus dem Büro. Sie musste sich ablenken, sonst würde sie noch durchdrehen.

Jara öffnete die Tür zur Küche. Marta stand an der Spüle, wusch mit Wasser und viel Schaum das Geschirr und bemerkte sie anfangs gar nicht.

Sie stellte sich neben Marta, nahm sich ein trockenes Handtuch und fing an, die nassen Gläser abzutrocknen.

Marta erschrak, als sie sie neben sich bemerkte.

„Oh Jesus, hast du mich erschrocken. Senhorita, was machst du denn hier?“

Jara trocknete in Trance weiter ab.

„Nein, das musst du nicht tun, Liebes." Marta wollte ihr das Geschirrtuch wegnehmen, doch sie ließ nicht locker und machte immer weiter.

„Doch ich möchte dir helfen." Ihre Stimme fing an zu zittern.

Sie trocknete immer energischer das Geschirr ab.

Marta sah sie von der Seite an, dann fielen ihr die roten Augen auf. In dem Moment fiel Jara eine der großen Glasschüsseln zu Boden. Die Schüssel zersplitterte in tausend kleine Scherben. Hastig bückte sie sich und fing an, die Scherben aufzusammeln.

„Es tut mir leid, es tut mir schrecklich leid.", wiederholte sie immer und immer wieder.

Marta kniete sich zu ihr auf den Küchenboden und hielt ihre mittlerweile Blut verschmierten Hände fest.

„Jara, hör auf. Ist schon gut. Hör auf."

Jara sah in die sorgenvollen Augen von Marta. Dann konnte sie ihr Schluchzen nicht mehr zurückhalten. Marta zog Jara zu sich in den Schoß und versuchte sie mit liebevollen Worten zu beruhigen.

„Bitte hilf mir, bitte."

„Das kann ich nicht Liebes." Sie wiegte sie hin und her und das Schluchzen wurde leiser. „Anfangs ist es nicht leicht, aber glaube mir, die Tage werden leichter. Gib ihm eine Chance, er wird sich bessern. Du hast ein gutes und starkes Herz, Gott passt auf dich auf. Mach dir keine Sorgen."

Kapitel 37

Abends beschloss Jara, der Bitte von Marta nachzukommen und zum Essen im Speisesaal zu gehen. Sie wollte nicht, dass Marta ihretwegen Schwierigkeiten bekam.

Sie lief die Gänge und Zimmer in dem riesigen Haus rauf und runter, hin und her. Das Zimmer, das sie für den Speisesaal hielt, war leer.

Sie hatte sich noch nie in einem Gebäude verlaufen, nicht einmal in der Fakultät, an der sie studiert hatte, aber hier gab es einfach zu viele Gänge und Zimmer.

„Hat dich Lissandro noch nicht herumgeführt?“, fragte Rafael.

Er hatte sie eine Zeit lang schmunzelnd dabei beobachtet, wie sie langsam verzweifelte.

Sie erschrak, als er plötzlich hinter ihr stand. Seine Worte klangen sanft und ruhig, das überraschte sie.

Wie konnte Rafael nur so schnell seine Stimmung ändern. Noch vor ein paar Stunden wollte er sie am liebsten umbringen und nun stand er da und blickte sie mit seinen dunklen Augen aufmerksam an.

„Nein, im Haus noch nicht.“

Er schaute auf seine Uhr. „Wir haben noch ein paar Minuten, bis das Abendessen serviert wird, wenn du möchtest, zeige ich dir das Haus.“

„Ich denke nicht, dass ein paar Minuten genügen, um überhaupt von einem zum anderen Ende zu gelangen.“

„Vielleicht hast du recht.“ Nach kurzem Überlegen griff er nach ihrer Hand und hielt für einen Augenblick inne.

Sie sah ihn an. Spürte seine warme Hand, die ihre fest umschloss.

„Komm mit.“, sagte er schließlich bestimmend und führte sie einen Gang entlang.

„Ich war gerade auf dem Weg in den Keller, um einen Wein auszusuchen. Ich zeige dir fürs Erste den Weinkeller und du kannst einen Wein für das Essen wählen."

Eine schmale und steile Treppe führte sie hinab.

„Entgegen der Meinung mancher Angestellten spukt es hier nicht."

Sie musste lächeln, denn sie erinnerte sich an das Gespräch mit Marco, an ihrem ersten Tag hier auf dem Anwesen.

Rafael öffnete eine hölzerne Tür und trat in den kühlen Raum.

Vor ihnen erstreckte sich ein weitläufiges Gewölbe. Die Luft war muffig. Kleine, in den Boden eingelassene Lichter erhellten die Wände und die gewölbte Decke.

Neben unzähligen Flaschen lagerten hier auch einige Holzfässer.

Jara lief durch die Weinregale. Ihr Blick fiel immer wieder zwischen den Weinflaschen hindurch auf die andere Seite zu Rafael. In dem Licht des Gewölbekellers wirkten seine braunen Augen noch geheimnisvoller.

Wachsam beobachtete er jeden ihrer Schritte. Er sah sie an, als würde er versuchen, in sie hineinzublicken, ihre Gedanken zu lesen.

Sie zog am Ende des Gangs eine Flasche Rotwein aus dem Regal. Sie wischte den Staub vom Etikett, betrachtete die Zeichnung, las den geschwungenen Schriftzug und fuhr über das rote Siegel am Flaschenhals.

Sie hielt inne, als die kühle Luft einer bestechlichen Wärme wich.

Abrupt drehte sie sich um und stieß an seine Brust. Der Geruch seines Aftershaves stieg ihr in die Nase. Die plötzliche Nähe ließ sie zurückweichen.

Rafael blickte forschend auf sie hinab. Beobachtete ihre vor Verlegenheit flatternden Augenlider und genoss ihre zunehmende Nervosität.

„Diesen hier."

Sie schluckte trocken und hielt ihm die Flasche hin.

„Diesen hier.", wiederholte sie leise, konnte sich endlich von seinem Blick lösen und schielte den schmalen Weg zwischen den Regalen entlang.

„Ein Primitivo aus Italien. Gute Wahl Senhorita." Er hatte nur für den Bruchteil einer Sekunde auf das Etikett geblickt und fixierte nun wieder Jara.

Der Keller schien von Sekunde zu Sekunde kleiner zu werden.

„Wir sollten zurück, sonst kommen wir zu spät zum Essen."

„Richtig, das Essen." Er zögerte einen Moment, machte dann aber den Weg frei und ließ ihr den Vortritt.

Sie stiegen die schmale Treppe hinauf. Jara wollte schon auf die Terrasse, als er sich räusperte.

„Wo willst du hin?"

„Ich war vorhin im Speisesaal, zumindest dachte ich, es wäre der Speisesaal und der war leer, also nehme ich an, wir essen auf der Terrasse?"

„Nein. Heute nicht." Er ging in die Küche und hielt ihr die Tür auf. „Heute essen wir in der Küche."

Er wartete gespannt auf ihre Reaktion. Sie schien sich zu freuen, ihre Mundwinkel formten ein kaum merkliches Lächeln.

Die kleine Küche war mit vielen Kerzen ausgeleuchtet und in der Mitte stand der große Holztisch, auf dem das Essen angerichtete war. Wie immer hatte sich Marta selbst übertroffen.

Der Tisch war gedeckt mit allerlei Köstlichkeiten und es roch fantastisch.

Als bereits abgeräumt wurde, brach Jara das Schweigen.

„Bekomme ich mein Telefon zurück?"

„Nein."

„Nein natürlich nicht."

„Wen willst du anrufen?"

„Das kann dir egal sein."

„Ist es nicht."

Sie atmete tief ein. „Ich weiß nicht… meine Eltern oder Ramon."

„Ramon.", wiederholte er.

„Ja, Ramon."

„Du vertraust ihm."

„Das tue ich."

„Das hat er nicht verdient."

„Wie meinst du das?"

Er hatte Mühe, sich zurückzuhalten. Ihre Augen blickten ihn erwartungsvoll an. Die Vertrautheit, die zwischen ihr und Ramon herrschte, brachte ihn in Rage.

„Ich werde Ramon sagen, er soll Ende Woche vorbeikommen, dann kannst du ihn sprechen."

„Danke.“ Sie war verwundert über sein Angebot, nahm es aber selbstverständlich dankend an.

Nach dem Essen bedankte sie sich bei Marta und verließ die Küche, um in ihr Zimmer zu gehen. Sie hatte heute Abend mehr erreicht als sie erwartet hätte und wollte die Situation nicht ausreizen.

Gerade als sie durch die Eingangshalle ging und die Treppe hinaufsteigen wollte, hielt sie inne und lauschte. Es regnete. Der Regen prasselte laut auf das Dach. Sie folgte dem beruhigenden, monotonen Geräusch bis auf die Terrasse, lehnte sich an die Wand, schloss die Augen und horchte in die Nacht.

Hier draußen war der Regen heftig und laut.

Obwohl sie direkt an der Wand unter dem Dach stand, wurde sie nass. Der feine Nebel des Regens benetzte ihre Haut und die Haare, welche sich schnell mit Feuchtigkeit vollsogen, während ihre Handflächen und ihr Rücken die verbleibende Wärme des Tages der Steinwand aufnahmen.

Sie atmete tief ein und genoss den Geruch des Regens.

Jara spürte seine Anwesenheit.

Sie schlug die Augen auf und sah Rafael an, der neben ihr stand und ihr wortlos einen Whiskey anbot. Sie nahm das Kristallglas mit der bernsteinfarbenen Flüssigkeit, setzte es an und verzog das Gesicht, als der Whiskey ihre Lippen berührte. Der Alkohol brannte in ihrer Kehle und sie musste nach dem ersten Schluck husten.

Rafael stand währenddessen einfach nur neben ihr und grinste amüsiert.

„Nicht dein Geschmack.“, stellte er fest.

„Nicht ganz.“, gab sie zu.

„Zu stark.“

Sie nickte, sah ihn an. Beobachtet wie er lässig, mit einer Hand in seiner Hosentasche und in der anderen sein Drink haltend, in der Dunkelheit stand und auf sein Anwesen blickte.

„Was?“, fragte er als er ihr Starren bemerkte.

Sie schüttelte ihren Kopf, nahm nochmals einen Schluck aus dem Glas und blickte wieder in den verregneten Garten.

„Nein, definitiv nicht mein Getränk.“

Eine Weile blieben beide stumm und lauschten dem Geräusch des Regens.

„Danke.“, sagte sie schließlich und durchbrach die Stille.

„Wofür?“
„Es war ein schöner Abend.“
Sein Mund verzog sich zu einem sanften Lächeln.
„Ja.“
„Und…“, sie holte tief Luft. Sie glaubte kaum, dass sie das nun sagte. „danke, dass ich mit Ramon sprechen darf.“
Er betrachtete sie eine Weile, so als ob er ihre Gedanken zu lesen versuchte.
„Ihr steht euch nah, du und Ramon.“
„Ja, kann man so sagen. Ich kenne ihn schon mein Leben lang. Er ist ein Teil meiner Familie. Man könnte sagen, er ist der Bruder, den ich nie hatte.“
„Du vertraust ihm.“
„Das tue ich.“
Eine starke Böe überraschte die beiden und schleuderte Regentropfen gegen die Wand, an der sie standen. Reflexartig drehten sie sich schützend näher an die Wand, wurden aber dennoch klatschnass. Sie schnappte nach Luft und sah in Rafaels überraschtes Gesicht. Bei diesem Anblick musste sie laut loslachen. Wie absurd die Situation doch war. Sie standen gemeinsam im Regen, im Dunkeln und sprachen miteinander, als wäre es das normalste der Welt.
Er strich ihr eine nasse Strähne aus dem Gesicht.
Er war plötzlich so nah, zu nah.
Ihre Lippen waren nur noch einen Hauch voneinander entfernt.
„Nein.“
„Nein?“
Sie schüttelte kaum merklich ihren Kopf.
Sie spürte, wie sich die Stimmung schlagartig änderte, sah wie sich seine Muskeln anspannten.
Er seufzte und stützte eine Hand an die Wand neben ihren Kopf.
„Glaub mir Kleines, nicht mehr lange und du wirst es wollen.“
„Träum weiter.“, hauchte sie in sein Ohr, verlieh ihrer Stimme einen überheblichen Ton und reckte ihr Kinn.
Er lachte belustigt auf. Der Klang hallte in ihrem Kopf.
„Das ist mein Ernst, Rafael. Ich würde niemals…“
„Doch das wirst du. Hör auf dir etwas vorzuspielen.“ Er fuhr mit seinen Lippen langsam an ihrem Kinn entlang.

„Früher oder später wirst du dieses Verlangen nicht mehr unterdrücken können. Nur dein Stolz steht dir im Weg!"

Sie war nun gereizt. Wie konnte er nur so arrogant sein? Sie entriss sich seiner Nähe und blickte ihn durchdringend an. Sie drückte ihm ihr Glas in die Hand und stolzierte davon.

Rafael sah ihr nach. Es war nur eine Frage der Zeit, dessen war er sich sicher.

„Du wirst!", murmelte er.

Er stieß sich von der Wand ab.

Im Gehen trank er beide Gläser leer und stellte sie auf einer Kommode in der Eingangshalle ab. Dann verließ er das Anwesen. Die heutige Nacht würde er nicht allein verbringen. Er würde die Abwechslung genießen, welche er sonst immer genoss, bevor diese Frau in sein Leben getreten war.

Kapitel 38

Am nächsten Morgen suchte Jara Gabriel den Gärtner.

„Guten Morgen Gabriel, war Ramon zu Hause?"

„Nein leider nicht, es war nur seine Vermieterin da. Sie versicherte mir, den Brief weiter an Ramon zu geben, sobald dieser vom Training komme."

Jara konnte ihre Enttäuschung nicht verbergen.

„Schade, aber Danke Gabriel."

Die Tage schienen nicht Enden zu wollen, bis Ramon endlich auf das Anwesen kam.

Sie fiel ihm um den Hals und drückte ihn fest an sich. Sie wollte ihn nicht mehr loslassen, so glücklich war sie über sein Erscheinen. Die beiden gingen hinaus in den Garten und setzten sich auf die Stufen der Treppe, die hinunter zum Pool führte.

„Ich bin so froh, dass du hier bist."

„Geht es dir gut?"

„Ja, ja mir geht es gut, mach dir keine Sorgen. Wie geht es Oma Avó? Kannst du sie bitte besuchen und ihr irgendeine Geschichte erzählen, damit sie beruhigt ist?"

„Keine Sorge Jara, als ich deine Kleidung bei ihr geholt habe, hatte ich ihr bereits gesagt, dass du länger als gedacht hier in Brasilien bleiben würdest, du aber in der Zeit zu mir nach Rio ziehst. Auch das mit Jair hat sie nicht weiter hinterfragt, ich hatte ihr gesagt das mein Auto kaputt war und Jair ein Freund vom Fußball sei."

Jara blieb der Mund offenstehen. Sie konnte nicht glauben, was er gerade gesagt hatte.

„Du hast was getan?" Langsam richtete sie sich auf.

„Rafael hat dir nichts erzählt?“ Er wurde bleich.

„Du hast ihnen geholfen, die ganze Zeit schon?“

„Ich hatte dir gesagt, du sollst dich nicht in Dinge einmischen, die dich nichts angehen. Es tut mir leid, ich hatte keine andere Wahl.“ Er griff nach ihrer Hand.

„Fass mich nicht an Ramon.“ Sie entriss ihm ihre Hand. Tränen kullerten über ihre Wangen.

Da saß er vor ihr, ihr engster Vertrauter und blickte sie mit Hundeaugen an. Sie spürte den Kloß, der sich in ihrem Hals breitmachte, den sie nicht mehr vermochte, herunterzuschlucken.

„Ich verstehe das alles nicht. Du hast mich verraten. Mit was hat er dich erpresst? Sag schon, oder stehst du etwa auch auf seiner Gehaltsliste?“ Sie verlor ihre Beherrschung.

„Jara, bitte, das wollte ich nicht. Glaub mir.“

„Ich wäre vor ein paar Tagen zurück nach Hause geflogen.“

„Ja ich weiß.“

Sie konnte es nicht fassen. Der Mensch, dem sie so sehr vertraute, hatte sie verraten und ausgeliefert.

„Verschwinde!“

„Jara, tu das nicht. Lass es mich erklären.“

Sie konnte ihre Tränen nicht mehr zurückhalten. Sie stieg die Treppe hinauf, ging an Rafael vorbei, der sie fragend ansah und stürmte in ihr Zimmer. Wie konnte Ramon ihr so etwas nur antun?

Sie beobachtete, wie er und Rafael unten auf der Terrasse diskutierten und wild gestikulierten. Es schien, als würde Rafael das Gespräch für beendet erklären, denn zwei seiner Bodyguards wiesen ihn an, das Anwesen zu verlassen und drängten ihn zum Gehen.

Kapitel 39

Die Tage auf dem Anwesen zogen an Jara vorbei. Sie konnte nicht einmal sagen, welcher Wochentag gerade war. Rafael sah sie nur morgens und abends, tagsüber verließ er das Anwesen. So konnte sie ihm gut aus dem Weg gehen. Doch allein war sie nie, Lissandro behielt sie im Auge. Er hatte die Angewohnheit, plötzlich in ihrer Nähe aufzutauchen, um dann genauso schnell wieder zu verschwinden. Wenn er nicht da war, war es Jair, der ihr folgte, egal, wohin sie ging.

Wenn sie mit Jair sprach, kam sie sich vor, als würde sie Selbstgespräche führen. Er war sehr wortkarg und antwortete ihr lediglich, wenn es sein musste. Ganz im Gegensatz zu Lissandro, der sich mit ihr immer wieder ein spitzzüngiges Wortgefecht lieferte. Wenn Rafael auf dem Anwesen war, verschwanden beide aus ihrem Schatten, nur Lissandro ließ sich noch ab und an blicken. Mehr, um mit Rafael zu sprechen, als auf sie aufzupassen.

Es war später Nachmittag, als sie vom Schwimmen zurückkam. Sie legte ihr Badetuch aufs Bett und zog ihren Bikini auf dem Weg ins Badezimmer aus.

Nach dem Duschen wickelte sie sich ein Handtuch um und ging zurück ins Schlafzimmer. Eine Melodie summend kämmte sie sich die nassen Haare, öffnete die oberste Schublade der Kommode und holte einen Slip heraus. Gerade als sie das Handtuch fallen lassen wollte, vernahm sie ein Räuspern und fuhr erschrocken herum.

„Jair, was machst du hier?“, fragte sie überrascht. Sie hatte nicht mit jemanden in ihrem Schlafzimmer gerechnet.

Jair antwortete nicht, sein Blick fixierte ihre Beine, während er ihr einen Zettel entgegenhielt.

Sie nahm den Zettel und setzte sich auf das Bett, faltete das Papier auf und las. Ihre Augen flogen über die Zeilen, dann sah sie zu Jair. Er fixierte noch immer ihre Beine.

„In Ordnung.“, sagte sie und gab ihm den Zettel zurück.

„Du gehst mit?“

„Ja.“

„Gut, ich werde es ausrichten.“

Er schloss die Tür hinter sich und ließ sie im Zimmer zurück.

Sie seufzte.

Alles war so verrückt. Nicht einmal im Traum wäre ihr in den Sinn gekommen, einmal in so einer Lage zu sein. Wo war sie hier nur hineingeraten? Als sie vor ein paar Wochen in Deutschland in den Flieger gestiegen war, hatte sie nicht damit gerechnet, in ein anderes Leben zu fliegen, doch genau dort fand sie sich nun wieder. In einem völlig anderen Leben!

Kapitel 40

Sie trat hinaus auf die Hofeinfahrt. Rafael lehnte an einem schwarzen Jeep und wartete bereits ungeduldig auf sie.

„Oh wir werden heute mal ohne deine Schatten essen? Wir verlassen sogar das Anwesen und niemand ist dabei, der dich beschützt, außer deinem Chauffeur?“ Sie sah sich gespielt, verwundert um und drehte sich mit ausgestreckten Armen ein paar Mal im Kreis.

„Mit dir werde ich fertig, keine Sorge.“

Sie stieg ins Auto.

„Wir werden ja sehen.“, stichelte sie weiter.

Sie war nervös, aber nicht, weil sie keine Ahnung hatte, wo sie hingehen würden oder weil sie mit ihm allein Zeit verbringen würde, daran hatte sie sich bereits ein wenig gewöhnt. Nein, sie war nervös, weil sie seit Wochen das erste Mal das Anwesen verlassen durfte, auch wenn es unter Aufsicht war.

Sie fuhren auf die andere Seite der Stadt.

Der Abendverkehr schien kein Ende nehmen zu wollen. Tausende Menschen schienen abends auf die Straßen zu strömen, ihr Leben zu genießen und Familie und Freunde zu treffen.

Der Wagen hielt vor einem kleinen unscheinbaren Restaurant. Ein Angestellter des Restaurants eilte zum Auto und öffnete ihr die Tür. Sie stieg verlegen aus.

„Das wäre nicht nötig gewesen, vielen Dank.“

„Willkommen Senhorita. Sie werden heute einen unvergesslichen Abend haben.“

Zu diesem Zeitpunkt war ihr nicht bewusst, wie sehr der Kellner mit seiner Aussage recht behalten sollte.

Sie folgte Rafael und dem Kellner ins Restaurant. Der Boden, die Wände, die Decke, es war alles aus Holz oder aus Matten, die aus Palmblättern geflochten waren. Unzählige kleine Lichter funkelten und erhellten so ein wenig die Nacht.

Das Restaurant war, wie so vieles hier in den Berg gebaut. Jara kam sich vor wie in einem überdimensionierten Baumhaus. Der größte Bereich war der gigantische Balkon. Auf ihm fühlte es sich an, als würden sie zwischen den Lichtern der Stadt und dem Leuchten der Sterne schweben.

Rafael drängte sie weiterzugehen.

„Komm, ich habe einen Tisch reserviert. Du musst nicht den ganzen Abend stehen.“, scherzte er.

Sie setzten sich an einen kleinen eckigen Tisch.

Das Windlicht auf dem Tisch warf Schattenmuster auf die Tischdecke, die sie mit den Fingern gedankenverloren nachzeichnete.

„Was?“, fragte sie, als sie sein Starren bemerkte.

„Nichts.“, log er, sie wusste nicht, wie bezaubernd sie aussah, so wie sie in ihrem Kleid vor ihm saß. Wie das Licht auf ihrer Haut tänzelte und er sich vorstellte, jede einzelne Stelle zu berühren. Das würde er definitiv für sich behalten.

Der Kellner brachte die Vorspeise.

„Du hast das Essen schon ausgesucht?“

„Nein, hier gibt es jeden Tag nur ein Menü. Entweder man isst es oder man geht wieder. Man munkelt aber, dass sich noch niemals jemand getraut hat, aufzustehen und zu gehen.“ Den letzten Teil des Satzes flüsterte er gespielt vorsichtig und beugte sich dabei über den Tisch zu ihr.

Sie lächelte und machte das Spiel mit.

Flüsternd antwortete sie, „Wieso das? Ist der Koch so böse?“

„Schlimmer, es ist eine Köchin.“

Er lachte laut auf, als tatsächlich hinter seinem Rücken die Köchin auftauchte und ihn herzlich begrüßte. Sie warf mit Liebkosungen um sich.

„Was erzählt er wieder für einen Blödsinn?“

„Blödsinn? Rafael würde doch niemals…“, entgegnete sie lachend, konnte den Satz aber nicht beenden.

„Rafael!“ Die Köchin boxte ihn in die Seite. „Na Junge, da hast du eine richtige Schönheit mitgebracht und Köpfchen hat sie auch noch. Schön, dich mit Begleitung bei mir zu sehen“.

Aus der Küche hörte man lautes klirren. „Ach herrje, er nimmt mir noch die ganze Küche auseinander, ich muss zurück, bevor noch Schlimmeres passiert. Lasst es euch schmecken und wehe, der Teller ist nach dem Essen nicht leer."

Die Köchin rauschte wieder ab, aber nicht bevor sie jeden Tisch auf die Schnelle begrüßte.

„Sie ist sehr nett."

„Ja das ist sie. Ein guter Mensch."

„Wie hast du sie kennengelernt?"

Er zog die Luft hörbar ein. „Das willst du nicht wissen."

„Doch ich denke schon, sonst hätte ich nicht danach gefragt."

Er sah sie an und überlegte kurz. „Sie versorgte meinen Wunden nach einer Schießerei, hier ein paar Straßen weiter."

„Sie hat was getan?" Jara verschluckte sich.

„Ich habe ihr die ganze Küche voll geblutet. Die Polizei war hinter mir her. Sie hielt mich versteckt, bis die Sonne am nächsten Morgen wieder aufging und ich ungesehen nach Hause konnte."

Sie wusste nicht, was sie dazu sagen sollte und nahm einen Schluck Wein, Rafael tat es ihr gleich.

„Das ist jetzt beinahe zwanzig Jahre her."

„Zwanzig Jahre? Du warst…"

„Ja, ich war viel zu jung, um in eine Schießerei zu geraten. Die traurige Wahrheit, es war nicht meine erste, aber die Erste, bei der ich getroffen wurde."

Er spielte gedankenversunken an der blauen Stoffserviette.

Sie rutschte mit dem Stuhl ein Stück vom Tisch, sofort kam ein Kellner herbeigeeilt.

„Kann ich Ihnen helfen Senhorita?"

„Ja danke, können sie mir den Weg zur Toilette zeigen?"

„Aber sicher doch. Folgen Sie mir."

Rafael blickte ihr nach, wie ihr fließendes Kleid jede Bewegung ihres Körpers verriet. Er atmete tief ein.

Sie war einfach aufgestanden. Er konnte nur so ruhig auf seinem Stuhl sitzen bleiben, weil er genau wusste, dass die Bediensteten sie im Blick behalten würden. Der Gedanke, dass sie dachte, sie wäre frei, gefiel ihm. Würde sie einen Versuch wagen zu verschwinden?

Kapitel 41

Jara stand in einem kleinen Raum, in dem zwei Toilettenkammer waren und ein kleines Waschbecken. Kurz zog sie in Erwägung, das Fenster zu öffnen und zu verschwinden, wusch sich dann aber doch die Hände und blickte in den Spiegel, der schon so alt war, dass er schwarze kleine Flecken hatte.

„Was tust du hier nur?“, schnaubte sie und ging zurück zu Rafael an den Tisch.

Sie plauderten eine ganze Weile, bis er sich plötzlich den Zeigefinger auf die Lippen legte und ihr deutete still zu sein.

„Hörst du das?“

„Was denn?“

„Kannst du mal das Radio lauter machen?“, brüllte er durch das ganze Lokal.

Sie schaute sich beschämt um. „Du kannst doch nicht so herumschreien.“

„Wieso nicht, das ist das beste Lied der Welt und ich muss jetzt mit der schönsten Frau der Welt tanzen, bevor es vorbei ist.“

Sie sah ihn an und fragte sich, wer dieser Mann vor ihr war? Von dieser Seite hatte sie ihn noch nicht kennengelernt. Ausgelassen und lächelnd.

Wenn er seine Maske fallen ließ, war er ein ganz anderer Mensch.

Er zerrte sie nach vorne an das Geländer des Balkons.

„Was? Hier? Einfach so?“

„Natürlich hier. Hier vorne sind die Lautsprecher und dort hinten wäre sowieso zu wenig Platz.“

Mit Leichtigkeit wirbelte er sie um sich herum. Sein Griff sicher und fest. Er war ein guter Tänzer und sie vergaß für einen Moment, dass sie eigentlich gar nicht hier sein wollte. Sie fühlte sich lebendig und frei. Einen Atemzug lang schien es keine Rolle zu spielen, wer sie waren. Die Zeit blieb stehen.

Die anderen Gäste warfen immer wieder verstohlene Blicke auf die beiden. Das schien ihm aber herzlich egal zu sein. Er ließ seine Hand über ihre Schulter wandern und über ihr Schlüsselbein bis hoch zu ihrem Hals gleiten.

Dort, wo die Fingerspitzen ihre Haut berührten, hinterließen sie ein brennendes Kribbeln.

„Wenn du lächelst, leuchten deine Augen wie die Sterne."

Sie wusste nicht, wie sie reagieren sollte, drehte ihren Kopf leicht zur Seite und blickte zu Boden.

Mit Zeigefinger und Daumen fing er ihr Kinn auf und hob es sanft nach oben, sodass sie ihn direkt ansehen musste. Sie konnte seinen warmen Atem auf ihren Lippen fühlen.

Das Vibrieren des Telefons zerstörte den Augenblick. Rafael rührte sich nicht, sah sie an. Mit einem Seufzer nahm er schließlich das Telefon heraus und sprach nur kurze abgehackte Sätze.

Sie setzten sich wieder an den Tisch und die Dunkelheit kehrte in seine Augen zurück.

„Hattest du vorhin keine Angst, ich würde davonlaufen? Ich bin aufgestanden, bin aus deinem Sichtfeld gegangen und du hast nicht reagiert. Oder gibt es doch Aufpasser, die vor dem Restaurant warten?"

„Nein, keine Aufpasser vor dem Restaurant. Du hast anscheinend noch nicht ganz verstanden."

„Was verstanden?"

„Egal, wo du hinläufst, und dich versteckst, ich werde dich finden Jara. Immer!"

Sie konnte seinem Blick nicht ausweichen. Das erneute Vibrieren des Telefons erlöste sie aus der Starre.

Als er das Telefonat beendete, sprach er nicht. Mit seinen Händen fuhr er sich durch die dunklen Locken. Fieberhaft überlegte er.

Die Nachspeise wurde serviert, doch er rührte nichts an.

„Wir müssen gehen."

„Jetzt, sofort?“ Sie war über das abrupte Ende des Abends etwas verdutzt, aber er war bereits aufgesprungen und wartete neben dem Tisch, bis es Jara ihm gleichtat.

„Ja jetzt.“

Sie folgte ihm zum Wagen, dann stiegen sie ein und fuhren sofort los.

„Du weißt wohin?“, fragte er den Fahrer.

„Natürlich Senhor Fernandes.“

Kapitel 42

„Wer war am Telefon?"
„Geschäftlich."
Seine Stimmung war nach dem Telefonat augenblicklich umgeschlagen. Sie wusste, dass er nicht darüber sprechen wollte und sie auch keine Antworten erhalten würde. Also saßen sie schweigend im Wagen, bis dieser unerwartet stoppte.
„Was ist los? Wieso halten wir hier?"
„Ich muss noch etwas Geschäftliches erledigen. Warte hier, es wird nicht lange dauern." Mit diesen Worten stieg er aus dem Auto.
Sie hatten hinter einem anderen Auto gehalten, aus dem nun Lissandro und ein weiterer Mann, den sie nicht kannte, ausstiegen. Beide Männer gingen die Straße hinunter in ein Haus. Rafael folgte ihnen. Jara ließen sie mit dem Fahrer zurück.
Obwohl sie in einem besseren Viertel Rios waren, vermochten es die wenigen Straßenlaternen nicht, die Umgebung zu erhellen. Anscheinend schien dem Fahrer die Gegend nicht sehr sicher, denn er verriegelte die Türen des Wagens.
Die Lichter, die aus den Fenstern der Häuser drangen, ließen die Umgebung seltsame Schatten werfen.
Jara erschrak, als ein Hund zwischen den Mülltonnen wühlte und dabei einige Tonnen, die scheppernd zu Boden fielen, umstieß.
Was wollte Rafael so spät abends hier?
Die Tür des Hauses, in das die Männer vor ein paar Minuten verschwunden waren, wurde aufgestoßen. Ein Mann stolperte heraus und landete auf dem Boden, dicht gefolgt von Lissandro und Rafael. Der

dritte Mann blieb in der Tür stehen. Er hielt etwas fest. Sie konnte nicht erkennen, was es war. Die Haustür versperrte einen Teil ihrer Sicht.

Die Männer diskutierten lautstark. Der Mann, der als Erstes aus der Tür gestolpert war, stand nun wieder auf und streckte eine Hand abwehrend von sich weg, Rafael entgegen.

Das Geschrei drang gedämpft durch die Autoscheiben.

Der Mann, der eben noch in der Tür stand, trat einen Schritt vor. Sie erkannte nun, was er hielt. Nein, nicht was er hielt, sondern wen!

Zeitgleich zog Rafael eine Waffe und richtete sie auf den Mann, der vor ihm stand.

„Oh Gott nein.“, sie wollte aus dem Wagen steigen und dem, was sich gerade vor ihren Augen abspielte, ein Ende bereiten. Die Tür war jedoch verschlossen und so sehr sie auch daran rüttelte, sie ließ sich nicht bewegen.

Sie wandte sich dem Fahrer zu. „Bitte öffnen Sie die Tür, sehen Sie nicht, was gerade passiert?!“

In diesem Moment ertönte ein Schuss. Sie hielt sich die Hand vor den Mund, um ihren aufkommenden Schrei zu ersticken. Als sie aus dem Fenster sah, stand Rafael über dem Mann. Er war zu Boden gesunken und bewegte sich nicht mehr. Die Frau, die vorhin von seinem Bodyguard festgehalten wurde, riss sich los, rannte zu dem Mann und stürzte sich auf den Boden. Sie beugte sich über ihn. Jara konnte dumpf das schmerzliche Klagen der Frau hören.

Als die drei Männer zurück zum Wagen kamen, ließ sie sich zurück in den Sitz sinken. Sie konnte es nicht fassen, Rafael hatte auf offener Straße einen Mann erschossen. Vor ihren Augen.

Sie versuchte ruhig zu atmen, als sie merkte, wie ihre Hände zitterten, ballte sie diese zu Fäusten und legte sie in ihren Schoß. Rafael öffnete die Autotür und setzte sich neben sie.

„Ist er tot?“

„Ja.“, sagte er knapp.

„Du hast gerade einen Mann erschossen.“

Er sagte nichts, wich stattdessen ihrem Blick aus und schaute aus dem Fenster. Der Wagen setzte sich in Bewegung. Die Stille im Auto wurde immer lauter.

Sie war froh, als sie endlich durch das Tor des Anwesens fuhren.

Der Motor war kaum aus, schon sprang sie aus dem Auto. Sie wollte möglichst schnell viel Abstand zu diesem Menschen bekommen.

„Jara warte!“ Er lief ihr nach und packte sie am Arm. Sie versuchte nicht die Verachtung in ihren Augen zu verstecken, als sie ihn mit glasigen Augen ansah.

„Wirst du mich auch irgendwann umbringen? Einfach erschießen, weil ich zu viel weiß und Zeuge von zu vielen deiner kriminellen Machenschaften bin?“, fragte sie mit zusammengebissenen Zähnen.

„Hätte ich dich umbringen wollen, hätte ich das bereits getan.“

„Und das soll mich jetzt beruhigen?“ Bevor sie seine Antwort abwartete, fuhr sie fort. „Der Kellner hatte recht, was für ein unvergesslicher Abend.“

Vergeblich versuchte sie sich aus seinem festen Griff zu befreien.

„Lass mich los.“, zischte sie.

Er dachte gar nicht daran. Sie war aufgebracht, das verstand er aber er allein entschied, wann und wie der Abend enden würde. Er strich ihr eine Strähne aus dem Gesicht.

Sie wich zurück. „Denk nicht einmal daran.“

Der Widerstand in ihren Augen glühte und das spornte ihn an. Er trat weiter an sie heran, stand nun dicht vor ihr.

Sie zuckte, wollte aus dieser Situation verschwinden.

„Na los, halt mich auf.“ Er strich ihr über die Wange und ließ seinen Daumen auf ihrer Unterlippe ruhen.

Ihr Atem ging schneller. Sie presste ihre Handflächen gegen seine Brust, versuchte Raum zwischen ihnen zu schaffen. Erfolglos. Er bewegte sich keinen Millimeter von ihr.

ER lachte amüsiert auf. „Das kannst du besser Kleines.“

„Lass mich…“ Ihre Worte erstickten in ihrem Hals.

„Nein.“ Er konnte den Kampf in ihren Augen sehen und genoss ihr Zögern. „Mach schon, tu es!“, provozierte er sie.

Sie holte aus und schlug ihn mit der flachen Hand ins Gesicht.

„Gut.“ Dort wo sie ihn getroffen hatte, glühte seine Haut, aber er zuckte nicht zurück.

„Nochmal.“

„Nein!“

„Nein? Ich habe gerade einen Mann erschossen, Jara. Du willst das, also tu es.“ Er sah die aufkeimende Verzweiflung in ihrem Blick. Griff sie an ihren Schultern und schüttelte sie. „Nochmal!“

Sie holte erneut aus und schlug mit voller Kraft zu.

Er atmete tief ein und erneut trat ein Lächeln auf seine Lippen.

„Du bist verrückt.“, presste sie heraus. „Bist du jetzt zufrieden?“ Tränen kullerten über ihre Wangen.

„Noch nicht.“

Seine Hände umrahmten ihr Gesicht und zogen sie bestimmend an sich. Er küsste sie. Presste seine Lippen auf ihre und wie im Reflex öffnete Jara ihren Mund. Nur ein Stück weit, zögerlich. Seine Zunge strich über ihre Lippen.

Er küsste sie, als wüsste er nicht, ob sie morgen noch da sein würde. Seine Hand wanderte an ihren Nacken, um sie noch näher an sich heranzuziehen. Ihr Geruch und ihr warmer Atem ließen ihn wahnsinnig werden. Er verlor die Beherrschung, vergas sich und alles, was um ihn herum geschah. Erst als sie ihm auf die Unterlippe biss, besann er sich und stoppte in seiner Bewegung.

Er ließ von ihr ab. Metallener Geschmack breitete sich in seinem Mund aus.

Sie stolperte einen Schritt zurück, bevor sie davon eilte. Den Ausdruck in ihren Augen konnte er nicht deuten.

Er sah ihr hinterher, wie sie durch die Haustür verschwand.

Kapitel 43

In dieser Nacht wachte Jara ständig auf. Vor ihrem inneren Auge sah sie immer wieder die Szene, wie Rafael den Mann erschoss und dieser leblos auf den Boden sank.

Am nächsten Morgen war sie die Erste, die wach war.

Sie half Marta den Tisch zu decken und setzte sich dann mit einer Tasse dampfenden Kaffee in den Garten. Von hier aus beobachtete sie, wie die Sonne langsam aufging und das Meer ruhig und gleichmäßig rauschte.

Gestern Abend im Restaurant hatte sie Rafael von einer anderen Seite kennengelernt. Von einer Seite, von der sie nur zu gerne mehr kennen würde. Er ließ sich gehen, lachte herzlich und seine Augen strahlten. Das hatte er in der ganzen Zeit, in der sie ihn nun kannte, nicht ein einziges Mal getan.

Blendete sie die Tatsache aus, dass er sie auf dem Anwesen festhielt, hatte sie die Zeit mit ihm genossen? Aber im nächsten Augenblick tötete er einen Menschen. Er war ein Krimineller, ein Mörder und das sollte sie nicht ignorieren.

Rafael kam in den Garten und setzte sich neben sie. Eine Zeit lang saßen sie nur da und schwiegen.

„Hast du nicht gut geschlafen?" Er brach das Schweigen als Erster.

„Nein."

„Es tut mir leid, ich wollte nicht, dass du das mit ansehen musst."

„Ja.", seufzte sie und sah ihn an.

„Du weißt nicht, was dieser Mann getan hat, wofür er alles verantwortlich war."

„Nein, klär mich auf. Was muss ein Mensch tun, um es verdient zu haben, hingerichtet zu werden? Auf offener Straße vor seiner Frau!"

„Er besaß diverse Bordelle und entführte Minderjährige aus den Favelas, um diese dann zu verkaufen. Dieser Mann machte sein Geld mit Menschenhandel. Er hat es verdient. Er war kein guter Mensch."

„Und, du hast ihn erschossen, um dem ein Ende zu bereiten?"

„Nein."

„Nein.", wiederholte sie wissend. „Er ist dir in die Quere gekommen. Das war das Problem!"

„Glaubst du, nur weil dieser Mensch nicht mehr lebt, wird das, was er tat, aufhören? An seine Stelle werden zwei andere treten. Gierig darauf, den freien Platz einzunehmen. Glaub mir, ich habe das schon unzählige Male erlebt. "

Ihr Blick schweifte wieder hinaus aufs Meer, bis sie schließlich aufstand und zurück auf die Terrasse ging. Sie wollte seine Rechtfertigungen nicht mehr hören.

„Jara, du bist so naiv. Die Welt ist nicht gerecht, mach endlich deine Augen auf!", brüllte er ihr hinterher.

Kapitel 44

Den ganzen Tag über versuchte sie Rafael aus dem Weg zu gehen.

Am Nachmittag beobachtete sie auf dem Anwesen eine Frau mit drei Kindern, alle waren schwarz gekleidet.

Lissandro redete kurz mit ihnen und gab der Frau einen Briefumschlag, den sie dankbar annahm.

Sie erkannte die Frau. Es war die Frau, die gestern über dem erschossenen Mann in Tränen ausbrach. Sie nahm an, es müsse die Familie des Erschossenen gewesen sein.

Wenigsten kümmerte sich Rafael um die Hinterbliebenen, aber Geld macht diesen Verlust nicht wieder gut.

Als Lissandro nicht mehr bei der Frau zu sehen war, stürmte sie hinaus und ging zu ihr. Sie stand mit ihren Kindern wartend in der Einfahrt.

„Hallo."

Die Frau drehte sich zu ihr. Es war tatsächlich die Frau von gestern Abend. Ihre Lippe war aufgeplatzt und unter ihrem Auge verlief ein großer, bereits gelb gewordener Bluterguss.

Sie sah die Frau entsetzt an. Der Bluterguss und auch die aufgeplatzte Lippe mussten Verletzungen sein, die schon älter waren, sie konnten unmöglich von gestern stammen.

„Es tut mir so leid.", flüsterte sie, ohne ihren Blick von der Frau abwenden zu können.

In dem Moment fuhr ein Taxi die Einfahrt hinunter. Ohne auch nur ein Wort zu sagen, stieg die Frau mit ihren Kindern in das Taxi und knallte die Türe zu. Jara blieb im aufgewirbelten Staub der Einfahrt zurück.

Was hatte sie sich auch gedacht, was passieren würde. Egal ob der Mann dieser Frau ihr das angetan hatte oder nicht, Rafael hatte gestern ihren Mann vor ihren Augen erschossen.

Sie ging wieder ins Haus und hörte Rafael im Garten telefonieren. Er lief wild gestikulierend hin und her. Lissandro und auch Jair saßen bei ihm und verfolgten das Gespräch.

Jara sah in die Richtung des Westflügels. Sie versicherte sich, dass Rafael immer noch telefonierte und lief den Gang entlang zu seinem Büro.

Wie alles in diesem Haus war es beeindruckend und riesig. Sein Schreibtisch stand vor einer Fensterfront. In einem Bereich des Zimmers standen einige Sessel um einen runden Tisch. Auf der gegenüberliegenden Seite ragte ein Bücherregal in die Höhe, welches die komplette Wand ausfüllte.

Zu ihrer Enttäuschen waren alle Papiere auf dem Schreibtisch fein säuberlich geordnet. Sie blätterte einige Stapel durch, konnte aber nichts Interessantes finden. Sie ließ sich auf den Schreibtischstuhl fallen und überlegte, dabei fiel ihr Blick auf ein Stoffband, das ihr bekannt vorkam. Es ragte aus einer Schublade des Schreibtischs heraus. Sie öffnete die Schublade und entdeckte die lederne Mappe ihres Großvaters.

Das waren ihre Unterlagen und nicht nur diese. In der Schublade befanden sich einige Dokumente, die sie im Archiv kurz überflogen hatte.

Vertieft in die Unterlagen, überhörte sie die Schritte im Gang. Das leise Geräusch der Türklinke ließ sie schließlich aufhorchen. Im letzten Moment schob sie die Schublade zu und setzte sich unter den Tisch. Die Schritte kamen näher. Es schien so, als würde jemand etwas am Bücherregal suchen.

Aus dem Gang zum Büro erklang Rafaels Stimme. Er schien immer noch zu telefonieren.

„Hast du es Lissandro?“, fragte er kurz.

Ohne die Antwort abzuwarten, führte er das Telefonat weiter und seine Stimme wurde wieder leiser.

Sie wollte gerade aus ihrer Deckung hervorkommen, als abermals Rafaels Stimme ertönte. Dieses Mal rief er laut nach Lissandro. Die Schritte im Büro eilten hinaus, gefolgt von einer knallenden Türe, die ins Schloss viel.

Sie atmete auf. Das war knapp, beinahe hätten sie sie erwischt.

Sie wollte in die anderen Schubladen sehen, doch alle waren verschlossen und einen Schlüssel konnte sie hier im Büro nicht finden.

Sie schlich sich wieder hinaus und ging zu Marta in die Küche. Leider war Marta weder in der Küche noch in dem Garten, der an die Küche angrenzte, zu finden, sie entdeckte aber Gabriel am Geräteschuppen.

„Hallo Gabriel, wie geht es dir?"

„Hallo Senhorita, gut danke."

„Könntest du für mich bitte nochmals einen Brief abgeben?"

Sie überlegte kurz. Wenn Ramon mit ihren gesammelten Informationen zur Polizei gehen würde, benötigte er Beweise, damit sie überhaupt anfingen, hier auf dem Anwesen zu suchen. Einen handfesten Beweis gegen einen Mann, dem die halbe Stadt gehörte und dem beinahe alle Instanzen hörig waren.

Sie musste also erneut ins Büro und versuchen, einige aussagekräftige Dokumente mitgehen zu lassen.

„Selbstverständlich Senhorita."

„Können wir uns in zwei Tagen um zwölf Uhr am Geräteschuppen treffen? Dann gebe ich dir den Brief."

„In Ordnung.", Gabriel lächelte sie an. „Bis bald, Senhorita."

„Ja, bis bald"

Sie lief gedankenversunken den schmalen Weg zwischen den Gemüsegärten hindurch und trat durch das kleine Gatter, welches den hinteren Bereich des Anwesens von der Auffahrt und dem Eingang trennte, als der schwarze Mustang an ihr vorbeirauschte.

Sie erkannte Lissandro hinter dem Steuer, der zu telefonieren schien und sie nicht weiter beachtete. Das Tor zum Anwesen öffnete sich bereits, als das Auto die kiesige Auffahrt hinauffuhr. Blinzelnd sah sie dem Wagen hinterher. Noch bevor er das Tor erreichte, erregte das leise Brummen des sich schließenden Garagentors ihre Aufmerksamkeit.

Sie eilte rüber zu den Garagen. Jeder ihrer Schritte wurde vom Knirschen des Kieses begleitet. Die Sonne stand bereits tief, nicht mehr lange und sie würde hinter den Bergen und der Stadt versinken. Ihr Verstand begann zu arbeiten.

Sie konnte nur Lissandro hinter dem Steuer ausmachen, war Rafael ebenfalls im Auto gewesen?

Der Wachmann hatte zu ihrer Verwunderung das Tor bereits geöffnet, als er sah, dass sich das Auto näherte. Er konnte zu diesem Zeitpunkt noch gar nicht erkennen, wer hinter dem Steuer saß.

Sie kaute auf ihrer Unterlippe und blickte sich rasch um.

Sie musste nur in die Garage kommen, ein Auto nehmen und dann zum Tor fahren. Noch bevor der Wachmann merken würde, dass sie hinter dem Steuer saß, würde sie beschleunigen und so vom Anwesen gelangen. Ihr Herz pochte bis zum Hals.

Das war die beste Gelegenheit zur Flucht, die ihr bisher geboten wurde. Sie lief das Garagentor auf und ab, konnte aber keinen Griff oder Knopf zum Öffnen entdecken. Dann fiel ihr an der Seite des Gebäudes eine schmale Tür auf. Langsam legte sie ihre Hand auf den Griff und drückte nach unten. Zu ihrer großen Überraschung gab der Griff nach und die Tür öffnete sich. Schnell huschte sie in die Garage. Neben der Tür fand sie den Lichtschalter und die Neonröhren erleuchteten surrend den Raum. Jara staunte nicht schlecht, als sie die fünf Autos und die beiden Motorräder erblickte. Es mussten noch Autos fehlen, denn weitere Parkplätze waren leer. An der Rückwand der Garage hingen Reifen und eine Werkbank mit etlichen Werkzeugen erstreckte sich beinahe über die ganze Länge.

Sie lief zwischen den Autos hindurch, versuchte einige Türen zu öffnen, doch alle waren verschlossen. Sie stemmte ihre Hände in die Hüften und betrachtete die Werkbank. Sie wusste definitiv nicht, wie man ein Auto aufbrach, also würde ihr das ganze Werkzeug wohl kaum helfen.

Am anderen Ende der Garage fiel ihr eine weitere Tür ins Auge, auch diese war nicht verschlossen. Als sie diese geöffnet hatte, trat sie schnell wieder einen Schritt zurück. Die Tür führte ins Haus zurück. Gerade als sie im Begriff war, die Tür wieder zu schließen, hielt sie prompt inne. Neben der Tür hingen akkurat in einer Reihe die Autoschlüssel. Jeder für sich an einem kleinen bronzefarbenen Haken.

Sie schnappte sich den erst Besten und ließ die Tür hinter sich ins Schloss fallen und betrachtete den Schlüssel in ihrer Hand.

„Großartig, von allen Autos hast du dir einen Oldtimer ausgesucht.“, schnaubte sie leise zu sich.

Es war kein Schlüssel, auf den man drückte und sich das Auto blinkend und hupend öffnete. Sie hatte zu einem abgenutzten, alten Schlüssel gegriffen. Einen Schlüssel, den man noch in das Schloss stecken musste, um die Autotür zu öffnen. Sie betrachtete die Autos, immerhin kamen nur zwei infrage.

Schon beim ersten Versuch passte der Schlüssel, triumphierend drehte sie den Schlüssel im Türschloss und der kleine Knopf an der

Wageninnentür sprang hoch. Schnell betätigte sie den Griff und setzte sich in das Auto. Das Lenkrad war mit Leder überzogen, genau wie die weißen schmalen Sitze. Die chromumrandeten Rundinstrumente waren in braunem Plastik eingefasst. Ebenso wie das zeitgenössische Radio mit Kassettenfach.

Sie war in ein Auto der siebziger eingestiegen. Sie steckte den Schlüssel in das Zündschloss und versuchte den Motor zu starten. Der Motor heulte laut auf, die Zeiger im Armaturenbrett bewegten sich und fielen gleich darauf wieder auf null. Das Auto war wieder aus.

„Nein, nein, nein!“ Mit einem prüfenden Blick in den Rückspiegel beobachtete sie die Tür zum Haus.

Niemand schien sie gehört zu haben. Sie versuchte mit zitternden Händen einen neuen Start, aber wieder heulte der Motor auf, um gleich darauf abermals zu verstummen.

„Komm schon.“, bettelte sie mit steigender Nervosität und drehte den Schlüssel erneut im Schloss. Nichts.

Sie legte beide Hände auf das Lenkrad und ließ ihre Stirn auf das Leder sinken. Nach dem Lärm, den sie verursacht hatte, konnte sie nicht nochmals in das Haus und einen anderen Schlüssel holen. Die Gefahr, erwischt zu werden, war definitiv zu groß. Sie richtete sich nochmals im Sitz auf, holte tief Luft und versuchte es erneut. Im Rückspiegel behielt sie die Tür im Blick. Dann endlich begann der Motor gleichmäßig zu schnurren. Mit einem Lächeln sah sie nach vorn und wollte gerade den ersten Gang einlegen, als sich die Beifahrertüre öffnete und Rafael an der Tür lehnte.

Bevor sie reagieren konnte, beugte er sich über den Beifahrersitz und zog den Schlüssel aus dem Schloss. Mit einem Mal war es wieder still in der Garage, nur das leise Surren der Neonröhren war zu hören.

„Du flüchtest in einem vierzig Jahre altem Auto das fünfundsechzig PS hat?“, fragte er beinahe belustigt.

Sie rollte mit ihren Augen, ging aber nicht auf seine Belustigung ein.

„Wo wolltest du hin?“

„Nach Hause.“, flüsterte sie leise und wendete ihren Blick von ihm ab.

„Das ist nicht möglich.“

Sie schnaubte verächtlich.

„Ich hatte dir bereits mehrmals gesagt, dass du das Anwesen nicht verlassen wirst. Nicht allein.“ Er betrachtete sie eine Weile mit seinem herrschenden Blick. Sie konnte beinahe spüren, wie seine dunklen Augen auf ihr ruhten. Funkelnd und kampfeslustig, wie bei einem wilden Tier das zu jagen bereit war.

Mit einem kehligen Grummeln wandte er sich ab und schloss die Beifahrertür. Sie schlug mit ihren Handflächen auf das Lenkrad. Rafael lief um das Auto herum und öffnete die Fahrertür.

„Raus."

Ihre Hände umklammerten wieder das Lenkrad.

„Komm sofort aus dem Auto raus!" Seine Stimme klang kalt und bestimmend.

Sie rührte sich nicht und blickte trotzig nach vorne aus der Windschutzscheibe.

Er stieß einen Seufzer aus, schlug mit der flachen Hand auf das Dach des Autos und ging aus der Garage. Jara fluchte, bevor sie aus dem Auto stieg und ihm hinterher stürmte.

„Was meinst du, wie lange wird dieses Spiel noch weitergehen, Rafael?" Sie funkelte ihn wütend an. „Meine Eltern suchen nach mir. Meine Freunde und mein Arbeitgeber fragen sich, wo ich stecke. Ich bin Anwältin und habe Gerichtstermine, die sich nicht so leicht verschieben lassen. Alle die mich kennen, wissen dass ich nicht einfach so, ohne ein Wort, verschwinden würde. So bin ich nicht und das wüsstest du, wenn du mich kennen würdest."

Er griff nach ihr und hielt sie grob am Ellbogen fest, um sie daran zu hindern, an ihm vorbeizustürmen.

„Glaubst du wirklich nur weil Ramon meiner Großmutter eine Geschichte erzählt hat, werden sie nicht merken, dass hier etwas nicht stimmt?", schimpfte sie weiter und versuchte sich erfolglos aus seinem Griff zu befreien.

Sein Kiefer mahlte, er brachte kein Wort heraus. Er wusste, er würde nicht die richtigen Worte finden, deshalb schwieg er. Diese Frau reizte ihn, wie noch niemals jemand zuvor.

„Dein überhebliches Grinsen wird dir bald vergehen, Rafael."

Er versuchte sich unter Kontrolle zu halten und blieb weiter stumm. Er wollte ihr nicht erzählen, was er getan hatte, aber er schwor bei Gott, wenn sie nicht gleich aufhörte, ihn zu provozieren, würde er ihr alles zeigen.

„Auch wenn die Polizei weiß, wo ich bin, wird sie nicht für immer dichthalten und dir deinen Rücken decken können. Irgendwann müssen sie handeln und dann…“

Natürlich machte sie weiter, sie machte immer weiter. Überschritt immer die Grenze. Andere an ihrer Stelle wären nicht mehr am Leben. Er fragte sich langsam, ob ihr das überhaupt bewusst war.

„Es sucht niemand nach dir!“

Diesmal war sie es, der die Worte im Hals stecken blieben und die nur ein hysterisches Lachen über ihre Lippen brachte.

„Sie freuen sich für dich.“

„Wie meinst du das?“ Verdattert sah sie ihn an.

Er ließ sie los, drehte sich um, ging einige Schritte von ihr weg und fuhr sich mit der Hand über sein Gesicht und die dunklen Locken.

„Was soll das bedeuten?“ Sie ging ihm nach und diesmal war es sie, die ihn am Arm festhielt.

Er drehte sich wieder zu ihr. „Das bedeutet, dass deine Freunde und deine Familie sich freuen, dass du hier dein Glück gefunden hast und beschlossen hast, in Brasilien zu bleiben.“

„Niemals, wie sollen sie auf so eine Idee kommen? Das ist lächerlich.“

Er zog ihr Telefon aus seiner Hosentasche und öffnete ihren Sozial Media Account. Der letzte Beitrag zeigte sie und ihn beim Tanzen. Das Foto wurde an dem Abend im Restaurant aufgenommen. In dieser Nacht hatte er einen Mann auf offener Straße erschossen. Auch die älteren Posts zeigten sie auf dem Anwesen oder mit ihm, nur sein Gesicht war nie zu erkennen. Die Fotos waren völlig aus dem Zusammenhang gerissen, aber wenn ihre Freunde die Fotos sahen, würden sie schnell zu dem Schluss kommen, dass sie tatsächlich glücklich war in Rio.

„Im Übrigen bist du nicht länger für die Kanzlei in Deutschland tätig. Sie haben Verständnis für deine Situation und haben deine fristlose Kündigung akzeptiert. Ich hatte ihnen geschrieben und erklärt, dass es deiner lieben Großmutter sehr schlecht geht und sie auf deine Hilfe angewiesen ist.“

Sie sah ihn ungläubig an. „Du hast mein Leben gestohlen.“

„Ich habe dir ein Neues geschenkt, das wirst du irgendwann begreifen.“

„Du hast mir alles genommen.“ Tränen brannten in ihren Augen, die sie krampfhaft versuchte zurückzuhalten. Der letzte Rest ihrer Gegenwehr bröckelte langsam. Sie hatte keine Kraft mehr für dieses Spiel.

Wenn tatsächlich keiner mehr nach ihr suchte, dann könnte er sie irgendwann aus dem Weg räumen und niemand würde Fragen stellen, zumindest nicht sofort.

Niemand würde erfahren, was hier vor sich ging, niemand würde die Wahrheit kennen über ihn und seine Machenschaften. Niemand würde ihn stoppen und er würde einfach weitermachen, skrupellos. Er würde gewinnen.

„Bereits am ersten Tag hier auf dem Anwesen hatte ich dir versucht klarzumachen, dass ich dein Leben gerettet habe. Was glaubst du passiert mit einer Ausländerin, die hier in Brasilien geheime Unterlagen und Akten diverser geschäftlicher Verbindungen stiehlt? Was denkst du, machen die Geschäftsleute mit einer jungen Frau, die sämtliche korrupte und illegale Geschäftsbeziehungen aufdeckt und Gott bewahre, zukünftige große Projekte gefährdet?“ Nun war er es, der wütend mit scharfen Worten auf sie einredete.

Ihr Körper bebte und ihr Blick fiel ins Leere.

In diesem Augenblick wurde ihm bewusst, dass er gewonnen hatte. Er hatte sie gebrochen. Der Triumph fühlte sich aber bei Weitem nicht so gut an, wie er es normalerweise gewohnt war. Ganz im Gegenteil. Er gab dem Drang nach und zog sie mit Leichtigkeit an sich. Strich zögerlich über ihr Haar und legte sein Kinn vorsichtig auf ihrem Kopf ab.

„Warum?“, hauchte sie, ihre Stimme wurde von seiner Brust und dem Kloß in ihrem Hals gedämpft. „Warum hast du das gemacht?“

Tränen strömten über ihre Wangen und befeuchteten sein Shirt. Mit letzter Kraft hämmerte sie ihre Fäuste gegen ihn, doch er rührte sich keinen Millimeter. Die Arme waren fest um ihren Körper geschlungen.

Sie wollte die Umarmung hassen, doch stattdessen ließ sie den Trost zu, den sie so sehr brauchte. Ein verräterisches Gefühl machte sich in ihrer Brust breit und sie fühlte die Geborgenheit, die sie nicht fühlen wollte.

Trotzig drückte sie sich von ihm ab. „Das werde ich dir niemals verzeihen!“ Mit diesen eisigen Worten verließ sie den Mann, der nun ihr Leben bestimmte.

Kapitel 45

An den nächsten Tagen trieb die Sonne die Temperaturen in unerträgliche Höhen. Jara schlenderte in ihrem blauen Bikini am Rand des Pools umher. Immer wieder streckte sie ihren Fuß ins Wasser und ließ ihn hin und her gleiten.

Die Sonnenstrahlen brachen sich in den kleinen Wellen und zeichneten Lichtmuster auf den hellblauen Boden des Pools.

Mit einem Kopfsprung glitt sie in das kühle Nass. Sie schwamm ein paar Runden, bevor sie ihre Arme auf dem Steinrand ablegte und ihr Kinn darauf stützte.

„Komm auch ins Wasser Lissandro."

Er schüttelte den Kopf, lehnte am Treppengeländer und beobachtet sie beim Schwimmen. Herausfordernd sah sie ihn an und spritzte ein wenig Wasser in seine Richtung.

„Komm schon, sei kein Spielverderber."

„Nein Prinzessin, ich denke, das ist keine gute Idee."

„Nein? Warum nicht?", fragte sie gespielt unschuldig und drehte sich um, sodass sie ihre Schultern an dem Steinrand des Pools lehnte und ihr Gesicht gegen die Sonne strecken konnte.

„Ich muss arbeiten.", sagte er abwesend und zog sein Telefon aus der Tasche, um eine Nachricht zu lesen. Dann setzte er sich lässig auf einen Hocker im Schatten und führte ein kurzes Telefonat. Als er auflegte sah er wieder zu ihr. „Außerdem würde Rafael das nicht gefallen."

„Er muss es ja nicht wissen." Sie lachte gleichgültig. Sie wollte Rafael aus der Reserve locken und ihm zeigen, dass ein Leben hier mit ihr gegen ihren Willen nicht einfach werden würde. Sie würde ihn in den Wahnsinn treiben, in der Hoffnung, dass er sie nach einiger Zeit doch noch durch die Tore spazieren ließ.

Sie blinzelte gegen die Sonne. Als sie Stimmen hörte, erhaschte sie einen Blick auf die Terrasse.

Sie schwamm ein paar Züge in Richtung Lissandro, öffnete die Schleife ihres Bikinioberteils und zog es aus.

„Auch nicht, wenn ich dir ein paar Anreize schaffe?“, fragte sie unschuldig und warf ihm das Oberteil entgegen.

Er fing es nervös auf.

„Prinzessin bitte.“, stammelte er. „Jara, was soll das?! Zieh dich wieder an!“

„Gefällt dir nicht, was du siehst?“

„Das ist es nicht.“, presste er durch seine Zähne.

Als sie aus dem Wasser stieg und sich mit einem Handtuch abtrocknete, versuchte er wegzusehen. Es gelang ihm aber nicht. Immer wieder streifte sein Blick ihre Silhouette. Er sah zu, wie die glitzernden Wasserperlen über ihre samtige Haut kullerten.

In dem Moment kam Rafael die Treppe hinunter und blickte Lissandro, der immer noch das Bikinioberteil in seiner Hand hielt, fragend an. Seine Augen verengten sich und er riss ihm das Oberteil aus der Hand.

„Was soll das Jara?“

Sie hörte die Eifersucht aus seiner Stimme und grinste zufrieden.

„Was meinst du?“

„Du weißt genau, was ich meine!“

„Übertreib es nicht Rafael.“

„Ich will nicht, dass ...“ Er war wütend und genau das wollte sie erreichen.

„Nun Rafael, ich will auch vieles nicht.“ Mit diesen Worten ließ sie ihr Handtuch auf den Boden fallen, ging langsam ohne ihr Bikinioberteil die Treppe hinauf zurück ins Haus und ließ Lissandro und Rafael sprachlos am Pool zurück.

Kaum war sie oben in ihrem Zimmer angelangt, stand Rafael in der Tür. Sie drehte sich rasch weg von ihm und zog sich ein Shirt über.

„Was? Plötzlich so schüchtern?“

„Was willst du?“, fragte sie und rollte die Augen.

Er warf ihr das Bikinioberteil zu. „Ich will, dass du so etwas nicht noch einmal machst, zumindest vor niemand anderen als mir.“

Sie ging auf seine spitzen Anmerkungen nicht ein. Sie drehte sich von ihm weg, wollte ihm klar machen, dass dieses Gespräch hiermit beendet war.

Mit einem Kamm fing sie an, ihre nassen Haare zu entwirren und zuckte zusammen, als sie seine Fingerspitzen auf ihrer Schulter spürte. Er fuhr ihr Schlüsselbein entlang, bis zu ihrem Hals und hinauf zu ihrem Kinn. Mit nur einem Finger drehte er sie um, sodass sie keine andere Wahl hatte, als ihm direkt in die Augen zu sehen. Mit seinem Daumen berührte er ihre Unterlippe. Sie versuchte sich seinem Griff zu entziehen.

„So viel Stolz in deinen Augen.“, stellte er grinsend fest. „Ich mag Herausforderungen.“

„Du schätzt mich wohl falsch ein.“

„So?“

„Ich fordere dich nicht heraus!“

Ohne zu blinzeln, starrte er sie weiter an. Als versuche er ihr ein Geheimnis zu entlocken, welches sie selbst noch nicht kannte. Schließlich ließ er von ihr ab und wandte sich zur Tür.

„Ich muss mich noch um eine Angelegenheit kümmern, bei der auch Lissandro erforderlich ist. Es wird spät, du wirst den Abend wohl allein verbringen müssen.“

„Wie schade.“

„Hier wird niemand rein oder raus gelangen, das Anwesen ist sicher.“

„Ich weiß.“

Ohne ein weiteres Wort verließ er das Zimmer.

Jara wartete geduldig, bis Rafael und Lissandro in den schwarzen SUV stiegen und das Anwesen verließen. Kaum hatte sich das Tor geschlossen, ging sie den langen Flur entlang, bis sie an die Tür von Rafaels Büro kam. Sie versuchte die Tür zu öffnen, rüttelte an der Klinke, aber die Tür war verschlossen. Ihr Blick fiel flüchtig über ihre Schulter, um sicher zu sein, dass niemand sie beobachtete.

Das Haus war leer und gespenstisch still.

Sie nahm eine Haarnadel aus ihrem Haarknoten. Der Knoten löste sich und die Haare fielen in weichen Wellen über die Schultern. Sie fing an, geschickt das Schloss zu bearbeiten.

Mit einem leisen Klick ging die Tür auf. Triumphierend lächelnd stand sie vor der offenen Tür und hätte nie gedacht, dass ihre wilde Jungend einmal von Nutzen sein konnte.

Das letzte Mal, als sie beinahe von Lissandro hier im Büro entdeckt wurde, hatte er Unterlagen irgendwo bei diesem riesigen Bücherregal geholt. Sie fing also an, an dem Regal auf und ab zu schreiten.

Langsam fuhr sie über diverse Buchrücken und blätterte Mappen und Akten durch, fand viel und doch nichts.

Schnaubend setzte sie sich auf den Boden und betrachtete die Wand. Was hatte sie eigentlich erhofft zu finden? Einen Beweis dafür, dass Rafael der Teufel ist? Etwas, das sie wieder weiter von ihm wegtreiben würde? Sie ließ sich rückwärtsfallen und lag ausgestreckt auf dem Boden.

Was war das denn? Ihr fiel am Schreibtisch etwas Merkwürdiges auf. Sie drehte den Kopf zur Seite. Neben der Schublade, in der die Ledermappe ihres Großvaters lag, waren die Verzierungen unterbrochen, so als würden sie um einige Millimeter versetzt sein. Sie fuhr mit ihren Fingerspitzen über die Schnitzereien.

Tatsächlich, es schien verschoben.

Sie sprang auf und schob die ganze Seite des Tisches nach vorne und ein Hohlraum tat sich auf. Vorsichtige griff sie nach dem Inhalt.

„Unfassbar, einfach unfassbar."

Sie zog alte Papiere, Urkunden und Landkarten heraus. Sie breitete alles auf dem Boden des Büros aus. Ihre Augen überflogen fieberhaft die Zeilen, Zahlen, Namen, Koordinaten… und dann stockte ihr der Atem. Sie las den Namen ihres Großvaters.

Es lag ein Gutachten vor, ein Umweltbericht ihres Großvaters. Fein säuberlich führte er die verschiedenen Pflanzen- und Tierarten auf, dokumentierte die Beschaffenheit des Bodens, listete Gesteinsproben auf und notierte die Gegebenheiten des Flusses.

Das Gutachten war schon viele Jahrzehnte alt, doch schon damals warnte ihr Großvater die Regierung vor den rasanten Rodungen des Regenwaldes. Er verzeichnete Rückgänge der artenreichen Vegetation und warnte vor den Auswirkungen, die auf das Land zukommen würden.

Sie schmunzelte, als sie die Grundstücksunterlagen ihres Großvaters fand. Es schien, als hätte er schon seinerzeit sichergehen wollen, dass der Amazonas einmal ausreichend geschützt wird. Er kaufte damals wild durcheinander liegende Gebiete auf, sodass niemand mit den restlichen Gebieten, die dadurch verteilt waren, wie ein Flickenteppich, Geschäfte hätte machen können.

Erschrocken fuhr sie herum. Sie hatte im Garten Geräusche gehört. Die Sonne war bereits untergegangen und der Tag wich der Dämmerung.

Angestrengt versuchte sie zu erkennen, was dort im Garten vor sich ging. Ein paar Gestalten machten sich an der Mauer zu schaffen. Neugierig beobachtete sie das Geschehen. Es flogen kleine Bündel über die Mauer.

Da war jemand Großes… Jara blieb der Mund offen stehen. Sie war sich sicher. Dort draußen an der Mauer, öffnete der dicke Wachmann gerade ein Gatter.

In der Mauer gab es ein Gatter, das sie bisher noch nicht entdeckt hatte. Eine Tür, die nach draußen führte und er hatte den Schlüssel.

Als die Tür offen war, wurde eine Kiste hinausgeschafft. Danach ging alles ganz schnell, die Tür wurde wieder verschlossen und die Gestalten verschwanden so schnell, wie sie aufgetaucht waren.

Der Garten lag wieder im Stillen. Ihr war es egal, was diese Gestalten dort gemacht hatten, sie wusste, es gab eine Tür, das war alles, was zählte.

Sie räumte alle Papiere zusammen, faltete die Landkarte fein säuberlich und steckte sie zurück zu den Akten, dann verließ sie das Büro.

Ihre Gedanken spukten in ihrem Kopf und ließen sie nicht schlafen. Sie verstand es nicht. Was hatte sie heute entdeckt? Das machte alles keinen Sinn, nicht, nachdem sie Rafael besser kennengelernt hatte. Das war nicht sein Stil.

Kapitel 46

Jara stand neben dem Geräteschuppen im hinteren Teil des Anwesens und wartete auf Gabriel. Es war kurz nach zwölf Uhr. Er hatte sich erst ein paar Minuten verspätet, doch das ließ sie bereits nervös auf und ab laufen.

Sie strich immer wieder über den Brief in ihrer Hand.

Gestern hatte sie im Büro einiges gefunden und sich entschlossen, die Liste mit den Namen von denjenigen, welche die Grundstücke erworben haben, zu entwenden.

Diese Liste war zumindest Beweis genug, der Sache hier nachzugehen.

Ein Ara flog kreischend über das Anwesen. Sie blickte dem Vogel am Himmel nach. Die grelle Sonne am strahlend blauen Himmel blendete sie so stark, dass sie Schwierigkeiten hatte, dem vorbeifliegenden Vogel zu folgen.

Das Zirpen der Grillen in der Mittagshitze ließ ihre Gedanken abschweifen.

„Wartest du auf einen der Gärtner?"

Sie riss erschrocken die Augen weit auf. Vor ihr stand Rafael.

„Nein."

„Das kam zu schnell Kleines."

Ertappt trat sie von einem auf den anderen Fuß, hielt den Brief hinter ihrem Rücken versteckt. Er streckte ihr seine Hand entgegen.

„Gib schon her."

„Ich weiß nicht, was du meinst."

„Du willst mich also wirklich zum Narren halten? Jair!"

Jair kam mit Gabriel zum Geräteschuppen. Gabriel hatte ein blaues Auge, seine Lippe war aufgeplatzt und getrocknetes Blut hing an seinen Mundwinkeln. Er blickte auf den staubigen Boden. Als sie Gabriel sah, gab sie Rafael den Brief, ohne ihren Blick von Gabriel abzuwenden. Sie war schockiert. Wieder einmal hatte sie jemanden in Gefahr gebracht und wieder einmal musste jemand für ihre Taten büßen.

„Jara, hör auf damit. Ich will nicht mein ganzes Personal entlassen müssen.", kaum hatte er die Worte ausgesprochen, schubste Jair Gabriel vor sich her und verschwand mit ihm.

Einen Moment funkelten sich Jara und Rafael wütend an. Keiner sagte ein Wort, bis er sich abwandte und ging.

Sie sah ihm nach, ihre Gedanken rasten, dann entschloss sie sich diesmal nicht klein beizugeben und ging ihm nach.

„Rafael."

Er lief schnellen Schrittes immer weiter und ignorierte ihre Rufe.

„Das kannst du nicht machen! Du kannst nicht jeden Menschen um mich herum beinahe umbringen."

„Ich kann, das siehst du doch."

„Rafael warte."

„Nein, dieses Gespräch ist beendet."

Sie waren bereits die Treppe in der Eingangshalle hinaufgegangen und liefen nun den langen Flur entlang.

„Du kannst mich nicht ewig hier festhalten.", fauchte sie.

Er stoppte. Mit großen Schritten und blitzschnell kam er auf sie zu und presste sie an die Wand.

Wütend sah sie ihn an, „Ich habe keine Angst vor dir! Ramon wird…"

„Provoziere mich nicht Jara. Du wärst ohne mich gar nicht mehr am Leben. Hätte ich dich nicht von der Wache geholt, hätten sie dich zum Schweigen gebracht, und zwar für immer. Hast du bereits vergessen, mit wem du dich angelegt hast?" Der Trotz in ihren Augen machte ihn rasend. „Du wirst so lange hier bei mir bleiben, wie ich es möchte. Ist das endlich klar!"

Sie antwortete nicht und blickte zur Seite.

Grob packte er ihr Kinn und drehte es wieder zu sich, „Ramon ist eine Marionette in meinen Händen, die Polizei steht in meinem Dienst, verdammt die ganze Stadt macht, was ich will. Drohe mir also nie wieder, hörst du! Ich nehme mir, was ich will und wann ich will und du kannst rein gar nichts dagegen tun. Kapier das endlich!"

Seine Halsader pulsierte. Er küsste sie, presste seinen Körper gegen ihren. Er spürte ihr Herz, wie wild hämmerte. Dann wich er ein wenig zurück und schlug mit der flachen Hand direkt neben ihrem erschrockenen Gesicht an die Wand. Sie zuckte zusammen und drehte den Kopf abwehrend weg. Schließlich stieß er sich von ihr ab.

Er ging, bevor er jetzt etwas tat, das er später bereuen würde.

Sie blieb noch einen Moment regungslos an der Wand stehen, bis sie schließlich auf den Boden sank und ihr stillen Tränen über die Wangen kullerten.

Kapitel 47

Als Jara an diesem Morgen zum Frühstück ging, hielt sie auf der Treppe kurz inne. Die Tür von Rafaels Schlafzimmer war einen Spalt weit geöffnet. Sie hörte das Plätschern der Dusche.

Neugierig ging sie auf Zehenspitzen den Flur entlang und schaute hinein. Auf dem Bett lag seine Jeans. Blitzschnell ging sie zum Bett und durchsuchte die Jeans, doch das Telefon war nicht in seiner Hosentasche.

Noch immer hörte sie das Plätschern aus dem Badezimmer, und als ob das Schicksal in ihre Hände spielen wollte, ertönte in diesem Moment das kurze Vibrieren des Telefons.

Sie blickte sich um und entdeckte es am Rand einer Kommode. Es war nicht gesperrt und so konnte sie ungehindert das Telefon durchforsten.

Nachrichten blinkten auf dem Display. Ungläubig las sie einige davon. Sie musste sich beeilen, ihr blieb nicht viel Zeit.

Hastig tippte sie eine Nummer ein und kauerte sich neben das Bett.

„Hallo Boss.“, Ramon ging an sein Telefon. „Wieso rufst du auf dieser Nummer an?“

„Ramon, ich bin es, Jara.“, flüsterte sie.

„Jara? Wie kommst du an Rafaels Telefon?“

„Er ist gerade Duschen, ich habe nicht viel Zeit. Ramon, ich habe in Rafaels Büro Unterlagen gefunden, die den Landraub im Amazonasgebiet beweisen könnten. Es scheint, als würden sie Brände legen, um billig an die Grundstücke zu kommen. Ich glaube, einige Geschäftsleute haben sich zusammengeschlossen und wollen gezielt Feuer entfachen. Wenn das stimmt, sind es riesige Flächen, die in wenigen Tagen lichterloh brennen werden. Außerdem hat Rafael einige Nachrichten auf dem

Handy, in denen ich das Datum herausgefunden habe. Es soll bereits in sieben Tagen stattfinden. Du musst sofort zur Polizei. Vielleicht kann die Polizei über die Nummern herausfinden, wer hinter all dem steckt und was noch wichtiger ist, die Geschäftsleute, die davon profitieren, fassen. Ramon? Bist du noch da?"

Außer Stille war am anderen Ende nichts zu hören.

„Ja, ich bin noch dran."

„Du musst sofort handeln, wir können es vielleicht noch verhindern und wenn die Polizei kommt, komme ich hier endlich raus."

„Bitte hör auf damit."

„Aufhören womit?"

„Ich kann nicht, es tut mir leid."

„Was kannst du nicht?"

„Ich habe das organisiert, verstehst du. Ich arbeite mit diesen Geschäftsleuten zusammen."

Sie fühlte sich, als ob ihr jemand mit voller Wucht ins Gesicht schlagen würde.

Sie bemerkte nicht einmal, dass Rafael das Wasser der Dusche ausstellte.

„Jara?"

Sie drückte den roten Hörer und Ramons Stimme wurde durch die Stille der abgebrochenen Leitung ersetzt. Sie starrte vor sich ins Leere. Immer wieder drückte sie den Rückruf von Ramon auf Rafaels Telefon weg. Das konnte nicht wahr sein.

Im Augenwinkel sah sie, wie Rafael aus dem Badezimmer kam und erstaunt in der Tür stehen blieb.

Von seinen Haarspitzen tropfte das Wasser auf seine breiten Schultern. Die Tropfen kullerten weiter die gebräunte Haut über den muskulösen Bauch hinunter und wurden erst von dem tiefsitzenden weißen Handtuch um seine Hüften gestoppt.

„Ramon gehört auch zu euch?"

Er ging zu ihr und setzte sich auf sein Bett.

„Nein nicht wirklich. Er ist nur ein Mittelsmann, der versucht, sein Konto zu füllen. Das hätte dir schon längst auffallen können, aber du wolltest es nicht sehen."

Sie schnaubte. Bei dem Gedanken, dass Ramon in allem mit drinsteckte und das freiwillig mitmachte, wurde ihr übel.

„Du hast beinahe alles herausgefunden über die Brände, aber das Ramon derjenige ist, der die Stricke hier in Rio zieht, ist dir nicht aufgefallen?"

„Nein, ich hätte niemals gedacht, er könnte zu so etwas fähig sein." Sie starrte immer noch ins Leere und streckte ihm geistesabwesend sein Telefon entgegen.

Er nahm es zu sich. Es war ihm egal, dass sie alles über die Brände wusste. Solange sie sich damit beschäftigte, war sie abgelenkt, so wie alle anderen, die glaubten, die Brände seien das Problem.

Wie leicht die Menschheit doch mit ein paar Flammen abgelenkt werden konnten. Das schien schon beinahe zu leicht. Sie durfte auf gar keinen Fall von seinen anderen Geschäften erfahren.

„Je länger ich hier bin und je mehr ich weiß, desto tiefer wird der Abgrund vor mir."

Sie stand auf und verließ das Zimmer.

Kapitel 48

Jara saß auf der Brüstung der Terrasse und nahm einen großen Schluck aus der Rotweinflasche, die sie sich aus dem Keller geholt hatte. Die Sonne war schon lange untergegangen, aber die Wärme strahlte noch immer vom Steinboden der Terrasse ab.

„Ich hätte dir den Weinkeller nicht zeigen dürfen.“, scherzte Rafael, als er auf die Terrasse kam.

Sie antwortete ihm nicht, sie hatte jetzt wirklich keine Lust auf seine Spielchen.

„Ich denke nicht, dass Rotwein die Lösung ist.“

„Ach ja? Rafael, was ist dann die Lösung? Verrat sie mir. Du kennst das Gefühl nicht, wenn deine Welt in Scherben zu deinen Füßen liegt, dazu braucht man Gefühle und die besitzt du eindeutig nicht. Also bitte verschone mich mit deinen weisen Worten.“, lallte sie.

Er griff nach der Weinflasche und nahm sie ihr weg.

„Wer sagt, dass ich keine Gefühle habe?“

„Ich.“

„Du?“

Sie nickte, nahm ihm die Flasche aus der Hand und setzte sie wieder an.

„Vielleicht kann sich nicht jeder Gefühle leisten? Gefühle machen angreifbar und das ist in dieser Welt nicht von Vorteil.“

Sie lachte gespielt. „Ja natürlich, angreifbar ... Pass auf, ich kann dir dafür eine Lösung verraten.“

„Ich bin ganz Ohr.“

„Hör auf mit deinen kriminellen Geschäften und führe ein normales Leben.“

„Ach, das ist so einfach?“

„Ja das ist es. So einfach, dass Millionen Menschen es machen.“ Gedankenversunken starrte sie auf den beleuchteten Pool. „Zumindest dachte ich das noch bis heute Morgen, jetzt bin ich mir nicht mehr so sicher.“ Wieder nahm sie einen kräftigen Schluck aus der Flasche, „Es gab eine Zeit in meinem Leben, da konnte ich Recht von Unrecht nicht unterscheiden, das heißt, ich konnte es schon, aber es war mir schlichtweg egal. Egal, was mit mir oder den Menschen um mich herum passierte. Man lebt schließlich nur einmal. Genau nach dem Motto vergeudete ich Tag um Tag und merkte nicht, wie langsam alles um mich herum kaputt ging. Ich lebte im Hier und Jetzt und wollte nicht an die Zukunft denken. Das Problem ist, wenn man so lebt, gibt es keine Zukunft. Weder für einen selbst noch für die Menschen um einen herum. Wir leben alle auf dem gleichen Planeten und haben dieselben Pflichten, das Leben auf diesem Planeten zu schützen, nicht nur für jetzt, sondern für die Zukunft derer, die nach uns kommen. Das war mir viel zu lang nicht bewusst. Mein Großvater nahm mich damals an die Hand und zeigte mir das Leben hier im Amazonas und plötzlich, als müsste einfach nur einmal die Sonne aufgehen, sah ich alles deutlich vor mir, so klar. Alles irgendwie zauberhaft und wunderschön. In dem Jahr starb mein Großvater… Da draußen ist das, was wir mit aller Kraft beschützen sollten. Diejenigen, die sich nicht selbst wehren können, Menschen, Tiere, Natur. Dort sollten wir unsere Energie reinstecken.“ Sie gestikulierte mit ihrer Hand, um ihrer Rede Nachdruck zu verleihen, verlor dadurch aber das Gleichgewicht. Hätte er sie nicht festgehalten, wäre sie die Brüstung hinuntergefallen.

Nun lag diese wunderschöne Frau in seinen Armen. Er würde nur allzu gerne dem Drang nachgeben. Er wollte sie ganz für sich allein haben, sie besitzen aber irgendetwas in ihm hielt ihn davon ab.

Als hätte sie seine Gedanken gelesen, flüsterte sie, „Na los, auf was wartest du noch? Nimm dir, was du willst.“

„Du bist betrunken, Kleines.“ Er trug sie ins Haus und die Treppe hoch.

„Ist das so eine Ehrensache? Menschen auf offener Straße erschießen, das kannst du, aber irgendeine Frau, die du noch nicht einmal kennst, die willst du nicht ausnutzen? Nein, warte, …eine Frau, die dir das Handwerk legen wird.“, lallte sie.

Ein Zungenschnalzen war alles, was Jara zur Antwort bekam.

Er trug sie den langen Gang entlang und öffnete schließlich die Tür zu ihrem Zimmer. Behutsam legte er sie aufs Bett. Sie wollte sich aufrichten, doch er hielt sie ab. Mit Leichtigkeit drückte er sie zurück auf das Laken, ließ seine Hand langsam über ihre Brust und weiter runter zum Bauchnabel gleiten. Er hielt inne, öffnete dann den Knopf ihrer Hose, zog sie aus und warf sie auf die Kommode.

Langsam, einen nach dem anderen, öffnete er auch die Knöpfe ihrer Bluse und zog ihr auch diese aus. Einen Moment lang sah er sie nur an, beugte sich dann vor und flüsterte ihr ins Ohr.

„Nicht irgendeine." Woraufhin er aufstand und das Zimmer verließ.

Jara zog die Beine bis unter ihr Kinn und drehte sich zur Seite. Das ganze Zimmer um sie herum schien sich wie ein Karussell zu drehen. Als sie die Augen schloss, wurde es besser und sie fiel in den Schlaf.

Kapitel 49

Das Brennen ihrer Lunge.

Das Rauschen ihres Blutes.

Das Hämmern ihres Pulses im Kopf.

Schwebend im kühlen Nass, versuchend dem Druck nicht nachzugeben. Dem Drang, den Mund weit aufzureißen und nach Luft zu schnappen.

Sie öffnete die Augen, sah ihr Haar wie Schlangen um sie herumschwimmen und stieß sich schließlich vom Boden des Pools ab. Wasser spritzte, als sie auftauchte und nach Luft rang. Sie strich sich die Haare aus dem Gesicht und ließ sich wieder ein Stück weit zurück ins Wasser gleiten. Sie wollte etwas fühlen, sich spüren, sie wollte wissen, ob sie am Leben war oder irgendwann endlich aus diesem schrecklichen Traum aufwachen würde.

Rafael stand am Beckenrand und sah hinab. Wie immer trug er ein Hemd und Jeans. Hinter ihm nur der intensive blaue Himmel und die strahlende Sonne.

„Heute Abend ist ein Empfang. Der Bürgermeister von Rio lädt ein und ich möchte, dass du mich begleitest.“ Er ging in die Hocke und nahm beim Sprechen die schwarze Sonnenbrille ab.

„Wirst du wieder jemanden erschießen?“, fragte sie trocken.

Er antwortete nicht sofort, es schien, als würde er überlegen, ob er ihr diese Frage überhaupt beantworten konnte.

„Nein, ich denke nicht.“

„Gut.“, sie schwamm zu ihm an den Beckenrand, „Dann werde ich mitkommen.“

Er nickte.

„Gut.", wiederholte er schließlich. „Ich habe dir die Abendgarderobe auf dein Zimmer bringen lassen." Damit stand er auf, zog seine Sonnenbrille wieder an und ging zur Treppe.

„Und Jara." Er drehte sich nochmals um. „Du weißt noch, was ich dir über deine Großmutter gesagt hatte. Vergiss das heute Abend nicht. Jair wird in der Nähe sein."

Diese Drohung hätte er sich sparen können, dachte sie zerknirscht und ließ sich wieder unter die Wasseroberfläche sinken. Sie träumte nicht, nein, das war die bittere Wahrheit ihres derzeitigen Lebens.

Kapitel 50

Rafael hatte mit seiner Ausdrucksweise nicht übertrieben, auf Jaras Bett lag ein wunderschönes Abendkleid.

Sie setzte sich auf die Bettkante und strich über den schillernden, smaragdgrünen Stoff. Neben dem Kleid lag ein Spitzenslip und auf dem Boden standen schwarze Pumps mit Riemchen. Sie ließ sich von der Bettkante auf den Boden sinken und pustete eine Haarsträhne aus ihrem Gesicht. Sie hielt den Slip in den Händen, strich gedankenverloren über die weiche Spitze.

„Na gut, dann lass uns spielen Rafael."

Sie band ihr Haar zu einem lockeren Zopf und zupfte einzelne kleine Strähnchen heraus. Mit einem schwarzen Kajal und Wimperntusche betonte sie ihre Augen. Vorsichtig stieg sie in das Abendkleid. Auf ihrer nackten Haut fühlte es sich federleicht an. Der Rücken tief ausgeschnitten, reichte der grüne Stoff fließend bis an den Boden. Sie verschloss die Riemchen der Schuhe an ihrem Fußknöchel.

Draußen leuchteten bereits die Sterne am dunklen Nachthimmel.

Sie betrachtete sich nochmals kurz im Spiegel. Gedankenversunken überprüfte sie ihren tiefsitzenden Ausschnitt, dann atmete sie tief ein und öffnete die Zimmertür.

Sie huschte die Treppe runter in die Eingangshalle.

Lissandro und Rafael warteten bereits unten vor der Haustüre. Sie waren vertieft in ein Gespräch.

Lissandro war der Erste, der sie bemerkte und stieß Rafael mit dem Ellenbogen in die Rippen.

„Ich hatte dir gleich gesagt, es ist keine gute Idee. Sie wird auffallen.", tuschelte er ihm ins Ohr.

„Oh ja, das wird sie.“, gab Rafael ihm leise zurück, ohne den Blick von Jara zu wenden. „Aber das wirst du hinbekommen, ich verlass mich auf dich.“

Lissandro zog die Brauen hoch und schnaubte.

Sie zwinkerte und ging an den beiden Männern im Smoking vorbei.

„Kommt ihr?“

Lissandro und Rafael folgten ihr zu einer schwarzen Limousine, die sie zum Ball brachte.

Sie fuhren die Auffahrt bis zum Tor und warteten geduldig, bis der Wachmann es öffnete. Jara fragte sich, ob er nur noch das Tor öffnen durfte, wenn er wusste, wer im Auto saß. Sie sah den großen Schlüsselbund am Gürtel des Wachmanns. Da hing er, ihr Schlüssel zur Freiheit, zum Greifen nah und doch unmöglich zu erreichen.

„Du siehst atemberaubend aus.“, sagte Rafael und betrachtete sie.

„Danke.“ Sie mochte es nicht angestarrt zu werden, so sah sie verlegen aus dem Fenster und beobachtete die Landschaft, die an ihnen vorbeizufliegen schien.

Er holte eine kleine Box aus der Innentasche seines Smokings. „Ich habe eine Kleinigkeit für dich und ich möchte, dass du es heute Abend trägst.“

Er öffnete die Box und nahm eine zarte Goldkette heraus, an der ein funkelnder Anhänger hing.

Er legte die Kette um ihren Hals und verschloss sie an ihrem Nacken. Seine Finger verweilten für einen Moment an ihrem Nacken.

„Wofür ist…“

„Brauche ich einen Grund, um dir ein Geschenk zu machen?“

Sie fasste an den Anhänger, der in ihrem Ausschnitt hing. Der Stein war geschliffen, funkelte mit jeder seiner Facetten. Er war beinahe klar mit einem grünen und bläulichen zarten Schimmer.

Lissandro beobachtete Jara im Rückspiegel und fing nervös an zu zappeln.

„Er ist wunderschön, Danke.“ Sie traute Rafael nicht, kein bisschen.

Er blickte sie zufrieden an, dann sah er kurz vor zu Lissandro, wendete sich aber augenblicklich wieder ihr zu.

„Es werden heute Abend einige wichtige Leute dort sein. Von Rang und Namen, wenn man so will und ich erwarte, dass du mir hilfst, diese auf meine Seite zu ziehen.“

Sie schnaubte. „Ganz sicher nicht. Ich will mit deinen Machenschaften nichts zu tun haben."

„Du sitzt gerade neben mir im Auto, du bist bereits dabei. Auch wenn du heute Abend nur dastehst und nichts tust, wirst du sie alle in deinen Bann ziehen." Er schien belustigt über die Tatsache, dass sie sich gegen alles sträubte, dass er wollte, dann aber genau ihren Sinn und Zweck erfüllte. Ob sie es wollte oder nicht.

Der Empfang war in einem alten Theaterhaus. Das Gebäude war hübsch geschmückt und mit Scheinwerfern beleuchtet.

Eine große Menschentraube bildete sich vor dem Eingang. Unzählige Fotografen stürzten sich auf die ankommenden Gäste.

Unbewusst drückte sich Jara weiter in den Sitz. Rafael nahm ihre Hand und lächelte schief.

„Keine Sorge, die wichtigen Gäste benutzen nie den Haupteingang. Außerdem sollten morgen nicht allzu viele Fotos von dir in der Klatschpresse erscheinen."

„Wieso sollten die Fotografen sich für mich interessieren?"

„Du bist mit mir hier.", antwortete er mit einer gewissen Arroganz in seiner Stimme.

Sie schüttelte den Kopf und sah die Menschenansammlung an ihnen vorbeiziehen.

Die Limousine bog um die Ecke in eine Seitenstraße und blieb dann stehen.

„Du spielst mit dem Feuer, wieso tust du das?", flüsterte Lissandro ihm zu, als die beiden aus der Limousine stiegen.

„Mir gefällt der Anhänger und ich mag die Ironie. Entspann dich Lissandro." Er klopfte ihm freundschaftlich auf die Schulter. „Dort, wo der Anhänger jetzt ist, wird ihn schon keiner bemerken, oder kannst du dich etwa auf den Anhänger konzentrieren?"

Lissandro schlug mit der flachen Hand auf das Autodach und lachte nervös. „Verdammt Rafael, alle werden sie ansehen, nicht nur du kannst deine Augen nicht von ihr halten. Wenn ihn die falschen Leute sehen, dann ... „

„Wer will denn wissen, dass wir den Stein von dort haben? Außerdem weiß kaum jemand, dass es diesen Stein nur dort gibt."

„Diejenigen, die sich für dieses Gebiet interessieren, werden es sofort erkennen! Du hättest es gleich auf einer Landkarte einzeichnen können."

„Sie können nichts mehr tun, es gehört nun uns.“

Lissandro schüttelte den Kopf. „Diesmal hast du dir das falsche Spielzeug ausgesucht. Sie wird uns noch in Schwierigkeiten bringen.“

„Sie ist kein Spielzeug.“

Lissandro war mittlerweile um das Auto gelaufen und legte seine Hand auf den Türgriff. Er zögerte, kurz bevor er Jara schließlich die Autotür öffnete. „Ja ich weiß. Ich hoffe nur, du weiß das auch, Rafael.“

„Was ist los?“, fragte sie, der Schlag auf das Autodach hatte sie irritiert.

„Nichts.“, ertönte es gleichzeitig aus Lissandros und Rafaels Mund.

Sie blickte zwischen den beiden Männern hin und her, runzelte ihre Stirn, folgte den beiden aber schließlich. Tatsächlich nutzten sie den Hintereingang durch die Küche. Es war kein Fotograf zu sehen und die Sicherheitsleute ließen Rafael überall ungefragt durch.

Sie betraten die beeindruckende Halle mit all den glücklich strahlenden, perfekt aussehenden Menschen. Der Geräuschpegel war hoch, Gelächter und das gedämpfte Gemurmel mehr oder weniger vertraulicher Gespräche wurde von Livemusik begleitet.

Jara blieb abrupt stehen. Sie war sich plötzlich nicht mehr so sicher, ob sie dieses Spiel spielen wollte.

Rafael stieß sie mit seiner Hand in ihrem Rücken voran.

„Was ist Kleines? Noch nie auf einem Ball gewesen?“

Nein, das war sie nicht, vor allem auf keinem in diesem Ausmaß. Doch, bevor sie antworten konnte, kam ein älterer dicklicher Herr auf sie zu, der die Arme ausbreitete.

„Rafael! Junge, schön, dass du da bist.“

„Herr Premierminister.“

„Hör zu, wir müssen noch ein paar Kleinigkeiten besprechen. Hättest du die Tage Zeit vorbeizukommen?“

„Selbstverständlich.“

Der Mann schaute zu Jara. „Wo findest du nur immer diese Frauen. Eine richtige Schönheit muss ich sagen. Gibt es dort, wo sie herkommt, vielleicht noch mehr?“

„Nein mit Sicherheit nicht.“ Er zog sie dichter an sich heran.

„Schon gut, ich verstehe.“ Der Mann klopfte ihm grinsend auf die Schulter und wandte sich ab.

Jara starrte ihn an. Das konnte unmöglich sein Ernst sein.

Lissandro tauchte hinter den beiden auf. „Er ist nicht da, zumindest noch nicht, ich denke nicht, dass er noch kommen wird."

„Gut." Rafael hörte Lissandro aufmerksam zu, sah sich aber weiter im Saal um.

„Gustavo und Costa sind hier, du solltest mit ihnen sprechen."

„Man munkelt Gustavo wird das neue Amt übernehmen."

„Dann haben wir gute Chancen."

„Ja, aber zuvor muss der Alte erst einmal Platz machen, er wird Gustavo niemals freiwillig das Amt übergeben."

„Das sollte sich regeln lassen."

„Was ist mit dem Präsidenten? Es gab Gerüchte."

Lissandro schüttelte merklich den Kopf. „Bisher ist noch niemand da."

Die beiden unterhielten sich kurz mit gedämpfter Stimme. Jara konnte nur vereinzelte Wortfetzen verstehen.

Immer wieder kamen Leute vorbei, die Rafael begrüßten. Schließlich verschwand Lissandro und Rafael trat wieder näher.

„Komm mit, ich muss ein paar Gästen guten Abend sagen und mit dir an meiner Seite etwas angeben."

Ein Kellner kam mit einem Tablett voller Champagnergläsern vorbei. Sie nahm sich ein Glas.

„Lass uns Spaß haben.", sagte sie ironisch. Sie trank es in einem Zug aus und stellte das leere Glas zurück auf das Tablett des Kellners. Rafael sah sie erstaunt an und tat es ihr gleich.

Sie gingen von Gruppe zu Gruppe und begrüßten alle. Rafael erklärte ihr im Vorhinein, zu welchen Personen sie als Nächstes gehen würden und erzählte die ein oder andere lustige Anekdote. Das förmliche Händeschütteln wurde so um einiges spannender und lustiger, fast schon hatte sie mit ihm Spaß.

Nach einiger Zeit kam es ihr vor, als würden die Anzahl der Gäste in diesem Ballsaal immer höher werden.

Stets bewahrten sie das Lächeln auf den Lippen. Wenn nicht Rafael und sie auf eine neue Gruppe zugingen, verging kaum eine Minute und schon wurden sie von jemanden begrüßt und angesprochen.

„Sie sind begeistert von dir.", hauchte er ihr ins Ohr.

Bevor sie darauf antworten konnte, sprach ihn schon der nächste Partygast an. Eine gutaussehende Frau mit einem knallroten Kleid forderte die vollkommene Aufmerksamkeit von Rafael ein. Jara nutzte die Chance und zog sich unauffällig zurück.

Sie stand etwas verloren am Rand des Saals und beobachtete die Gäste. Das schillernde Geschehen und die ausschweifende Stimmung.

Der Saal war hoch und seine Wände kunstvoll verziert. Die Melodie der Band hallte und schien bis in jede Ecke und Spalte zu gelangen.

„Einen wirklich schönen Anhänger tragen Sie um ihren Hals."

Sie blickte auf. Vor ihr stand ein Mann in mittlerem Alter. Er trug wie alle einen Anzug und war fein herausgeputzt, unterschied sich aber dennoch von den anderen Gästen. Sie konnte nicht sagen, woran es lag, er strahlte etwas aus, das ihn von der Masse abhob.

„Das ist ein Beryll.", fuhr er fort.

Sie sah in fragend an.

„Der Stein um ihren Hals." Er deutete auf den Anhänger.

Instinktiv griff sie danach. Er hatte die Wärme ihrer Haut aufgenommen und glühte förmlich in ihrer Hand.

„Ein Beryll aus dem Amazonasgebiet. Sehr selten, genauer gesagt, gibt es ihn nur an einer einzigen Stelle. Dort, wo die Flüsse Solimoes und Negro zusammenfließen, hat die Natur diese Rarität erschaffen. Die Transparenz und Klarheit des Aquamarins und die Intensität des Smaragds."

„Sie kennen sich mit Edelsteinen aus?"

Der Mann schmunzelte. „Nein eigentlich nicht, aber für diesen Stein muss man kein Kenner sein. Ich interessiere mich mehr für das Gebiet, aus dem der Stein kommt."

„Waren Sie denn schon einmal dort?"

„Ja das war ich in der Tat." Nach einer kurzen Pause fuhr er lächelnd fort. „Sie haben keine Ahnung, was Sie tragen, nicht wahr? Vielleicht auch besser so. Sie sehen mir nicht so aus, als ob sie damit umgehen könnten. Passen Sie auf sich auf Senhorita."

Der Mann verschwand wieder zwischen den Gästen. Jara ließ er etwas verwirrt zurück.

Wie schon des Öfteren an diesem Abend wurden ihr, strafende Blicke von vorbeigehenden Damen zugeworfen. Jara rollte mit den Augen und ging zu den Toiletten.

Sie wusch sich die Hände mit kaltem Wasser und tupfte mit einem feuchten Tuch ihr Gesicht ab. Dann blickte sie in den Spiegel und betrachtete den kleinen Anhänger. Der Stein, kaum einen halben

Zentimeter groß, war mit Gold eingefasst. Sie grübelte noch über die Worte des Mannes, als hinter ihr eine junge Frau an den Waschtisch herantrat.

„Wie lange kennst du ihn schon?"

Jara antwortete nicht sofort, sie war sich nicht sicher, ob die Frage an sie gerichtet war.

„Wen?"

„Wen? Rafael." Die Frau schnaubte verächtlich.

„Nicht lange."

„Du weißt, dass er nur einmal mit dir ausgehen wird. Das macht er immer so. Du hast Glück, du darfst ihn zu diesem Ball begleiten, aber bilde dir nichts darauf ein, er wird immer wieder zu mir zurück kriechen. Es ist nur eine Frage der Zeit."

„Dann hoffe ich, dass diese Zeit früher als später kommen wird!" Sie öffnete die Tür der Damentoilette, ließ die Frau am Waschtisch stehen und trat in den Flur.

„Hier steckst du, Prinzessin." Lissandro fing sie ab und lief ihr hinterher.

„Hattest du Angst, ich wäre verschwunden?"

„Nun ja ..."

„Lissandro bitte." Sie blieb stehen und drehte sich zu ihm um. „Wie soll ich denn verschwinden? Draußen warten die Reporter wie die Aasgeier."

„Bei dir weiß man nie."

Sie lief weiter den Flur entlang, bis sie wieder zum Saal kamen.

„Kannst du Rafael bitte sagen, er soll seine Frauen unter Kontrolle halten, sonst musst du wirklich noch Angst um mich haben. Was ist nur mit ihnen los?"

Er folgte ihr lachend. „Das hatte er noch nie im Griff."

Sie drehte sich zu ihm um und schaute ihn skeptisch an.

„Sag es ihm doch selbst."

„Das werde ..."

„Was sollst du mir selbst sagen?" Rafael stand plötzlich neben ihr.

Sie verdrehte nur die Augen und wollte sich wegdrehen, er hatte aber wie so oft andere Pläne und drehte sie geschickt zu sich.

„Du bist die erste Frau, der ich etwas schenke, die anderen Frauen muss ich nur ausführen und ich bekomme, was ich will, aber du bleibst, ... du bleibst unbeeindruckt.", scherzte er.

Sie funkelte ihn herausfordernd an, sagte aber nichts.

„Darf ich um diesen Tanz bitten Senhorita?“

„Habe ich denn eine Wahl?“

Schelmisch grinsend zog er sie auf die Tanzfläche, „Nein, ich denke nicht.“

Sie begannen zwischen alle den anderen Paaren zu tanzen.

„Wir sind heute Abend hier, weil du Geschäfte abwickeln musst.“, stellte sie fest.

„Ja aber wieso nicht Geschäftliches mit Vergnügen verbinden?“

Da war es wieder, dieses Lächeln und der Ausdruck in seinen Augen, den er nicht oft zeigte, sie damit aber irgendwie aus der Bahn warf, das verunsicherte sie.

„Du bezeichnest es also als Vergnügen, mit all den Politikern, Geschäftsleuten und deren wunderschönen Frauen zu Plaudern und Hände zu schütteln? Und ganz nebenbei entscheidet ihr dann, welche Flächen im Amazonas und in Pantanal als Nächstes brennen werden?“

Er ignorierte ihre spitze Anmerkung, ließ sie schwungvoll drehen, bevor er sie wieder fest an sich schmiegte.

Es war erst das dritte Mal, dass sie zusammen tanzten. Die Bewegungen und die Reaktionen aufeinander ließen aber anderes vermuten.

Er stellte sich grübelnd und antwortete mit einem verschmitzten Grinsen. „Na ja das Begrüßen der Frauen ist schon ein Vergnügen.“

Das Lied ging zu Ende und die Band stellte sich auf den neuen Song ein.

„Wenn das so ist, dann gebe ich dich lieber schnell für eine neue Tanzpartnerin frei.“, neckte sie ihn.

Ohne zu zögern, nahm er mit beiden Händen sanft, aber bestimmend ihr Gesicht und überrumpelte sie mit einem liebevollen Kuss. Sie ließ es zu, schloss die Augen und spürte seine Zunge ihre erforschen. Seine Lippen vorsichtig auf ihren liegend.

Erschrocken über ihre eigene Reaktion öffnete sie die Augen und drehte ihren Kopf verlegen zur Seite. Sie spürte sein Schmunzeln und seinen triumphierenden Blick auf ihr ruhen.

Nach ein paar weiteren Liedern, die sie tanzten, versteifte sich Rafael plötzlich.

“Was hast du?“

„Nichts. Tanz einfach weiter.“, gab er schnell zurück und starrte quer durch den Saal. Sein Griff wurde fester.

Etwas stimmte nicht, dessen war sie sich bewusst.

Sie drehte sich um und folgte seinem Blick. Einige Männer bahnten sich den Weg durch die tanzende Menge bis zu ihnen.

Knapp an ihnen vorbei, ging die kleine Gruppe wortlos an den Rand der Tanzfläche. Rafael folgte ihnen und zog auch Jara widerwillig mit sich.

„Hallo Rafael.“ Ein Mann aus der Gruppe sprach ihn an. Sein Blick überheblich und lässig zugleich. Das Kinn gereckt. Sein Aftershave dominierte die Luft.

„Jara darf ich dir João vorstellen.“

„Faszinierend, Rafael, du tauchst immer mit den schönsten Frauen auf, wie machst du das nur?“, sagte João, verbeugte sich übertrieben vor ihr, nahm ihre Hand und küsste diese. Sein Blick immer fest an ihren Augen gehaftet.

„Ist mir ein Vergnügen Senhorita.“

Sie presste ein Lächeln heraus. Verunsichert von der Situation sah sie zu Rafael. Der sanfte Blick aus seinen Augen war verschwunden und die harten Gesichtszüge kehrten zurück. Er ließ Jara los. Tatsächlich war das erste Mal an diesem heutigen Abend etwas Abstand zwischen ihnen.

Eine Weile wurden murmelnd Geschäfte besprochen.

João nahm entschlossen ihre Hand.

„Rafael, du hast doch nichts dagegen?“

„Nein, nein im Gegenteil.“

„Gut. Senhorita?“, forderte João sie zum Tanz auf.

Er war bei Weitem nicht so ein guter Tänzer wie Rafael, aber sie verstand schnell, dass es hier nicht um den Tanz ging. Seine Hände rutschten des Öfteren an ihrer Taille ab.

„Hat dir Rafael schon den Ausblick auf die Stadt gezeigt? Von hier aus ist sie atemberaubend.“

„Nein hat er nicht.“

„Nein?“, fragte er erstaunt und zugleich freudig überrascht. „Er war nicht mit dir auf dem kleinen Balkon?“

„Nein.“

Joãos vielsagender Blick fiel auf Rafael. „Ich Glückspilz.“, murmelte er. „Das darfst du nicht verpassen, komm ich zeig es dir.“

Irgendetwas ging hier vor sich. Sie traute weder João noch Rafael.

Rafael nickte João zu und beobachtete zerknirscht, wie er sie durch den Saal hin zu einer Treppe führte.

Die beiden stiegen die schmale Treppe hinauf und gelangten auf das obere Stockwerk.

Er öffnete die Balkontür und ließ ihr den Vortritt. Sie zögerte, warf einen Blick über ihre Schulter hin zur Treppe, doch die Treppe blieb leer, hinter sich konnte sie nur João, der zustimmend nickte, entdecken.

Sie trat schließlich hinaus. Die Abendluft strich über ihr Gesicht. Die frische Luft tat gut und sie zog sie tief ein.

Das Balkongeländer war aus Stein, sie konnte die kleinen Unebenheiten des Steins unter ihren Handflächen fühlen.

Ihr Blick fiel auf die Straße. Unten saßen immer noch die Reporter und warteten auf die Gäste, die zu späterer Stunde den Ball verließen.

„Habe ich zu viel versprochen?“

Sie hatte keine Sekunde auf die Aussicht geachtet. „Ja ähm, ganz großartig, wunderschön.“

Sie drehte sich um und erschrak, da João direkt vor ihr stand.

„Weißt du, wer ich bin?“

„João.“, antwortete sie schnell.

„Ja, das ist mein Name, aber weißt du auch, wer vor dir steht?“

„Nein.“, sagt sie zögerlich und etwas verwirrt von der Frage.

„Ich bin der Neffe des Präsidenten von Brasilien.“

Ungläubig hob sie die Augenbrauen. Was sollte sie dazu sagen?

„Woher kommst du?“, fragte er, als ihre Reaktion ausblieb.

„Aus Deutschland.“

„Oh wie außergewöhnlich, ich habe noch nie eine deutsche Frau… kennenlernen dürfen.“ Er beugte sich zu ihr, sie wich ihm aber geschickt aus.

„Und was machst du? Ich meine du als Neffe des Präsidenten, hast doch bestimmt gewisse Verantwortung für die Bevölkerung zu tragen.“

João zog die Luft scharf ein, er hatte keine Lust, über die Geschäfte zu sprechen. Normalerweise reagierten die Frauen anders.

„Na ja hier und da meine Unterschrift setzten, mich bei Veranstaltungen zeigen, soziale Projekte mit meiner Anwesenheit unterstützen, so alltägliche Dinge eben. Wir müssen nicht über die Geschäfte sprechen, das würde dich nur langweilen.“

„Nein ganz im Gegenteil, ich finde es äußerst interessant.“

João blickte sie erstaunt an. Er fuhr sich mit der Zunge über die Lippen und schnaubte lächelnd.

„Nun gut, was interessiert dich denn?“

Durch ihre Wimpern blickte sie ihn unschuldig an. „Einfach alles.“

Sie lehnte am Steingeländer und beobachtet jede seiner Bewegungen. „Ich habe gehört, dass sich die Situation in den Favelas verbessert hat. Die Konflikte zwischen den Banden und der Polizei sind merklich zurückgegangen. Dies gibt der Bevölkerung ein gewisses Vertrauen in die Regierung zurück. Das muss dich unglaublich stolz machen. Ich habe ebenso gehört, dass es hierzulande noch immer große Probleme wegen der Korruption gibt. Bist du auch daran beteiligt?“ Joãos starrte sie erschrocken und böse an.

„Ich meine natürlich, ob du daran beteiligt bist, gegen diese vorzugehen?“ Sie war sich ziemlich sicher, ihn eben ertappt zu haben, lächelte ihn aber charmant und nichts ahnend an, sodass er sich wieder sichtlich entspannte.

„Du bist kein Dummerchen und interessierst dich für Politik, das gefällt mir. Lass uns das morgen beim Frühstück vertiefen.“

Ihre Gesichtszüge entgleisten. Dachte er wirklich, sie würde mit ihm nach Hause gehen? Wären sie nicht auf einem Balkon ausgesperrt, würde sie belustigt loslachen, aber die Situation wurde ihr zu eng.

„Wir sollten wieder rein gehen.“, stammelte sie. Das hier geriet in eine vollkommen falsche Richtung.

„Wir sollten vieles tun, aber sicher nicht wieder rein zu den Langweilern gehen.“ Er stützte sich mit dem Armen, links und rechts an ihr vorbei, am Geländer ab.

Sie bückte sich unter den ausgebreiteten Armen Joãos weg und wich ein paar Schritte zurück. Er richtete sich auf, stand direkt neben der Balkontür und lachte amüsiert auf, als er ihren Blick Richtung Tür folgte.

Mit der Hand strich er sich über sein Kinn und ging wieder auf sie zu.

„Mir würden spontan ein paar Dinge einfallen, mit denen wir uns die Zeit vertreiben könnten.“ Er strich über ihr Dekolleté.

„Fass mich nicht an!“ Ihre Stimme klang warnend und fest.

„Du willst mir wirklich sagen, was ich tun soll?“

„Nein, ich sage dir, was du lassen sollst.“

„Du weißt gar nicht, was dir entgehen würde.“, flüsterte er ihr ins Ohr und rückte immer näher.

João drängte sie in die Ecke des Balkons. Er strich ihr mit der Hand über die Hüften, fuhr zur Innenseite ihres Oberschenkels. Sie holte aus und verpasste ihm mit voller Wucht eine Ohrfeige. In diesem Moment tauchte Rafael auf dem Balkon auf, zog João von ihr weg und stellte sich zwischen die beiden.

„Das genügt João."

„Rafael, was soll das?"

Rafael ging nicht auf seine Widerworte ein und rührte sich nicht von der Stelle.

„Das wirst du mir büßen. Ich werde meinem Onkel von den Geschäften mit dir abraten."

„Gehst du zu ihm und heulst dich aus, weil ich dir ein Mädchen nicht überlassen habe? Du machst dich lächerlich, außerdem sind die neuen Vereinbarungen bereits festgeschrieben."

„Wann soll das passiert sein?"

„Während du dich hier oben amüsiert hast, habe ich mich um die Angelegenheit gekümmert. Der Wirtschaftsminister hatte ein offenes Ohr dafür. Gerade eben hat der Generalsekretär die Anweisungen erhalten. Die Vorschläge des neuen Handelsabkommens werden im Eilverfahren dem Kongress vorgelegt."

Die beiden Männer standen schwer atmend, Brust an Brust. Die Situation drohte jeden Moment zu eskalieren.

„Das wirst du mir büßen."

„Du gehst mir besser aus den Augen João!", knurrte er.

João sah Jara an, dann wieder zu ihm, schnaubte und ging davon.

Rafael drehte sich zu ihr und fing sich, wie zuvor João, eine Ohrfeige ein. Seine Wange brannte, aber das hatte er verdient, das war ihm bewusst.

„Ich war deine Ablenkung, um dir Zeit zu verschaffen. Du hast mich benutzt! Was bist du für ein skrupelloser Mensch. Ist dir überhaupt etwas wichtig, abgesehen von deinen Geschäften und dir selbst?"

„Ja, sonst hätte ich João gerade nicht von dir weggezogen!"

Sie schüttelte den Kopf, stieß ihn zur Seite und verließ den Balkon.

„Jara warte!", schrie er ihr hinterher.

Sie drehte sich um. Dort stand er, wütend, mit der Dunkelheit in seinen Augen. Der Ausdruck und die Haltung seines Körpers, die ihr so Angst machte.

„Erklär mir eines. Du sperrst mich seit Wochen ein. Jeden, der mit mir spricht, schaffst du aus dem Weg und dann lässt du das hier zu?!“ Sie zeigte auf den Balkon.

„Es war nötig.“

„Nötig?“

Er stand da und sagte nichts. Sie spürte die heißen Tränen in ihren Augen aufsteigen. Sie wollte fort, weg von hier und weg von ihm.

Sie eilte die Treppe hinab zurück in den Saal. Sie fand Lissandro bei der Garderobe. Er lehnte lässig an der Wand und bezirzte eine der Hostessen.

„Lissandro.“, rief sie energisch. „Ich möchte zurück zum Anwesen.“

Verwundert schaute er zu ihr, dann wieder zu seinem Fräulein. Er tuschelte ihr eine Entschuldigung ins Ohr und eilte zu Jara.

„Du möchtest zurück? Was ist mit Rafael?“

„Spielt das eine Rolle?“

Lissandro schaute auf. Hinter ihr musste Rafael aufgetaucht sein, da war sie sich sicher.

Sie starrte weiter Lissandro an.

„Sofort!“

„In Ordnung, ich bring dich nach Hause.“, sagte er schließlich.

Sie ging voraus Richtung Küche und ließ Lissandro und Rafael an der Garderobe stehen. Lissandro folgte ihr einige Sekunden später.

Auf der Rückfahrt zerbrach sie sich den Kopf. Rafael hatte einen Fehler gemacht, er hatte sie unterschätzt. Langsam schlossen sich die Lücken und alles ergab einen Sinn.

Kapitel 51

Der Abend war gut gelaufen, sie hatten die Geschäfte bereits so weit, dass sie endlich mit den neuen Gebieten im Amazonas anfangen konnten und doch konnte Rafael nur an den Anblick von Joãos dreckigen Fingern auf Jaras Haut denken. Er würde ihn umbringen!

Er strich sich durchs Haar und trat wütend gegen die Garderobe.

Ein Lachen, das er nur zu gut kannte, ließ ihn aufhorchen.

„Mein lieber Rafael."

Erst als die Schritte, die langsam auf ihn zukamen, verstummten, blickte er auf.

„Was willst du Leonor?" Er war nicht in Stimmung für ihr Geschwafel.

„Wieso gibst du dich nur immer wieder mit solchen Hühnern ab?" Sie strich mit ihrer Hand über seinen Rücken und setzte sich vor ihn auf die Garderobentheke. „Du hast schon längst gefunden, wonach du all die Zeit gesucht hast. Hast du das noch immer nicht eingesehen?" Ein schiefes Grinsen breitete sich auf seinen Lippen aus.

Sie war eine aufreizende Frau, das stimmte und sie hatte gewisse Fähigkeiten, die einen Mann sehr glücklich machen konnte, aber er sah in ihr nicht mehr als eine leere Hülle.

„Keine versteht dich besser als ich, keine hat mehr Verständnis für deine Arbeit als ich, mal ganz davon abgesehen, dass wir einfach fantastisch zusammen aussehen." Sie strich mit den Händen über seine Brust.

Er öffnete den Mund, um etwas zu sagen, doch sie legte ihren Zeigefinger auf seine Lippen und sah ihn mit halb geschlossenen Augenlidern verführerisch an. „Ich weiß, was du jetzt brauchst."

Sie zog ihn an sich, küsste ihn. Er spürte ihren warmen, stoßweise gehenden Atem auf seiner Haut. Grob packte er sie an den Schultern und drückte sie von sich weg. Leonor lachte auf und warf ihren Kopf in den Nacken.

Sie spielte mit ihren langen Haaren und rekelte sich. Dann rutschte sie von der Theke, behielt ihn aber immer im Blick.

Sie fing an, sich an seiner Hose zu schaffen zu machen. Er schaute sich kurz um, es war niemand zu sehen.

Die Gäste feierten noch ausgelassen im Ballsaal. Wieso sollte er sich nicht etwas ablenken lassen, auf andere Gedanken kommen.

Er hielt sich an den Haken der Garderobe fest und stöhnte, als er spürte, wie ihre vollen Lippen sein Glied umschlossen. Wie sie erbarmungslos an ihm saugte, mit ihrer Zungenspitze Muster malte. Sie konnte Dinge tun, denen kein Mann widerstehen konnte.

Er legte eine Hand an ihren Kopf und hielt sie an ihren Haaren fest. Ein Zucken, beinahe elektrisierend durchfuhr seinen Körper.

Leonor wischte sich mit ihrem Handrücken über ihren Mund und sah ihn von unten durch ihre künstlichen Wimpern an. Schnell knöpfte er seine Hose zu, griff nach Leonor, setzte sie mit einem Schwung wieder zurück auf die Garderobentheke und beugte sich zu ihr. Strich mit seinem Mund über ihren Hals und flüsterte in ihr Ohr. „Du hattest zwar des Öfteren einen Platz in meinem Bett, das aber meine Liebe wird, hier und jetzt enden."

Er stieß sich an der Garderobe ab und ging in Richtung Küche. Er musste nach Hause, er musste zu Jara, sofort!

Kapitel 52

Als die Limousine auf das Anwesen fuhr und sich das Tor hinter ihnen schloss, bremste der Fahrer abrupt. Jara stürzte vom Sitz. Eine Champagner Flasche und ein paar Gläser rutschten durch das Auto und gingen zu Bruch. Sie hörte, wie Lissandro den Fahrer anschnauzte.

„Alles in Ordnung Prinzessin?“, fragte er schließlich und drehte sich hinter zu ihr.

„Ja alles gut.“

In dem Moment kam ihr eine Idee. Beim Aussteigen griff sie unauffällig nach der Flasche.

Sie bückte sich und hob ihr langes Kleid hoch, legte den Stoff über ihren Arm und versteckte so die Flasche vor Lissandro.

Wortlos ging sie die Treppe hinauf.

„Gute Nacht.“, rief er ihr hinterher.

Sie zog ihre Schuhe aus und wartete, bis unten niemand mehr zu hören war. Dann öffnete sie vorsichtig die Flasche. Der Korken ploppte heraus.

„Mist.“, flüsterte sie und lauschte, ob jemand hier im Haus das Geräusch bemerkt hatte. Nichts, es blieb still.

Sie nahm einen kräftigen Schluck, schüttete noch etwas des Inhalts ins Waschbecken, um die Flasche leerer aussehen zu lassen und schlich sich dann auf Zehenspitzen hinunter zur Haustür.

Langsam öffnete sie die Tür und trat hinaus auf die dunkle Auffahrt. Die Flasche in einer Hand, der Stoff ihres Kleides in der anderen, schwankte sie die Zufahrt hinauf.

Kapitel 53

„Jara!“ Rafael schrie wutentbrannt. Seine dunkle Stimme hallte an den uralten Steinwänden des Hauses ab. Immer und immer wieder rief er ihren Namen.

Er stürmte auf Lissandro zu und packte ihn am Kragen, „Wo ist sie?“

Lissandro funkelte ihn herausfordernd an. „Ich weiß es nicht.“

„Ich sagte doch, lass sie nicht aus den Augen!“ Lissandro wurde von ihm unsanft auf die Seite geschubst.

„Sie muss hier sein. Ich habe sie hier auf das Anwesen begleitet und sie ist gleich nach oben in ihr Zimmer gegangen. Ich weiß nicht, was du mit ihr gemacht hast, dass sie so überstürzt von dem Ball verschwinden wollte. Sie wollte weg von dir Rafael!“ Lissandro ging einen Schritt auf ihn zu. „Diesmal hast du es zu weit getrieben. Du bist nicht mehr Herr deines eigenen Spiels. Ich habe dir gesagt, dass sie noch zu einem Problem wird. Ich hatte dich gewarnt.“

Rafael ließ ihn mit einem finsteren Blick verstummen.

„Findet sie sofort!“ Er fuhr sich durch sein lockiges Haar. Diese Frau war so unberechenbar, das machte ihn wahnsinnig.

Die wütenden Rufe hallten durch die Nacht. Jara zuckte bei dem Klang ihres Namens zusammen.

Ihre Hände zitterten nervös, als sie den Schlüssel in das rostige Schloss stieß und verzweifelt versuchte, das Gatter zu öffnen.

Sie kam zwar an dem riesigen Wachtmeister des Eingangstors nicht vorbei, aber sie konnte ihm bei Ihrer Rückkehr geschickt die Schlüssel abnehmen. Er hatte ihr doch tatsächlich die Nummer der betrunkenen

Jungfrau in Nöten abgekauft. Er hatte sie allein in seinem Häuschen gelassen und war zurück zum Anwesen gegangen, um Wasser zu holen.

Nun stand sie an dem kleinen Gatter auf der hinteren Seite des Anwesens, das direkt an den Wald grenzte, und versuchte verzweifelt den passenden Schlüssel an dem schweren Bund zu finden.

„Komm schon!" Sie rüttelte an den rostigen Gitterstäben und fluchte.

In ihrem Rücken hörte sie Schritte, dann fiel ein Lichtstrahl direkt auf die Mauer neben ihr.

Der Lichtkegel ließ sie erstarren. Er tänzelte die Mauer auf und ab.

Wieder die Rufe nach ihr.

„Scheiße." Sie riss sich aus ihrer Starre und versuchte den nächsten Schlüssel in das Schloss zu stecken.

Mit einer Hand umklammerte sie einen der rostigen Gitterstäbe so fest, dass ihre Fingerknöchel sich weiß färbten. Das Eisen fühlte sich warm an, und die lockere Rostschicht bröselte in ihrer Hand.

Das Geräusch von Schritten auf trockenem Boden kam schnell näher.

Sie versuchte einen weiteren Schlüssel. Wieder der Lichtkegel und diesmal traf er sie.

Lissandro und seine Männer durchstreiften das Anwesen. Sie gingen an der alten Steinmauer, die das gesamte Anwesen umfasste, entlang. Mit Taschenlampen versuchten sie die Nacht zu verdrängen. Es war stockdunkel, nur die Sterne am Himmel funkelten.

„Prinzessin, Schluss mit den Spielchen. Mach es uns nicht so schwer, wir werden dich sowieso finden." Er wurde langsam ungeduldig. „Früher oder später zumindest…", nuschelte er nun mehr zu sich.

„Jara!", brüllt er wieder in die Nacht und rief weitere Drohungen in die Dunkelheit.

Dann erhaschte ein Lichtkegel eine Gestalt an der Wand.

Die lauten Männerstimmen ließ Jara bereits hinter sich. In dem Moment, in dem der Lichtstrahl der Taschenlampe auf sie fiel, klackte das Schloss und das Gatter gab mit einem quietschen nach. Das Adrenalin rauschte in ihrem Kopf. Sie rannte los durch das Gestrüpp und den Wald.

Irgendwo in die Dunkelheit, ohne langsamer zu werden und ohne zu wissen, wo lang. Hauptsache, sie kam weg von hier.

Nach einigen Minuten traten ihre nackten Fußsohlen auf Asphalt. Sie hatte die Straße erreicht und triumphierte innerlich, doch der Triumph wich schnell einem mulmigen Gefühl. Sie wusste, sie musste noch durch die Favela, bevor sie die Hauptstraßen und das Zentrum Rios erreichte.

Nachdem sie einige Zeit abseits der Straße gelaufen war, taten sich vor ihr die ersten Hütten auf. Ein paar Hunde, die durch die schmalen Gassen streiften und den Müll nach etwas Essbaren durchwühlten, ließen sich von ihr nicht stören.

Sie musste immer Richtung Meer, runter von diesem Berg.

Der dunkle Weg, auf dem sie sich befand, wurde ein paar Meter weiter vorne von einer Lampe erhellt. Sie stolperte über etwas, dass laut krachend zur Seite fiel.

„Hallo?“, erklang irgendwo her eine Stimme.

„Himmel noch mal.“, fluchte sie leise und versuchte sich so schnell und unbemerkt als möglich davon zu schleichen.

Von überall drang Stimmengewirr heran. Sie konnte die Wortfetzen nicht ausmachen. Die Favela lebte, das stand fest.

Die kleinen Gassen wurden allmählich breiter und nach weiteren Quergassen war sie erneut auf Asphalt.

Die Laternen leuchteten sporadisch und ab und an saßen Leute vor den Häusern und blickten ihr verwundert hinterher. Eine Frau in einem Abendkleid, barfuß durch die Favela irrend, was hatte sie sich dabei nur gedacht.

Ihr Blick fiel immer wieder über ihre Schulter. Es schien, als ob sie ihre Verfolger abgehängt hatte.

„He Herzblatt.“, rief jemand aus der Dunkelheit. „Suchst du mich?“

Sie drehte sich nicht um und lief schneller die Straße hinunter.

„Warte doch mal, nicht so schnell.“

„Wir wollen nur mit dir reden.“

„Hast du dich verlaufen Herzblatt?“

„Komm, wir zeigen dir, wo es langgeht.“

Die Zurufe wurden von Gelächter begleitet. Die Stimmen kamen immer näher, egal wie schnell sie lief.

Sie bog um eine Ecke und eilte durch die enge Häuserschlucht in eine andere Straße. Über ihr hingen die Wäscheleinen kreuz und quer zwischen den Häuserwänden. Ein kurzer Moment der Stille ließ ihr Herz wieder etwas langsamer schlagen. Sie ging weiter die Gassen bergab.

„Herzblatt.“

Direkt neben ihrem Ohr vernahm sie das Raunen. Nun drehte sie sich doch um und sah in ein paar von Schatten umrahmte Gesichter. Eine Gruppe, an der sie vorhin vorbei gelaufen war, stand nun direkt vor ihr.

„Danke, ich kenne den Weg, ich muss mich nur beeilen. Also…" Sie lief langsam rückwärts Richtung Straße, raus aus der engen dunklen Gasse.

„Wieso hast du es denn so eilig? Verbring etwas Zeit hier bei uns.", unterbrach sie einer.

„Ein kleines Abenteuer, bevor du wieder runter in die langweiligen Viertel gehst."

Einer in der Gruppe streichelte über ihren Arm. Sie wendete sich ab.

„Ich denke ich komme allein zurecht, Dankeschön.", versuchte sie es nochmals höflich. Sie hatte nichts bei sich, was sie ihnen hätte geben können. Kein Geld, kein Telefon, nichts.

„Woher kommst du?", fragte einer und beäugte sie misstrauisch.

„Ich…", sie konnte nicht antworten, denn ein anderer schnitt ihr gleich das Wort ab.

„So fein angezogen? Von welcher Party bist du verschwunden?"

„Und wer lässt dich allein durch dieses Viertel laufen, Herzblatt?"

„Ich bin nicht allein." Ihre Stimme war fest. Sie wusste sie durfte jetzt keinen Fehler machen. Das hier, war deren Revier und deren Spielregeln.

„Mhh ja sicher doch."

„Du kommst also allein zurecht?"

„Nimm deine Finger von mir." Jetzt wurde sie wütend. Sie hatte genug, seit Wochen wurde sie bevormundet, festgehalten und zu Dingen gezwungen, die sie nicht wollte. Sie ballte die Hände zu Fäusten, das würde sich jetzt ändern.

Auf diese Reaktion hatte die Gruppe scheinbar nur gewartet. Sie umkreisten sie wie ein Rudel Wölfe ihre Beute. Verzweifelt wehrte sie die auf sie zukommenden Hände ab.

Wie ein Gummiball wurde sie von einem zum anderem geschubst. Sie konnte ein paar kräftige Schläge austeilen, darauf folgte aber die doppelte Vergeltung. Bei einem Fausthieb in den Magen klappte sie keuchend zusammen und fiel zu Boden.

„Was machen die denn hier?", fragte einer der jungen Männer herablassend und nickte in Richtung der nächsten Querstraße. Am Boden liegend, drehte sich Jara um und sah Polizisten auf der Straße stehen.

Die beiden Gruppen fingen an, sich aus der immer geringer werdenden Distanz anzugehen.

Die Situation geriet schnell außer Kontrolle. Der Konflikt dieser beiden Parteien lag schwer in der Luft und die Feindseligkeit war zum Greifen.

Sie nutzte die Unachtsamkeit der Männer und tapste leise runter von der Straße an die Seite, lief dicht an der Hauswand entlang.

„Wir sind noch nicht fertig Herzblatt.“ Drohte einer der Männer, der ihr gefolgt sein musste, und legte seine Hand kraftvoll um ihren Hals.

„Ich denke schon.“, murmelte sie, lächelte ihn falsch an und stieß ihm mit voller Wucht ihr Knie zwischen die Beine. Versuchte mit beiden Händen seine Hand von ihrem Hals zu lösen.

Der Mann krümmte sich, ließ sie aber nicht los. Schimpfend schlug er ihr mit der flachen Hand ins Gesicht. Metallischer Geschmack breitete sich in ihrem Mund aus. Sie betastete ihre Lippe und spürte das warme Blut an ihrem Kinn hinunterlaufen.

Abermals traf sie ein Schlag im Gesicht. Sie taumelte, fühlte eine scharfe Klinge an ihrer Kehle. Benommen hielt sie sich an dem Arm fest, der sie mittlerweile von hinten umschlang und sie würgte.

Kapitel 54

Auf einmal ging alles ganz schnell. Ein Wagen fuhr mit quietschenden Reifen die Straße hoch und hielt hinter den Polizisten. Die Türen flogen auf und Lissandro, gefolgt von zwei anderen Bodyguards und Rafael, sprangen heraus. Geschrei und Gerangel. Waffen wurden gezogen.

Die Gruppe aus der Favela gab nicht nach. Immer mehr Bandenmitglieder krochen aus den Winkeln der Favela. Der Mann, der sie gerade noch in der Mangel hatte, warf sie zu Boden und zog seine Waffe.

Auch die Polizei trat nicht zurück und forderte Verstärkung an.

Jara war inmitten eines Bandenkriegs geraten. Da die Polizei nun gegen die Männer aus der Favela kämpfte und wildes Durcheinander herrschte, wurde sie nicht mehr beachtet. Sie lag auf dem schmutzigen Asphalt und versuchte sich aufzurichten. Es gelang ihr nicht, sie taumelte und fiel immer wieder zu Boden. So sehr sie sich auch anstrengte, ihre Umgebung verschwamm.

Die Schüsse, die durch die Nacht hallten, trommelten lautstark in ihrem Kopf, laut und doch so weit entfernt.

Langsam versuchte sie die Straße hochzukriechen. Zurück in die Dunkelheit der Favela. Weg von dem Unglück, das sich gerade vor ihr abspielte.

„Steh auf, steh auf. Mach schon.“, murmelte sie leise zu sich.

Sie nahm schnelle Schritte hinter sich wahr. Panik strömte durch ihren Körper. Dann ein Griff in ihren Nacken, ein Schuss. Ihr Herz raste. Neben ihr fiel ein Mann zu Boden. Langsam rutschte seine Hand von ihrem Nacken. Blut sickerte auf die Straße und über ihre Finger. Die Augen weit aufgerissen, blickte sie in den Lauf einer Knarre. Der Mann, der vor ihr auf dem Boden lag, lachte gurgelnd. Sein Hemd war an der Brust von Blut getränkt und er röchelte. Dann ertönten wieder ein Schuss und noch einer. Jemand stand neben ihr und feuerte immer wieder seine Waffe ab.

Der Mann am Boden bewegte sich schon lange nicht mehr. Sie wurde hochgehoben und in einen Wagen gebracht. Sie wusste, es war Rafael, sein Geruch hätte sie überall erkannt. Der Wagen sprang an und sie fuhren weg.

Er hatte sie immer noch fest in seinen Armen. Sie spürte jeden angespannten Muskel, wagte es jedoch nicht, die Augen zu öffnen. Die vorbeiziehenden Lichter der Häuser und Laternen erhellten immer wieder kurz den Wagen. Es ging nicht lange, bis sie die kurvige Straße zum Anwesen hinauffuhren. Die ganze Fahrt über sagte niemand auch nur ein Wort. Am Anwesen angelangt, trug Rafael sie hinauf in ihr Zimmer. Sie nahm alles nur wie in Trance wahr. Verschwommen. Langsam.

„Marta ein Lappen und warmes Wasser.“, befahl er.

„Es tut mir leid.“

Er ließ sie mit einem einzigen Blick verstummen. Die Haushälterin kam herein und brachte den Lappen in einer Wasserschale. Er fing an, ihr Gesicht abzutupfen. Sie zuckte zurück, er hielt sie jedoch fest und säuberte die Wunden weiter.

„Wieso Jara? Wieso läufst du immer vor mir davon?“

Sie blieb stumm und blickte auf ihre Hände. Er hob ihr Kinn an und strich mit dem Lappen über ihre blutige Lippe.

„Ohne meinen Schutz hast du keine Chance, am Leben zu bleiben, ist dir das klar? Du weißt zu viel. Dein Name ist mittlerweile zu vielen Leuten bekannt.“ Wütend warf er den Lappen zurück in die Schale. Seine Stimme war leise und monoton und genau das machte sie so bedrohlich.

Das Wasser spritzte aus der Schale und Jara zuckte abermals zusammen.

Sie hatte ihn noch nie so außer sich gesehen, seine Augen waren noch nie so dunkel und voller Hass.

Er stand auf und betrachtete sie. Sein Hemd war voller roter Spritzer. Das Gesicht und die Hände Blut verschmiert. Schließlich verließ er schnaubend das Zimmer und knallte die Tür hinter sich zu.

Als Jara am nächsten Tag die Augen öffnete, dröhnte ihr Kopf. Sie strich sich vorsichtig über ihre Schrammen. Setzte sich dann auf, doch schlagartig kehrte der Schwindel von letzter Nacht zurück. Taumelnd gelangte sie zur Tür. Die Tür war verschlossen, Jara in ihrem Zimmer eingesperrt. Sie rüttelte an der Klinke, polterte gegen das Holz und schrie. Alles vergebens. Niemand antwortete und keiner kam, um sie aus dem Zimmer zu lassen. Weinend sank sie zu Boden.

Nach ein paar Stunden vernahm sie Schritte im Flur.

„Rafael? Rafael, lass mich raus!“, schrie sie hysterisch.

Einen Augenblick später öffnete sich die Tür und Rafael trat hinein, hinter ihm ein Mann mit einem großen Koffer.

„Du solltest im Bett bleiben.“ Seine Stimme war emotionslos und in seinen Augen tobte noch die Dunkelheit.

Er stand dicht vor ihr, ging dann langsam auf sie zu, bis sie rückwärts auf das Bett fiel.

„Wer ist das?“, fragte sie und blickte zu dem Mann hinter Rafael.

„Ein Arzt, er wird dich untersuchen.“

Sie blieb stumm, während der Arzt sein Koffer öffnete und begann, sie zu untersuchen. Er leuchtete ihre Augen ab und sah sich ihre Wunden und Blutergüsse an. Rafael stand stumm daneben, die Arme verschränkt.

Dem Arzt fielen ihre blauen Knie auf. Er sah zu Rafael, der ihm zunickte.

„Legen Sie sich bitte hin Senhorita.“, sagte der Arzt zögernd.

Sie sah abwechselnd den Arzt und Rafael an.

„Wozu?“

„Tu, was der Arzt sagt.“

Sie legte sich auf den Rücken. Rafael massierte seinen Nasenrücken und schloss nervös die Augen.

Der Arzt wollte gerade ihr Kleid anheben, als ihr dämmerte, was gleich passieren würde. Sie schlug ihm die Hand weg. Schnell sprang sie auf und zog sich das Kleid bis über ihre Knie.

„Das ist nicht passiert.“

„Jara, du warst in einen Bandenkrieg verwickelt, lass den Arzt seine Arbeit machen.“ Er kam dem Arzt zur Hilfe und hielt sie fest.

„Das ist nicht passiert, Rafael!“

Er starrte in ihre Augen, als würde er dort die Wahrheit suchen.

„Du bist aufgetaucht, bevor es passieren konnte.“, versicherte sie ihm.

Ein Moment lang geschah nichts. Stille.

„Na schön." Er ließ ihre Handgelenke los und erhob sich.

Der Arzt sah erst zu Rafael, dann packte er die Instrumente zurück in seinen Koffer. Er legte Tabletten und eine Salbe auf den Nachttisch, dann ging er zur Tür hinaus. Rafael folgte ihm und ließ sie im Zimmer zurück. Er schloss die Tür ab, sie konnte das Kratzen des Schlüssels im Schloss hören. Dann herrschte wieder Stille.

Kapitel 55

Die nächsten beiden Tage blieb die Türe verschlossen. Marta kam mehrmals täglich, um nach ihr zu sehen, brachte ihr Essen und verschwand dann wieder.

Am dritten Tag wachte sie früh morgens auf. Verschlafen blinzelte sie und streckte sich. Ihr ging es bereits besser. Die Kopfschmerzen waren abgeklungen und ihre Schürfwunden heilten.

Sie blickte Richtung Fenster und erschrak, als sie Rafael in dem roten Sessel neben sich bemerkte. Er sah sie an und sagte kein Wort.

„Guten Morgen.", sagte sie und setzte sich auf.

Er entgegnete nichts, beugte sich vor und legte ihr eine Wildorchidee auf ihr Laken. Sie nahm die Orchidee und strich über die Blüten.

„Wie lange sitzt du schon dort?"

„Eine Weile."

„Gestern Abend warst du noch nicht da. Du hast mich zwei Tage in diesem Zimmer eingesperrt."

Er nickte.

„Ich musste weg und ich musste sichergehen, dass du in Sicherheit bist."

„Indem du mich im Zimmer einsperrst?"

Er nickte wieder. Sie atmete tief ein und aus und schloss dabei die Augen. Sie war keine Sache, die er einfach wegsperren konnte, wenn es ihm passte. Was dachte sich dieser Mann nur?

„Das ist eine Wildorchidee. Weißt du noch, was ich dir damals im Park über sie erzählt habe?"

„Ja."

„Die Orchidee, die du gerade in der Hand hältst, gibt es nur noch an wenigen Orten im Amazonas. Eine Seltenheit ihrer eigenen Art. Wild, man kann sie nicht in den Gärten züchten, einzigartig.“ Er war zu ihr ans Bett gekommen und griff nach ihrer Hand, die immer noch auf der Blüte ruhte. Er drückte ihre Hand in seiner Faust zusammen. Immer fester, sodass sie sich vor Schmerzen auf ihre Unterlippe biss. Dann öffnete er die Faust und die Blütenblätter fielen zerknittert auf das Laken. „Aber auch zerbrechlich und empfindlich. Wenn man sie nicht schützt, geht sie kaputt.“

Sie sagte nichts. Das war seine Art, sie für ihren Ausflug zu strafen. Wenn er jemals angefangen hatte, ihr zu vertrauen, dann tat er es nun nicht mehr.

Er ging aus dem Zimmer, die Türe ließ er offenstehen. Jara ließ sich rückwärts auf die Laken fallen und legte ihre Hände auf ihr Gesicht. Ihre Gedanken schweiften ab nach Hause, zu ihren Eltern, zu ihren Freunden.

Sie entschied sich aufzustehen, nahm eine Dusche und ging dann auf die Terrasse.

Rafael saß bereits am Tisch und frühstückte.

„Wo warst du die letzten Tage.“

„Ich hatte einige Dinge zu Regeln, die ins Wanken geraten sind.“

Vor ihr lag eine alte Zeitung. Auf dem Titelbild war ein Foto erschossener Menschen, leblose Körper, die auf der Straße lagen.

„Dreizehn Tote nach Schießerei in der Favela.“, las sie schockiert vor. Sie lehnte sich im Stuhl zurück und schob die Zeitung beiseite. „Dreizehn.“, wiederholte sie ungläubig.

„Was hast du geglaubt, was passieren würde, wenn du in der Nacht durch die Favela streifst?“

„Ich wollte das nicht. Plötzlich war die Polizei da und dann geriet alles außer Kontrolle. Sie fingen an zu schießen.“

„Du denkst, es geriet erst außer Kontrolle, als die Polizei auftauchte? Der immer wehrende Krieg zwischen der Polizei und den Banden in der Favela hat dir dein Leben gerettet.“

Seine dunkle Stimme ließ sie erstarren. Sie sah ihn an, ihr Blick schwer von Schuld.

Eine Weile betrachtete er sie stumm. Er sagte kein Wort, starrte sie mit seinen dunklen Augen einfach an. Auch nach all dieser Zeit konnte sie sich nicht an seinen eisigen Blick gewöhnen. Nervös biss sie auf ihre Unterlippe.

Plötzlich sprang er von seinem Stuhl auf und ging ohne ein weiteres Wort ins Haus zurück. Sie sah ihm verdattert hinterher. Seufzend ließ sie ihren Kopf auf die Hände gleiten.

Als er kurze Zeit später wieder auf der Terrasse auftauchte, hielt er eine Waffe in seiner Hand.

„Komm mit!", befahl er ohne sie anzusehen.

„Wohin?" Verwundert blickte sie auf. Sah entsetzt die Waffe in seiner Hand.

Er ignorierte ihre Frage und prüfte seine Waffe. Als er sie entsicherte, ertönte ein Klicken.

„Rafael, wohin?"

„Du stellst zu viele Fragen.", knurrte er, ging um den Tisch herum und zerrte sie aus dem Stuhl.

Sie hatte Mühe, mit seinen schnellen Schritten mitzuhalten.

„Lass mich los, du tust mir weh.", versuchte sie zu protestieren, doch der eiserne Griff blieb fest um ihren Oberarm. „Hör auf Rafael, bitte."

Er ignorierte ihre Bitte und ging unbeirrt weiter. Sein Blick nach vorn gerichtet. Seine Brust hob und senkte sich bei jedem seiner tiefen Atemzüge. Er war aufgebracht, zornig.

Sie beobachtete seine Gesichtszüge und geriet in Panik. Ihr Herz pochte so laut, dass sie meinte, es schlagen zu hören. Er würde ihr nichts tun. Oder doch? Würde er nun seine Drohungen wahr werden lassen? Würde er sie nun zum Schweigen bringen?

„Was hast du vor?"

Er stürmte weiter die kleinen Wege entlang, bis sie am hinteren Teil des Anwesens ankamen.

„Rafael Stopp!", brüllte sie und Tränen schossen in ihre Augen.

Er hielt abrupt inne und drehte sich zu ihr um. Sah in ihre blauen Augen und die funkelnden Tränen.

Sie atmete schwer. „Wohin gehen wir, Rafael?"

Bei dem Klang seines Namens wurde sein Blick für einen kurzen Moment weich. Er sah die Angst in ihren Augen und das ließ ihn erneut wütend werden.

„Du musst es lernen."

„Was lernen?"

Er schnaubte und sie gingen weiter bis zum Geräteschuppen. Er drückte ihr die Waffe in die Hand.

„Schieß!"

Sie blinzelte ihn fragend an.
„Schieß.“, wiederholte er ungeduldig.
Als sie sich nicht rührte, entriss er ihr die Waffe und feuerte vier Schüsse schnell nacheinander ab. Jede Kugel traf eine Flasche, die klirrend zerbrach.
Sie zuckte zusammen.
Er sah sie an und feuerte die Waffe nochmals ab. Obwohl er nicht hinsah, traf auch dieser Schuss eine der Flaschen, die auf einem der Beete in Reih und Glied gestanden hatten.
Bei jedem Schuss wich seine Anspannung und Wut ein kleines bisschen.
Er atmete tief ein und ging auf sie zu, hielt ihr die Waffe hin und wartete darauf, dass sie diese in ihre Hände nahm.
„Nein, ich kann das nicht.“ Sie schüttelte energisch den Kopf.
„Du kannst.“
„Nein.“
„Du kannst und du wirst.“, sagte er bestimmend und stellte sich dicht hinter sie. Nahm ihre Hände in seine und umschloss fest die Waffe.
„Nein! Es hat genug Tote gegeben, ich möchte das nicht. Lass mich in Ruhe.“ Sie wollte aus dieser Situation flüchten, doch er hielt sie fest umschlossen.
„Ganz genau und ich will nicht, dass du die Nächste bist, hast du mich verstanden?“, zischte er wütend.
Sie hielt ihren Atem an, spürte seinen langsamen, rhythmischen Herzschlag an ihrem Rücken, spürte seinen warmen Atem an ihrem Ohr, seine rauen Hände fest, um ihre.
„Der Tag wird kommen und ich werde nicht rechtzeitig bei dir sein, um dich zu schützen. Du musst lernen, mit einer Waffe umzugehen, du musst lernen, wie man schießt.“
Sie drehte ihren Kopf, um ihn anzusehen. Sah zu, wie sich seine Lippen beim Sprechen bewegten. Sah zu wie langsam die Wut aus seinen Augen verschwand.
Für einen Herzschlag geschah nichts. Stille. Nur die sich treffenden Blicke.
„Na schön, ich werde es versuchen.“, räusperte sie sich schließlich und visierte die letzte noch stehende Flasche.
Rafael ließ ihre Hände los, wich ihr aber nicht von der Seite.

Zitternd vor Aufregung versuchte sie zu zielen. Mit zugekniffenen Augen war sie im Begriff, den Auslöser zu drücken, als sie ein Schnalzen von ihm hörte.

„Öffne deine Augen. Du musst dein Ziel immer fest im Blick haben."

Sie gehorchte und öffnete ihre Augen.

Er strich ihr über die Arme und positionierte sie richtig. „Beide Hände fest um den Griff, Arm gestreckt. Beim Einatmen zielen und beim Ausatmen schießen. Achte auf den Rückschlag."

Wieder sah sie zu ihm, Rafael jedoch visierte die letzte noch stehende Flasche.

„Nach vorne sehen." Ohne seinen Blick abzuwenden, schob er ihr Kinn nach vorne. „Und jetzt schieß."

Sie benötigte ein paar Versuche, bis sie die Flasche traf und diese klirrend zerbrach.

„Gut.", murmelte er und ging zwischen den Beeten vor zu den zerbrochenen Flaschen. Er holte aus dem Schuppen drei neue und stellte diese wieder in einer Reihe auf. Er drehte sich um und hielt inne. Er sah Jara mit gezückter Waffe auf ihn zielen. Ein Schmunzeln trat auf seine Lippen.

Sie hielt die Waffe weiter auf ihn gerichtet, versuchte das Zittern in ihren Händen so gut es ging zu unterdrücken. Sie konnte jetzt auf der Stelle dem allem ein Ende setzen. Zurück in ihr altes Leben, raus aus diesem Albtraum, in den sie geraten war.

Dann ließ sie die Waffe kaum merklich sinken, sie konnte nicht. Konnte den Abzug nicht drücken.

„Behalte deine Umgebung stets im Auge und zähle immer die Schüsse mit.", er ging auf sie zu. „Kleines, dein Magazin ist leer." Mit einem geübten Handgriff ließ er das leere Magazin aus der Waffe gleiten und schob ein volles hinein. „Und jetzt schieß auf die verdammten Flaschen."

Sie feuerte einen Schuss nach dem anderen ab. Nachdem sie die Flaschen getroffen hatte, stellte er neue auf und sie musste wieder so lange schießen, bis alle Flaschen klirrend zersprangen.

Egal wie oft sie die Waffe abfeuerte, der Rückschlag, das Geräusch, die Tatsache, dass sie jemanden treffen sollte, vielleicht sogar töten konnte, ließ sie jedes Mal zusammenzucken.

Er beobachtete sie genau, ihm entging keine ihrer Reaktionen, nicht einmal das zaghafteste Zögern.

Nach einer Weile nahm er ihr die Waffe aus der Hand.

„Du bist nun in dieser Welt, in meiner Welt. Du wolltest es so und jetzt musst du auch lernen, was dazugehört. Es wird für dich kein Zurück mehr geben, es ist zu spät. Je früher du dich an den Gedanken gewöhnst, desto leichter wird es."

„Ich wollte nie ein Teil dieser Welt sein."

„Doch Kleines, sonst hättest du aufgehört, nach Antworten zu suchen, als man dich warnte." Mit diesen Worten ließ er sie am Geräteschuppen zurück.

Kapitel 56

Sobald die Sonne dem dunklen Nachthimmel wich, begann das Konzert der zirpenden Grillen. Jara öffnete das Fenster und ließ die Nachtluft hinein. Sie lief im Zimmer auf und ab. Entschlossen schritt sie schließlich den Flur entlang und ging zu Rafaels Büro. Er saß hinter dem Schreibtisch, als sie das Zimmer betrat und sah erstaunt auf.

Seine kurzen dunklen Locken fielen sanft zurück. Er trug nur seine Jeans, das Hemd hing über der Lehne des Stuhls. Ihr Blick strich über seine gebräunte Haut, die Tätowierungen an seinem Oberarm, den muskulösen Bauch und die breiten Schultern.

„Du kannst mich hier nicht ewig festhalten.", sagte sie mit fester Stimme.

„Du bist mein Gast."

„Ein Gast darf gehen, wenn er es möchte."

„Ja." Er blickte ihr in die Augen und erwidertet schließlich „Du nicht, du willst nicht gehen."

Sie schwieg und blickte aus dem Fenster in die Nacht. Was sollte sie darauf nur erwidern, hatte er recht?

„Dir liegen Hunderte, nein, was sag ich, wahrscheinlich so ziemlich alle Frauen Rios zu Füßen. Wieso stehst du immer wieder vor mir? Rafael, lass mich gehen, bitte. Ich kann nicht mehr."

„Nein."

„Du musst mich früher oder später gehen lassen und das weißt du."

„Nein!", brüllte er. Sie zuckte zusammen.

„Du hältst mich nur fest, weil ich nicht freiwillig hier sein möchte!" Auch sie konnte laut werden.

Er sprang auf, umrundete den Schreibtisch und ließ nur noch wenige Zentimeter zwischen ihnen.

„Ich halte dich hier fest, weil …“, er brach mitten im Satz abrupt ab.

„Weil was?“

„Weil ich mir nicht vorstellen kann, wie es ist, wenn du nicht mehr in meiner Nähe bist.

Weil du immerzu in meinen Gedanken bist, egal ob die Sonne gerade auf oder unter geht.

Weil du mich wie niemand sonst reizen kannst.

Weil du die schönste Frau bist, die mir je begegnet ist.

Darum Jara, darum kann ich dich nicht gehen lassen. Glaubst du im Ernst, ich hätte nicht versucht, das alles hier abzuwenden? Du machst mich wahnsinnig!“

Sie schluckte, mit dieser Offenbarung hatte sie nicht gerechnet. Er war in Rage, sein Atem ging schwer und seine Brust hob und senkte sich schnell. Sie legte ihre Hände darauf, spürte seine warme Haut. Sie konnte ihm nicht in die Augen sehen, wagte es nicht aufzublicken.

„Du bist kein guter Mensch.“

„Nein, das bin ich nicht.“

„Du hast so viele schreckliche Dinge getan.“ Sie schlucke abermals. „Du tust sie immer wieder.“

„Ja.“, hauchte er kaum hörbar.

Er hob ihr Kinn und zwang sie in seine dunklen Augen zu sehen.

Er legte seine warmen Lippen auf ihre und fühlte ihren schneller werdenden Atem auf seiner Haut.

Der Kuss war erst vorsichtig, zögerlich wartend auf ihre Reaktion. Als sie ihm schließlich entgegenkam und zart auf seine Unterlippe biss, konnte er sich nicht mehr zurückhalten. Die Küsse wurden inniger, stürmischer.

Verlangen loderte in Jaras Augen. Sie zog ihn näher zu sich, dieser schlang seine Arme um sie und hob sie hoch. Ihre Beine schlossen sich um seine Hüften und ihre Arme um seinen Nacken. Ohne seine Lippen von ihren zu nehmen, trug er sie die Treppe hinauf in sein Zimmer.

Stolpernd fielen sie auf das Bett. Die glatten Laken unter ihnen warfen Falten. Sie hörte sein Herz laut in seiner Brust hämmern. Ihr wurde heiß, sie wusste nicht, was sie tun sollte. Mit einem Mann wie ihm hätte sie sich vor ein paar Wochen niemals eingelassen. Doch nun sehnte sie sich nach seinen Berührungen, die ihre Haut prickeln ließen.

Er zog sie fester an sich. Bestimmend und besitzergreifend, keine Widerworte zulassend. Sie spürte, wie seine Lippen forschend von ihrem Mund über ihr Kinn, an ihrem Hals hinab zu ihrem Schlüsselbein wanderten. Er hielt inne, betrachtete sie für einen kurzen Moment. Nun lag diese Frau, die er schon so lange begehrte, in seinen Armen. Er wollte, dass sie sich ihm hingab. Wollte, dass sie ihm gehörte, ihm allein!

Mit einer Hand fuhr er unter den Saum ihres Kleides, streichelte ihren Oberschenkel und hinterließ eine brennende Spur auf ihrer Haut. Er schob den Stoff immer höher. Jara zuckte, er rechnete mit Gegenwehr, doch sie schloss ihre Augen und ließ es zu. Ließ zu, dass er ihr das Kleid auszog.

Seine Lippen formten sich zu einem zufriedenen Lächeln. Als sie mit ihrer Zunge über ihre Lippe strich, konnte er sich nicht mehr zurückhalten, er wollte sie, jetzt.

Er streifte geschickt seine Jeans ab.

Jara öffnete wieder ihre Augen, sah ihn an und sah das Glühen. Er ließ seine Hand über ihre Brust streichen, glitt weiter bis zu ihrem Bauchnabel. Seine Hand wanderte über ihre Hüfte und streifte ihren Slip über ihre Beine, dann tastete er sich vorsichtig weiter zur Innenseite ihres Oberschenkels. Sie schnappte nach Luft. Er bedeckte ihre Brüste mit tausenden Küssen. Ließ seine Zunge über ihrer Brustwarze kreisen.

Sie stöhnte leise auf und vergrub ihre Finger in seinem lockigen Haaren. Sie konnte an nichts anderes mehr denken, als ihn zu spüren. Wollte keinen Millimeter mehr zwischen ihren warmen Körpern zulassen.

Er drang in sie, füllte sie aus, fühlte ihre Hitze. Er bewegte sich über ihr, erst genussvoll langsam, dann immer schneller.

Seine Hände fingen ihre ein, krallten sich ineinander, strichen über das Laken, bis über ihren Kopf. Die Atemzüge wurden kürzer, wurden tiefer. Das Gefühl, das sich in ihr aufbaute und immer stärker wurde, kribbelnd ihren ganzen Körper ausfüllte. Sie konnte es nicht länger zurückhalten, es kontrollierte sie.

Ihre Brust wölbte sich und schmiegte sich noch dichter an ihn, als sie den Höhepunkt erreichten. Sie vernahm sein kehliges Stöhnen dicht an ihrem Ohr. Fühlte die Spannung, die durch seinen Körper zuckte. Sie nahm das Gewicht seines Körpers auf ihrem wahr, als er sich langsam auf sie sinken ließ.

Ihre Hände streichelten über seine Schultern. Immer noch schwer atmend, suchten seine Lippen ihre.

Seine Hände strichen über ihren Kopf und durch ihr Haar. Ihre beiden Körper schweißbedeckt. In der Bewegung verharrend, beruhigte sich ihr Puls.

Das Zwitschern der Vögel holte Jara sanft aus dem Schlaf. Sie öffnete die Augen und blickte verschlafen aus dem Fenster. Es war noch früh, das dunkle Nachtblau des Himmels wich gerade erst einem zarten rosa.

Sie streckte sich leicht und drehte ihren Kopf auf dem Kissen. Ein Lächeln schlich sich auf ihre Lippen, als sie Rafaels gleichmäßig gehenden Atem auf ihrer Haut spürte. Er schlief noch und auch sie schloss wieder die Augen, nur um diese in der nächsten Sekunde wieder aufzureißen. Erschrocken starrte sie nun neben sich zu Rafael, als sie die letzte Nacht in ihrem Kopf Revue passieren ließ. Was hatte sie getan? Sie hatte mit dem Mann geschlafen, der sie seit Wochen einsperrte, den sie für seine Taten verachtete und verurteilte. Sie hatte sich tatsächlich auf ihn eingelassen. Wie konnte sie das nur zulassen?

Panisch wand sie sich unter seinem Arm, der schwer über ihre Hüften lag. Sie schlüpfte vorsichtig aus dem Bett und sammelte ihren Slip vom Boden auf. Dann sah sie sich um und entdeckte ihr Kleid auf der Lehne eines Stuhles, der an der Wand gegenüber dem Bett stand. Auf Zehenspitzen ging sie zu dem Stuhl und griff nach dem Kleid.

„Guten Morgen." Rafael gähnte und verschränkte die Arme hinter seinem Kopf.

Sie fuhr erschrocken zusammen und hielt ihr Kleid vor ihren nackten Körper.

„Kleines, es gibt nichts, was ich letzte Nacht nicht schon erforscht hätte.", sagte er mit einem süffisanten Grinsen. „Normalerweise schleiche ich mich aus dem Bett." Er hielt kurz inne und fügte dann abwesend hinzu. „Interessant, dieses Gefühl."

„Ich…, tut mir leid." Sie verließ fluchtartig das Zimmer und eilte den Gang entlang. Sie schloss die Zimmertür hinter sich und lehnte sich mit dem Rücken dagegen.

„Scheiße, was hast du nur getan."

Sie fuhr sich mit ihren Händen über das Gesicht und atmete tief ein und aus. Sie wusste, dass es falsch war, aber ihr Herz hüpfte freudig in ihrer Brust.

Seufzend ging sie ins Badezimmer und schaltete die Dusche an. Das heiße Wasser prasselte über ihre Haut.

Kapitel 57

Als Jara wenig später die Treppe hinunter und auf die Terrasse ging, stieß sie mit Marta zusammen. Das Geschirr auf dem Tablett, welches Marta balancierte, klapperte und nur im letzten Moment konnte Marta verhindern, dass alles scheppernd auf den Boden fiel.

„Guten Morgen Jara."

„Oh nein, Marta, das tut mir leid." Sie blickte von dem vollen Tablett zu Marta auf. „Guten Morgen."

Die alte Dame konnte sich nur schwer ein Lachen verkneifen. „Was ist los mit dir Liebes? Du träumst wohl noch." Marta ging weiter und rief ihr zu, sie solle schon einmal auf die Terrasse, sie würde gleich frischen Kaffee bringen.

Sie setzte sich an den Tisch zu Rafael. Er las wie jeden Morgen die Zeitung und warf ihr immer wieder amüsierte Blicke zu.

Sie griff nach den Weintrauben und fing gedankenversunken an, die einzelnen Trauben von dem Stiel zu zupfen. Lissandro kam auf die Terrasse und klaute ihr eine Traube. Er ging um den Tisch und ließ sich lässig in einen Stuhl fallen.

„Guten Morgen.", sagte er und steckte sich die Traube grinsend in den Mund.

„Morgen Lissandro.", gab Rafael zurück und legte die Zeitung zur Seite.

Die beiden Männer wechselten kurze Blicke und sahen dann zu Jara. Lissandro konnte sein Grinsen nicht verbergen.

„Gut geschlafen, Prinzessin?"

„Zu gut würde ich sagen." Marta tauchte neben ihr auf und reichte ihr die dampfende Tasse mit frischem Kaffee. „Sie ist noch ganz verträumt."

Jara verschluckte sich an einer Traube und hustete.

Marta sah sie liebevoll an und verschwand singend wieder in die Küche.

Jara wünschte sich nichts mehr als jetzt auf der Stelle ganz tief im Erdboden zu versinken.

Am Nachmittag stand Rafael am Rand der Terrasse und war so damit beschäftigt, dem Geschehen im Garten zu folgen, dass er nicht merkte, wie Lissandro auf ihn zukam.

„Was tust du?", fragte er als sich Rafael nicht rührte und weiter in den Garten starrte.

„Nichts, es ist nur…" Er räusperte sich, fuhr mit der Hand durch seine Haare und blickte Lissandro für einen kurzen Moment an, bis er sich wieder nach vorne über die Brüstung lehnte und in den Garten sah.

„Nur was?" Lissandro folgte seinem Blick und musste unwillkürlich schmunzeln.

Jara hatte sich einen Platz im Garten zwischen all den Pflanzen gesucht, um Yoga zu praktizieren. Zu Hause hatte sie das regelmäßig getan. Doch seit dem Zeitpunkt, an dem sie in Brasilien aus dem Flieger gestiegen war, war nichts mehr wie früher.

War sie noch die gleiche Person wie früher?

Nach all den Ereignissen der letzten Wochen musste sie das dringend herausfinden. Yoga hatte ihr bisher auch immer geholfen, wenn sie mal wieder einen verzwickten Fall auf ihrem Schreibtisch liegen hatte und sie als Anwältin gefordert war. Manchmal sah sie danach die Dinge in einem anderen Licht, mit anderen Augen. Konnte sie ihre jetzige Situation mit einem ihrer unlösbaren Fälle vergleichen? Wohl eher nicht, aber vielleicht schaffte sie es, Rafael für eine Zeit aus ihren Gedanken zu verbannen.

„Was hat sie denn mit ihrem Bein vor?", fragte Lissandro Rafael fasziniert.

Die beiden Männer standen dicht beieinander, denn nur vom ganz äußersten Rand der Terrasse konnte man einen Blick auf den Platz erhaschen, auf dem Jara sich streckte. Wie mechanisch drehten Rafael und Lissandro den Kopf nach rechts, um die Perspektive zu ändern.

„Ich habe keine Ahnung.“, murmelte Rafael.

Das Klingeln seines Telefon ignorierten beide gekonnt, erst als ebenfalls Lissandros Telefon anfing zu klingeln, lösten sie sich aus ihrer Konzentration.

„Ja?“ Lissandro nahm das Telefonat an und lauschte der Stimme am anderen Ende, dann wandte er sich Rafael zu. „Adryelles Problem hat sich noch nicht erledigt.“

„Die Brüder wollten sich darum kümmern oder nicht?“

„Ja.“

„Sie haben versagt?“

„Sieht so aus.“

„Lass sie umlegen.“, entgegnete er trocken und wandte sich ab, um zurück ins Haus zu gehen.

Lissandro nickte zustimmend.

„Du hast es gehört. Ich will, dass du es selbst erledigst. Schnell und sauber!“ Mit diesen Worten beendete er das Telefonat und sah wieder in den Garten.

„Was zum Teufel tust du?“, rief Rafael ihm zu.

„Ich komme gleich, ich…“

„Vergiss es!“

„Schon gut.“ Er hob gespielt unschuldig die Hände und folgte Rafael ins Haus. Er lachte und klopfte auf Rafaels Schulter.

„Was?“ Rafael blieb stehen und sah ihm fragend nach.

„Nichts man, nichts.“, winkte Lissandro ab.

Kapitel 58

Es war bereits späte Nacht, als Rafael auf das Anwesen zurückkehrte. Der Mond war nicht zu sehen und die wenigen Sterne, die durch die Wolkendecke strahlten, vermochten es nicht, die Dunkelheit zu vertreiben. Im Haus brannte noch Licht, was ihn zuerst verwunderte, dann aber kam ihm Jara wieder in den Sinn. Bei dem Gedanken an sie formten seine Lippen ein Lächeln. Er ging durch das Haus, doch in dem Zimmer, in dem das Licht brannte, konnte er sie nicht finden und auch in ihrem Zimmer war sie nicht.

Er spürte seinen rasch ansteigenden Puls in seinem Hals hämmern. Er öffnete jede Tür und sah in jedes Zimmer, suchte auch in der Küche.

Hier konnte niemand ungefragt kommen oder gehen, das Anwesen war sicher. Sie hatte es aber bereits schon einmal geschafft zu fliehen.

Er ballte seine Hände zu Fäusten, versuchte das aufkommende Gefühl in seiner Brust zu unterdrücken.

Gerade als er im Garten nachsehen wollte und die große Eingangshalle durchquerte, vernahm er im Augenwinkel ein Flackern. Verdutzt blieb er stehen und spähte um die Ecke in das Kaminzimmer. Im Kamin glühten die letzten Reste eines Feuers. Auf dem Tisch neben den Sofas brannten Kerzen.

Der große Sessel, welcher normalerweise vor dem Kamin stand, war vor eines der Fenster geschoben worden. Als er zu dem Sessel ging, sah er sie schlafend und eingerollt, wie eine Katze darin liegen. Ihr Zeichenblock lag auf der Armlehne und wurde nur noch von ihrer darauf liegenden Hand an Ort und Stelle gehalten. Vorsichtig nahm er den Zeichenblock von der Lehne und betrachtete das entstandene Bild, dann legte er es zur Seite und sah Jara einen Moment beim Schlafen zu. Ihre

Haare lagen wie ein Rahmen um ihr Gesicht, die Augen geschlossen und der Mund leicht offenstehend. Ihr ruhiger und gleichmäßiger Atem ließ eine einzelne Haarsträhne tänzeln. Er strich sie zur Seite und versuchte sich den Anblick in sein Gedächtnis zu brennen.

So friedlich.

Ohne sie aufzuwecken, hob er sie aus dem Sessel, trug sie die Marmortreppen hinauf und legte sie in ihr Bett. Sie nuschelte etwas, das er nicht verstand.

„Selbst in deinen Träumen kannst du nicht ruhig sein.“, stellte er grinsend fest.

Er streifte seine Schuhe ab und nahm seine Waffe aus dem Holster an seinem Rücken. Mechanisch legte er die Waffe zusammen mit seinem Telefon auf den Nachttisch und legte sich zu ihr. Schloss seine Arme um ihren warmen Körper und zog sie fest an sich. Dann schlief auch er ein.

Jara erwachte und versuchte sich blinzelnd zu orientieren. Die Dämmerung hatte gerade erst eingesetzt und ließ die Umgebung in Grautöne erscheinen. Sie versuchte sich aufzusetzen, doch Rafaels Arme hielten sie fest. Sie betrachtete den schlafenden Mann neben sich. Liebevoll strich sie über seine Wange, die Augen und durch sein Haar. Sie schmiegte sich an ihn und zog seinen Duft ein. Gerade als sie die Augen wieder schließen wollte, streifte ihr Blick die Waffe und das Telefon auf dem Nachttisch. Für den Bruchteil einer Sekunde hörte sie auf zu atmen.

Wo war er die ganze Nacht gewesen?

Was hatte er getan? Klebte erneut Blut an seinen Händen?

Sie dachte an den Moment, an dem sie ihn das erste Mal im Klub begegnet war, erinnerte sich an den Abend im Gefängnis. Sie hatte damals nur Verachtung für ihn übrig, sah in ihm nur das Böse. Den Kriminellen, den sie zu Fall bringen wollte. Seither ist so viel Zeit vergangen, so viel passiert.

Langsam ließ sie ihre Augenlider zufallen. Lauschte seinem Atem und spürte sein pochendes Herz an ihrer Wange. Ein Krimineller war er immer noch, doch das Gefühl, das sich langsam, aber stetig in ihr ausbreitete, verriet sie. Es war schon lange nicht mehr alles, was sie in ihm sah.

Als sie später aufwachte, war er weg und sie lag allein in dem großen Bett.

Kapitel 59

„Prinzessin! Komm her."

Jara blieb verdutzt auf der Treppe stehen und sah hoch zu Lissandro, der in Shorts oben auf der Terrasse stand. Seine Hände waren in die Hüften gestützt und mit weißem Stoff bandagiert. Sein Shirt hatte er über seine Schulter geworfen.

Sie konnte sich ein Lachen nicht verkneifen.

„Kommst du gerade von einem Boxkampf?"

„Dir wird das Lachen schon noch vergehen.", entgegnete er herausfordernd. „Wenn ich mit dir fertig bin, traut sich niemand mehr in deine Nähe."

Sie sah ihn fragend an und runzelte ihre Stirn. „Lissandro, ich kann dir nicht folgen."

„Rafael zeigte dir, wie man schießt, ich zeig dir nun, wie du dich verteidigen kannst, auch wenn du nicht gerade eine Knarre in deiner Handtasche trägst."

Er ging über die Terrasse und verschwand hinter den Glastüren. Sie sah ihm verdutzt nach.

„Kommst du Prinzessin?", rief er ungeduldig durch die Glasfront. „Ich habe heute Abend noch eine Verabredung und will wirklich nicht zu spät kommen."

Wenig später fand sie sich im hauseigenen Fitnessstudio wieder.

Auf einer Matte stand sie gegenüber von Lissandro. Ihre Knie leicht gebeugt, die Hände vor ihrem Gesicht, ihre Abwehr immer parat.

Schweißperlen liefen ihr über die Stirn und bis zum Kinn, ihr Atem ging schnell und ihr Puls raste.

Sie trainierten bereits den ganzen Nachmittag und ihre Kraft schwand.

Anfangs war Lissandro geduldig gewesen, zeigte ihr, wie sie ihre Deckung hielt und wie sie mit einigen Tricks mit einem Angreifer fertig werden konnte. Nun aber testete er ihre Ausdauer und Kraft, ließ sie immer und immer wieder zu Boden gehen.

„Achte auf deine Deckung sonst…"

„Sonst was?", fragte sie aufmüpfig und duckte sich geschickt unter seinem heranschnellenden Arm.

„Sonst verlierst du." Er holte zu seiner nächsten Attacke aus und schleuderte sie zu Boden.

Als ihr Rücken auf die Matte prallte, nahm es ihr kurz die Luft. Stöhnend blieb sie auf der Matte liegen. Er stand neben ihr und sah auf sie hinab.

„Prinzessin, ich sagte dir doch, immer auf deine Deckung achten!" Er tadelte sie mahnend, wie ihr alter Klassenlehrer.

„Und ich sagte, du sollst mich nicht Prinzessin nennen." Mit diesen Worten schnellte sie hoch und startete ihren Gegenangriff.

Mit dem Überraschungsmoment auf ihrer Seite konnte sie tatsächlich einige Griffe anwenden und ihn in die Ecke treiben.

„Gut, aber du bist zu langsam."

Sie versuchte die Schläge schneller auszuführen.

„Ellbogen!"

„Behalte deine Mitte stark."

„Kinn nach oben, sieh mich an!"

„Immer dein Ziel im Auge behalten."

„Jara, ich habe gesehen, wie du im Garten einen Handstand gemacht hast und sonstige Verrenkungen, also verdammt nochmal achte auf deine Mitte."

Lissandro mahnte sie bei jedem ihrer Schritte, worauf sie sofort versuchte zu reagieren.

Innerhalb von Sekunden drehte er ihren Arm auf ihren Rücken. Zwang sie langsam auf die Knie und presste schließlich ihre Wange auf die Matte.

„Klopf ab."

„Niemals."

„Stolz wie eh und je.", lachte er und beobachtete amüsiert ihre Versuche, sich aus seinem Griff zu befreien. „Klopf ab."

„Nein."
Er bewegte ihren Arm ein wenig den Rücken nach oben.
„In Ordnung.", stöhnte sie vor Schmerz.
„In Ordnung was?"
„Du, … du hast gewonnen."
„Klopf ab!"
Sie zögerte, bis er den stechenden Schmerz in ihrer Schulter intensivierte. Hastig klopfte sie einige Mal mit ihrer freien Hand auf die Matte. Er ließ sie los und stand auf. Er ging an den Rand der Matte und schnappte sich sein Handtuch, wischte sich den Schweiß vom Gesicht und griff nach der Trinkflasche am Boden, dann reichte er Jara die Hand.
„Na los, steh auf."
Sie ergriff seine Hand und ließ sich auf die Füße ziehen. Sie massierte ihre Schulter und ihren Arm.
„Nicht schlecht für den Anfang. Wir haben noch viel Arbeit vor uns. Morgen geht es weiter."
„Morgen?" Sie spürte jetzt schon sämtliche Muskelstränge in ihrem Körper brennen, nicht auszumalen wie sie sich morgen fühlen würde.
Dem süffisanten Grinsen in seinem Gesicht nach, dachte er genau das Gleiche.
„Du quälst mich gerne.", stellte sie fest und zog ihr Shirt aus, um damit den Schweiß aus ihrem Gesicht zu wischen.
„Beruht, denke ich, auf Gegenseitigkeit.", gab er spitzzüngig zurück.
Sie verdrehte die Augen und nahm einen Schluck aus ihrer Wasserflasche.
„Ich habe sie einige Male zu Boden gehen lassen. Sei also nicht so hart zu ihr."
Verwirrt von Lissandros Aussage richtete sie sich auf und merkte erst jetzt, dass Rafael am Türrahmen lehnte.
„Ist gut.", gab er Lissandro zurück, ohne seinen Blick von ihr abzuwenden.
„Na dann, ich muss mich beeilen. Meiner Erfahrung nach warten Frauen bei der ersten Verabredung nicht allzu gerne. Ich wünsch euch beiden noch viel Spaß, ich werde ihn heute Abend auf jeden Fall haben.", zwinkerte er, bevor er den Raum verließ und laut „Júlia." trällerte.
Bei seiner Gesangseinlage musste sie unwillkürlich lachen. Sie mochte ihn, war froh um die sich langsam aufbauende Vertrautheit. Nur die unzählig gebrochenen Herzen seiner Frauengeschichten taten ihr leid.

„Zeig mir, was Lissandro dir beigebracht hat.“, forderte Rafael sie auf und stellte sich auf die Matte.

„Na gut.“ Sie warf ihr Shirt in die Ecke und brachte sich in Position, wie es ihr gezeigt wurde.

In der kurzen Pause konnte sie etwas Kraft schöpfen, mit deren Hilfe sie einige Angriffsversuche gut abwehren konnte.

Es fühlte sich an, als würde sie eine einstudierte Choreografie befolgen. Jeden Schritt, jeden Schlag, jede Deckung, jede Drehung hatte Lissandro ihr in den vergangenen Stunden eingetrichtert.

„Nochmal.“, forderte Rafael sie immer und immer wieder auf.

Er ließ sie einige Schläge austeilen. Korrigierte immer wieder ihre Haltung. Im Gegensatz zu Lissandro, der sie lautstark an die Versäumnisse erinnerte, ließ er Taten sprechen.

Drückte sanft ihre Schultern nach hinten, wenn sie ihre Haltung vergaß, hob ihr Kinn an, wenn sie unaufmerksam wurde und ihr Ziel aus den Augen verlor und legte seine Hand auf ihren Bauch, wenn sie drohte, instabil zu werden.

Seine Blicke folgten aufmerksam jeder ihrer Bewegungen.

„Wie reagierst du, wenn sich dein Angreifer nicht an Lissandros Schrittfolge hält?“, fragte er und fing ihr Handgelenk mit seiner Hand ein.

Sie sah erst auf ihre Hand, sie wirkte winzig im Vergleich zu Rafaels, dann sah sie in seine dunkelbraunen Augen.

„Ich habe den Überraschungseffekt auf meiner Seite.“, entgegnete sie und versuchte sich mit einer geschickten Drehung aus seinem Griff zu wenden.

Ohne Erfolg. Sie manövrierte sich immer weiter in ihre eigene Unbeweglichkeit. Je mehr sie es versuchte, desto weniger konnte sie sich von ihm entfernen.

Sein Grinsen wurde, mit der steigenden Verzweiflung in ihren Augen, immer breiter. Sie wollte nicht verlieren, nicht immer die Schwache sein, aber es ging auch bei Rafael nicht lange und sie lag wieder mit ihrem Rücken auf der Matte.

„Du überlegst zu viel. Schalte deinen Kopf aus und reagiere auf dein Gegenüber. Lass dich von deinem Instinkt leiten.“

Er ging zurück an seine Position, klatschte dabei auffordernd in die Hände.

„Los! Nochmal!“

Und wieder standen sich die beiden gegenüber, wieder hatte sie keine Chance. Sie fühlte sich, als würde sie vergeblich gegen einen Felsen rennen.

Sie atmete tief ein, sammelte ihre letzte Kraft, versuchte es erneut und diesmal gelang es ihr tatsächlich ihn einknicken zu lassen. Er lag mit dem Rücken auf der Matte.

Sie hatte ihn zu Fall gebracht, saß außer Atem aber triumphierend auf seiner Brust.

Ohne weiter nachzudenken, beugte sie sich zu ihm hinab. Brachte ihr Gesicht direkt über seines. Sie konnte in seinen Augen ihr eigenes Begehren wiedererkennen. Sie folge ihrem Instinkt. Spürte das Adrenalin durch ihren Körper strömen. Mit beiden Händen umfasste sie sein Gesicht, zog es noch näher an ihres heran. Fühlte seine Bartstoppel unter ihren Fingerspitzen.

„So in etwa?", fragte sie flüsternd in seine Lippen.

„Ja in etwa.", antwortete er heiser.

Sie lächelte, schloss ihre Augen und knabberte vorsichtig an seiner Unterlippe. Legte ihre Lippen auf seine und ließ ihre Zungenspitze über seine tanzen. Diese Küsse brachten sie noch um ihren Verstand.

Mit einer einzigen fließenden Bewegung standen sie nun wieder auf der Matte. Ihre Beine um seine Mitte geschwungen. Seine Hände hatten ihre Hüften fest im Griff. Ihre Münder waren keine Sekunde getrennt voneinander. Ihre Küsse wurden immer stürmischer und der Atem immer tiefer. Gierig nach dem Gefühl, das sich brennend ausbreitete.

Als würde es ihnen den Boden unter den Füßen wegziehen, taumelten sie. Prallten gegen die Wand. Sie schob ihre Hände unter sein Shirt und fühlte seine warme Haut, sein pochendes Herz.

Hastig zog sie ihm das Shirt über den Kopf, nur um gleich darauf seine Küsse an ihrem Hals zu erleben. Sie lehnte ihren Kopf gegen die Wand und ein Stöhnen glitt über ihre Lippen, als sie seine Zunge auf ihrer Haut spürte. Sein Haar, zerzaust von ihren Fingern.

Rafael stieß die beiden wieder von der Wand ab, sie taumelten durch den Raum, ohne wirklich zu wissen, wohin sie wollten.

Kapitel 60

„Wohin gehst du?", fragte Jara, als sie sah, wie Rafael die Autoschlüssel nahm und seine Sonnenbrille aufsetzte.

„Ich muss in die Stadt. Es wird nicht lange dauern."

Sie legte ihren Zeichenblock auf die Marmortreppen im Foyer und ging zu ihm.

„Ich komme mit."

Rafael, der im Begriff war, die Tür zur Garage zu öffnen, hielt abrupt inne und warf ihr über die Schulter einen strengen Blick zu.

„Nein!"

„Bitte, ich bin seit Wochen hier auf dem Anwesen. Ich möchte endlich wieder etwas anderes sehen, mit anderen Menschen sprechen. Ins Restaurant und auf den Ball hast du mich doch auch mitgenommen!"

„Kommt nicht infrage."

„In Ordnung, ich werde mit niemanden sprechen, aber ich will mit in die Stadt."

„Ich sagte nein!", entgegnete er zornig.

„Warum nicht?"

„Das ist ein Geschäftstermin und jetzt hör auf, mit mir zu diskutieren."

„Ich werde in der Zwischenzeit etwas unternehmen. Wo hast du dich verabredet? Vielleicht können wir uns nach deinem Termin im Park treffen und später…"

Als sie seine versteinerte Miene wahrnahm, stoppte sie mitten im Satz. Er schien plötzlich angespannt zu sein, seine Kiefer malten. Er stand vor ihr, sagte nichts. Sein Blick verriet das Ende dieser Diskussion.

„Ich werde nicht weglaufen, falls du das meinst." Sie verschränkte die Arme vor ihrer Brust, wich seinem Blick nicht aus, hielt seiner stillen Aufforderung stand.

Eigentlich hoffte sie, dass sich durch die Vertrautheit, die sie zwischenzeitlich aufgebaut hatten, etwas geändert hätte, doch er schien sie immer noch mehr als seinen Besitz zu sehen, mit dem er tun und lassen konnte, was er wollte.

Er sah sie einen Moment an. Sah den Trotz in ihrem Blick. Die unausgesprochene Herausforderung.

„Du hast es immer noch nicht verstanden."

Sie schüttelte den Kopf. „Was habe ich noch nicht verstanden?"

„Du kannst nicht weglaufen. Ich werde dich immer finden! Überall."

„Nun gut, dann hätten wir das geklärt. Wenn du mich überall findest, kann ich mit in die Stadt." Sie stellte sich auf ihre Zehenspitzen, legte beide Hände auf seine Brust und gab ihm einen flüchtigen Kuss. Schließlich drückte sie sich zwischen ihm und dem Türrahmen hindurch.

„Mit welchem Auto fahren wir?"

Er seufzte und folgte ihr in die Garage.

Sie nahmen den schwarzen Jeep und fuhren in die Stadt. Die Mittagssonne brannte vom Himmel und sie ließen die Fenster weit offen, damit der Fahrtwind Abkühlung schuf. Rafael beobachtete sie, wie sie verträumt aus dem Fenster sah, die vorbeirasende Landschaft gierig aufnahm und ihre Finger im Wind tanzen ließ.

Sie schloss ihre Augen, ließ die Sonnenstrahlen über ihre Haut streichen. Er musterte die Frau neben sich, die er vor einigen Wochen in sein Leben geholt hatte. Versuchte sich die Kontur ihres Gesichtes einzuprägen und das zu beiden Seiten herausstehende Schlüsselbein. Betrachtete die vorsichtig zuckenden Mundwinkel, die ein verstecktes Lächeln formten.

Als sie ihre Augen wieder öffnete und ihn ansah, blickte er ertappt zurück auf die Straße. Er spürte ihren Blick auf sich ruhen und konnte ein Schmunzeln nicht unterdrücken.

Je weiter sie in die Stadt fuhren, desto angespannter wurde er. Nicht weil sie nun in der Öffentlichkeit waren, nein, sein Verstand hörte nicht auf zu arbeiten. Schon seit einiger Zeit kamen ihm plötzlich Gedanken, die ihm sonst nie in den Sinn gekommen waren. Gedanken die ihm sonst egal waren.

„Was hast du?"

Er antwortete ihr nicht und bog erneut nach rechts ab. „Wir sind da."

Langsam fuhren sie eine belebte Straße entlang und blieben direkt vor einem Café stehen. Sie löste den Sicherheitsgurt und wollte gerade ihre Tür öffnen, um auszusteigen, als seine Hand an ihr vorbei schnellte und die Tür geschlossen hielt.

„Du wirst hier warten."

Ungläubig sah sie ihn an. Bevor sie etwas erwidern konnte, umfasste seine Hand ihren Kiefer. Sein Daumen ließ er über die Kontur streichen, die er vor wenigen Minuten noch betrachtet hatte. Er sah in ihre Augen, in diese strahlend blauen Augen, in denen ein Feuer steckte, dass er krampfhaft versuchte zu bändigen.

Sie stellte seine Autorität infrage, akzeptierte keine seiner Entscheidungen und wollte ihm einfach nicht hörig sein. Sie verstand es, seine Nerven bis zum Äußersten zu reizen.

Nicht zärtlich, nicht liebevoll, sondern bestimmend nahm er sich den Kuss, den er wollte.

„Keine Diskussion. Du wolltest unbedingt mit in die Stadt. Du wartest hier im Auto und rührst dich nicht!" Mit diesen Worten stieg er aus dem Auto und knallte die Türe hinter sich zu.

Sie schnaubte verächtlich. „Das kann unmöglich dein Ernst sein."

Rafael stand vor dem Café und hielt inne. Er hatte sich mit Alexander verabredet, um einige Einzelheiten der neuen Lieferung zu besprechen. Solche Informationen teilte man nicht am Telefon, die Gefahr abgehört zu werden, war zu groß. Doch nun saß in dem Café nicht Alexander, sondern sein Bruder Carlo. Rafael konnte ihn nicht leiden, er war ein Gangster. Ein zu ungeduldiger und impulsiver Mensch mit dem falschen Gespür für das Geschäft, weswegen er ständig in Schwierigkeiten geriet. Sein Hauptgeschäft machte er mit Drogen und allem Schmutzigen, was es mit sich brachte.

Rafael trat stumm an den Tisch, zog den Stuhl etwas hervor und setzte sich.

„Rafael.", grüßte Carlo und zeigte mit seinem falschen Lächeln einen seiner Goldzähne.

Mit einem tiefen Seufzer lehnte er sich in dem Stuhl zurück und legte lässig einen Fuß auf seinem Knie ab. Mit einer fließenden Handbewegung nahm er seine Sonnenbrille ab und starrte Carlo genervt an.

„Wo steckt Alexander?"

Carlo antwortete ihm nicht. Er blickte nervös um sich und richtete den Kragen an seinem weißen Hemd. Die schwere Goldkette um seinen Hals reflektierte und fing ein wenig der brennenden Sonne ein.

„Sag ihm, sollte er jemals wieder diese Arroganz besitzen einen Ersatz zu schicken, wird es das letzte Treffen sein, das er haben wird." Mit diesen Worten stand er auf und wollte gerade den Tisch verlassen, als Carlo ihn am Arm festhielt. Etwas überrascht sah er mit hochgezogenen Augenbrauen hinab zu Carlo. Er ließ augenblicklich wieder von Rafael ab.

„Beruhig dich, Rafael. Ich habe Alexander gebeten, das Treffen für ihn übernehmen zu dürfen."

Rafael schnaubte und blickte flüchtig zu seinem schwarzen Jeep, in dem Jara saß und ihn beobachtete.

„Ich habe dir ein Angebot zu unterbreiten."

„Ich habe kein Interesse an deinem Angebot."

„Ich bin mir sicher, es wird dir gefallen. Hör es dir an. Du könntest mir einen kleinen Gefallen erweisen."

„Einen Gefallen?", lachte er. Es wurde immer absurder. Wer glaubte er, war er? „Du solltest mich besser kennen Carlo. Ich erweise niemanden einen Gefallen, schon gar nicht dir."

„Ich weiß, ich weiß. Ich habe die Unterlagen von Alexander dabei." Carlo schob die unscheinbare Mappe über den Tisch.

Rafael seufzte und setzte sich wieder. „Idiot." Alexander ließ wirklich seinen Bruder diese Informationen überbringen. Es verwunderte ihn immer wieder, wie viel Vertrauen Alexander in seinen Bruder steckte. Vor allem nach dem letzten Skandal in den er, dank Carlo, verwickelt worden war.

Er blätterte die Mappe einen Augenblick lang durch, dann schob er sie zurück zu Carlo. „Gib sie Alexander zurück."

„Aber…" Carlo blickte ihn verwundert an.

„Tu einfach, was ich dir sage!"

Carlo, der sich sichtlich schwer tat, Befehle zu befolgen, steckte die Mappe wieder ein. Rafael wusste, dass er normalerweise derjenige war, der Befehle erteilte. Das konnte er mit seinen kleinkriminellen Freunden machen, aber nicht mit ihm.

„Ich bin an gute Ware herangekommen.", sagte Carlo schließlich. Die Aufregung in seiner Stimme stach deutlich heraus.

Rafael sah ihn ausdruckslos an. „Ich will nichts mit deinen Drogengeschäften zu tun haben, Carlo."

„Nein, keine Drogen. Waffen. Erstklassige Ware aus Europa. Eine ganze Menge sogar."

Damit hatte er nicht gerechnet. Normalerweise waren die Schachzüge von Carlo vorhersehbar und primitiv. Das nun passte so gar nicht zu ihm.

„Woher hast du die Ware?"

„Sagen wir, ich bin durch eine glückliche Fügung diverser Ereignisse dazugekommen."

„Wem hast du sie gestohlen?"

Carlo zog die Luft hörbar ein und ein breites Grinsen zeichnete sich in seinem Gesicht ab.

„Ich habe sie nicht gestohlen, aber wie ich drangekommen bin, lass meine Sorge sein."

„Ich brauche deine Waffen nicht und sollte ich etwas benötigen, habe ich bereits exzellente und vor allem diskrete Geschäftspartner." Er wusste nicht, warum er sich das Geschwafel von Carlo überhaupt anhörte.

„Das ist mir durchaus bewusst Rafael.", zischte er wütend durch die Zähne. „Ich schlage dir einen Deal vor. Du wirst mir die Waffen ins Land schaffen und darfst die Hälfte behalten. Ich weiß du benötigst neue Ware für dein Projekt im Amazonasbecken."

Rafael würde mit Alexander sprechen müssen. Carlo konnte nur von seinem Bruder von dem neuen Projekt im Amazonasbecken wissen. Das war indiskutabel.

Er lehnte sich vor und legte seine Unterarme auf dem Tisch ab. „Wie gesagt, danke ich verzichte."

„Ich weiß, dass du über genug Mittel verfügst, um das durchzuziehen."

„Mag sein." Er lehnte sich nun wieder entspannt in seinem Stuhl zurück und beobachte die Reaktion in Carlos Augen.

Die ganze Zeit über hatte Carlo ihn angesehen und den Blickkontakt gehalten. Nun ließ er seinen Blick schweifen.

„Ich werde es dennoch nicht tun. Nichts für ungut, aber ich werde keine Geschäfte mit dir machen."

„Das ist dein letztes Wort?"

Er nickte stumm.

Carlo schnaubte und der wütende Ausdruck in seinen Augen verflüchtigte sich schlagartig. Er neigte den Kopf, seine Augen nahmen einen Blick an, den Rafael nur zu gut kannte.

„Vielleicht könnten wir ein anderes Geschäft machen. Ich könnte dir helfen."

„Helfen wobei?", fragte Rafael, der nicht wusste, worauf Carlo hinauswollte.

„Nun sollte dich dein reizendes Spielzeug irgendwann langweilen, gib mir Bescheid. Ich habe einige Geschäftspartner, die durchaus Verwendung für sie hätten."

Rafael drehte sich langsam in seinem Stuhl um und folgte dem Blick von Carlo. Auf der anderen Straßenseite stand Jara an einem Limonadenstand. Sie unterhielt sich mit der Dame des Standes und half ihr, einige Limonen einzusammeln, die aus ihrem Karren gekullert waren. Sie lachte und ihre melodische Stimme klang beinahe verständlich bis zu ihnen an den Tisch.

„Sie hat durchaus potenzial und wenn sie dich bei Laune halten kann, na ja versteh mich nicht falsch, aber das will doch was heißen."

Er konnte beinahe die Fantasien in Carlos Kopf sehen.

„Sprich noch einmal so über sie und ich bringe dich um.", sagte er mit leiser, aber drohender Stimme.

Carlos Augen verengten sich, mit runzelnder Stirn sah er erstaunt zu ihm. Einen Moment blickten sich die beiden Männer schweigend an.

Rafael hatte einen Fehler gemacht. Einen dummen Fehler, der ihm früher niemals unterlaufen wäre. Er hatte seine Emotionen nicht im Griff. Es war, als hätte jemand einen Schalter umgelegt, als er sah, wie Carlo auf die andere Straßenseite zu Jara stierte. Und nun hatte Carlo innerhalb weniger Minuten seine Schwachstelle herausgefunden. Richtig, er hatte nun eine Schwachstelle, das musste er sich eingestehen.

„Erzähl hiervon irgendjemanden und ich schwör bei Gott, ich jage dir eine Kugel in den Schädel."

Rafael erhob sich und war bereits im Begriff, den Tisch zu verlassen, als er das leise Lachen von Carlo vernahm. Er drehte sich blitzschnell um und schmetterte seine Faust mit voller Wucht auf dessen Kiefer. Carlo fiel samt Stuhl rückwärts auf den Fliesenboden. Er stand über ihm, beugte sich zu ihm hinab und sagte mit bebender Stimme „Leg dich nicht mit mir an, Carlo." Er erhob sich und überquerte, schnellen Schritts, die Straße.

Grob packte er Jara am Ellbogen und stieß sie vor sich her. Verdattert sah sie ihn an. Er konnte deutlich sehen, dass sie nicht den leisesten Schimmer hatte, was hier vor sich ging, und das machte ihn nur noch wütender.

„Spinnst du? Was ist denn los?"

Ein Auto kam kurz vor ihnen mit quietschenden Reifen zum Stehen. Sie waren einfach über die Straße gegangen, ohne überhaupt darauf zu achten, was um sie herum geschah.

Er sah rot, sein Zorn trieb ihn voran. Er war wütend auf sie, vor allem aber war er wütend auf sich selbst. Er hätte nicht nachgeben dürfen, ihrer Bitte nicht nachkommen sollen. Er wurde weich und unvorsichtig, ließ sich von den Glücksgefühlen leiten, die durch ihn geströmt waren. Das würde ihm nicht mehr passieren, damit war jetzt ein für alle Mal Schluss.

„Rafael Stopp!" Sie riss sich von ihm los und starrte ihn schwer atmend an.

„Was ist in dich gefahren?"

Er baute sich vor ihr auf, blickte auf sie herab. Sie wagte es tatsächlich, ihn infrage zu stellen.

„Ich sagte dir, du sollst in dem verdammten Auto warten!", presste er knurrend durch die Zähne.

„Ich wollte nur…" sie fing kaum an zu sprechen, schon stieß er sie weiter in Richtung des parkenden Autos am Café.

„Ich will kein Wort hören."

„Aber…"

„Genug!" Er stoppte vor der Beifahrertür des Jeeps und öffnete diese ruckartig. „Steig ein."

Sie blieb regungslos stehen und sah ihn verständnislos an.

Er griff nach ihrem Nacken und schubste sie ins Auto.

„Schon gut, beruhig dich."

Er wollte nichts von ihr hören. Der Ausdruck in seinen Augen wurde immer dunkler. Er stieg auf der Fahrerseite ein.

Das Motorgeräusch ertönte augenblicklich und sie fuhren los.

Er war von Natur aus ungeduldig und ihr Verhalten brachte ihn des Öfteren an den Rand des Wahnsinns, aber jetzt trieb sie es zu weit.

Er fuhr schnell, viel zu schnell, aber das war ihm egal. Auch als er sah, wie sie sich auf dem Sitz verkrampfte und sich ihre Finger in das Polster krallten, ließ er sein Fuß auf dem Gaspedal. Ihre Angst berauschte ihn, sie sollte sich vor ihm fürchten. Er musste sie zurückbringen, raus aus der

Stadt und schnellstmöglich zurück zum Anwesen. Dort war sie sicher, dort hatte er sie unter Kontrolle. Alles unter Kontrolle.

Er musste seinen Fehler wieder gut machen. Hoffen, dass Carlo seine Klappe hielt. Er durfte nicht zulassen, dass seine Fassade bröckelte und Gott bewahre, jemand dachte, er wäre schwach geworden.

Die ganze Fahrt über sagte niemand etwas. Beide blieben stumm, hingen ihren Gedanken hinterher. Erst als Rafael den Jeep vor der Eingangstür parkte und den Motor abstellte, konnte er seinen Ärger Ausdruck verleihen. Beide Hände hielten das Lenkrad so fest, dass seine Knöchel weiß hervorstachen. Sein Blick war nach vorn aus der Windschutzscheibe gerichtet.

„Du musst lernen, wo dein Platz ist."

„Ach ja und wo soll dieser Platz sein?" Nun war auch Jara aufgebracht. Sie verstand nicht was gerade passiert war und wieso er sich plötzlich so benahm.

„An meiner Seite."

Sie runzelte ihre Stirn und schnaubte verächtlich. Was bildete er sich ein? Sie allein entschied, wo sie hingehörte.

„Du wirst ab sofort und ohne Ausnahme das tun, was ich dir sage. Genau das, was ich dir sage und nichts anderes! Kein einziges Widerwort will ich von dir hören, sonst…"

„Sonst was?"

Er sah zu ihr rüber. Seine Augen vor Wut funkelnd. Er atmete tief, als wolle er sich beruhigen, aber sie hatte keine Angst vor ihm. Er würde ihr nichts tun, da war sie sich sicher. Sie hielt seinem Blick stand.

Rafael fuhr sich durch seine schwarzen Locken. Nach einem kurzen Moment schlug er mit beiden Händen auf das Lenkrad und stieg fluchend aus dem Auto aus. Er eilte zum Haus und verschwand augenblicklich hinter der Eingangstüre.

„Sonst was, Rafael?", rief sie ihm hinterher, erhielt aber keine Antwort.

Sie folgt ihm, konnte ihn aber erst in seinem Büro einholen. Er war gerade dabei, ein Kristallglas mit Whiskey zu füllen.

Als sie in das Büro trat, ignorierte er sie und leerte das Glas in einem Zug. Sie verschränkte die Arme und starrte ihn an.

„Ich gehöre dir nicht. Ich bin eine erwachsene Frau und ich entscheide selbst, was ich sage oder was ich tue! Ist das klar?"

Er reagierte nicht, füllte stattdessen das Glas abermals mit der bernsteinfarbenen Flüssigkeit.

„Ich denke nicht, dass du jetzt trinken solltest."

Er sah sie an, hielt kurz inne, bevor er, ohne den Blickkontakt mit ihr zu brechen, das Glas zu seinen Lippen führte und es erneut in einem Zug leerte.

„Wieso verhältst du dich wie ein Arsch?"

Er massierte mit Daumen und Zeigefinger seinen Nasenrücken.

„Wie konnte ich nur zulassen, dass es so weit kommen konnte. Das darf alles nicht wahr sein.", murmelte er kaum verständlich zu sich.

Sie verstand die Welt nicht mehr. So wie es aussah, fehlte ihr das entscheidende Puzzelteil. Irgendetwas hatte sie verpasst, nur was es war, blieb ihr schleierhaft.

„Entweder du sprichst mit mir oder ich werde gehen." Sie wartete auf eine Antwort, eine Reaktion, doch er sagte nichts.

„Schön, dann ertränke dich doch mit deinem Whiskey." Wütend drehte sie sich um und ging zur Tür.

Blitzschnell durchquerte er das Zimmer. Knallte die Tür vor ihrer Nase zu und versperrte ihr so den Weg.

„Du wirst nirgendwo hingehen!"

Seine dunkle Stimme jagte ihr einen kalten Schauer über den Rücken.

„Lass mich vorbei.", so sehr sie sich auch anstrengte, die Worte kamen ihr nur in einem leisen Flüstern über die Lippen.

Einen Moment lang geschah nichts, dann schlug er erneut mit seiner Faust gegen die Tür, bevor er zur Seite trat und sie das Büro fluchtartig verlassen konnte.

Jara stürmte an Lissandro vorbei. Dieser blickte ihr verwundert hinterher und trat anschließend in das Büro von Rafael.

Rafael lehnte nun wieder an seinem Schreibtisch und starrte aus dem Fenster. Die Arme vor seiner Brust verschränkt. In seiner Hand ein volles Glas Whiskey.

Lissandro nahm sich ein Glas aus der Bar und schenkte sich einen Drink ein. Er setzte sich schweigend in einen der Sessel und sah ebenfalls aus dem Fenster.

„Wir haben ein Problem.", stellte Rafael abwesend fest.

„Ich weiß."

Rafael nahm einen weiteren Schluck Whisky und ließ seinen Daumen über den Rand des Glases gleiten.

„Mich wundert es, dass du so lange für diese Erkenntnis gebraucht hast."

Er warf Lissandro über die Schulter einen mürrischen Blick zu.

„Sie treibt mich in den Wahnsinn."

„Achte nur darauf, dass das niemand anderes herausfindet.", gab er belustigt zurück.

„Zu spät.", sagte Rafael trocken.

„Was soll das heißen?"

„Carlo weiß Bescheid."

„Carlo, Alexanders Bruder?"

Rafael richtete sich auf und ging zu ihm hinüber. Er ließ sich in den Sessel neben ihm fallen.

„Bei dem Treffen heute Mittag, war nicht Alexander, sondern Carlo."

Lissandro sagte nichts, wartete auf eine Erklärung von ihm. Als er nichts erwiderte, hakte er ungeduldig nach. „Ja und?"

„Und ich habe sie mitgenommen. Er hat sie gesehen. Es ging nicht lange und Carlo hatte gemerkt, was los ist." Rafael stieß einen Seufzer aus. „Er hat meine Schwachstelle erkannt, bevor mir bewusst war das ich eine habe."

„Scheiße!" Lissandro knallte sein Glas auf den Tisch. „Du weißt was das bedeutet."

„Er wird nichts sagen."

Lissandro runzelte ungläubig seine Stirn.

„Carlo ist nicht gerade für seine Schweigsamkeit bekannt."

„Ich habe ihm gedroht, eine Kugel durch seinen Schädel zu jagen, sollte er darüber ein Sterbenswörtchen verlieren."

„Großartig!" Der Sarkasmus in Lissandros Stimme war nicht zu überhören. „Du hast ihm seinen Verdacht auch noch bestätigt. Man, was ist nur mit dir los?"

Rafaels Kiefer mahlte.

„Mir waren deine Frauengeschichten immer egal, solange sie bedeutungslos waren, aber das…"

„Ich kümmere mich darum.", fuhr er Lissandro barsch an.

„Ja, das hast du vor einigen Wochen schon Mal gesagt und sieh dir an, wo wir jetzt stehen. Es ist zu spät. Du wirst sie wohl kaum erschießen und im Garten vergraben."

Er blieb stumm. Ballte seine Hände zu Fäusten.

„Das geht uns nun alle etwas an! Ich habe dich gewarnt, habe dir gesagt, dass sie uns Ärger machen wird."

Die beiden Freunde saßen schweigend nebeneinander.

„Also gut." Lissandro brach das Schweigen, stand auf und klopfte ihm auf die Schulter. „Wäre besser du sprichst mit ihr. Das letzte was wir gebrauchen könnten, wäre eine ihrer Dummheiten. Bekomm sie endlich unter Kontrolle."

Er leerte das Glas und stellte es zurück auf den Tisch. „Ich versuche herauszufinden, ob Carlo seinen Mund hält."

Rafael fuhr sich mit den Händen durch seine Haare und stützte seine Ellbogen auf den Knien ab. Er musste nachdenken. Lissandro hatte Recht. Sollten die falschen Leute über Jara Bescheid wissen, würden sie alle mit den Konsequenzen leben müssen. Sie mussten vorsichtig sein.

Kapitel 61

Rafael trat in Jaras Zimmer. Es war mittlerweile spät abends geworden. Er lehnte am Türrahmen, seine Hände in den Hosentaschen. Sie saß auf dem Bett, der große Zeichenblock vor ihr und ihre Hände schwarz von den Kohlestiften. Sie sah nicht einmal zu ihm auf, würdigte ihn keines Blickes.

„Verschwinde."

Er bewegte sich nicht, sah sie weiter an. Sie war aufgebracht, aber sie verstand nicht, in welch einer Welt sie nun lebte. In welche Welt er sie gezwungen hatte. Er sollte ihr klar machen, was dies bedeutete. Sollte deutlich machen, dass sie in Zukunft zu gehorchen hatte, wenn ihr, ihr Leben wichtig war. Stattdessen konnte er nur an ihre Lippen denken und ihren Atem an seiner Haut. Wie ihr Körper unter ihm anfing zu beben, wenn er sie berührte.

Er ging langsam auf sie zu und setzte sich neben sie.

„Geh, Rafael. Geh einfach." Sie sah zu ihm auf.

Mit bitterer Erkenntnis vernahm er ihre geröteten Augen wahr. Sie hatte geweint.

Er nahm ihr Gesicht mit beiden Händen und küsste ihre Wange direkt unter ihrem Auge. Schmeckte das Salz der getrockneten Tränen. Sie drehte ihren Kopf zur Seite und entglitt so langsam seinem Griff. Er rückte näher, küsste vorsichtig ihr Ohr.

„Es tut mir leid.", hauchte er zwischen den sanften Berührungen seiner Lippen. Hatte er sich gerade entschuldigt? War er es tatsächlich, der diese Worte gesagt hatte? Er entschuldigte sich nie und doch tat er es gerade.

Seine Küsse wanderten ihren Hals hinab, spürten ihren schneller werdenden Puls.

Sie schloss ihre Augen. Ließ die Berührungen zu.

„Du kannst mich so nicht behandeln!“

Seine Hand strich über ihren Nacken, über ihre Schulter bis vor zu ihrer Brust. Er konnte ihr nicht antworten, konnte an nichts anderes als an sie denken. Nahm die Wärme ihrer Haut in sich auf.

„Wie soll das weitergehen? Willst du mich für immer hier einsperren und vor der Welt verstecken?“ Sie biss auf ihre Unterlippe und schaffte es endlich sich dem berauschenden Gefühl, das sich in ihr aufbaute, zu widersetzen.

Sie presste ihre Hände gegen seine Brust, bis er sie ansah.

„Du musst das tun, was ich dir sage, ansonsten kann ich dich nicht beschützen.“

„Ich muss nicht beschützt werden, ich kann sehr gut auf mich selbst aufpassen.“

Er strich durch ihr Haar.

„Ich habe dich mit Leichtigkeit aus deinem alten Leben gestohlen. Ich habe dich hierhergebracht, niemand sucht dich und…“

„Schon gut, ich habe verstanden.“, hauchte sie. „Wenn ich doch bereits bei einem Monster gefangen bin, wovor will es mich dann noch beschützen?“

„Ich bin nicht das einzige Monster da draußen.“

Mit einem nicht endenden Kuss lehnte er sich über sie. Endlich gab sie der Bewegung nach und er drückte sie mit seinem Körper tief in die Matratze.

Er fuhr langsam mit seinen Händen von ihrer Hüfte hinauf über ihren Bauch und an ihrer Seite entlang. Fühlte ihre Rippen, als sie die Luft einzog und die Schwellung ihrer Brust. Schob ihr weißes Top mit einer streichenden Bewegung über ihre Schulter, den Kopf und weiter über ihre Arme. Nahm ihre Hände, die über ihrem Kopf lagen, in seine. Strich mit seinen Fingern von ihren Fingerspitzen wieder hinab über ihre ausgestreckten Arme. Fühlte ihren Puls an seinen Lippen, als er ihren Hals küsste.

Irritiert vernahm er einen leichten Druck. Er blickte zur Seite und sah ihre Hände auf seinen Schultern. Er gab der Bewegung nach, sah zu ihr und in ihre glühenden Augen. Sie schob ihn von sich, drückte ihn vorsichtig neben sich auf die Matratze. Sie zog ihre Jeans aus, schlang ihre Oberschenkel um ihn und setzte sich in einer fließenden Bewegung auf ihn.

Sie wiederholte das Spiel von ihm und fuhr mit ihren Händen über seine Hüfte, seinen Bauch und hoch zu seinen Brustmuskeln. Er fühlte ihre Hände und das Brennen, welches sie auf seiner Haut hinterließ. Sie beugte sich vor und zog ihm das Shirt aus. Er beobachtete, wie sie sich ihre Haare aus dem Gesicht strich und dabei unbewusst anfing, langsam mit ihren Hüften zu kreisen. Sie strich ihm über sein Kinn und seine Lippen.

„Du kannst nicht immer die Kontrolle haben.“, flüsterte sie.

Er spürte die kaum wahrnehmbare Berührung ihrer Lippen an seinem Ohr, die sich zu einem sanften Lächeln formten. Dann richtete sie sich wieder auf, fuhr an ihrer Seite entlang bis zu ihrem Rücken. Öffnete den Verschluss ihres BHs und ließ diesen auf den Boden gleiten.

Er legte seine Hände auf ihre immer noch quälend langsam kreisende Hüfte. Zwischen seinen Fingern blitzte der dünne Spitzenstoff ihres Höschens. Sie streckte ihren Rücken, ließ ihren Kopf nach hinten fallen. Ihre Haare tänzelten um ihre Schultern und über ihren Rücken. Der Rhythmus ihrer Bewegungen wurde schneller. Er spürte das Ziehen in seinen Lenden, spürte, wie sich das Kribbeln in ihm ausbreitete. Die erregende Hitze überschwappte ihn wie eine Welle. Er musste seine Hose loswerden und das schnell. Jara rollte ihren Kopf wieder nach vorne, biss sich auf ihre Unterlippe und blickte hinab in sein Gesicht. Er schloss seine Augen. Er konnte sie nicht länger beobachten, nicht länger ihren fließenden Bewegungen folgen.

Nicht länger warten.

Diese Frau brachte ihn wirklich an den Rand des Wahnsinns.

Rafael hatte schon mit vielen Frauen geschlafen, doch dieses intensive Gefühl, welches sie bei ihm hinterließ, hatte er noch nie gefühlt. Er wollte diesen Moment nicht enden lassen, wollte die Nähe, solange es ging, auskosten. Er schlang seine Arme um sie und hielt sie fest.

Jara sah ihn an, fuhr mit ihren Fingerspitzen über sein Gesicht.

„Lass uns rausgehen, die Sterne ansehen.“

„Jetzt?“, fragte er ungläubig.

„Natürlich jetzt, morgen früh werden sie nicht mehr leuchten, auch nicht für dich, nur weil du es willst. Die Sterne gehorchen dir nicht.“, zog sie ihn auf. Sie gab ihm einen Kuss, zog sich ihren Slip und sein Shirt an.

„Komm schon.“

Er zog sich an und nahm das Leintuch aus dem Bett mit.

Die beiden gingen runter zum Pool und legten sich auf eine der Liegeflächen. Es war stockdunkel, sogar die Lichter im Garten waren erloschen, nur die Sterne am Himmel funkelten.

Sie streckte die Hand Richtung Himmel und ließ ihre Finger tanzen.

„Die Sterne sind so nah, man könnte meinen, sie beinahe zu berühren, wenn man sich nur genug anstrengt.“ Ihren Arm streckte sie noch ein wenig weiter nach oben.

„Du glaubst wirklich, man kann alles schaffen.“

„Natürlich kann man alles schaffen, wenn man nur will.“

Rafael drehte sich auf den Rücken und schaute in den Himmel. „Manchmal schafft man es nicht, auch wenn man es will. Manchmal hat man keine Wahl. Manchmal gibt es keinen anderen Weg.“

„Das stimmt nicht! Jeder Mensch auf dieser Welt hat eine Wahl. Es ist vielleicht nicht immer leicht, aber man sollte am Ende des Tages in den Spiegel schauen und sich ins Gesicht sehen können!“

„Das kann ich schon lange nicht mehr.“ Er schnaubte.

Sie legte ihren Kopf auf seine Brust.

„Du kannst die Vergangenheit nicht ändern, dafür aber die Zukunft.“

Er schloss seine Arme fest um sie. Die Frau, die seine Welt komplett auf den Kopf stellte. Sie zeigte ihm die Welt mit ihren Augen, ließ ihn die Dinge in einem anderen Blickwinkel betrachten.

Kapitel 62

Marta stupste Rafael an der Schulter an.

„Senhor Fernandes, wachen Sie auf. Senhor!"

Er schrak auf und benötigte eine Weile, um sich zu orientieren. Er lag noch immer mit Jara am Pool, sie mussten gestern Abend eingeschlafen sein.

„Marta, wie spät ist es?"

„Senhor es ist bereits kurz nach neun. Die Herren werden bald hier eintreffen. Haben Sie ihr Treffen vergessen?"

„Treffen? Nein, nein, natürlich nicht. Heute ist schon Donnerstag…", stellte er fest und fuhr sich mit seinen Händen über das Gesicht.

Jara streckte sich und blinzelte Marta an.

„Guten Morgen Marta."

„Guten Morgen Liebes."

„Marta haben Sie schon alles vorbereitet?"

„Natürlich Senhor, es ist alles bereit, aber Sie sollten noch eine Dusche nehmen, wenn ich mir das erlauben darf."

Er sah Marta mit hochgezogener Augenbraue an, stand auf und ging schnurstracks zurück ins Haus. Jara musste Lachen und Marta stimmt mit ein.

„Jara, beeil dich.", rief er ihr von der Terrasse aus zu.

Sie rollte mit den Augen, nahm das Leintuch von der Liege und ging ebenfalls Richtung Haus.

„Roll nicht mit deinen Augen."

„Ich…"

„Ich weiß, du hast es getan."

Sie drehte sich um und sah Marta an. Sie zuckte nur mit den Schultern.

„Jara, ich habe Frühstück vorbereitet. Du darfst bei mir in der Küche essen, wenn du möchtest."

„Ja sehr gerne. Ich zieh mich kurz um."

„Das ist eine durchaus gute Idee."

„Hat jemand von Frühstück gesprochen?", Lissandro kam die Treppe hinunter und blieb auf der letzten Stufe stehen. Er sah zuerst Jara an, fuhr sich überlegend mit seiner Hand über den Hinterkopf, blickte die Treppe hoch zum Haus und wandte sich schließlich wieder den beiden Damen zu.

„Sagt mal, habe ich eine Party verpasst?"

Jara zuckte mit den Schultern und lachte.

„Na ja so etwas in der Art."

Sie ging zwinkernd an Lissandro vorbei und die Treppe hinauf.

„Eine Poolparty und ich war nicht eingeladen."

Sie musste noch lauter lachen, blieb aber nicht stehen.

„Und was ist jetzt mit Frühstück?"

„Du hast gleich einen Termin, bereite dich lieber vor. Die Herrschaften werden gleich hier sein." Belehrte Marta Lissandro und scheuchte ihn die Treppe hinauf. „Wie siehst du überhaupt aus?"

Lissandro sah an sich hinab. „Wieso? Ich…"

Marta seufzte und ging kopfschüttelnd in die Küche.

Lissandro blieb allein auf der Terrasse zurück.

Im Haus begegnete Jara Rafael wieder. Seine Haare waren noch nass, er trug einen Anzug und zog gerade seine Uhr an.

„Solange diese Personen hier sind, bleibst du im Haus. Hast du mich verstanden?"

„Ja schon klar.", gab sie genervt zurück.

Er hob sie an den Oberarmen fest und sah ihr in die Augen. „Ich will das du dich fernhältst, ist das klar Jara?"

„In Ordnung."

Sie sah ihm hinterher, wie er gestresst die Treppe hinunter ging.

„Hast du ihr gesagt, dass sie sich fernhalten soll? Nach dem Zwischenfall von gestern dürfen wir nichts riskieren. Wir müssen vorsichtig sein Rafael."

Lissandro war in diesem Moment ins Haus gekommen, als Rafael die Treppe hinunter ging.

Er seufzte. „Was denkst du wohl?"

„Prinzessin!", Lissandro lehnte sich vor und spähte die Treppe hoch. „Halte dich daran."

ie warf ihm einen genervten Blick zu und ging den Gang entlang in ihr Zimmer.

Sie hörte Lissandro und Rafael im Foyer. Sie besprachen nochmals die wichtigen Punkte für das bevorstehende Treffen.

Nach dem Duschen zog sie sich an. Ihr Fenster war ein Stück weit offen und so konnte sie die vielen Stimmen hören, die unten im Garten ertönten. Von der Neugier gepackt schlich sie sich auf die Terrasse. Sie würde nur kurz schauen und dann zu Marta in die Küche gehen.

Wer waren diese Männer? Rafael und Lissandro schien das Treffen sehr wichtig zu sein. Sie konnte sieben Männer ausmachen, die sie aber noch nie gesehen hatte. Die Geschäftsleute schienen angespannt zu sein. Dem Akzent nach waren sie nicht aus Rio.

„Sieh mal einer an. Es stimmt also, was geflüstert wird. Der große Rafael Fernandes hat seinen Schmetterling gefunden.", stellte Pedro Barbos interessiert fest. Er und seine Männer waren gerade für Verhandlungen zu Rafael auf das Anwesen gekommen.

Wie automatisch fiel Rafaels Blick hoch auf die Terrasse und auf Jara, die gerade aus dem Haus kam. Er sah sie warnend an.

Pedro konnte nur von Carlo diese Information erhalten haben. Er würde ihn umbringen, auch wenn Carlo der Bruder seines Geschäftspartners war. Das konnte er ihm nicht durchgehen lassen.

„Unsinn, jeder schmückt sich gerne mit schönen Federn." Er lächelte herablassend. „Außerdem tut das jetzt nichts zur Sache Pedro."

Pedro ging nicht weiter darauf ein, blickte aber nochmals zu Jara hoch, bevor er ihm und den anderen in den Garten folgte.

Lissandros warnender Blick fiel kurz auf Rafael, widmete sich aber gleich wieder den anderen Geschäftspartner.

Pedro Barbos war ein Unternehmer aus Sao Paulo, der mit ihm Geschäfte im Amazonas machte. Pedro und seine Familie gehörten zu den wohlhabendsten und einflussreichsten Familien in Brasilien. Sein Ruf eilte ihm voraus, er war skrupellos und kaltherzig. Man sagte ihm Menschenhandel nach, konnte ihm aber selbstverständlich nie etwas nachweisen.

Rafael arbeitete nicht gerne mit Pedro, er wusste zu was er im Stande war, aber es war ein Kunde, der über Mittel verfügte und zahlen konnte. Schlussendlich war es ihm egal, mit wem er Geschäfte machte, Hauptsache, er erhielt am Ende seinen Anteil.

Pedro und seine Gefolgschaft nahmen im Garten Platz. Rafael war nicht dumm, er bevorzugte heikle Treffen wie diese auf seinem Anwesen abzuhalten. Durch das Geräusch, der vom Meer heranrauschenden Wellen, konnte niemand Ungebetenes mithören und auf dem Anwesen gab es keine bösen Überraschungen mit unerwünschten Gästen.

Jara saß mit Marta und ihrem Mann Luis im hinteren Teil des Gartens. Marta putzte Gemüse für das Mittagessen und Luis zeigt Jara ein paar erstaunliche Pflanzen.

Einige Kolibris schwirrten um sie herum. Die winzigen Vögel in den schillerndsten Farben schienen vollkommen aus Energie zu bestehen. Ein Kolibri schwirrte die längste Zeit direkt vor ihrer Nase auf und ab.

„Weißt du, was man uber Kolibris sagt?", fragte Luis. Seine weißen Zähne blitzten zwischen seinen schmalen Lippen auf.

„Nein, was sagt man über sie?" Sie konnte die Augen nicht mehr von den Vögeln lassen. Wie sie, schnell wie der Wind, durch die Pflanzen flogen und von Blüte zu Blüte düsten, ohne lange an einem Ort zu verweilen. Die Flügel immer in Bewegung, so schnell, dass sie nur als Schatten wahrzunehmen waren.

„Dort, wo sie sich aufhalten, ist die Liebe zu Hause."

Rafael stürmte durch die Küchentür hinaus zu ihnen in den Garten.

„Wieso tust du nie, was ich dir sage?" Er war außer sich und tobte. Seine tiefe Stimme schien gerade in diesem Moment noch rauer.

„Ich..."

„Du hättest drinbleiben sollen, wie ich es dir befohlen hatte!", knurrte er.

Sie öffnete den Mund, um etwas zu sagen, doch er ließ ihr keine Chance.

„Himmel. Du weißt nicht, was das bedeutet." Er fuhr sich mit den Händen durch seine schwarzen Locken, „Schmetterling!", wiederholte er kopfschüttelnd, ging zurück ins Haus, knallte die Tür zu und ließ sie verdattert zurück. Er wusste nicht was ihn mehr beunruhigen sollte, dass

Pedro von Jara wusste oder dass er sich eingestehen musste, dass er ohne sie nicht mehr sein wollte.

„Ich bin gleich wieder zurück.“, sagte Jara zu Marta und Luis und folgte ihm ins Arbeitszimmer.

Er lief in seinem Büro auf und ab.

„Was ist los?“

Er sah sie nur flüchtig an und grübelte dann weiter, ohne eine Antwort zu geben.

„Du kannst mich nicht vor der ganzen Welt verstecken.“

„Das tue ich nicht.“

„Ach nein? Wie nennst du es dann, wenn du mich hier auf dem Anwesen festhältst und mich keiner sehen darf? Willst du mich in Zukunft immer in ein Zimmer sperren, wenn du das Anwesen verlässt?“

„Wenn es das erfordert, ja.“ Seine Augen verengten sich.

„Wovor hast du Angst?“ Sie sah ihn verzweifelt an.

„Du weißt nicht zu was diese Menschen im Stande sind. Herr Gott, du hast keine Ahnung von dieser Welt, in die du kopfüber gesprungen bist. Wenn sie sich von dir bedroht fühlen, und glaub mir das tun sie, dann werden sie dich aus dem Weg schaffen.“ Er stand dicht vor ihr und schaute auf sie herab.

„Und du weißt, was passieren wird, ja?“

„Ja verdammt noch mal, das tue ich! Ich bin selbst einer dieser Menschen, die Probleme, ohne mit der Wimper zu zucken aus dem Weg räumen. Und du wirst nie aufhören mit deinen Fragen und wenn du dann alles weißt, wirst du alles daransetzen, es zu verhindern, weil du eben bist, wie du bist. Ein guter Mensch, ein Mensch, der denkt, er kann die Welt retten, aber nicht merkt das der Boden bereits dem Abgrund gewichen ist.“ Er streichelte sanft über ihr Haar. „Ich kann nicht zulassen, dass sie dich mir wegnehmen.“

„Das werden sie nicht.“

„Genau das werden sie versuchen! Du verstehst nicht… Du bist zu meiner Schwachstelle geworden. Das erste Mal, seit ich die Geschäfte übernommen habe, bin ich nun angreifbar. Es ist nur eine Frage der Zeit, bis das jemand nutzt, bis jemand die Macht dieser Situation erkennt. Ich würde diese einmalige Gelegenheit, die mir hier geboten wird, auch ausnutzen!“

„Aber…“

Er ballte seine Hand zu einer Faust und schlug auf den Schreibtisch. Sie zuckte zusammen und verstummte.

„Was glaubst du, wie ich es geschafft habe, das Geschäft zu dem zu machen, was es heute ist? Ich bin verdammt gut darin, genau diese Macht auszuspielen. Egal ob es um eine Liebschaft, um die Familie oder um die Gier geht. Ich finde es und nutze es für mich. Glaub mir, ich weiß, was sie vorhaben, ich würde es genauso machen.“

Sie entriss sich seinem Blick und verließ wortlos das Büro.

Kaum hatte sie die Tür geschlossen, hörte sie etwas zu Bruch gehen. Unbeeindruckt ging sie zurück in den Garten. Sollte er toben, auch er Rafael Fernandes kann die Welt nicht zwingen, stehen zu bleiben.

Langsam hatte sich eine Routine in ihrem Leben entwickelt. Jara schlief in Rafaels Armen ein und wachte am nächsten Morgen in seinen Armen auf.

Bevor Rafael morgens verschwand, gab er ihr einen Kuss auf die Stirn und sah sie an, als könnte es das letzte Mal sein.

Die Tage verbrachte Jara im Grunde vollständig mit Lissandro. Rafael war seit dem Besuch seiner Geschäftspartner nicht oft auf dem Anwesen, und wenn er doch da war, saß er mit Lissandro zusammen im Büro.

Kapitel 63

Rafael schreckte aus seinem Schlaf auf.

„Ein Traum, es war nur ein Traum.“, redete er sich ein und fuhr sich mit den Händen über sein Gesicht und durch die zerzausten Locken. Neben ihm lag Jara und schlief.

Sie sah so friedlich aus, wie sie in den Laken lag und ihre Brust sich sanft rhythmisch hob und senkte.

Geistesabwesend strich er ihr die Haare aus ihrem Gesicht, als wollte er sichergehen, dass nicht auch sie ein Traum war.

Sie ist ein so unglaublicher Mensch mit einer starken Persönlichkeit und einem ausgeprägten Sinn für Gerechtigkeit.

Er musste bei dem Gedanken schmunzeln. Wie sie manchmal vor ihm stand und verzweifelt versuchte, die Welt in eine andere Richtung zu drehen.

Er fühlte sich wie ein kleiner Junge, der Angst hatte, jederzeit könne jemand kommen und sie ihm wegnehmen.

Sorgenfalten bildeten sich auf seiner Stirn und er drehte sich um, setzte sich auf und seufzte.

Es war kurz vor Sonnenaufgang, der Himmel wurde langsam hell, aber die Sonnenstrahlen waren noch nicht zu sehen.

Gerade als er aufstehen wollte, spürte er ihre Finger, die seinen Armen festhielten. Der sanfte Druck ihres Griffes ließ ihn innehalten, sein Blick war immer noch aus dem Fenster gerichtet.

„Guten Morgen.“ Ihre Stimme war leise und noch etwas verschlafen.

„Guten Morgen.“

„Wohin gehst du?“

„Arbeiten.“

„Du verlässt jeden Tag früh morgens das Anwesen und kommst erst spät abends zurück, Rafael, was tust du den ganzen Tag?"

„Arbeiten."

„Was arbeitest du?"

Er seufzte und sah hinter sich in die schönsten blauen Augen, die er je gesehen hatte. Jetzt aber sahen sie ihn fragend an.

Er saß immer noch auf der Bettkante mit dem Rücken zu ihr. Sie hatte sich aufgerichtet und lehnte nun an seiner Schulter.

„Wieso sagst du mir nicht, was ihr tut?"

Er stand auf und ging ans Fenster.

„Es ist besser für dich, wenn du nicht so viel weißt, glaub mir."

Sie schnaubte verächtlich.

„Besser für mich, wirklich Rafael? Besser für mich oder angenehmer für dich?"

„Sicherer für dich!"

Je weniger sie wusste, desto sicherer war sie. Hier auf dem Anwesen konnte er sie beschützen, bei sich behalten. Hier hatte er alles unter Kontrolle.

Wenn sie nichts wusste, war sie keine Bedrohung und auch für niemanden von Nutzen...

Doch wem machte er was vor? Seit dem Moment, als er sich dazu entschloss, sie hierher zu bringen, war sie nicht mehr in Sicherheit, das würde sie wohl nie wieder sein. Sie konnte nicht mehr zurück in ihr altes Leben, das war vorbei. Sie hatte jetzt ein neues Leben, schlussendlich hatte er diese Entscheidung für sie getroffen, ob es ihm passte oder nicht.

Früher oder später würde aber jemand kommen und sie als Druckmittel gegen ihn benutzen, denn Lissandro hatte womöglich recht, Carlo würde seinen Mund nicht halten, ganz egal wie sehr man ihm drohte.

„Bitte Rafael, rede mit mir. Ich habe Unterlagen in deinem Büro gefunden, Pläne und Karten, die schon sehr alt sind. Ihr habt Gebiete markiert, die tief im Regenwald in Schutzzonen liegen, an anderen Stellen ganze Areale aufgekauft. In deinen Telefonaten redest du ständig von Holz, aber dann legt ihr diese Brände, das macht alles keinen Sinn!" Sie hatte sich aufgerichtet und saß nun auf ihren Knien an der Bettkante.

Die Falte zwischen seinen Augen wurde immer tiefer. Sie wusste von dem Holz und den Bränden, aber von dem Gold durfte er ihr nichts erzählen, er konnte nicht.

Er ging zurück zum Bett und setzte sich neben sie. Jara nahm sein Gesicht in ihre Hände, gab ihm einen Kuss und sah ihr durchdringend an.

„Bitte erkläre es mir. Das bist du mir schuldig, wenn du mich bei dir behalten willst."

War er das? War er ihr die Wahrheit schuldig? Er atmete tief ein. Es machte im Grunde keinen Unterschied, ob sie es wusste oder nicht, er würde sie sowieso niemals wieder gehen lassen.

„Die Markierungen auf den Karten sind alte Schmugglerpfade, die wir versuchen auszubauen. Wir benötigen Straßen."

„Wozu?"

„Damit die Lastwagen durch den Amazonas kommen. Unter anderem, damit wir das Holz aus Peru leichter nach Brasilien schaffen können."

Jara sah ihn verdattert an, sie verstand nichts. Wieso sollten sie Holz aus Peru nach Brasilien bringen?

Er schmunzelte.

„Die Nachfrage nach Tropenholz auf dem internationalen Markt ist immens. Der Preis steigt zusätzlich, wenn das Holz aus einem zertifizierten und legalen Abbau stammt. Mittlerweile ist es fast unmöglich geworden, das Holz ohne die Zertifikate zu verkaufen."

„Wenn die Bäume illegal abgeholzt werden, können sie nicht zertifiziert sein.", stellte sie fest.

Er war immer wieder erstaunt darüber, wie gutgläubig sie doch war.

„Wir sorgen dafür, dass die diversen Hölzer genau diese Zertifikate erhalten und damit in den legalen Kreislauf eingeschleust werden."

„Ihr rodet den Regenwald unkontrolliert ab und verkauft illegales Holz?"

„Ja, wir machen illegales Holz zu legalem."

„Aber die Zertifikate…"

„Jara, ich bitte dich. Es gibt nichts, was man nicht mit Geld lösen kann. Nachhaltiger Anbau ...", er schnaubte. „Die Bäume haben zum Teil einen Durchmesser von mehreren Metern und sind fünfzig, siebzig, ja sogar hundert Meter hoch. Weißt du, wie lange es dauert, bis ein Baum so groß ist? Was der Baum benötigt, um so groß zu werden? Diese Bäume können nicht auf kontrollierten Feldern wachsen, sie brauchen das Ökosystem im Regenwald. Sie sind der Regenwald. Die Nachfrage an

Tropenholz ist so enorm, dass die Menge allein mit nachhaltigem Anbau und kontrollierter Rodung gar nicht aufzubringen ist.“

„Wenn ihr das Holz verkaufen könnt, wieso legt ihr dann Feuer und brennt den Regenwald ab?“

„Die Flächen, die bereits gerodet wurden, werden so gesäubert und als Weideflächen für die Rinderfarmen genutzt. Manche Grundstücke werden abgebrannt, um dadurch den Kaufpreis zu senken. Das ganze Geschäft steht und fällt aber auch mit einer guten Infrastruktur und Straßen, um den Transport zu sichern.“

Sie brauchte eine Weile, um die Informationen zu verdauen. Sicher, sie hatte so etwas in der Art schon geahnt, aber es nun aus Rafaels Mund zu hören, machte es nicht besser.

Er stand auf und ging ins Badezimmer.

„Aber die Gebiete meines Großvaters sind viel zu tief im Regenwald.“, sagte sie leise zu sich, und als würde sie langsam hinter sein wirkliches Geheimnis kommen, fügte sie mit lauter Stimme hinzu,

„Rafael, die Gebiete meines Großvaters könnt ihr nicht für die Rodung oder die Brände verwenden. Es ist unmöglich, mit großen Maschinen so tief in den Amazonas vorzudringen, geschweige denn die Rinder dort hinzutreiben. Was macht ihr dort?“

Er öffnete den Hahn der Dusche. Das Wasser prasselte laut auf den Boden. Er hatte sie gehört, ganz genau sogar, nur konnte er ihr auf diese Fragen keine Antwort geben. Er wollte nicht.

Als er aus der Dusche trat, stand sie vor ihm und wiederholte ihre Frage mit Nachdruck.

„Es ist genug. Du wolltest wissen, was wir tun, und das habe ich dir erklärt, jetzt reicht es!“ Mit diesen Worten zog er sich an. Egal was sie noch zu ihm sagte, er antwortete einfach nicht. Er verließ das Anwesen und kehrte erst am späten Abend zurück.

Die Tage verstrichen und Jara kam sich vor wie ein Geist, der einsam durch die Gänge des Hauses wandelte, ab und an, gefolgt von einem Schatten namens Jair.

Sie versuchte noch einige Male Rafael zur Rede zu stellen, doch jedes Mal, bevor sie ihre Fragen zu Ende führen konnte, unterbrach er sie. Er hatte gute Mittel, sie zum Schweigen zu bringen. Seinen verführerischen Küssen und zärtlichen Berührungen und allem was darauf meist folgte, konnte sie nicht widerstehen.

Kapitel 64

Rafael öffnete die Tür.

„Hallo Mutter."

„Rafael."

Er hielt seiner Mutter die Tür auf. Sie trug ein feuerrotes Etuikleid, einen schwarzen Sommerhut, der so groß war, dass er ihr Gesicht verdeckte und eine schwarze Sonnenbrille. Beim Betreten des Hauses nahm sie Hut und Brille elegant ab.

Er ließ ihr den Vortritt, deutete ihr aber hinter ins Büro zu gehen.

„Du willst also gleich zum Geschäftlichen kommen? Soll mir recht sein."

Ihre Absätze hallten auf dem Marmorboden. Selbstbewusst schritt sie den Flur entlang. Ihr ganzes Wesen strahlte Entschlossenheit und Kraft aus. Vor ihr hatten sogar die härtesten Männer in diesem Business Respekt.

Die beiden begaben sich in sein Büro. Während seine Mutter sich setzte, nahm er zwei Kristallgläser aus der Vitrine und schenkte Whiskey ein. Er reichte ihr ein Glas und stellte sich dann zum Fenster.

„Konntest du die neuen Gebiete schon erschließen?"

„Noch nicht, unser Minister sträubt sich noch ein wenig wegen der Schutzzonen."

„Jeder hat einen Preis, kennst du seinen?"

„Er gibt vor, keinen zu haben." Er nahm einen Schluck aus dem Glas und schmunzelte.

„Aber wer keinen Preis hat, der hat etwas zu verlieren. Verlass dich drauf, bis Ende Woche frisst er mir aus der Hand."

„Vermassele es nicht Rafael. Wir benötigen mehr, wenn das Geschäft mit Pedro erst einmal anläuft. Die letzte Lieferung war ein voller Erfolg."

„Pedro." Er sprach den Namen wie ein Fluch aus.

Seine Mutter schmunzelte und nahm einen Schluck Whiskey. Ihr roter Lippenstift färbte den Rand des Glases.

„Ich habe schon gehört, dass das Treffen zu keiner Einigung geführt hat."

„Wir werden nicht weiter mit ihm arbeiten!"

„Doch das werden wir! Solltest du das Geschäft nicht abschließen wollen, werde ich es tun. Hast du mich verstanden!"

„Wir können ihm nicht trauen."

„Und, doch werden wir es tun. Er hat die besten Kontakte nach Europa und in die Staaten. Außerdem machen wir uns mit diesem Geschäft die Finger nicht schmutzig."

Er schwieg und sah aus dem Fenster. Der Blick seiner Mutter folgte seinem und dann wurde ihr klar, was das eigentliche Problem war.

„Ich hatte mich schon gefragt, warum du so gereizt bist. So ein Theater mit dieser Frau. Wieso hast du sie nicht wieder zurück nach Deutschland gehen lassen? Ich bin mir sicher, sie hätte von dort aus weitergemacht und über den Landraub und die Brände berichtet. Sie spielte uns doch perfekt zu! Das war der Plan, alle Welt sollte sich mit den Bränden beschäftigen!" Sie beobachtete ihren Sohn, doch die gewünschte Reaktion blieb aus. Er schwieg. Ohne weiter darauf einzugehen, fuhr sie fort.

„Was ist mit dem Schwachkopf und seinen Mädchen? Das mit seinen Bordellen hier an der Küste ist eine Sache, aber diese Kinder in unser Gebiet in die Wälder zu bringen, geht zu weit."

„Das Problem habe ich endgültig aus der Welt geschafft."

„Gut.", sagte sie kalt.

Da er weiter abwesend aus dem Fenster blickte, stand seine Mutter aus dem Sessel auf.

„Es ist also wahr, du bist verliebt." Sie drehte sich bereits zum Gehen, um.

„Mutter ich bitte dich, du kennst mich. In ein paar Tagen ist es wieder eine andere.", er gab sein Bestes, die Worte so echt wie möglich klingen zu lassen, seiner Stimme den arrogantesten Ton zu verleihen.

„Du beleidigst mich Rafael. Denkst du im Ernst, ich kauf dir dein gefühlloses Verhalten ab? Denkst du, ich merke nicht, dass sie dir etwas bedeutet? Sie macht dich verwundbar! Du solltest diese Frau besser loswerden, sonst werde ich das für dich übernehmen!", sie blieb im Türrahmen stehen und blickte über ihre Schulter. „Nicht nur ich habe gemerkt, dass du sie versteckst, als wäre sie die Prinzessin des Mondes. Du wirst unvorsichtig Junge." Mit diesen Worten verschwand sie aus dem Büro.

Er blickte seiner Mutter hinterher, fuhr mit seinen Händen über sein Gesicht und seine Haare, so wie er es immer Tat, wenn er nachdenken musste.

Das Verhältnis zu seiner Mutter war nicht das Beste, aber sie hatte recht. Früher oder später musste er Jara hier wegbringen.

Kapitel 65

Ramon ging die kleinen Wege im Garten entlang.

Er hatte Jara schon vom Haus aus gesehen. Sie saß auf einer Schaukel und war vertieft in ihre Zeichnung. Immer wieder wischte sie über das Papier und legte den Kopf zur Seite.

„Wird es besser, wenn man es schief ansieht?"

Sie blickte auf und sah ihn emotionslos an.

„Ramon."

„Hallo Jara."

„Was tust du hier?" Sie schenkte ihm keine weitere Aufmerksamkeit und widmete sich wieder ihrer Zeichnung.

„Du zeichnest wieder.", stellte er fest. „Das hast du früher schon gerne getan."

„Ich hatte in den letzten Wochen unerwartet viel Freizeit.", bemerkte sie trocken.

Er wusste nicht, was er darauf antworten sollte, deshalb schaute er nach vorn zu den Klippen.

„Ramon, ich frag dich nochmal, was willst du hier?"

„Es tut mir leid."

Sie schnaubte und packte ihre Zeichensachen zusammen.

„Nein, bitte warte. Hör mir zu."

Sie hörte auf, ihre Sachen zusammenzupacken und sah ihn erwartungsvoll an.

„Es tut mir leid."

„Das sagtest du bereits."

Er atmete tief ein.

„Was genau tut dir eigentlich Leid? Das du mich verraten hast und ich nun hier eingesperrt bin, aus Gründen, die ich nicht nachvollziehen kann? Oder tut dir leid, dass du korrupt geworden bist, dass dank deiner Hilfe ganze Gebiete ausgelöscht werden. Brennend, lichterloh. Was genau tut dir leid?“

„Hör auf.“, brüllte er wütend. „Du weißt nicht, wie das ist, hier zu leben. Es ist nicht immer einfach. Man kann nicht ständig die richtigen Entscheidungen treffen. Ich wollte meinen Traum verwirklichen. Ich wollte Fußball spielen, ein Sportler sein. Endlich aus der Armut raus, mir nicht überlegen zu müssen, wie ich am Ende des Monats die Miete zahlen kann. Irgendwann bin ich in all das hier reingerutscht. Ich wusste das es nicht nobel war, was ich tat, aber die Kontakte ermöglichten mir das zu werden, was ich heute bin. Ich war ein niemand und nun werde ich für den Fußball, das was ich liebe, bezahlt. Kann davon leben, kann meinen Traum leben!“

„Und auf wessen Kosten lebst du deinen Traum? Ich hätte dir geholfen, zu jeder Zeit und außerdem hättest du deinen Traum auch ohne Hilfe verwirklichen können. Du hast Talent!“ Sie sah ihn enttäuscht und entsetzt zugleich an. „Weißt du noch unser Gespräch nach dem Training? Ich hatte dir gesagt, dass man immer die Möglichkeit hat, die richtige Entscheidung zu treffen. Du hast vielleicht in der Vergangenheit die falschen Dinge getan, aber als ich dir vor ein paar Wochen die Möglichkeit gegeben hatte, das Richtige zu tun, hast du es nicht getan. Ramon, du hättest etwas unternehmen können, aber du wolltest nicht. Du wolltest den leichten Weg gehen, den Weg bei dem am meisten für dich herumkommt!“ Sie stand auf und ging den kleinen Pfad zum Pool hinauf.

„Du warst niemals ein niemand, nicht für mich!“

Er folgt ihr.

„Du hast mich angelogen, verraten und mich im Stich gelassen.“ Sie drehte sich um und stieß beinahe mit ihm zusammen. Sie schloss ihre Augen, um die Tränen zurückzuhalten.

Er legte seine Arme fest um sie.

„Bitte Jara, versuch wenigstens, mich zu verstehen. Ich kann dich nicht verlieren.“

Sie öffnete die Augen und wollte etwas erwidern, da fiel ihr der tanzende Lichtpunkt auf. Ein kleiner roter Punkt, der zitternd an ihrer Schulter auftauchte und dann wieder verschwand.

Ein lautloser Schuss durchschnitt die Luft. An ihrer Brust spürte sie die Wärme, die sich langsam ausbreitete.

Ihr Atem stockte und die Luft in ihren Lungen entwich.

„Ramon.", flüsterte sie.

Er blickte sie mit vor Schreck aufgerissenen Augen an.

Noch ein Schuss, noch ein Druck, der sich schlagartig ausbreitete.

Noch immer in der Umarmung sackten sie zu Boden. Das Blut färbte den Steinboden innerhalb von Sekunden dunkelrot.

„Ramon was…" Sein Name rann ihr über die Lippen. Sie fühlte sich wie betäubt.

Ihre Hände fuhren über sein Gesicht und runter an seine Brust. Sie presste die Hände fest auf die Wunde, doch das dickflüssige Blut quoll ihr durch die Finger. Panik überkam sie. Ihr Körper zitterte, doch sie presste die Hände immer weiter auf seine Brust.

„Ich hätte nicht ...", er röchelte.

„Nein nicht, tu das nicht!" In ihren Augen schossen die Tränen und sie schrie nach Hilfe.

„Es tut mir leid."

Sie nickte, „Ich weiß."

Plötzlich wurde sie von jemanden hochgerissen. Sie wehrte sich und versuchte wieder zu Ramon auf den Boden zu kommen. Alles um sie herum schien Meilen weit weg zu sein, wie in Trance konnte sie nur noch Ramon sehen.

Stimmen prasselten auf sie ein, hunderte Fragen, die sie aber kaum hörte.

„Nein, nein, nein. Ramon wurde getroffen. Lass mich. Mir geht es gut!"

„Jara, du blutest."

„Nein, lass mich los. Es ist nicht mein Blut." Sie sah nun Rafael an, der vor ihr stand und sie festhielt.

„Es ist nicht mein Blut!", wiederholte sie schreiend und riss sich aus seinem Griff.

Sie beugte sich wieder über Ramon, hielt sein Kopf in beiden Händen.

„Jara."

Das gurgelnde Geräusch verebbte leise, schleichend.

„Ich bin da. Halte durch."

Tränen flossen über ihre Wangen und tropften auf sein Gesicht.

Sein Blick starr, die Augen leer.

„Nein Ramon nicht. Bitte lass mich nicht allein!“, schluchzte sie mit bebender Stimme.

Hilfesuchend sah sie zu den anderen.

„Tut doch was. Bitte tut was.“, schrie sie immer und immer wieder.

Lissandro und Jair waren bereits zur Stelle gewesen. Sie hatten versucht, Ramon zu helfen, doch es war zu spät. Rafael zerrte sie von Ramons leblosen Körper weg.

„Wir müssen einen Krankenwagen rufen.“, schniefte sie panisch und fuhr sich mit den Händen über ihr Gesicht.

Keiner der Anwesenden reagierte.

„Wieso tut denn niemand etwas? Er braucht dringend einen Krankenwagen!“

„Nein Jara, das geht nicht.“

„Wie meinst du das? Wieso geht das nicht?“

„Bevor wir nicht wissen, wer der Schütze ist, können wir nicht die Polizei ...“

Sie wollte auf Rafael losgehen.

„Du Mistkerl, er stirbt!“

Lissandro schlang seine Arme um sie und hielt sie zurück.

Rafael war bereits am Telefon, „Du musst kommen, sofort.“ Er steckte das Handy zurück in seine Hosentasche und strich ihr vorsichtig über die Wange.

Sie war immer noch fest in Lissandros Griff.

„Der Arzt ist in wenigen Minuten hier, Jara.“

Rafael sollte recht behalten, der Arzt war bereits wenige Minuten nach dem Anruf auf dem Grundstück. Jara saß während der ganzen Zeit neben Ramon auf dem Boden und hielt seinen Kopf in ihrem Schoß.

Doch auch der Arzt konnte nur noch den Tod feststellen.

In diesem Moment zerbrach sie innerlich.

Schluchzend gab sie ihm einen letzten Abschiedskuss auf die Stirn.

Jair und ein anderer Mann nahmen Ramons Körper mit.

Wie wild liefen die Angestellten auf dem Grundstück hin und her. Immer wieder wurde sie versehentlich angerempelt und zur Seite gestoßen. Doch das spielte alles keine Rolle, apathisch starrte sie ins Leere. Ramon war tot.

Rafael und Lissandro waren damit beschäftigt, die Angestellten zu dirigieren.

Jara stellte sich etwas abseits, versuchte zu verstehen, was gerade geschehen war.

„Ich will, dass jeder noch so kleine Winkel des verdammten Anwesens durchkämmt wird. Und schaut gefälligst auch außerhalb der Mauer, ich will den Schützen noch heute Nacht, ist das klar!“ Lissandro tobte und packte einen der vorbeilaufenden Security. „Wie konnte das passieren? Wann hattet ihr Schichtwechsel?“

Kapitel 66

Wasser prasselte auf Jaras Rücken. Die Knie dicht an ihren Körper gezogen, saß sie in der Dusche. Sie versuchte zu begreifen, was in den letzten Wochen alles passiert war.

Ihr Shirt war getränkt von seinem Blut, es klebte an ihrer Haut. Das Wasser rann ihr Kinn hinunter und verfärbte sich rot. Nur langsam wusch sich Ramons getrocknetes Blut aus ihrem Gesicht und den Händen.

Wie konnte es nur so weit kommen. Ramon war tot. Erschossen, einfach so am helllichten Tag.

Er hatte gesagt, es sei gefährlich und sie wüsste nicht, auf was sie sich einlassen würde. Geh nicht, hatte er ihr gesagt. Geh nicht. Lass es. Aber sie wollte nicht auf ihn hören. Sie musste der Sache auf den Grund gehen, konnte einfach nicht aufhören.

Und dann war es plötzlich zu spät. Sie war in Dinge geraten, die sie nicht mehr beeinflussen konnte. Sie war nicht länger der Störenfried in einem korrupten System, sie wurde zur Spielfigur, ein Mittel zum Zweck. Sie fühlte sich wie auf einem Karussell, welches immer und immer schneller drehte. Sie hatte den Absprung verpasst und nun hielt sie die Schwerkraft fest, presste sie mit aller Kraft an Ort und Stelle.

Sie betrachtete ihre Handflächen, spürte noch immer das Blut, das pulsierend aus Ramons Brust gequollen war. Voller Verzweiflung hatte sie ihre Hände auf die Schusswunde gepresst.

Mit der geballten Faust schlug sie auf den Fliesenboden der Dusche, als könnte der körperliche Schmerz die frische Erinnerung aus ihrem Kopf verbannen.

Vor ein paar Wochen sollte die ganze Welt von den illegalen Geschäften erfahren, sie wollte es stoppen, aber nicht zu jedem Preis, nicht zu diesem Preis. Nicht für Ramons Leben.

Sie blickte auf und sah Rafael in der Tür stehen. „Verschwinde.“, schluchzte sie.

Rafael lief unbeirrt auf sie zu.

„Ich sagte, du sollst gehen. Verschwinde!“

Er setzte sich neben sie auf den Boden, lehnte sich an die Wand und ließ den Blick nicht von ihr ab. Er streckte die Hand nach ihrer Schulter aus. Sie wich zurück.

Ihr Widerwille hatte ihn noch nie abgehalten und so griff er erneut nach ihr und zog sie über den nassen Boden an seine Brust.

„Es tut mir leid.“ Mehr brachte er nicht über seine Lippen.

Dort, wo sie an ihm lehnte, sog sein weißes Shirt das Wasser auf. Sie spürte seine Wärme an ihrer Wange.

„Bitte lass mich allein. Geh!“, flüstere sie in seine Schulter.

„Nein!“

Nach einer schlaflosen Nacht saß Jara gegenüber von Rafael am Tisch. Keiner von beiden rührte das Frühstück an, welches Marta vorbereitet hatte.

Rafael war zu dieser Zeit normalerweise schon mit seiner Arbeit beschäftigt, seit dem gestrigen Anschlag war er allerdings beinahe ohne Unterbrechung am Telefon.

„Wer hat ihn erschossen?“, wollte sie wissen.

„Wir haben den Schützen noch nicht.“

„Hat jemand seine Familie informiert?“

„Ja.“

Sie nickte abwesend und zeichnete mit ihren Fingern Muster auf die Tischdecke.

„Ich möchte mit ihnen sprechen.“

Er blickte auf und sah sie einen Moment an. „Ich werde sehen, was ich tun kann.“

Lissandro kam auf die Terrasse und legte ihm einige Fotos auf den Tisch. Auch Lissandro war ununterbrochen am Telefon. Die beiden nickten sich zu und tauschten vielsagende Blicke aus. Sie verstanden sich auch ohne Worte.

„Wann ist die Beerdigung?“, fragte Jara und versuchte einen Blick auf die Fotos zu erhaschen.

„Bereits morgen.“

„In Ordnung, dann werde ich morgen bei der Beerdigung mit seiner Familie sprechen.“

„Das wird nicht möglich sein.“, sagte Lissandro als er gerade sein Telefonat beendete.

„Was? Wieso nicht?“

„Du wirst nicht an die Beerdigung gehen.“, entgegnete nun Rafael und stand vom Tisch auf.

Lissandro ging zurück ins Haus und Rafael war gerade im Begriff, ihm zu folgen.

„Rafael warte! Was soll das heißen?“

„Es ist zu gefährlich, du wirst hier auf dem Anwesen bleiben.“, erklärte er, während er sich zu ihr umdrehte.

„Auf gar keinen Fall. Ich werde zu dieser Beerdigung gehen, ob du willst oder nicht!“

„Nein wirst du nicht.“

Sie stand direkt vor ihm, funkelte ihn wütend an.

„Ich habe nichts mit euren Machenschaften zu tun und…“

„Der Schuss sollte nicht Ramon gelten, Jara. Der Schütze hätte sich nicht die Mühe gemacht und seinen Auftrag auf einem bewachten Anwesen ausgeführt, wenn er Ramon auch nach dem Training hätte erledigen können.“

„Mir ist egal, wem dieser Schuss gegolten hat! Wenn ich zu dieser Beerdigung gehen will, um von meinem Freund Abschied zu nehmen, dann kannst du nichts dagegen unternehmen!“

„Du hattest deinen Abschied, als er in deinen Armen starb.“

Bei der Erinnerung stiegen heiße Tränen in ihre Augen und sie ballte ihre Fäuste.

„Merkst du nicht, dass du die Kontrolle verloren hast Rafael!? Er wurde hier in deiner scheinbar sicheren Festung erschossen, und ihr wisst nicht einmal, wer es getan hat oder warum! Es spielt also keine Rolle, ob ich hier bin oder in der Stadt bei der Beerdigung meines Freundes, der wegen dir in meinen Armen sterben musste!“ Sie konnte die ganze Wut nicht mehr zurückhalten, es kam wie eine Welle über sie.

„Ich bin eine erwachsene Frau, hör auf, mich wie ein Kind zu bevormunden. Es ist mein Leben und meine Entscheidung. Ich gehöre weder dir noch irgendjemand anderem. Ich allein treffe meine Entscheidungen!"

Ein leises Lachen kroch aus Rafaels Kehle und verstummte zugleich wieder.

„Du hast deine Entscheidungsfreiheit vor langer Zeit verloren. Je schneller du das akzeptierst, desto einfacher wird es für uns beide!"

Da war er wieder, dieser eisige Blick und diese dunklen Augen, die sie schaudern ließen.

Rafael drehte sich um und ließ sie auf der Terrasse zurück.

Am Nachmittag kam Lissandro zu ihr, um nach ihr zu sehen. Eine Weile saßen sie stumm nebeneinander. Er hatte ihr eine Zigarette angeboten, die sie wie immer dankend ablehnte.

„Wer war der Schütze?", fragte sie und brach schließlich das Schweigen, welches sie umhüllte.

„Das spielt keine Rolle."

Sie sah ihn misstrauisch in die Augen. „Ihr wisst es nicht, stimmts?"

„Wenn ich dir sagen würde, wer es war, was würde es dir nutzen? Es würde dir Ramon nicht wieder zurückbringen."

Sie wandte seufzend ihren Blick ab. Er hatte recht, nichts konnte Ramon wieder zurückbringen.

„Kann ich zu meiner Großmutter?"

„Nein."

Sie hatte mit dieser Antwort bereits gerechnet und verzog das Gesicht.

„Willst du sie wirklich in Gefahr bringen?"

Sie antwortete nicht.

„Willst du es wirklich riskieren, dass dir jemand zu deiner Großmutter folgt?"

„Nein.", gab sie kleinlaut zu.

Wieder breitete sich ein Schweigen aus.

Lissandro nahm den letzten Zug seiner Zigarette und drückte den Stummel aus. Er sah Jara an, seufzte und griff in seine Hemdtasche.

„Ich glaube nicht, dass ich das tue. Wenn Rafael davon erfährt, bringt er uns beide um."

Sie blickte ihn fragend an, als er ihr sein Telefon hinstreckte.

„Los nimm schon. Du kannst sie anrufen."

Ihre Augen weiteten sich vor Erstaunen.

„Fünf Minuten, keine Sekunde länger."

Sie wollte aufstehen, doch er hielt sie am Handgelenk fest. „Hier, wo ich dich hören kann."

Sie rollte mit den Augen. „Lissandro…"

„Nein, entweder hier oder gar nicht. Deine Zeit läuft Prinzessin, fünf Minuten."

Hastig wählte sie die Telefonnummer ihrer Großmutter und nach einigen Tuten nahm diese tatsächlich ab.

„Omi." Es war mehr ein Schluchzen als eine Begrüßung.

„Jara?"

„Ja Omi, ich bin es."

„Mein Kind, was ist passiert."

„Ich…", sie sah zu Lissandro, der sie warnend ansah, atmete dann tief ein, um sich etwas zu beruhigen. „Ich weiß es nicht, Omi. Es ging alles so schnell und dann… Ramon."

„Sehen wir uns morgen in der Kirche?", fragte ihre Großmutter schnell.

„Nein. Ich kann nicht. Es tut mir so leid."

Sie schloss die Augen. Lautlos strömten ihre Tränen über die Wangen und sie versuchte krampfhaft, den sich bildende Kloß in ihrem Hals zu schlucken.

„Wo bist du?"

Wieder genügte Lissandros Blick. Sie wusste, dass sie nichts verraten durfte.

„In Sicherheit Omi. Mach dir keine Sorgen. Ich werde bald zurück sein. Ich muss vorher aber noch einige Dinge regeln, verstehst du? Dinge, die ins Wanken geraten sind."

„Du bist wie dein Großvater.", stellte Oma Avó fest. Ihre Stimme zitterte und Jara konnte hören, wie sie versuchte nicht zu weinen.

„Ich weiß. Wenn ich es nicht tue, wer tut es dann?"

„Ja das hat er auch immer gesagt."

Ihr Blick fiel wieder auf Lissandro, der ihr deutete, dass ihre Zeit abgelaufen war.

„Ich muss los Omi."

„Pass auf dich auf mein Kind."

„Das werde ich, versprochen."

Kaum hatte sie den letzten Satz beendet, nahm er ihr das Telefon weg und beendete das Telefonat. Ohne ein weiteres Wort, ohne einen weiteren Blick ging er.

Kapitel 67

Jara saß in einem Sessel auf der Terrasse und betrachtete abwesend das Lichtermeer im Garten. Die Sonne war bereits seit einigen Stunden hinter den Bergen verschwunden.

Seit Ramons Tod verbrachte sie die meiste Zeit im Garten und hing ihren Gedanken und Erinnerungen nach.

Nachdem letzte Woche weder Rafael noch Lissandro sie an die Beerdigung ließen, sprachen sie kaum mehr miteinander. Egal welche Argumente sie vorbrachte, egal wie sehr sie tobte, sie durfte das Anwesen nicht verlassen.

Die Stimmung war weiter angespannt, die Männer wussten nicht, wer der Schütze gewesen war oder wollten es ihr nicht sagen. Auch war unklar, wem dieser Schuss, den Ramon das Leben gekostet hatte, eigentlich hatte gelten sollen.

Sie war erst seit einigen Monaten hier, doch selbst sie spürte, wie die Unsicherheit die beiden Männer veränderte. Es drohte ihnen die Kontrolle ihres eigenen Spieles zu entgleiten.

Nach einigen Tagen gab Rafael schließlich nach und ging nachts mit ihr auf den Friedhof. Sie durfte ein paar Minuten das Grab von Ramon besuchen. Selbstverständlich war er bei ihr, stand mit ihr in der Dunkelheit vor dem hölzernen Kreuz.

Sie wusste, das war alles, was sie erwarten konnte, es war ein Friedensangebot. Das Verhältnis zwischen ihnen hatte sich danach wieder etwas verbessert und die Wut und die Anspannung hatten sich in die vergangenen Tage gelegt.

Rafael kam auf die Terrasse und ging vor ihr in die Hocke. Er legte seine Hand auf ihr Knie und sah sie an. Sah ihr lange in die Augen, sagte aber nichts.

Doch so wie er vor ihr hockte, lag nicht nur Besorgnis in seinem Blick, irgendetwas stimmte nicht, sie konnte es in seinen Augen sehen.

„Pack deine Sachen. Heute Nacht brechen wir auf." Seine Stimme klang fest und bestimmend.

„Was?"

Er trommelte nervös mit seinen Fingern auf ihrem Knie. Diese Reaktion passte nicht zu ihm. Er hatte sonst immer einen klaren Kopf und die Situation unter Kontrolle.

„Wieso? Und wohin gehen wir?"

Bevor er antwortete, klingelte sein Telefon, wie so oft in letzter Zeit.

Er stand auf und ging sofort ran. Im davon Laufen rief er ihr Amazonas zu und ging zurück ins Haus.

„Amazonas?", flüsterte sie zu sich.

Im Dunkeln der Nacht stiegen sie mit gepackten Taschen in den SUV. Jara verabschiedete sich von Marta, sie und die anderen Angestellten blieben auf dem Anwesen in Rio. Lediglich einige Security und enge Vertraute von Rafael kamen mit in den Amazonas.

Die beiden Geländewagen rauschten über die Auffahrt und nach kurzer Zeit waren die Lichter des Anwesens nicht mehr zu sehen.

„Wohin fahren wir?", fragte sie nach einer Weile.

„Zum Flughafen."

„Der Flughafen liegt in entgegengesetzter Richtung."

„Ich habe nicht gesagt, dass wir zum Haupt-Flughafen fahren. Mein Flugzeug steht auf einem privaten Flugplatz."

Rafael blickte immer wieder zurück und beobachtete aufmerksam die dunkle Nacht.

„Vor wem läufst du davon?"

„Ich laufe nicht davon!"

„Rafael, was ist passiert? Ich denke, ich habe nach allem was passiert ist, ein Recht zu erfahren, was los ist."

Er gab keine Antwort.

„Bitte.", sie legte ihre Hand an seine Wange und fing seinen Blick für einen kurzen Moment ein.

Er blieb stumm und blickte wieder aus dem Fenster.

„Lissandro?“

Lissandro, der am Steuer saß, blickte kurz in den Rückspiegel, öffnete seinen Mund, um etwas zu sagen, hielt dann aber inne und seufzte.

„Was es auch ist, ich kann damit umgehen!“ Sie flehte. „Wohin gehen wir? Bitte sagt doch endlich jemand irgendetwas.“

„Tut mir leid Prinzessin, es ist besser so… glaub mir.“

Sie schnaubte und schloss ihre Augen.

Nach einer Weile fuhr das Auto über einen unebenen Untergrund und sie öffnete wieder die Augen. Es war immer noch stockdunkel und sie konnte, nur im Scheinwerferlicht des Autos, ein wenig von der Landschaft erkennen. Schließlich hielt der Wagen an.

„Warte hier.“, befahl Rafael und stieg aus.

Wenig später erhellten Scheinwerfer eine Rollbahn. Eine Propellermaschine stand vor einem Hangar. Rund um den Flugplatz erstreckten sich Gestrüpp und Bäume. Leise Nachtgeräusche waren zu hören.

Rafael kam mit zwei Männern zurück. Keiner redete auch nur ein Wort, still und leise nahmen die Männer das Gepäck auf den Rücken und eilten zum Flugzeug. Jara nahm an, einer der beiden sei der Pilot.

Rafael griff nach ihrer Hand. Er drückte sie leicht und blickte hinab zu seiner Hand, die ihre umschloss. Nach einem kurzen Zögern sah er zu ihr auf, sagte aber nichts. Er festigte den Griff und sie stiegen aus dem Auto, um den anderen zu folgen. Sein Griff war so fest, dass es sie schmerzte.

Sie stiegen über eine kleine Treppe in die Maschine. Die Nacht war schwül und es roch nach Kerosin. Mit einem Dröhnen startete der Propeller und die Maschine fing an, sich zu bewegen. Langsam nahmen sie Geschwindigkeit auf, das ganze Flugzeug vibrierte und gleich darauf zog der Pilot die Maschine hoch. Sie hoben ab in den dunklen Nachthimmel.

Als sie oben in der Luft waren und unter ihnen die Lichter Rios langsam verschwanden, entspannten sich Rafael und die anderen merklich.

„Schlaf etwas.“, sagte er, lehnte sich in dem braunen Ledersitz zurück und schloss die Augen.

Jara konnte nicht schlafen, sie starrte stundenlang in die Nacht und erhaschte hier und da ein paar Lichter am Boden.

Das gleichmäßige Surren der Propellermaschine und die kleinen Vibrationen ließen sie müde werden. Immer wieder fielen ihr die Augen zu.

Kapitel 68

Sie konnte nicht sagen, wie lange sie geschlafen hatte, aber als sie aufwachte, traute sie ihren Augen nicht.

Allmählich wurde es heller und der leuchtend rote Streifen, der über den Horizont kletterte, vertrieb langsam das tiefdunkle Blau des Nachthimmels und die funkelnden Sterne.

Behutsam färbte sich der Himmel hellblau und der neue Tag brach an. Es schien, als würden sie der Sonne entgegenfliegen. Die Lichtstrahlen fielen auf die Baumkronen des Waldes. Jara konnte die Schönheit des Regenwalds kaum fassen. Bis an den Horizont erstreckte sich das atemberaubende Blätterdach.

Der Regenwald zeigte sich in seiner vollen Pracht und schien endlos weit zu sein.

Ein kupferfarbener Fluss schlängelte sich durch die grüne Weite.

Ein Schwarm von Papageien flog unter ihnen hindurch. Ihre Körper, leuchtend rot und mit ihren blau, grün, gelben Flügeln stachen sie aus dem grünen Untergrund magisch hervor.

Begeistert beobachtete sie die Welt zu ihren Füßen. Doch dann schreckte sie auf, rieb sich ungläubig die Augen, setzte sich aufrecht in ihren Sitz und starrte dem Horizont entgegen. Das konnte nicht wahr sein.

„Was zum Teufel ..."

Fassungslos legte sie ihre Hand an die Fensterscheibe.

Unter ihr klaffte der Regenwald auf. Dort, wo sich früher der Fluss durch die Bäume geschlängelt haben musste, ragten nun braune Dreckhaufen empor. Vereinzelte Wasserlöcher spiegelten dreckig und trüb den wolkendurchzogenen blauen Himmel.

Sie drehte langsam den Kopf und blickte Rafael fragend an.

Er starrte sie abwartend an. Beobachtete, jede Reaktion ihres Gesichts, jedes Zucken ihrer Mundwinkel, das ungläubige Runzeln ihrer Stirn. Beobachtete wie sich ihr Mund langsam öffnete, um etwas zu sagen, dann aber wieder ohne einen einzigen Ton schloss.

Es war nur eine Frage der Zeit gewesen, bis sie es herausgefunden hätte, das hatte er immer gewusst, und nun war es so weit. Nun sah er in ihre wunderschönen blauen Augen, in denen er sich so gerne verlor. Sah die vielen Fragen, die ihr ungläubiger Blick wortlos stellte.

Kapitel 69

Bevor Jara etwas sagen konnte, setzte das Flugzeug zur Landung an. Zur Landung im Nirgendwo.

Es schien, als würden die Flügel der Maschine die Baumwipfel berühren, so schmal war die Schneise, die in den Wald gehauen wurde.

Holprig landete die Maschine und kam vor einer grünen Wand aus Pflanzen zum Stehen. Der Pilot sprach etwas ins Funkgerät, woraufhin sich alle für den Ausstieg bereit machten.

„Ich werde die Maschine auftanken.“, sagte der Pilot zu Rafael.

„Gut. Halte dich bereit und bleib in der Nähe.“

Der Pilot nickte. Lissandro verabschiedete den Piloten mit einem Handschlag und stieg als Erster aus. Jara folgte ihm und sprang geschickt aus der Propellermaschine. Ihre Füße landeten auf rotem, lehmigem Untergrund.

Die Geräuschkulisse des Regenwaldes, die sie erwartet hatte, blieb aus. Sie sah sich um und entdeckte stattdessen die Ursache des verbrannten Geruchs, der aufdringlich in der Luft lag.

Dunkle Rauchschwaden stiegen hinter den Baumspitzen empor.

„Los Prinzessin, wir sollten hier nicht allzu lange bleiben.“, klärte Lissandro sie auf und wies ihr den Weg zu einer klappigen Wellblechhütte.

Gerade als sie ihm folgen wollte, stieg in ihr Übelkeit auf. Sie hielt sich die Hand vor den Mund und rannte zum Dickicht.

Eigentlich hatte ihr die Höhe noch nie etwas ausgemacht und das Fliegen erst recht nicht.

„Geht es wieder?“, fragte er und reichte ihr eine Flasche Wasser.

„Ja danke. Ist wahrscheinlich nur die Aufregung der letzten Tage.“

Ein Pick-up kam die Straße hinuntergerast.

„Keine Minute zu spät.“, sagte Lissandro und sah dem Auto entgegen.

Ein Mann stieg aus dem Auto und ging zur Propellermaschine. Er ließ den Motor des Wagens laufen. Rafael stieg an seiner Stelle ein und gab den anderen ein Zeichen, sich zu beeilen. Sie warfen das Gepäck hinten auf die Laderampe und stiegen ein.

„Kommen die anderen denn nicht mit?“, fragend sah sie sich um.

„Nein, sie tanken das Flugzeug auf und machen alles bereit. Sie werden später nachkommen.“, entgegnete Rafael, während er das Auto kehrte und über eine holprige Straße, weg vom Flugzeug, lenkte.

Stundenlang fuhren sie über Schotterstraßen, die den ganzen Geländewagen durchschüttelten. Die Straßen waren anders als am Flugplatz, staubig und trocken.

Anfangs tauchten an den Seiten immer wieder große, verkohlte Felder auf.

Noch bevor Jara sehen konnte, was der Grund für die aufkommende Hitze war, hörte sie das laute Knistern des brennenden Holzes. Kurz darauf fuhren sie an einem Meer aus Flammen vorbei. Die extreme Hitze ließ die Umgebung flimmern.

Von den einst gigantischen Bäumen war nichts mehr zu sehen, nur lichterlohe Flammen stachen in die Höhe. Ein Feuergürtel, der sich unaufhörlich in den Wald fraß. Aber auch die Feuer ließen sie nach einigen Stunden Fahrt hinter sich.

Die Straßen wurden schlechter, immer schlechter, je länger sie fuhren, der Regenwald hingegen blühte wieder auf. Er stand beinahe in voller Pracht und zumindest dieser Teil schien von den Zerstörungen unberührt zu sein.

Rafael konnte sich kaum auf die Straße konzentrieren. Er starrte unaufhörlich in den Rückspiegel, konnte nicht anders. Als wäre er besessen, beobachtete er ihre Reaktionen. Er verinnerlichte und studierte jeden Ausdruck, der sich auf ihrem Gesicht abspielte. Irgendwann sah er ihren Kopf langsam zur Seite gleiten und ihre Atemzüge gleichmäßiger werden. Jara schlief. Dennoch konnte er nicht aufhören, immer wieder in den Spiegel zu sehen, um sich zu vergewissern, dass sie in Sicherheit hinter ihm im Auto saß.

Er erschrak beim Klang ihrer Stimme.

„Willst du mir erklären, was ihr hier wirklich macht? Die ganze Wahrheit, nicht nur den Teil mit dem Holz?"

Sie war aufgewacht und sah ihn nun über den Rückspiegel an.

„Nicht hier."

„Wieso? Ich denke, du erzählst mir nichts, was die anderen nicht schon längst wissen. Außerdem schlafen Lissandro und Jair."

Zwischen seinen Augen bildete sich eine Falte. Er begann zögerlich zu erzählen.

„Ich werde es dir nur einmal erzählen und du stellst keine Fragen!"

Sie blieb still.

„Der Regenwald hier in den Gebieten Pantanal und Amazonas ist der artenreichste der Welt und sozusagen Brasiliens Geldanlage. Es steckt so viel Reichtum im Wald, dass wir es uns einfach nur nehmen müssen. Ich habe dir bereits von den Rodungen und den Bränden erzählt."

Es brachte nichts, ihr auch nur noch eine Kleinigkeit zu verschweigen, also entschloss er sich nach einer kurzen Pause weiter zu erzählen.

„Zuerst werden die Bäume gefällt. Das Holz vorwiegend nach China und in die Staaten verkauft, illegal versteht sich, aber das hatte ich dir schon erklärt. Nun, unser eigentliches Geschäft ist aber nicht das Holz, sondern der Goldabbau, daher kommen die Narben im Wald, die du aus dem Flugzeug bereits gesehen hast.

Nachdem das Holz geerntet ist, holen wir das Gold aus dem Boden. Das machen wir mit Baggern und großen Maschinen, die das Gold mit Hilfe des Flusswassers vom Dreck trennen. Mittlerweile sind wir aber so tief in einige Schutzzonen des Amazonas vorgedrungen, dass wir keine großen Maschinen mehr einsetzten können. Es ist selbstverständlich nicht erlaubt, dort nach Gold zu suchen. Die Claims müssen mit Menschenkraft betrieben werden, die großen Bäume werden mithilfe des Flusses transportiert und nach Gold wird sozusagen per Hand geschürft."

„Aus den Berichten meines Großvaters weiß ich, dass für die Goldgewinnung Quecksilber benötigt wird, das den Fluss und den Boden vergiftet und diesen für lange Zeit unfruchtbar macht. Weder Menschen noch Tiere können dann noch in diesen Gebieten überleben."

„Ich sagte doch, du sollst keine Fragen stellen."

„Das war keine Frage! Aus diesem Grund habt ihr die Gebiete, die meinem Großvater gehörten, gestohlen. Es sind Schutzgebiete, in denen Gold in der Erde oder besser gesagt im Fluss stecken."

Er nickte bloß, ließ seinen Blick aber auf die staubige Straße gerichtet.

„Du fragst dich sicher, wie wir unentdeckt in den Schutzgebieten schürfen können." Er blickte kurz ihr nach hinten. Diese sah ihn ausdruckslos an und blieb stumm. Er schnaubte und seine Lippen verzogen sich zu einem abfälligen Grinsen, dann fuhr er fort.

„Die meisten Menschen auf dieser Erde haben einen Preis. Mir ist bisher noch niemand untergekommen, der seinen Preis nicht früher oder später bekannt gegeben hat. Wer keinen Preis hat, der hat etwas zu verlieren." Er verfestigte den Griff um das Lenkrad und blieb eine Weile still.

„Mit der Zustimmung der Indios des Gebietes, darf man in den Indio-Reservaten schürfen. Es ist immer zum Nachteil der Einheimischen, aber nun ja, sie verdienen zumindest ein kleines bisschen. In den Schutzzonen aber ist es etwas anders, da braucht man die Regierung auf seiner Seite. Jemanden, der in die andere Richtung blickt, während man das Gold gewinnt und das Land damit unfruchtbar macht. Die Regierung schaut weg und öffnet die Hand, so einfach ist das. Es gibt viele, die etwas von all dem scheinbar schillernden Reichtum abhaben wollen. Die ganze Kunst dieses Geschäftes liegt darin, den richtigen Leuten die richtigen Worte zuzuflüstern. Der Empfang vor einigen Wochen war deshalb so wichtig, weil wir dort die neuen Abkommen in die Wege geleitet haben. Handelsabkommen, die es Brasilien und selbstverständlich auch uns erleichtert, Gold, Fleisch, Holz und Soja zu verkaufen, zu exportieren.

Außerdem haben wir erreicht, dass die Regierung die Naturschutzzonen des Regenwaldes, sagen wir mal, zu unseren Gunsten anpasst. Die Brände sind größtenteils ein Ablenkungsmanöver, sie sollen alle Augen auf sich ziehen. Die ganze Welt soll sich mit den Bränden beschäftigen. Feuer hat auf die Menschheit eine seltsame Anziehungskraft. Sie sehen neben den verheerenden Feuern nichts anderes mehr."

„Warte Rafael, wieso sagst du Fleisch und Soja?"

„Es gibt selbstverständlich nicht nur das Gold und das Holz, das zu Geld gemacht wird. Es werden auch Flächen brandgerodet, um die Gebiete billig zu kaufen und an die Viehzüchter weiterzuverkaufen. Rinderfarmen benötigen viel Platz für Weideflächen. Ist das Land dann auch für das Vieh nicht mehr von Nutzen, kommt die Agrarindustrie und zieht mit den Monokulturen die letzte Energie aus dem Boden. Meist wird Soja angebaut und zu Tonnen an die Industrie weltweit exportiert. Damit haben wir allerdings nichts mehr zu tun. Dennoch laufen alle Fäden schlussendlich in meinen Händen zusammen. Hier tut niemand etwas ohne meine Zustimmung! Ich kontrolliere den gesamten Abbau und Handel."

Sie war sprachlos über all die Informationen, die sie gerade erhielt.

„Wir sind derzeit so tief wie noch nie in den Urwald vorgedrungen. Fünfzig Tonnen Gold warten darauf, aus dem Schlamm geholt zu werden. Das Gebiet liegt in Schutzzonen, die noch nie betreten wurden, da kann ..." Er machte eine kurze Pause und räusperte sich, „darf die Regierung nicht wegsehen. Also müssen wir alles verdeckt machen.

Pedro sollte der Mann sein, der das gewonnene Gold aus dem Land schafft, doch er ist zu ungeduldig und zu gierig, er würde das Geschäft ruinieren, aus diesem Grund lehnte ich die Zusammenarbeit mit ihm ab." Ein bitteres Lachen drang zu Jara auf den Rücksitz.

„Damit ist Pedro allerdings ganz und gar nicht einverstanden, denn wer verzichtet freiwillig auf fünfzig Tonnen Gold? Pedro bestimmt nicht. Er ist nicht zu unterschätzen, vor allem weil wir, in der Vergangenheit, einige Geschäfte von ihm übernommen haben.

Menschen, die mit dem Rücken zur Wand stehen, sollte man keine Angriffsfläche bieten. Deshalb sind wir hier. Wir müssen einige Zeit von der Bildfläche verschwinden." Rafael fuhr sich mit einer Hand durch seine Locken. „Es ist etwas eingetreten, was noch nie zuvor so war. Nun habe auch ich etwas zu verlieren!", den letzten Satz murmelte er kaum verständlich.

Gedankenversunken ertasteten Jaras Finger die Kette an ihrem Hals. Die zarte goldene Halskette mit dem kleinen Anhänger, die er ihr geschenkt hatte, wurde auf einen Schlag unendlich schwer. Sie drohte sie zu ersticken, denn sie war aus dem Gold, dass so viel Zerstörung und Leid mit sich brachte.

Nachdem er ihr alles erzählt hatte, blickte sie starr aus dem Fenster.

Kapitel 70

Sie hatten keine Worte mehr gewechselt, bis sie schließlich, eine kaum wahrnehmbare Abzweigung nahmen und auf einen schmalen Weg fuhren.

Die Blätter strichen am Auto entlang. Auf einer Seite konnte Jara eine alte Steinmauer sehen. Bei genauerer Betrachtung entdeckte sie überall weitere zerfallene und überwucherte Steingebilde. Es sah aus, als wären es Ruinen einer anderen Zeit.

Der Pick-up hielt an. Sie standen buchstäblich am Ende der Straße und dem Anfang der Wildnis.

Direkt vor ihnen ragte ein Baumriese weit in den Himmel hinauf. Er musste mehrere hundert Jahre alte sein, denn als der Pick-up davor zum Stehen kam, überragten ihn die gigantischen Brettwurzeln um Längen. Wie eine Wand standen sie majestätisch da.

Das Holz der Wurzeln und des Stammes waren braungrün überwuchert von Lianen und Kletterpflanzen. Weit über ihren Köpfen war die Baumkrone, die man nur erahnen konnte.

Sie öffnete die Autotür, setzte ihren Fuß auf die rote Erde und verharrte in ihrer Bewegung, als sie den gigantischen Baum bestaunte. Ihr Blick glitt über den massiven Stamm, glitt über jeden Ast und schlussendlich über das grüne Blätterdach. Den Kopf in den Nacken gelegt stand sie da und hoffte so, noch mehr von der Natur, die sie umgab, zu erblicken. Vereinzelnde Sonnenstrahlen schienen wie Scheinwerfer durch das satte Grün der Blätter.

„Das ist ein Kapok Baum. Die Indigenen sagen, dieser Baum ist die Mutter des Waldes.“, erklärte Lissandro, während er die Taschen von der Laderampe des Pick-ups nahm.

Inmitten der Wildnis am Rande des Indigenen Schutzgebietes hatte sich Rafael einen Rückzugsort geschaffen. Genau für die Fälle, in denen ihn keiner finden sollte. Hier war weit und breit nichts und niemand. Auf dem gesamten Gelände gab es uralte Ruinen, die schon seit Jahrhunderten hier stehen mussten. Aus einer dieser Ruinen hatte Rafael ein Haus erbaut. Es stand erhöht, nahe des Flusses. Über den Fluss wurde alles transportiert, was er benötigte, um hier zu überleben, Treibstoff, Lebensmittel, Gold.

Sie schloss die Autotür und ging mit weit geöffneten Augen auf das Haus zu.

Rafael schmunzelte, als er sah, wie oft sie sich unbewusst immer und immer wieder um ihre eigene Achse drehte, gebannt von der atemberaubenden Schönheit der Natur. Er sah zu, wie sie durch den verwilderten Garten lief und jeden Baum, jedes Blatt und jede Wurzel bestaunte und wie sie mit den Fingern über einen Stamm strich, an dem eine Kletterpflanze emporwuchs. Als sie den Ruf eines Tukans hörte, wendete sie sich von der Kletterpflanze ab und blickte hoch in das Blätterdach. Ein Weißbrusttukan hatte sich auf einen der Bäume niedergelassen. Der schwarze Vogel mit der weißen Brust legte seinen Kopf immer wieder schräg zur Seite. Die Umrandung seiner Augen und auch der vordere Teil seines großen gebogenen Schnabels waren blau gefärbt.

Der Tukan schien sie genauso zu beobachten, wie er es tat.

Vor ihm lief die Frau durch den Wald, die sein Leben auf den Kopf gestellt hat. Er wollte sie ganz für sich allein.

Hier draußen im Regenwald war sie in Sicherheit, hier konnte sie ihm niemand wegnehmen.

„Rafael?“ Lissandro war hinter ihm aufgetaucht.

Er drehte sich zu ihm um.

„Wir müssen morgen zur Siedlung. Adryelle wollte dich sprechen und wir müssen auch beim Sägewerk vorbei, es gibt dort Probleme mit der Ware aus Peru.“

„Ist die neue Lieferung schon eingetroffen?“

„Genau die bereitet uns Probleme. Es gab einen Zwischenfall an der Grenze, das Militär hat sich eingemischt. Anscheinend gibt es einen neuen Befehlshaber, der noch nicht weiß, wie die Dinge laufen.“

Rafael zog die Augenbrauen hoch.

„Gut, wir werden gleich morgen früh fahren, dann sind wir am Abend wieder zurück. Ich will sie über Nacht nicht allein hierlassen."

Lissandro nickte und sah zu Jara die immer noch im Garten herumlief.

„Durch ihre Augen sieht die Welt anders aus. So als würde der verdammte Fluss sich plötzlich entscheiden in die falsche Richtung zu fließen." Seine Stimme klang nachdenklich, dann schüttelte er den Kopf und ging zurück zum Haus.

„Ja, irgendwie anders.", wiederholte Rafael leise.

Das ungläubige Stirnrunzeln von Jara, als sie den Baum entdeckte, dessen Stamm über und über mit blauen Schmetterlingen bedeckt war, zauberte Rafael ein Lächeln ins Gesicht. Die Tiere drängten sich dicht an dicht auf dem Stamm und nahmen die Wärme der Sonnenstrahlen auf. Ihre samtigen, intensiv blauen Flügel hatten einen schwarzen Rand, auf dem sich akkurat weiße Punkte in einer Linie entlangzogen.

Staunend ging sie auf den Baum zu. Als sie schließlich nur noch wenige Zentimeter vor den Insekten zum Stehen kam, flogen sie davon, wie ein blauer Wirbelsturm um ihren Kopf und weiter in die Lüfte, bis sie schließlich zwischen den grünen Blättern verschwanden. Verdutzt sah sie ihnen hinterher.

Es machte ihn beinahe wahnsinnig, nicht zu wissen, was sie in diesen Momenten dachte, was sie fühlte.

In ihm machte sich eine Ungewissheit breit, welche sich langsam, aber stetig durch ihn fraß. Er war sich sicher, sie verachtete ihn, jetzt da sie Gewissheit darüber hatte, was er und seine Männer taten.

Er wusste, dass sie schon die ganze Zeit Vermutungen hatte, aber sie war blind der Wahrheit entgegengelaufen, ohne zu wissen auf was sie treffen würde. Jetzt hatte er ihr die Augen geöffnet. Sie wusste Bescheid.

Was würde er tun, wenn sie ihn zurückweisen würde?

Was würde er tun, wenn sie sich nicht mit seinem Leben arrangieren könnte, wenn sie gehen wollte?

Das konnte er schlichtweg nicht akzeptieren.

Er ballte seine Hände zu Fäusten, er würde sie festhalten, einsperren, ganz egal was, Hauptsache sie wäre bei ihm.

Diese Besessenheit ließ ihn nicht klar denken, das war ihm bewusst, aber es war ihm auch gleichgültig. In der Welt, in der er aufgewachsen war, regelte man die Dinge eben anders. Man musste sich nehmen was man wollte, musste tun, was getan werden musste.

Kapitel 71

Jara hatte das Gefühl, dass alles um sie herum anfing, sich zu drehen. Immer und immer schneller. Blätter, Stämme, Geäst, Lianen und der Fluss vermischten sich zu einer einzigen grünen Wand. Ihr wurde schwindelig. Sie schloss die Augen, lauschte den Geräuschen des Urwaldes. Das Zirpen der Insekten, die Vögel, wie sie kreischend und mit den Flügeln flatternd herumflogen, das Brüllen der Affen, das Quaken der Frösche und das Rauschen und leise Plätschern des Flusses. Alles schien so intensiv, so nah.

Sie sog die feuchte und kühle Luft tief in ihre Lungen ein, öffnete die Augen und sah erschrocken in Rafaels beinahe schwarzes Augenpaar. Seine Pupillen schienen so klar, wie ein gestochen scharfes Bild.

Wie war er so schnell und unbemerkt zu ihr gekommen?

„Bei allem was du mir erzählt hast, bedeutet dir das hier nichts? Fühlst du nichts?" Sie zeichnete mit ihren Fingern, sachte die Konturen seines Gesichts ab.

„All die wundervollen, kleinen Wunder der Natur um dich herum, sind ein Teil deiner Heimat. Dieser Wald ist ein einzigartiges Ökosystem, in dem alles miteinander in Symbiose lebt. Ein Reich, in dem wir Menschen zu Gast sein dürfen, welches wir beschützen und nicht ausbeuten sollten. Sag mir, dass dir das alles nichts bedeutet!"

Die zarte Berührung ihrer Fingerspitzen setzte Rafaels Haut in Brand.

„Sollte eines Tages, dieser Teil deiner Heimat nicht mehr existieren, wird es die Erde, wie wir sie heute kennen, nicht mehr geben. Die Luft, die wir atmen, wird nicht mehr dieselbe sein. Was bringt dir dann all die Macht oder das Gold und der Reichtum?"

Ohne Vorwarnung begann ein Platzregen. Heftig, mit riesigen Tropfen, die scheinbar unaufhörlich auf sie herunterstürzten.

Wassertropfen rannen von seinen Haarspitzen und seiner Nase. Jara fuhr mit den Fingern weiter unbeirrt die Konturen seines markanten Gesichts nach. Fühlte den rauen Bart und sein darunter liegendes kantiges Kinn.

Innerhalb kürzester Zeit waren sie klatschnass und die Kleidung klebte an ihrer Haut.

„Du musst mich nicht über den Regenwald aufklären. Ich bin hier groß geworden, verschone mich damit Jara." Seine Stimme war bitter und abfällig.

„Du musst damit aufhören. Siehst du nicht, was das für Auswirkungen für die Menschen hier mit sich bringt? Steig aus! Raus dem Sumpf, den ihr geschaffen habt, denn irgendwann ..."

Er packte sie grob an den Oberarmen und schüttelte sie.

„Unmöglich! Den Sumpf, den du da beschreibst, das ist mein Leben. Das bin ich!" Seine Stimme nahm kalte und bedrohliche Klänge an.

„Es tut mir…"

„Sag mir nicht, dass es dir leid tut, denn das tut es nicht!", fuhr sie ihm ins Wort.

„Du hast Recht, dass tut es nicht! Mir tut kein Tag in meinem Leben leid. Keine Entscheidung, die ich jemals getroffen habe. Keine einzige Handlung, nichts. Ich fühle kein Bedauern, kein Mitleid. Ich habe mir meine Welt erschaffen, mein Imperium. Habe mir genommen was ich wollte oder brauchte. Ich habe mich erschaffen, so wie ich gerade in diesem Moment vor dir stehe!"

Sie war sprachlos von seiner Offenbarung.

„Hör auf mich so anzusehen." Als hätte er sich vorhin dem Blick nicht entziehen können, wandte er diesen nun erleichtert ab.

„Seit wir hier gelandet sind, kannst du mir nicht mehr in die Augen sehen."

„Ich ertrage deinen Blick nicht. Die Verachtung, die darin liegt." Die Dunkelheit seiner Worte erfüllte die Nachtluft, die sie mittlerweile umgab.

So schnell wie der Regen kam, machte der Tag der Nacht Platz. In der Dunkelheit konnte man kaum die Hand vor Augen erkennen. Nun beginnt die Jagd, die Zeit der Raubtiere.

„Nein Rafael, das liegt nicht daran, wie ich dich ansehe. Nicht an meiner Verachtung, für das was ihr hier tut oder für dein Imperium.“, log sie. „Du machst täglich weiter, so als ob nichts wäre, aber du weißt, dass es falsch ist.“ Sie verurteilte die Taten und Machenschaften von ihm und seinem Gefolge, aber konnte sie ihn so hassen und verabscheuen, wie sie es in diesem Moment gerne würde?

Nun wandte auch sie ihren Blick ab. Sie drehte sich um und ging über das Holzdeck hinein ins Haus. Sie war klatschnass und zitterte am ganzen Körper.

„Ich bin der gleiche Mensch wie gestern.“, rief er ihr nach.

Sie verharrte in ihrer Bewegung, stand nun mitten im Wohnzimmer. Tropfen von ihrem nassen Haar vielen auf den hölzernen Boden.

Das war nicht fair. Gestern wusste sie noch nicht, dass er für all das hier verantwortlich war, oder doch? Wollte sie die Wahrheit überhaupt sehen? Das spielte nun keine Rolle mehr, denn sie wurde ohne Vorwarnung damit konfrontiert. Sie drehte sich zu ihm. Fixierte ihn. Er war ihr gefolgt und stand wenige Schritte vor ihr.

„Gestern wusste ich noch nicht, zu was du alles im Stande bist.“

„Glaub mir, das weißt du heute noch immer nicht.“ Er ging zum Fenster, stützte sein Oberarm am Fenster ab und blickte hinaus in die Dunkelheit.

Wortlos drehte sie sich um und ging. Sie wollte nachdenken. Allein sein.

Jara schritt im Schlafzimmer auf und ab. Ließ ihren Streit mit Rafael Revue passieren.

Urteilte sie zu hart? Zu vorschnell?

War sie dazu berechtigt?

Sie kam nicht aus diesem Land, war hier nicht aufgewachsen. Durfte sie über Menschen richten, die hier ihr Leben lebten?

Ihr Blick fiel aus dem Fenster, sie meinte draußen etwas Leuchtendes gesehen zu haben. Neugierig ging sie auf das Fenster zu und öffnete es. Tatsächlich schien der Wald vor ihr zu funkeln und zu leuchten, wie ein Sternenhimmel in einer klaren Nacht. Millionen kleiner Lichter schienen schwerelos im Schwarz zu schweben. „Glühwürmchen.“, flüsterte sie zu sich, als sie eines der funkelnden Tierchen vor sich schweben sah. Sie setzte sich in den Fensterrahmen, lehnte sich zurück und beobachtete eine Weile das faszinierende Schauspiel. Schließlich zog sie ihre immer noch nassen Sachen aus und stieg in die Dusche. Das kalte Wasser prasselte auf ihren Körper und kullerte in Millionen kleiner Tropfen über ihre Haut. Doch auch die kalte Dusche vermochte nicht, die wirren Gedanken in ihrem Kopf zu stoppen. Nachdem sie sich trockene Kleidung angezogen hatte, ging sie zurück ins Schlafzimmer. Stöhnend ließ sie sich auf das Bett fallen und strich sich über ihr Gesicht.

Sie war erschöpft. In ihrem Herzen herrschte Chaos.

Nach Ramons Tod war das Leben auf Rafaels Anwesen nicht mehr dasselbe gewesen. Es herrschte Anspannung und Unsicherheit. Sie war mit ihrer Trauer allein, denn der Situation war es geschuldet, dass sie weder Rafael noch Lissandro als Vertraute um sich haben konnte.

Nun waren sie hier im Amazonas, an einem sicheren Ort doch die Anspannung fiel nicht von ihnen ab. Im Gegenteil. Die bittere Wahrheit hing wie eine schwere Gewitterwolke drohend über ihnen.

Sie musste eingenickt sein, denn ein Geräusch weckte sie auf. Sie stützte sich auf ihre Ellbogen und lauschte. Sie konnte mehrere Männerstimmen vernehmen. Wieder trat ein Schwall Gelächter an sie heran. Diesmal hörte sie eindeutig ein helles, sanftes Lachen.

Nur Rafaels Security waren mit zu diesem Ort gefahren, keine Frau, aber dieses Lachen kam definitiv von einer Frau. Sie ging zur Tür und öffnete diese einen Spaltbreit. Im Haus war niemand zu sehen. Sie folgte dem Gelächter und trat hinaus auf das Holzdeck.

Unten im Garten saßen sie alle zusammen. In der Mitte brannte ein Feuer.

Sie beobachtete entsetzt das Geschehen. Sie saßen auf Stühlen um das Feuer, tranken, grölten und hatten Spaß. Zwischen den ihr bereits bekannten Gesichtern, sah sie einen Mann, der ihr noch nie begegnet war. Und dann waren da noch vier Frauen, die sie ebenfalls nicht kannte. Eine von ihnen verschlang gerade regelrecht Jair. Sie saß auf seinem Schoß und von beiden war nicht mehr wirklich viel zu erkennen. Die anderen Damen tanzten lachend ums Feuer und holten sich immer wieder anerkennende Berührungen und Blicke der Männer ab.

Sie konnte das Schauspiel, welches sich vor ihren Augen abspielte, kaum glauben.

Dann entfernte sich jemand vom Feuer und kam schwankend in Richtung des Holzdecks. Eine schwarze Silhouette. Sie erkannte

Lissandro erst, als er in Höhe des Decks war. Das Licht umrahmte sein Gesicht und ließ ihn im Schatten vor ihr verschwinden.

„Prinzessin?"

Sie hob die Augenbrauen und starrte ihn ungläubig an. Sie konnte nicht fassen was hier gerade geschah.

Als er ihren ernsten Blick erhaschte, ließ sein breites Grinsen etwas nach.

„So ernst?", gluckste er. „Komm mit ans Feuer. Nach all dem Chaos ist etwas Spaß erlaubt." Er schlang den Arm um sie und hätte sie beinahe zu Boden gerissen.

„Luca hat seine Cousine und deren reizende Freundinnen mitgebracht.", lallte er.

„Lissandro lass mich los!"

Manchmal vergas Lissandro einfach, dass sie nicht nur ein Freund war, sondern in erster Linie eine Frau, die sich nicht wie er, über Damenbesuch freute. Das war ihm aber in diesem Moment egal und absolut nicht bewusst. Er schleppte sie mit sich. Seinen Arm fest um ihren Hals geschlungen.

„Hör auf, ich möchte nicht mit ans Feuer."

„Ich denke schon Prinzessin."

Erst als sie vor der Gruppe standen, ließ er sie los und sah sie an. Er schien zu überlegen, als hätte er etwas vergessen, dann verschwand er wieder. Sie strich sich ihr Haar aus dem Gesicht und blickte in die Runde.

Durch die züngelnden Flammen sah sie Rafael auf der anderen Seite des Feuers sitzen. Er lehnte entspannt in seinem Stuhl, als säße er auf einem Thron.

Das Feuer tauchte alles in ein oranges flackerndes Licht. Es warf tanzende Schatten auf sein Gesicht. Seine dunklen Augen leuchteten selbstsicher und anmaßend.

Auf seinem Schoß rekelte sich eine der Frauen. Seine Hand lag auf ihrer Hüfte, in der anderen Hand hielt er ein Glas.

Rafael blickte in ihre Augen. Er starrte. Kein Blinzeln, keine Bewegung. Dieser hypnotisierende Blick, der es ihr unmöglich machte, sich zu bewegen. Als wären die Stimmen und das Gelächter um sie herum lautlos, fixierten sie sich gegenseitig.

Obwohl sie dicht am Feuer stand, fror sie. Ihr Magen zog sich zu einem schweren Klumpen zusammen.

Als Lissandro zurückkehrte, rumpelte er sie an und riss sie aus ihrer Trance.

„Du hast mich völlig abgelenkt, Prinzessin. Ich hatte doch tatsächlich vergessen Nachschub mitzubringen.“, sagte er und hielt zwei weitere Flaschen Whiskey in die Luft. Sogleich kam eine der Frauen und schlang ihre Arme um ihn. Sie war jung, zu jung, um an diesem Abend hier am Feuer zu sitzen. Er reichte die beiden Flaschen den anderen, die immer noch in ihren Stühlen am Feuer saßen und Spaß hatten.

Sie schluckte trocken und wendete ihren Blick ab. Sie wollte gehen. Wollte sich dieses Schauspiel nicht länger ansehen.

„Du bleibst!“, forderte Rafael.

Sie sah nochmals zu ihm hinüber. Ein harter Ausdruck umspielte sein Gesicht. Grob schob er die Frau von seinem Schoß und beugte sich nach vorn. Er stützte seine Unterarme auf seinen Knien ab und ließ den Whiskey in seinem Glas langsam kreisen. Seine schwarzen Locken fielen auf seine Stirn.

Kopfschüttelnd wandte sie sich endlich ab.

Eine Hand schnellte hervor und umschloss ihr Handgelenk.

„Ich sagte du bleibst!“, knurrte Rafael.

Blinzelnd sah sie auf. Wie war er so schnell um das Feuer gekommen?

„Ich möchte aber nicht!“, erwiderte sie energisch.

Das Gelächter verstummte. Alle starrten plötzlich auf das sich anbahnende Drama. Seine Nasenflügel blähten sich und er atmete tief. Er baute sich vor ihr auf, seine Blicke durchbohrten sie.

„Wie du willst.“, sagte er mit heiserer Stimme und leerte sein Glas. Er tauschte das Glas durch eine volle Flasche und ging schnellen Schrittes auf das Haus zu.

Den Griff immer noch eisern um ihr Handgelenk, zerrte er sie mit sich. Sie versuchte sich erfolglos aus seinem Griff zu befreien, doch seine Finger waren wie Handschellen um ihr Gelenk.

Sie konnte mit seinen schnellen Schritten nicht mithalten, stolperte in der Dunkelheit und stürzte. Er blieb stehen und sah auf sie hinab. Wütend griff er nach ihrem Oberarm und zog sie wieder auf die Beine.

„Was ist los mit dir?“

„Du widersprichst mir vor meinen Männern.“

Sie schnaubte verächtlich. „Du kannst nicht über mich bestimmen, Rafael.“

„Und genau in diesem Punkt irrst du dich Kleines!“

„Du tust mir weh."
„Das ist mir egal."
Er ignorierte ihre Gegenwehr und zog sie weiter bis auf das Holzdeck. Sie funkelte ihn böse an, doch als sie in seine Augen blickte, bekam sie Angst. Sie erkannte ihn nicht mehr.
„Was soll das hier?"
„Was?"
Sie zeigte auf das Feuer. Er lachte auf, als hätte sie einen Witz gemacht.
„Ihr verbietet mir an die Beerdigung von Ramon zu gehen, sperrt mich auf dem Anwesen ein und macht ein Geheimnis daraus, wohin wir gehen. Du und Lissandro seid panisch geworden, wart besorgt um unsere Sicherheit und nun das? Ihr holt euch Spaß in euer geheimes Versteck, ist das euer Ernst?"
Er drehte ihr den Rücken zu und öffnete die Flasche. Er setzte sie an seine Lippen und nahm einen großen Schluck.
„Nicht jeder ist so heilig wie du."
„Heilig?", fragte sie entrüstet. „Weil ich mich nicht jedem dahergelaufenen Mann an den Hals werfe?"
Das schien ihm zu gefallen, denn er drehte sich zu ihr und musterte sie. Ließ seinen Blick über sie streifen.
„Eifersüchtig?"
Sie schüttelte ungläubig den Kopf und sah ihn durchdringend an. Versuchte herauszufinden was in ihm vorging, doch sie hatte keine Chance. Seine Augen verrieten ihr nichts.
„Du bist betrunken, ich werde nicht weiter mit dir diskutieren!"
Er nahm nochmals einen Schluck aus der Flasche, ließ aber seinen Blick auf ihr ruhen.
„Ich hatte auch etwas anderes im Sinn."
Er streckte seinen Arm aus, legte seine Finger an ihr Kinn und reckte es zu ihm hoch. Sie wich zurück. Er folgte ihr, bis sie ihm mit beiden Händen gegen die Brust stieß und stoppte.
„Ich erkenne dich nicht wieder!"
Rafael war aggressiv, selbstsüchtig und da war wieder dieser kalte Blick. Dieser Blick, mit dem er sie betrachtet hatte, als sie sich kennenlernten. Der Blick, der sich über die Zeit veränderte, zu einem Blick, den sie mochte und dem sie vertraute.
„Du hast Angst vor mir.", stellte er mürrisch fest.

Ja, so wie er sich verhielt hatte sie Angst vor ihm. Das würde sie aber niemals zugeben.

„Nein, habe ich nicht."

„Ach nein?"

Blitzschnell war er über sie gebeugt. Seine tiefe Stimme bebte in ihrem Brustkorb.

„Nein." Sie brachte nur ein Flüstern heraus.

Er betrachtete sie düster. Sie fühlte seinen stoßweise gehenden Atem auf ihrer Haut. Seine Hand ballte er zu einer Faust.

Mit voller Wucht warf er die Flasche an die Hauswand. Das Glas zersprang und fiel klirrend in seinen Einzelteilen zu Boden.

Sie betrachtete erst die Scherben am Boden, dann blickte sie auf, in seine wutentbrannten Augen.

„Ich bin ein Monster, sieh der Tatsache endlich ins Auge!", brüllte er.

Sie tat einen zaghaften Schritt, sie wollte gehen, Abstand zwischen ihn und sich bringen.

„Du bleibst hier!"

„Nein Rafael, genug für einen Tag."

Seine Kiefer mahlte. Er musste sich beherrschen, das konnte sie deutlich sehen.

Schnell hastete sie den Flur entlang und flüchtete zurück ins Schlafzimmer. Sie schloss die Tür und lehnte sich, schwer atmend, mit dem Rücken dagegen.

Einen Augenblick blieb sie mit geschlossenen Augen stehen, voller Erwartung, gefasst auf die Konsequenzen, welchen sie sich gleich stellen musste.

Sie lauschte angespannt, ob Schritte im Flur zu hören waren, aber da war nichts, nichts außer dem lauten Pochen ihres Herzens.

Langsam entspannten sich ihre Muskeln. Rafael hatte noch nie Widerworte akzeptiert und so, wie er seit dem überstürzten Aufbruch aus Rio verhielt, hätte sie gewettet, ihn nicht so einfach stehen lassen zu können.

Sie fuhr mit ihren Händen an den Nacken und atmete tief aus, stieß sich von der Tür ab und ging in Richtung des Bettes. Als sie vernahm, wie die Tür aufflog, blieb sie abrupt stehen. Sie wusste, es war noch nicht vorbei. Langsam drehte sie sich wieder um und sah Rafael in der Tür stehen.

„Ich sagte, du sollst bleiben.“, knurrte er.

Sein Atem roch nach Alkohol. Er stand vor ihr wie ein Jaguar auf der Jagd. Bedrohlich, darauf wartend, dass sie einen falschen Schritt machte.

Das Licht der Nacht erhellte nur einen Teil seines Gesichtes.

„Und ich sagte nein.“

Die Worte kamen nicht halb so stark rüber, wie sie es beabsichtigte.

Da war er, der falsche Schritt. Das spürte sie. Die kleinen Härchen auf ihrer Haut stellten sich auf. Ihr Instinkt schrie ihr förmlich zu, renn, flüchte. Aber ihre Füße waren angewurzelt, wollten sich nicht bewegen.

Im Bruchteil eines Augenblicks schnellte er zu ihr, überragte sie, stand über ihr. Die dunklen Augen beinahe schwarz wie die Nacht. Den Ausdruck, den sie so sehr an ihm mochte, suchte sie vergebens.

Sein Griff fest an ihrem Gesicht, presste er seine Lippen auf ihre. Sie schmeckte den scharfen Geschmack des Whiskys auf seiner Zunge. Gewaltsam zog er sie an sich.

„Hör auf.“

Er ließ nicht von ihr ab.

„Rafael! Stopp. Hör auf.“, schrie sie ihn an.

„Hast du Angst?“, drang es erneut fragend aus seiner Kehle.

Sie schloss die Augen, spürte wie sich die warmen Tränen ihren Weg bahnten und langsam ihr Gesicht hinunter kullerten.

„Ich fragte dich, ob du Angst hast?“, brüllte er und seine Fingerspitzen bohrten sich noch tiefer in sie.

„Ja.“

Das kaum hörbare Geständnis glitt ihr über die zitternden Lippen.

Herzschlag für Herzschlag verging und Atemzug um Atemzug kam und verflog. Ein lautloses Lachen drang an ihr Ohr.

Als sie endlich die Augen wieder öffnete, war er verschwunden.

Kapitel 72

Der Nebel lag in den Baumkronen wie Zuckerwatte. Langsam kündigten die ersten Sonnenstrahlen einen neuen Tag an. Das endlos scheinende grüne Meer war so voller Leben. Jetzt im ersten Morgenlicht fingen die Vögel an zu singen und die Affen wachten auf.

Jara stand ganz vorne auf dem Holzdeck und blickte hinaus auf den Wald. Sie liebte diese Tageszeit. Alles war noch möglich, die Geschichte noch nicht geschrieben. Der Tag wartete nur darauf mit Ereignissen gefüllt zu werden.

„Du wirst das nie wieder tun, hast du mich verstanden! Ich weiß nicht, was geschehen ist, dass du dich so verhältst, aber du wirst mir nie wieder wehtun.“, sagte sie bestimmend, als sie Schritte hinter sich auf dem Holzdeck hörte. Rafael trat hinter sie.

„Nie wieder.“ Das geflüsterte Versprechen kam wie ein Hauch an ihrem Nacken.

Als sie sich umdrehte, blickte sie in sanfte braune Augen.

„Zeig es mir, ich will es sehen.“ Die Forderung in ihrer Stimme war nicht zu überhören. „Die Minen.“

Rafael überlegte fieberhaft, wollte es ihr ausreden, doch er wusste, sie würde nicht lockerlassen.

„Heute nicht. Ich muss zur Siedlung. Um zu den Goldminen zu gelangen, müssen wir tief in das Amazonasbecken. Wir werden einige Stunden mit dem Boot benötigen. Wir werden morgen im Morgengrauen aufbrechen.“

Sie nickte. „Ist gut.“

Aus ihrem lockeren Zopf fielen einige Strähnen in ihr Gesicht. Er strich sie über ihre Wangen und hinter ihr Ohr.

„Rafael, ich ..."

Er legte ihr den Zeigefinger auf die rosa Lippen „Pssst."

„...nein, aber ich, …, ich muss dir ..."

Ihre Augen blickten ihn fordernd an. Er konnte einfach nicht anders, konnte sich nicht mehr zurückhalten. Er schloss seine Augen, legte zögerlich seine Lippen auf ihre.

Sie blieb starr stehen, er öffnete die Augen wieder und sah in ihre immer noch forschenden und wachsamen Augen. Ein Moment verging, ein Moment, in dem sogar der Regenwald kurz seine immerwährende Melodie ausließ. Dann legte sie ihre Handflächen auf seine Brust. Sie stützte sich ab, während sie auf Zehenspitzen endlich seinen Kuss erwiderte. Er fuhr langsam mit seinen Händen an ihren Schultern entlang und glitt ihr Rücken runter.

Mit einem Satz saß sie in seinen Händen und umschlang mit ihren Beinen seine Hüften. Ihre Finger vergrub sie in seinen schwarzen Locken. Er hörte ihren Atem und ihr Herz leise schlagen. Genoss, wie sich ihr warmer Körper eng an seinem anfühlte.

„Du gibst mir das Gefühl, zur gleichen Zeit kaputt und doch irgendwie lebendig zu sein."

Auf seiner Stirn bildete sich eine Falte.

Jara öffnete den Mund, um etwas zu sagen, doch ein Räuspern ließ sie innehalten. Sie blickte an seiner Schulter vorbei und sah Lissandro im Türrahmen stehen.

„Rafael, wir sollten los, wenn wir wieder zurück sein wollen, bevor es dunkel wird."

Rafael zeigte erst keine Reaktion. Wollte diesen Moment nicht enden lassen. Widerwillig ließ er Jara wieder auf den Boden. Strich ihr übers Haar, ließ sie aber nicht los. Atmete ihren süßlichen Duft ein. Nahm ihr Gesicht in beide Hände, küsste sie, strich mit seinem Daumen über ihre Unterlippe und ging.

„He, Lissandro.", rief sie den beiden Männern hinterher.

Lissandro drehte sich um und sah sie fragend an.

„Wie geht es dir? Wieder nüchtern?"

Er verzog sein Gesicht zu einer gequälten Grimasse und winkte ab. Ohne etwas zu sagen, folgte er Rafael, hielt dann aber kurz inne und schenkte ihr ein kleines Lächeln über die Schulter.

„Bis heute Abend, Prinzessin."

Sie blieb allein auf dem Holzdeck inmitten des Regenwalds zurück.

Kapitel 73

Nach einigen Stunden Fahrt zurück zur Siedlung blieb der Pick-up vor einem mehrstöckigen Holzverschlag stehen. Das Haus hatte gewisse Ähnlichkeit mit einem Saloon aus den alten Wild West Filmen.

Das hier war aber kein Film, ganz und gar nicht. Es war die Realität, die so viele Garimpeiros, die sogenannten Goldgräber, ins Verderben stürzte.

Rafael und Lissandro stiegen aus dem Auto und gingen auf das Haus zu. Auf der Veranda stand Adryelle. Sie war Rafaels rechte Hand hier im Regenwald, überwachte die Geschäfte und hielt ihn auf dem Laufenden. Hinter der kleinen Frau steckte mehr, als man auf den ersten Blick vermutete. Sie führte das Freudenhaus und wachte über ihre Mädchen und den Schnaps.

Rafael erinnerte sich noch genau an die Anfangszeiten. Er noch blutjung, zu jung für das Geschäft hier im Amazonas und sie eine attraktive Frau mit einem blühenden Geschäft, in einer gewaltsamen Männerwelt. Die beiden taten sich zusammen, er sicherte ihr und ihren Geschäften Schutz und sie entlockte den Geschäftsleuten ein Geheimnis nach dem anderen, um es ihm gleich darauf zuzuflüstern.

Das war der Deal, Information gegen Schutz. Sie hatten schnell Erfolg und brachten das gesamte Gebiet unter ihre Kontrolle. Das war bis heute noch so.

Heute war er ein erwachsener Mann und sie eine in die Jahre gekommene Frau. Er würde nie ihren ersten Satz vergessen, als er vor Jahren hier unverhofft hineinstolperte. Sie pflegte immer zu sagen „Schnaps und Frauen sind jeden Mannes Verderben und pures Glück zugleich.“ Wie Recht sie damit hatte.

„Ich nehme an, du bist nicht hier, um die neuen Mädchen aus Manaus zu begutachten?“, fragte sie, als die beiden die Treppe in den oberen Stock hinaufstiegen und in ein spärlich möbliertes Zimmer kamen.

Aus dem Nebenzimmer drangen Musik und ein helles Kichern. Lissandro grinste und gab ihm zu verstehen, dass er im Nebenzimmer auf ihn warten würde.

„Nein, deshalb bin ich nicht hier.“ Er setzte sich auf einen der Plastikstühle.

Adryelle beäugte ihn mit zusammengekniffenen Augen.

„Wo ist sie?“

„Wen meinst du?“

„Du beleidigst mich, Rafael.“, sagte sie bitter lachend. „Dein Schmetterling natürlich.“

Er sah sie ertappt an.

„Es wird von nichts anderem mehr gesprochen. Erst sperrst du sie monatelang auf deinem Anwesen in Rio ein und dann machst du einen einzigen Fehler, nimmst sie mit zu diesem Ball. Ab dem Zeitpunkt, als sie dir entwischte, wusste es jeder. Du wurdest unvorsichtig und du weißt, wie gefährlich das in unserem Geschäft ist. Deshalb bist du hier, nicht wahr?“ Adryelle stand auf und ging an den alten Kühlschrank, nahm sich ein kaltes Getränk heraus und fragte ihn stumm, ob er auch eines mochte. Dieser verneinte mit einem Kopfschütteln.

„Sie ist im Haus.“

Adryelle zögerte plötzlich mitten in ihrer Bewegung, schloss dann aber die Kühlschranktür und griff nach einer Zigarettenschachtel auf einem klapprigen Blechregal. Ihre linke Augenbraue schoss in die Höhe, als sie einen Blick in die Zigarettenschachtel warf.

„Ich rauche einfach zu viel.“ Mit diesen Worten pfefferte sie die leere Schachtel auf den Tisch und verschwand hinter einem bunten Vorhang, der aus vielen kleinen Fäden bestand. Mit einer neuen Schachtel Zigaretten kehrte sie nach wenigen Minuten zurück. Zündete sich eine an und setzte sich auf den Plastikstuhl gegenüber von ihm.

„Die Geschäfte laufen gut. Durch den steigenden Goldpreis kommen immer mehr einsame Glücksritter und geben das hart erbeutete Gold mit vollen Händen hier bei mir aus.“ Adryelle zog an ihrer Zigarette und blies den Rauch aus.

„Ich weiß, das hat aber momentan mein geringstes Interesse.“ Er lehnte sich im Stuhl zurück und strich sich durch die schwarzen Locken.

„Wie hast du das mit deinen beiden Jungs gemacht? Wie hast du es geschafft, das geheim zu halten?“

„Habe ich nicht, du bist mir auf die Schliche gekommen, du warst der Einzige, der davon wusste.“ Wieder zog sie kräftig an dem Glimmstängel und die Spitze färbte sich leuchtend rot.

„Ich habe sie seit über zwölf Jahren nicht mehr gesehen. Sie sind schlaue Jungs und werden es einmal zu etwas bringen. Weißt du Rafael, sie gehen mittlerweile auf die Universität. Ich will, dass sie es einmal besser haben. Einen anständigen und ehrlichen Beruf erlernen und eine kleine Familie haben.“

„Warst? Du sagtest gerade, ich war der Einzige, der es wusste.“, fragte er verwundert und sah Adryelle an. Ihre Reaktion blieb aus, stattdessen zog sie abermals an der Zigarette und schien nervös zu werden.

Er nahm die angeblich leere Zigarettenpackung vom Tisch und sah hinein. Es steckten noch vier Zigaretten darin. Er warf die Packung wieder auf den Tisch.

„Was hast du getan Adryelle?“

„Du weißt, dass es uns in unserer Stellung nicht vergönnt ist, glücklich zu sein oder Gott bewahre gar zu lieben. Das ist das bittere Los, das wir gezogen haben, mit der Entscheidung, hier Geschäfte zu machen.“ Ihre Stimme fing an zu zittern.

„Was hast du getan?“, schrie er außer sich vor Wut. Der Zorn leuchtete wie Blitze in seinen Augen.

Tränen liefen über die Wangen von Adryelle. Sie blickte zur Seite, beschämt von ihrer eigenen Schwäche.

„Du hast keine Chance. Du wusstest, dass es früher oder später passieren würde. Du wusstest es! Sie ist deine einzige Schwachstelle, dein einziger Angriffspunkt. Das wird immer wieder passieren.“, keifte sie.

Er stand auf, war mit einem Schritt bei ihr und warf sie gegen die Wand.

„Hast du es Pedro gesteckt?“

Sie kauerte am Boden und nickte.

„Wo werden sie sie hinbringen?“ Er war ungeduldig und verlor die Beherrschung. Er wusste, dass sein Verhalten ihn kein Stück weiterbrachte, aber sein Herz raste.

„Wohin Adryelle?“

„Ich weiß es nicht. Wirklich, ich schwöre es dir. Er hat mich erpresst. Wenn ich ihm nicht sagen würde, wo ihr euch aufhaltet, würde er meinen

Jungen einen Besuch abstatten. Ich weiß nicht, wie er von ihnen erfahren hat."

Er ließ von ihr ab und riss wutentbrannt ein Regal um, als er aus dem Zimmer stürmte.

„Ich hatte keine Wahl.", rief sie ihm schluchzend hinterher. „Du hättest sie damals gehen lassen sollen, das wusstest du, aber du warst zu egoistisch. Du hast es einfach nicht geschafft, ihr Leben über dein eigenes Glück zu stellen! Rafael, das ist keine Liebe!"

Ihre Worte ließen ihn auf der Treppe innehalten. Er blickte zu Boden, sie hatte Recht. Dachte sie, dass wüsste er nicht! Er hatte es versucht, aber er konnte sie nicht gehen lassen. Er war egoistisch. Sein eigener Stolz stand ihm im Weg. An seiner Seite würde ihr Leben immer in Gefahr sein. Er sprang die Veranda hinunter und war augenblicklich beim Pick-up.

„Lissandro!"

„Was ist los?" Lissandro eilte aus dem Haus zu dem bereits laufenden Pick-up.

„Das Miststück hat uns verraten. Pedro weiß, wo Jara ist."

Kapitel 74

Jara saß mit ihrem Zeichenblock am Flussufer und beobachtete die riesigen Ameisen, wie sie kleine Teile von Blättern trugen. Eine nicht enden wollende Straße wuselnder Tierchen, die vom Baum herab, an ihr vorbei und weiter hinten runter Richtung Fluss führte.

Sie hatte die Beine dicht an ihren Körper gezogen und stützte ihr Kinn auf den Knien ab. Die Sonne stand bereits hoch am Himmel und ließ ihre Strahlen durch das dichte Blätterdach gleiten.

Sie war gerade dabei, die wilden Orchideen zu zeichnen, die hier wuchsen. Es waren dieselben, die Rafael ihr damals mitgebracht und aufs Bett gelegt hatte.

Lächelnd blickte sie auf, als der Pick-up auf das Gelände fuhr und vor dem Haus stehen blieb.

Sie stand auf und lief durch den verwilderten Garten, dem Pick-up entgegen. Ihre Hände strichen über die riesigen Blätter einer Kletterpflanze, die sich an einem Steingebilde empor wickelte und über Gräser, die den Boden überwucherten. Überall um das Haus herum waren zerfallene Mauern und Steinfiguren, die eine Geschichte zu erzählen schienen.

Die wilden Orchideen waren leuchtende Farbkleckse in der satten, grünbraunen Umgebung des Regenwalds.

Sie duckte sich unter einer Liane hindurch und schob eine andere zur Seite, während Sie weiter in Richtung des Pick-ups ging.

„Ihr habt es aber nicht lange ohne mich ausgehalten.“, lachte sie.

Die Beifahrertüre ging auf und ein Mann stieg aus, den sie nicht kannte. Der Mann sah sie an, sagte aber kein Wort. Irritiert sah sie zur Fahrertüre. Wo war Lissandro? War er in der Siedlung geblieben? Dann stieg auch auf der Fahrerseite ein Mann aus. Sie hatte Rafael erwartet, das war er aber eindeutig nicht. Ihr Lächeln erstarb. Sie verlangsamte ihre Schritte. Erst jetzt bemerkte sie, dass der Pick-up unter all dem Staub und Dreck nicht schwarz, sondern blau war.

Die beiden Männer waren ihr fremd, aber ihre Gesichter kamen ihr bekannt vor. Angestrengt grübelte sie.

Bei dem lauten Knall der schließenden Autotüren fiel es ihr wieder ein.

Die beiden liefen bereits um das Auto und auf sie zu. Es waren zwei der Geschäftsleute, die damals in Rio auf dem Anwesen waren.

Ohne die Eindringlinge aus den Augen zu lassen, machte sie vorsichtig einen Schritt nach dem anderen rückwärts. Die Männer folgten ihr.

Rafael hatte nicht erwähnt, dass sie Besuch bekommen würden, außerdem hatte er immer darauf geachtet, dass niemand erfuhr, dass sie hier waren. Hier stimmte also etwas ganz und gar nicht. Diese Männer sollten nicht hier sein, da war sie sich sicher.

Die beiden liefen nun schneller. Jara ließ instinktiv ihren Zeichenblock fallen und begann zu rennen. Die Blätter, der im Garten wachsenden Pflanzen, schlugen ihr ins Gesicht. Sie rannte zurück zum Haus. Immer wieder warf sie einen flüchtigen Blick über ihre Schulter. Die Verfolger waren ihr dicht auf den Fersen.

Sie versteckte sich hinter einer Statue und kauerte sich dicht an den kühlen Stein. Tatsächlich liefen ihre Verfolger an ihr vorbei. Sie hielt die Luft an und gab keinen Ton von sich, verschmolz beinahe mit der Statue.

Sie spürte etwas an ihrer Schulter. Ein kurzer Blick verriet ihr, dass eine Spinne an ihrer Schulter, den Arm hinab, krabbelte. Sie biss sich auf die Unterlippe und versuchte ruhig zu bleiben. Spürte jede Bewegung der dünnen Beine. Leise hob sie ihren Arm und schüttelte das Tier ab, dann stand sie auf und schlich sich weg vom Haus in Richtung des Flusses, immer in der Deckung des Dickichts. Am Fluss würde sie sich zwischen den vielen, dicht bewachsenen Bäumen und Pflanzen gut verstecken können, bis die Männer aufgeben würden.

Sie rannte die alten, verfallenen Steinstufen, die einst einmal kunstvoll den Fluss und die Wildnis mit dem Anwesen verbanden, hinunter. Heute waren die Stufen schon längst überwuchert und die Natur nahm sich den Platz zurück, der ihr einst geraubt wurde.

Sie stolperte, stürzte und viel am Fuß der Treppe auf ihre Knie. Sie spürte den weichen Waldboden, stand auf und rannte bereits weiter, bevor sie richtig auf ihren Füßen war, weiter hinunter zum Fluss. Am Flussufer tauchten zwei weitere Gestalten auf. Kurz vor dem Ufer kam sie zum Stehen und erkannte eine der beiden Gestalten. Die grauen Haare zurück gegelt, der ebenfalls graue Bart gepflegt und gestutzt. Ein silberner Ohrring blitzte auf und stand im vollen Gegensatz zu seinen Tätowierungen an den Armen und im Nacken. Das Hemd, faltenfrei und sauber, in seiner Jeans steckte eine Waffe. Die Augen kalt, wie die Silberkette, die um seinen Hals hing. Pedro Barbos. Sie war direkt in die Falle gelaufen.

„Wohin des Weges Schmetterling?“ Sein triumphierendes Grinsen löste bei ihr Gänsehaut aus.

Panisch suchte sie nach einem Ausweg. Sie wusste, dass einige von Rafaels Leuten drin im Haus waren.

„Jair, Jair.“ Sie fing laut an zu schreien, in der Hoffnung gehört zu werden.

Erfolgreich, wie es schien, denn Rufe vom Deck hallten hinunter zum Fluss. Nun war es sie, die triumphierend grinste. Pedro holte aus und verpasste ihr eine Ohrfeige. Sie taumelte und fasste sich ans Gesicht. Ihre Lippe war aufgeplatzt und blutete.

„Dir wird das Lachen schon noch vergehen. Gewöhne dich dran, ich werde dich nicht mit Samthandschuhen anfassen. Du bist ein Mittel zum Zweck, zugegeben ein bezauberndes Mittel aber ...“ Pedro wandte sich von ihr ab und gab dem Mann hinter ihr ein Zeichen. Dieser zog ihr einen Stoffsack über den Kopf und fesselte ihre Handgelenke mit einem groben Strick. Egal wie stark sie sich wehrte, um sich trat und schlug, versuchte zu entkommen, gegen vier Männer hatte sie keine Chance.

„Los wir haben, wofür wir gekommen sind, lasst uns verschwinden, wir nehmen das Boot. Du, Juan fährst mit dem Pick-up zurück zur Siedlung und kommst dann nach.“

Hastig stiegen sie in ein Boot, das am Flussufer zur Abfahrt bereitstand.

Kapitel 75

Jair saß am Küchentisch und schielte entlang des Laufes seiner Pistole. Er hatte jegliche Waffen, die sie aus Rio mitgenommen hatten, auf dem großen Holztisch ausgebreitet. Gewehre, Messer, Pistolen, alles fein säuberlich nebeneinander aufgereiht. Er traute dem Frieden, der gerade vorgab zu herrschen, nicht.

Rafael hatte hier einen Rückzugsort geschaffen. Einen Ort, den nur sehr wenige kannten, der dadurch sicher sein sollte, aber nachdem was alles geschehen war, konnte er nicht mehr an die Sicherheit glauben. Er spürte, dass etwas im Gange war, er spürte das Kribbeln unter seiner Haut.

Mit einem Lappen fuhr er über den Griff der Pistole, zog dann den Ladeschlitten nach hinten, hielt die Waffe vor seine Augen, visierte den Lauf und ließ den Schlitten wieder los. Schließlich baute er die Waffe wieder zusammen und schob ein volles Magazin hinein.

Abrupt hielt er inne und horchte auf, hatte er gerade Autotüren gehört? Er kippte mit dem Stuhl zurück und schaute durch den langen Gang zur Haustür. Stille, hier war niemand, er vernahm nur die durch die Steinmauern gedämpften Geräusche des Regenwaldes. Seufzend legte er die Pistole wieder zu den anderen Waffen auf den Tisch zurück und nahm sich die nächste vor. Baute diese auseinander, reinigte die Waffe und baute sie wieder zusammen. Obwohl die dicken Steinmauern nicht nur die Geräusche, sondern auch die Hitze abfingen, war es warm und er war gerade dabei, sein Shirt auszuziehen, als er seinen Namen hörte. Rufe, dumpf und leise. Sie hallten vom Fluss hinauf zum Haus.

„Jara." Ihr Name glitt ihm flüsternd über die Lippen.

„Jara!", schrie er schließlich.

Er sprang auf, der Stuhl fiel scheppernd zu Boden. Er schnappte sich eine Pistole und stürmte aus dem Haus die alten Steinstufen hinunter zum Fluss, Jaras rufen folgend.

Zu spät. Er sah das Boot wegfahren und Pedro süffisant grinsend die Hand heben. Etwas den Fluss hinauf hatte auch sie ein Boot. Er eilte zum Steg und sprang hinein, es gab schwankend unter seinem Gewicht nach und das Wasser klatschte geräuschvoll an die Außenwand. Er wollte den Motor starten, doch mehr als ein verzweifeltes Gurgeln kam nicht. Pedro und sein Gefolge hatten die Benzinzufuhr gekappt.

„Mistkerle.", schrie er, schlug wütend mit der Faust auf den Motor und holte dann sein Telefon aus seiner Hosentasche, das in diesem Moment klingelte.

„Ja?" Er sah dem immer kleiner werdenden Boot hinterher und hörte dem Anrufer zu.

„Zu spät, Rafael. Sie haben sie mitgenommen."

Er legte auf und seufzte. Er hatte geahnt, dass etwas passieren würde, er hatte nur nicht damit gerechnet, dass es heute passieren würde.

Kapitel 76

Jara konnte nichts sehen, sie vernahm nur das Dröhnen des Motors und den Fahrtwind.

Als die Fahrt an Schnelligkeit zunahm, stieß die Wand des Boots, bei jeder Welle, an ihren Rücken und die Sonne brannte erbarmungslos auf sie hinab. Unter dem Stoffsack, über ihrem Kopf, bekam sie immer schlechter Luft. Vorsichtig zupfte sie am Sack herum, es gelang ihr ihn ein kleines Stückchen zu verrutschen, sodass sie unten hindurch blinzeln konnte. Frische Luft strömte ins Innere des Sacks, sie konnte wieder etwas durchatmen.

Der Fluss schlängelt sich träge durch das Amazonasgebiet. An den Ufern ragten Baumriesen in den Himmel und Papageien schnattern und kreischten, während sie geschäftig zu ihren Nestern in den Lehmwänden flogen.

Mit dem Bootsführer konnte sie insgesamt fünf Männer ausmachen, alle bewaffnet.

„Wohin fahren wir?“ Keiner antwortete ihr, lediglich das Dröhnen des Motors war zu hören.

Nach einiger Zeit wurde das Boot langsamer und fuhr nahe am Ufer entlang.

Bei einem hölzernen Steg hielten sie an, banden das Boot neben all den anderen Booten fest und stiegen aus. Jara, die immer noch den Sack über den Kopf trug, tat sich schwer ohne Hilfe aus dem Boot zu kommen.

„Wie soll ich euch folgen, wenn ich nicht sehen kann, wo lang ihr geht!“

Erst geschah nichts. Sie blieb auf dem Rand des Bootes sitzen. Jemand umfasste sie an der Taille und warf sie kurzerhand über die Schulter.

„Lass mich runter und nimm deine Finger von mir!“, kreischte sie und trat abermals um sich, blind ins Leere.

Mit einem Mal landete sie im Wasser. Dann zog ihr jemand ruckartig den Sack vom Kopf.

Sie holte tief Luft und konnte endlich wieder frei atmen. Der Bootsmann sah sie wortlos an.

„Danke“, grummelte sie.

Er nickte und ließ sie im flachen Wasser sitzen.

Sie mussten eine ganze Weile mit dem Boot gefahren sein, denn die Sonne färbte sich bereits orange und machte langsam dem Mond Platz. Bald würden hier am Himmel tausende kleine Sterne funkeln, doch noch stand der Wald in einem goldenen Licht.

Die kleine Gruppe folgte einem Weg in den Regenwald. Die kühle Luft des Waldes strömte ihnen entgegen und hüllte sie mit jedem Schritt mehr ein.

Je weiter sie dem Weg folgten, desto mehr kleine Wege führten von diesem ab. Mücken surrten in der Dämmerung um sie herum und versuchten das verlockende Blut in ihren Adern zu kosten.

Der Mann vor ihr erschlug eine Mücke in seinem Nacken und blieb stehen, als sein Telefon klingelte. Er ging ran. Sie nutze seine Gedankenlosigkeit und lief an ihm vorbei. Hinter der nächsten Abzweigung wurde sie langsamer und ließ den Abstand zu ihrem Vordermann größer und größer werden.

Der Bootsmann war am Fluss geblieben und hatte sich um das Boot gekümmert. Es war also einer weit hinter ihr, mit seinem Telefon beschäftigt, und die Restlichen vor ihr, beinahe außer Sichtweite. Mit einem kurzen Blick über die Schulter, versicherte sie sich die Unachtsamkeit des Mannes mit dem Telefon. Dann bog sie den nächsten Pfad ein und verschwand im Dickicht des Waldes. Erst möglichst leise, dann, so schnell sie ihre Beine tragen konnten, rannte sie gerade aus, immer dem Pfad folgend. Was tat sie hier bloß? Es dämmerte bereits und sie rannte allein, ohne Orientierung, mit gefesselten Händen in den Urwald hinein.

Nach kurzer Zeit wurde sie langsamer und versuchte wieder zu Atem zu kommen. Das Knacken hinter ihr verriet ihr, dass ihr Verschwinden schnell aufgefallen war und ihr jemand folgte. Als sie sich umdrehte, konnte sie etwas Rotes aufblitzen sehen. Das Shirt des Bootsfahrers. Er war ihr dicht auf den Fersen.

Er sah sie und rief ihr zu stehen zu bleiben. Sie dachte nicht daran ihm zu gehorchen und lief weiter tief in den Wald. Wenige Momente später holte er auf und hechtete mit einem Satz zu ihr. Sie stolperte und fiel ungebremst zu Boden. Um ihre Handgelenke war noch immer der grobe Strick gebunden und so stürzte sie, ohne sich abfangen zu können. Ihr Gesicht landete auf dem weichen Blätterteppich, doch der Aufprall ihres Brustkorbs raubte ihr den Atem. Sie hustete und rang nach Luft. Der Bootsmann war blitzschnell wieder auf den Beinen und stand neben ihr.

„Senhorita hast du eine Ahnung, was dich allein in der Nacht im Wald erwartet? Dummes Mädchen." Er half ihr auf die Beine, hielt sie aber an ihren Fesseln fest. „Das wird Ärger geben vom Chef. Wieso musst du auch weglaufen? Als hättest du eine Chance.", schimpfte der Bootsmann mehr zu sich als zu ihr.

Sie schlossen bereits nach kurzer Zeit wieder zu den anderen auf.

Vor ihnen endete der Weg in einem kleinen Dorf, das aus einige Hütten, zusammen gezimmert aus Holz, Palmblättern und rostigem Wellblech bestand. Zum Teil waren einzelne Wände oder gar Stockwerke mit Backsteinen gemauert, unfertig standen sie mitten im Regenwald. Der Boden war aus kupferfarbener Erde.

Viel konnte sie nicht erkennen, es war bereits Nacht geworden. Sie vernahm ein Dröhnen, das sich wie ein Generator anhörte. Aus den Hütten drang schwaches Licht und Musik. Sie bildete sich ein, das Flimmern eines Fernsehers zu erhaschen.

Einer von Pedros Männern kam auf sie zu. Der Bootsmann übergab ihm Jara und verschwand zwischen den Hütten.

„Beweg dich." Der Mann schupste sie vorwärts.

Einen Trampelpfad führte zu einer Hütte, die am Rand des Dorfes, etwas abseits, stand. Der Mann drehte Jara den Rücken zu und wollte gerade die Tür öffnen, als sie ihn attackierte. Es war dumm, eine Verzweiflungstat, das war ihr bewusst, aber sie musste es wenigstens versuchen. Sie sprang auf seinen Rücken und versuchte ihn zu Boden zu reißen. Nun zahlte sich das harte Training mit Lissandro endlich aus. Wie einer Choreografie folgend, schlug sie an die richtigen Stellen und wandte die richtigen Handbewegungen an. Da ihre Handgelenke immer noch aneinandergefesselt waren und sie selbstverständlich kräftemäßig unterlegen war, musste sie einige harte Schläge einstecken. Der Mann schleuderte sie gegen die Wand der Hütte und dann zu Boden. Im Gerangel fiel etwas scheppernd zu Boden und der Lichtkegel der Taschenlampe wirkte wie Blitze in der Nacht. Etwas an seinem Gürtel leuchtete im Lichtstrahl auf. Blitzschnell reagierte sie und griff danach. Sie hatte Glück, es war ein Messer, welches an seinem Gürtel befestigt war. Sie zog es aus der Halterung und stieß es ihm gegen die Rippen.

„Runter von mir Arschloch oder ich ramm dir dein Messer so tief zwischen die Rippen, das du den Morgen nicht mehr erleben wirst!“, zischte sie wütend.

Der Mann erstarrte und rührte sich nicht. Hielt sie immer noch fest auf den Boden gedrückt.

„Na los, mach schon.“

Langsam stand er auf und streckte zögernd die Hände von sich.

Sie atmete schwer und die Anstrengung ließ ihren Körper zittern. Sie überlegte fieberhaft. Sollte sie es schaffen zu den Booten zu gelangen, hatte sie eine Chance zu fliehen. Sie blickte sich nervös um, die Nacht war schwarz man konnte nichts erkennen. Der Mann vor ihr spuckte auf den Boden. Sie hatte ihn wohl übler zugerichtet als gedacht. Die Bewegung alarmierte sie und sie stieß das Messer ein wenig stärker gegen seine Rippen.

„Ganz ruhig Miststück.“, sagte er abfällig.

Im selben Augenblick vernahm sie ein Klicken, das ihr vertraut vorkam. Das Klicken einer Waffe. Dann spürte sie den Lauf an ihrem Kopf.

„Schluss mit dem Theater!“

Sie erstarrte.

„Boss ich habe alles im Griff, das Miststück hat…“

„Das sehe ich.“

Es war Pedro, der aus der Dunkelheit aufgetaucht war und nun die Waffe an ihren Kopf hielt.

„Und du,“ Seine Stimme bebte vor Wut, „lässt sofort das Messer fallen!“

Sie klammerte sich noch fester an die einzige Waffe, die ihr blieb. Festigte ihren Griff, bis ihre Handknöchel weiß hervorstachen.

„Jetzt!“ Er drückte den Lauf fester an ihren Kopf.

Sie ließ das Messer fallen und drehte sich zu ihm.

„Und jetzt in die Hütte.“, befahl er und steckte seine Waffe zurück in seinen Hosenbund.

Sie stand wie angewurzelt stehen, wollte ihm nicht Folge leisten, doch was blieb ihr übrig? Langsam drehte sie sich um und ging auf die Hütte zu.

Zu langsam nach Pedros Geschmack, denn er griff in ihren Nacken und zog sie zurück, bis ihre Schulter an seine Brust prallte.

„Du solltest besser das tun, was ich dir sage und diese Spielchen lassen. Hast du mich verstanden?“, flüsterte er bedrohlich in ihr Ohr.

„Auf meine Kooperation kannst du nicht bauen, Pedro.“, gab sie ihm trotzig zurück.

„Du willst wirklich herausfinden was die Konsequenzen sind? Glaub mir, ich bin nicht zimperlich.“

„Und ich halte einiges aus.“

Er lachte amüsiert auf.

„Wir werden sehr viel Spaß haben Schmetterling.“

Seine Faust sauste mit voller Wucht in ihren Magen, sodass sie nach Luft ringend zu Boden ging. Pedro nickte dem Mann zu, den sie zuvor in die Mangel genommen hatte. Dieser reagierte auf der Stelle und teilte einige weitere Hiebe aus, bevor er sie unsanft in die Hütte zerrte und einsperrte.

Zuerst geschah nichts, sie saß im Dunkeln auf dem Boden und lauschte den Geräuschen, dann trat jemand herein, hielt in der Hand nur eine kleine Lampe, die kaum den Raum erhellte. Ohne etwas zu sagen, steckte er ihr eine breiige Masse in den Mund. Ein bitterer Geschmack breitete sich in ihrem Mund aus und entzog ihr jegliche Flüssigkeit. Sie versuchte den Brei wieder auszuspucken, doch der Mann hielt ihr den Mund zu. Mit einem gezielten Tritt stieß sie ihn von sich weg und spuckte den Brei auf den Boden. Als sie aufschaute, donnerte eine Faust auf sie ein. Sie fiel zu Boden.

„Du machst uns heute Nacht keinen Ärger mehr.“ Mit diesen Worten stopfte er ihr noch mehr von dem bitteren Brei in den Mund. Ihr Körper fühlte sich taub an und sie schlief augenblicklich ein.

Kapitel 77

Jara blinzelte und versuchte sich zu orientieren. Über ihr an der Decke wellte sich verrostetes Blech. Ihre Finger spürten das raue Holz, auf dem sie lag. Sie wollte die Hand heben, stellte aber fest, dass ihre Handgelenke immer noch mit einem Strick zusammengebunden waren.

Lichtstrahlen, die durch die schmalen Schlitze im Holz von außen in die Hütte drangen, blendeten sie und sie kniff die Augen zusammen. Ihr Kopf dröhnte und ihr war übel. Vorsichtig drehte sie sich auf die Seite und blickte in neugierige Kinderaugen. Eine ganze Schar Kinder hockte neben ihr und beobachteten sie, wie ein sonderbares Tier, das sie beim Spielen gefunden hatten.

Die Kinder trugen abgetragene Kleidung. Um den Mund herum waren sie verschmiert, als hätten sie Schokoladeneis gegessen und auch die Hände schienen klebrig zu sein. Die glatten schwarzen Haare umrahmten ihre kleinen Gesichter mit den großen runden Augen. Kichernd sprangen sie um sie herum.

„Was macht ihr hier drin? Los verschwindet." Einer von Pedros Männer kam in die Hütte und scheuchte die Kinder hinaus. Kurz bedachte er Jara mit einem scharfen Blick, bis er schließlich die Tür hinter sich zuwarf und diese mit einer Kette verschloss.

Eilig hastete sie zur Tür und drückte sich dagegen. Diese gab etwas nach, eine Handbreit ließ sie sich öffnen, dann aber hielt die Kette, außen am Griff, die Tür an Ort und Stelle. Der Spalt war zu schmal, sie konnte sich nicht hindurchquetschen. Auch versuchte sie vergebens sich von den Fesseln zu befreien. Frustriert fing sie an, gegen die Holzwände zu hämmern und zu schreien, um auf sich aufmerksam zu machen.

Entweder es hörte sie tatsächlich niemand oder sie wurde ignoriert.

Kapitel 78

Rafael lief wütend das Holzdeck auf und ab. Seine Gedanken rasten, wie konnte das nur passieren? Wie konnte er so naiv sein und glauben, sie wäre an seiner Seite irgendwo auf dieser verdammten Welt wirklich in Sicherheit. Er hätte besser aufpassen müssen, hätte Jara besser verstecken müssen.

Erneut wählte er Pedros Nummer und jedes Tuten, das aus der Leitung drang, trieb seine Wut weiter voran.

„Rafael." Dieses Mal nahm Pedro das Telefon ab.

„Du hast etwas, das mir gehört."

„Ist das so?"

„Lass die Spielchen. Wo ist sie?"

„Sie darf hingehen, wo immer sie will. Sie ist eine eigenständige Frau, zumindest war sie das, bis sie dich traf. Nun ja, jetzt ist das nicht mehr. Jetzt ist sie bei mir. Keine Sorge, ich werde mich hingebungsvoll um sie kümmern."

„Was willst du Pedro?", fragte er zerknirscht.

„Du fragst mich, was ich will?" Pedro genoss seine Machtposition in vollen Zügen.

Rafaels Geduld neigte sich dem Ende zu, er ballte seine Hände zu Fäusten, blieb aber still.

„Ich will endlich auch einen Teil vom großen Ganzen. Du hast dir alles unter den Nagel gerissen, damit ist jetzt Schluss."

„Wenn du das Holz meinst, die neue Ladung ..."

„Das Holz interessiert mich nicht, ich will das Gold."

„Welches Gold?"

„Wir werden den Deal durchziehen, so wie vereinbart, Rafael. Mit dem kleinen Unterschied, dass du mir die Schürfrechte übergibst und mir die anderen Claims überlässt, oder ..."

„Oder was Pedro? Jara ist eine durchaus hübsche Frau, die mich viel Mühe gekostet hat, aber sie ist immer noch einfach nur eine Frau. Es gibt unzählige Schönheiten in Rio, die mich kein müdes Lächeln kosten. Vergiss es Pedro, ich werde mit dir nicht verhandeln. Nur weil du im Besitz meines Eigentums bist, lasse ich mich nicht von dir erpressen."

„So? Seit gestern Nachmittag habe ich unzählige verpasste Anrufe von dir. Ich denke, ich habe mit ihr in meinem Besitz nun endlich deine ungeteilte Aufmerksamkeit. Seit unserem Treffen in Rio habe ich nichts mehr von dir gehört. Du hast nicht auf meine Anrufe reagiert, nicht mal auf Drohungen, nein, du bist einfach gegangen, wolltest dich und die Kleine im verfluchten Dschungel verstecken. Dachtest du, ich würde euch nicht finden? Also erzähl mir nicht, sie wäre dir egal. Rafael, wie fühlt es sich an, eine Schwachstelle zu haben?"

Rafael lachte in den Hörer.

„Amüsiert?", fragte Pedro ruhig.

„Ja etwas. Du kennst mich doch besser, ich habe keine Schwachstelle. Was glaubst du, wie ich all das, was du so sehr begehrst, erreicht habe? Es gibt schlichtweg nichts was du mir nehmen könntest, damit ich dir gebe, was du möchtest."

„Richtig, das war all die Jahre so und unter uns, ich habe dich beinahe bewundert aber das Leben spielt manchmal verrückt, ich selbst war sehr überrascht, als sich das kleine Türchen für mich aufgetan hatte."

„Wie gesagt Pedro, sie ist nur eine von vielen Frauen."

Er drückte auf den roten Hörer und beendete das Gespräch.

„Verdammt!", brüllend warf er das Telefon an die Hauswand.

Es gab unzählige Orte, an denen Pedro sich aufhalten konnte.

Er hatte alles absuchen lassen, bisher ohne Erfolg.

Lissandro kam auf das Holzdeck. Er hielt sein Telefon kurz vom Ohr weg.

„In Sao Paulo ist er nicht. Laut unserem Informanten war er seit letzter Woche nicht mehr dort. Weder auf seinem Anwesen noch haben ihn seine Partner in der Stadt gesehen."

„Er muss irgendwo sein, findet ihn! Er kann sich schließlich nicht in Luft auflösen."

Lissandro hielt das Telefon wieder an sein Ohr und redete mit scharfen Worten darauf ein.

Rafael würde sie finden und wenn er dafür jedes Blatt des Regenwalds umdrehen musste. Er würde sie finden! Was er jedoch nicht tun konnte, war auf Pedros Forderungen einzugehen. Ausgeschlossen! Er würde sein Lebenswerk nicht wegwerfen. Pedro würde den Tag noch bitter bereuen, an dem er die Entscheidung getroffen hatte, sich mit ihm anzulegen.

Kapitel 79

Die Holztür wurde aufgestoßen, Jara hörte Schritte von schweren Stiefeln auf dem Holz kratzen. Sie versuchte ihren Kopf zu heben, doch er war zu schwer. Auch ihre Augen sahen immer noch verschwommen.

Sie konnte nicht sagen, wie viel Zeit genau vergangen war. In den letzten Tagen hatte sie einige Prügel einstecken müssen und wurde ständig ruhiggestellt.

Pedro nahm ihr Kinn in die Hand und drehte ihren Kopf zu sich.

„Entweder es ist ihm tatsächlich egal, was mit dir passiert oder er blufft." Er sah sie fragen an.

Ihr Gesicht war mit Dreck verschmiert, Blutkrusten klebten an ihrem Mund, ihr Auge war immer noch etwas angeschwollen, ihr Blick benommen.

Er nickte zur Tür. Der Mann in der Türe zerrte eine Frau des indigenen Stammes in den Raum, die einen Eimer mit Wasser bei sich trug. Sie holte einen Lappen heraus und wollte Jaras Gesicht abwischen, doch Pedro hielt ihr Handgelenk fest und stieß sie weg. Er nahm den Eimer und schüttete Jara einen Teil des kalten Wassers über den Kopf. Sie erschrak, schnappte nach Luft.

„Wieso ist sie immer noch so benommen?", fragte er die Frau.

Die Frau sah ihn fragend an und blickte dann zur Tür. Schließlich stammelte sie schüchtern Worte in einer Sprache, die er eindeutig nicht verstand. Der Bootsführer übersetzte schnell.

„Ihr habt ihr zu viel gegeben, das Mittel ist sehr stark. Ihr dürft ihr nicht noch mehr verabreichen, sonst baut der Körper die Stoffe nicht mehr ab und sie wird nicht mehr aufwachen."

Pedro schnaubte. Ohne Vorwarnung schwappte abermals kaltes Wasser in Jaras Gesicht und sie schrak erneut auf.

„Na also, allmählich weilst du wieder unter uns Schmetterling."

Sie stammelte etwas, doch niemand im Raum konnte sie verstehen, also leerte er den Rest des kalten Wassers aus dem Eimer über ihren Kopf.

„Aufhören.", japste sie wieder.

Er flüsterte in ihr Ohr „Ich kann dich nicht hören."

Sie antwortete nicht und versuchte den Raum, in dem sie sich befand und die Menschen darin zu überblicken. Allmählich kam sie wieder zu klarem Verstand.

„Was willst du Pedro?", wimmerte sie nun etwas lauter.

„Von dir?"

Sie funkelte ihn misstrauisch an, setzte sich langsam auf und lehnte sich an die Wand der kleinen Hütte. Da sie weder Essen noch Trinken erhalten hatte, war sie schwach und kaum ansprechbar.

„Keine Sorge, du hast deine Arbeit bereits getan."

Sie musste all ihre Konzentration aufbringen, um dem Gespräch mit ihm folgen zu können. Sie runzelte die Stirn und sah ihn fragend an.

„Vielleicht könntest du mir noch bei einer kleinen Sache helfen."

Wieder antwortet sie ihm nicht und so fuhr er fort.

„Du könntest für mich schreien. Ein herzzerreißender Schrei aus deinem hübschen Hals würde die Sache beschleunigen."

Ein kraftloses Lachen drang aus ihrer trockenen Kehle. Sie verstand langsam auf was er hinaus wollte. Er dachte im Ernst, er könnte Rafael mit ihr erpressen.

„Ich muss dich leider enttäuschen." Sie drehte ihren Kopf zur Seite und versuchte den Schmerz, der sich bei jedem Atemzug stechend bemerkbar machte, zu ignorieren. „Rafael wird sich nicht erpressen lassen. Er wird für nichts auf der Welt sein Imperium verraten, du überschätzt meinen Wert für ihn."

„Lustig, das hat er auch gesagt." Er sah sie einen Moment an, bevor er sich zu ihr hinunter beugte und nach ihrem Kinn griff. Langsam drehte er es zu sich.

„Armer Schmetterling." Vorsichtig ließ er seine Finger an ihrem Hals runtergleiten und stoppte auf der Höhe ihres Herzens. „Du hast dein Herz an ihn verloren, nicht wahr?"

Sie blickte ihn finster an, gab ihm aber nicht die Genugtuung zu antworten.

„Als ich das erste Mal von dir erfahren habe, hatte ich beinahe Mitleid mit dir. Eingesperrt bei diesem Monster.“ Er schnaubte und richtete sich wieder auf, drehte sich um und spähte zur Tür. Die Indigene stand eingeschüchtert vor dem Eingang und blickte zu Boden. „Aber so wie es aussieht hattest du eine gute Zeit.“

„Sieht so aus, als würden mich Monster magisch anziehen. Von einem zum anderen, ich Glückliche.“

Das amüsierte ihn, denn er drehte sich grinsend wieder zu ihr.

„Weißt du, ich glaube Rafael macht sich etwas vor. Mit deiner Hilfe können wir es ihm beweisen.“

Sie ging nicht auf seine Worte ein. Eine Weile sahen sie sich nur stumm an. Sie versuchten, ein Stück der Gedanken des anderen zu erraten.

Es war irrsinnig zu glauben, Rafael würde seine Stellung in der Gesellschaft Brasiliens oder sein Syndikat für sie aufgeben. Sie hoffte so sehr, er würde sie finden. Herkommen und sie wieder nach Hause holen. Aber es war ausgeschlossen, dass er sie eintauschen würde, gegen was auch immer.

„Bedenke, wenn du kooperierst, bist du schneller wieder bei ihm.“

„Einen Teufel werde ich tun.“

„Einen Schrei.“

„Nein!“

„Das ist keine Bitte.“ Er neigte den Kopf. „Sollen wir dir helfen? Meine Männer haben dir unsere Gastfreundschaft bereits demonstriert.“

Sie fuhr mechanisch mit ihren Fingerspitzen über ihr blaues Auge.

„Nein.“, wiederholte sie mit Nachdruck.

Pedro drehte den Wassereimer um und setzte sich darauf. Einen Moment blieb er einfach nur sitzen, starrte sie an und sagte kein Wort. Dann zog er ein Messer aus seinem Stiefel. Er drehte es spielerisch in seinen Händen, sah zu, wie die Klinge immer wieder kurz aufblitzte, wenn sie die wenigen Sonnenstrahlen, die in die Hütte fielen, auffing.

Jara wich panisch zurück. Adrenalin schoss durch ihren Körper und gab ihr Kraft, die sie selbst nicht gefunden hätte.

„Was ist mein Schmetterling?“, fragte er amüsiert. „Ich würde dir nie ernsthaft etwas tun. Zumindest noch nicht. Du bist mein Schlüssel zu fünfzig Tonnen Gold.“

Er griff nach ihren gefesselten Handgelenken und schnitt den groben Strick durch. Die Seile hinterließen rote Spuren auf ihrer Haut. Er strich mit dem Daumen darüber, ließ dann aber die Hand fallen.

„Du bist meine Macht.“, flüsterte er abwesend vor sich hin.

Pedro beugte sich vor und packte ihr Shirt. Sie drehte sich ruckartig um, sodass ihm der Stoff aus den Fingern glitt und kroch in Richtung der Tür. Gerade als sie aufstehen wollte, presste er sie zu Boden. Sie wehrte und schlug um sich, doch er hatte einiges mehr an Kraft und es kostete ihn kein müdes Lächeln, sie dort am Boden zu halten.

Er drehte sie auf den Rücken, nahm abermals das Shirt und riss einen Streifen ab. Das Reißen des Stoffes hallte in ihrem Kopf. Er nahm ihre Hand und fuhr mit der scharfen Klinge des Messers ihre Handinnenseite entlang. Er schien zu genießen wie sich das Blut langsam in ihrer Handfläche verteilte. Pedro nahm das Stück Stoff, das er gerade von ihrem Shirt gerissen hatte und presste es auf die Wunde. Auf dem Fetzen breitete sich langsam ein großer dunkler Fleck aus. Zufrieden sah er den Stoff an und warf es dem Mann, der immer noch im Türrahmen stand. Er wollte gerade gehen, als Pedro ihn zurückrief.

„Warte.“, befahl er., griff nach Jaras Halskette, riss sie mit einem Ruck ab und streckte sie dem Mann entgegen, ohne sie aus den Augen zu lassen.

„Hier, pack die dazu. Wollen wir doch mal sehen, wie lange er seinen Bluff aufrechterhalten kann.“ Er stand auf und nickte der Indigenen zu.

Die Frau sah zu Jara, nahm zögerlich den Lappen und den Eimer und verließ die Hütte. Jara stemmte sich wieder auf und lehnte ihren Rücken an die Wand. Sie schloss die Augen, fühlte wie ihr Blut durch die Adern strömte, wie die Wunde an ihrer Hand pochte. Die Geräusche des Waldes waren hier nur gedämpft wahrnehmbar, es wurde größtenteils vom Dröhnen der Generatoren und dem Leben der Menschen, übertönt.

Was geschah hier nur? Sie wusste nicht einmal, wo sie war. Irgendwo in den nie enden wollenden Weiten des Amazons wurde sie in Machenschaften hineingezogen, die sie nicht verstand.

Das Knarren der Tür riss sie aus ihren Gedanken. Die Frau kehrte mit einem Eimer, einer Schale und einem Lappen zurück. Sie kniete sich neben sie auf den Boden und fing an, vorsichtig das Blut von Gesicht und Händen zu waschen. Behutsam fuhr sie über die Wunden und strich eine bräunliche Flüssigkeit darauf. Sie beobachtete sie dabei. Die Frau hatte schwarze, lange Haare, die ihr über die Schulter fielen. Sie trug zwar eine

Jeans und ein Shirt, war im Gesicht aber traditionell bemalt. Schwarze Linien und Punkte verliefen kunstvoll über ihre Stirn und die Augen.

„Wie ist dein Name?“

Die Frau antwortete nicht und wusch unbeirrt weiter.

„Mein Name ist Jara.“

Diesmal hielt sie inne, betrachtete ihr Gesicht und sah ihr in die Augen. Nach einem kurzen Augenblick wusch sie den Lappen im Wasser aus und fuhr fort. Auf Jaras verletzter Hand träufelte sie eine Menge der braunen Flüssigkeit und legte etwas Grünes, das wie zerdrückte Blätter aussah, auf den Schnitt. Jara hob die Blätter an und wollte den Schnitt betrachten, die Frau schüttelte den Kopf und sagte etwas in einer Sprache, die sie nicht verstand.

„Ist ja gut, entschuldige.“, murmelte sie.

Dann verband die Frau die Hand. Als Jara gewaschen und verarztet war, stand die Frau auf und verließ die Hütte, ohne etwas zu sagen. Nun war sie wieder allein.

Als die wenigen Lichtstrahlen, die in die Hütte fielen, immer weniger und schwächer wurden, wurde erneut die Tür geöffnet. Wieder stand die Frau vor ihr. Diesmal hatte sie etwas zu Essen und Getränke dabei. Gierig trank sie das kühle Wasser. Sie verschluckte sich einige Mal, doch dies hielt sie kaum davon ab, weiter zu trinken.

„Du bist der Bootsmann.“, stellte sie schließlich fest, als der Mann mit dem roten Shirt hinter der Frau in der Türe auftauchte.

Er lachte, „mein Name ist Yakari.“

„Wie heißt sie?“ Sie deutete auf die Frau, die ihr das Essen gebracht hatte und nun gerade die Hütte verließ.

„Das ist meine Schwester Ima. Sie spricht kein Portugiesisch.“

„Sag ihr, Danke für ihre Hilfe.“

„Das werde ich.“ Er bedachte Jara mit einem letzten Blick, dann verschwand auch er und schloss die Tür hinter sich.

Die Stimme des Waldes, die sie tagsüber so vermisste, kehrte spät in der Nacht, als die Generatoren verstummten, zurück. Die Insekten zirpten, als würden sie ein Konzert geben. Sie meinte sogar, in der Ferne einen Jaguar gehört zu haben.

Mit dem Nachtlied des Waldes schlief sie ein.

Kapitel 80

Am nächsten Tag kam Yakari zusammen mit seiner Schwester in die Hütte. Sie redeten kaum miteinander. Ima kümmerte sich um Jaras Verletzungen.

„Hier, iss." Yakari stellte ihr eine Schale hin und reichte ihr etwas zu Trinken.

„Danke." Sie nahm die Schale und fing an den Brei zu essen.

„Was ist das?"

„Maniok mit Mais. Schmeckt gut, nicht?"

Sie nickte und aß gierig weiter.

Yakaris helles Lachen ertönte. Er beobachtete sie beim Essen und gab ihr ein kleines grünes Päckchen.

„Das ist Medizin, damit du wieder zu Kräften kommst. Ima hat es für dich gemacht."

Sie sah zu ihr und bedankte sich mit einem Lächeln.

Ima sagte etwas und Yakari fing an zu übersetzen.

„Du sollst es nach dem Essen zu dir nehmen."

„Ist gut.", bestätigte sie.

Kurz nachdem die beiden gegangen waren, vernahm sie schwere Schritte vor der Hütte. Die Tür ging auf und ein Mann trat herein. Sie erkannte ihn sofort, es war einer der Männer, die damals aus dem Pick-up gestiegen waren. Er trug eine rostige Dose mit sich, fasste hinein und nahm eine breiige Masse heraus. Ihr dämmerte es, die gleiche Masse, die sie am ersten Abend bekommen hatte. Die Masse die sie betäubte.

„Was ist das?"

„Du wirst tief schlafen und keinen Ärger machen, solange der Chef nicht da ist." Er streckte ihr den Brei hin.

„Wohin geht Pedro?“

„Das hat dich nicht zu interessieren. Los nimm schon.“

„Ich werde keinen Ärger machen, aber bitte nicht wieder diesen Brei.“

„Doch.“

„Nein, bitte.“ Sie wehrte sich vergebens mit Händen und Füßen.

Er hob ihren Kopf und stopfte den Brei in ihren Mund. Sofort breitete sich der bittere Geschmack in ihrem Mund aus und augenblicklich wurde sie müde.

Kapitel 81

Rafael und Lissandro saßen in dem Restaurant, das Pedro als Treffpunkt vorgeschlagen hatten. Es war eines der noblen Restaurants, oben auf einer Dachterrasse, eines der höchsten Gebäude. Man thronte über der Stadt, konnte so ein wenig dem Lärm und der Rastlosigkeit der Straßen entgehen. Die leise Hintergrundmusik, die passenden Stoffservietten zu den Tischdecken und die durchaus exzellente Auswahl an Alkohol gaukelten den Wohlstand Manaus vor.

Es war einer der Orte, der im vollkommenen Gegensatz zur Realität stand. Obwohl es erst Mittag war, stand auf dem Tisch eine Flasche Whiskey.

Pedro ließ nicht lange auf sich warten und betrat kurze Zeit später das Restaurant. Gut gelaunt setzte er sich zu den beiden Männern.

„Lissandro." Pedro sah zu Lissandro und nickte ihm zu.

„Pedro.", gab er knapp zurück.

„Dachte ich mir, dass du dabei sein wirst."

„Es geht um das Geschäft und da Lissandro mein Partner ist, betrifft es ihn ebenso.", erklärte Rafael gelassen.

„Um das Geschäft?", fragte Pedro überrascht theatralisch.

„Ja, wie würdest du es sonst nennen?" Rafael lehnte sich in seinem Stuhl zurück und legte sein Fuß lässig auf seinem Knie ab.

Pedro presste ein Lächeln hervor und bediente sich an dem Whiskey. Eine Weile herrschte Stille. Die Anspannung lag zum Greifen in der Luft. Dann holte er aus der Innentasche seines weißen Jacketts eine Zigarre.

„Es macht euch doch nichts aus?", fragte er beiläufig und steckte sich die Zigarre bereits an.

„Nur zu.“, winkte Rafael ihm zu. Er war dieses Spiel leid und trommelte genervt mit den Fingern auf dem Tisch.

„Nun Rafael, sehen wir den Tatsachen einmal ins Auge. Ich habe dir etwas genommen und du möchtest es zurück.“

Pedro zog an der Zigarre und blies den Rauch genussvoll aus. Ein zufriedenes Lächeln breitet sich auf seinem Gesicht aus.

„Aber nicht zu jedem Preis.“

„Oh nein, natürlich nicht. Aber…“ Er unterbrach kurz als ein Kellner mit einem Aschenbecher herbeieilte und diesen vor ihm auf dem Tisch platzierte. „Aber, wir sprechen auch nicht über irgendeine Sache. Wir sprechen über etwas, dass du dir nicht an jeder Ecke holen kannst.“ Nach einer kurzen Pause, um seine Aussage zu unterstreichen, fügte er knapp hinzu, „Außerdem sprechen wir nicht von irgendeinem Preis. Ich denke mein Preis ist geradezu lächerlich im Austausch. Nichts was euch wirklich wehtun würde Jungs.“

Nun war es Rafael der ein Lächeln auf den Lippen trug.

„Du überschätzt meine Menschlichkeit.“

„Pedro was willst du konkret? Lassen wir diese überflüssigen Drohungen und die Diskussion über Dinge, die du nicht nachvollziehen kannst. Nenne uns deinen Preis und wir werden abwägen, ob es uns das wert ist.“ Lissandro lehnte sich nach vorn und stützte seine Ellbogen auf dem Tisch ab. Nur für einen Bruchteil einer Sekunde schielte er zu Rafael, fixierte dann aber wieder Pedro.

Pedro beäugte erst Lissandro dann Rafael, bevor er seine Forderungen stellte.

„Ich will die Schürfrechte für die Goldmienen. Für alle Goldminen. Und nicht nur die Rechte, ich will die ganzen Claims.“

„Du bist noch blöder als ich gedacht habe.“, prustete Lissandro überheblich los.

„Was nützen dir die wenigen Schürfrechte. Das meiste ist illegal, hol dir das Gold selbst. Wir werden dich nicht aufhalten oder gar im Weg stehen.“

„Ich bin noch nicht fertig.“ Wieder nahm Pedro einen Zug von seiner Zigarre und blies Lissandro den Rauch entgegen.

„Damals in Rio haben wir über neue Gebiete gesprochen. Ich will alles aus diesem verdammten Wald rausholen, alles! Ihr zeigt mir den Ort und übertragt mir das Schürfrecht.“

Rafaels Kiefer mahlte. Am liebsten hätte er das Glas in seiner Hand zerspringen lassen.

„Pedro wir haben das Schürfrecht für dieses Gebiet nicht. Es gehört einem isolierten Stamm. Nun gut, beinah isoliert. Nichtsdestotrotz ist es annähernd unmöglich dieses Schürfrecht zu erhalten.“, warf Lissandro ein.

„Ich bin mir sicher ihr findet einen Weg! Sobald ihr mir gezeigt habt, wo dieses Gebiet genau ist und mir das Schürfrecht ermöglicht habt, bekommt ihr die Frau zurück ansonsten werde ich sie eine Zeit lang behalten. Eure Entscheidung.“

„Du verstehst nicht Pedro. Wir haben sie damals zu uns genommen, weil sie uns Probleme bereitet hatte. Zugegeben war sie eine unterhaltsame Abwechslung aber vergiss nicht mit wem du es zu tun hast. Ich habe dir schon einmal gesagt, wir sind nicht mit reiner Nächstenliebe zu unserer Position gelangt, also vergiss es. Du verschwendest unsere Zeit.“

„Ich weiß was es bedeutet jemanden zu verlieren. Es frisst einen innerlich auf, es wird dich dein Leben lang verfolgen. Vertrau mir, ich weiß genau von was ich spreche.“, fuhr Pedro unbeirrt fort. Dann stand er vom Tisch auf und wandte sich an Rafael. „Ich gebe dir noch ein paar Tage Zeit aber dann…“ Pedro klopfte Rafael auf die Schulter und verließ das Restaurant.

Rafael und Lissandro starrten ihm hinterher, wie er selbstsicher mit gehobener Brust eine Treppe hinabstieg und so von der Dachterrasse verschwand.

„Ich muss schon sagen, er hat Eier hier aufzutauchen.“, gab Lissandro zu und nahm seine Sonnenbrille ab.

„Mhh.“ Rafael tat es ihm gleich und legte die Brille auf das cremefarbene Tischtuch.

„Er weiß nicht, welch eine Chance er uns bietet. Diese Geschichte wird sich schnell verbreiten. Sie denken tatsächlich wir wären weich geworden.“

„Wenn wir nicht auf seine Forderungen eingehen, werden wir unsere Stellung demonstrieren und unser Ansehen wird besser als zuvor. Keiner wird sich jemals wieder mit uns anlegen.“

„Sein Scheitern verhilft uns zu mehr Respekt.“

„Er wird sie umbringen, wenn wir nicht auf seine Forderungen eingehen.“

„Ich weiß."

Kapitel 82

Etwas rüttelte vorsichtig an ihrer Schulter. Sie erschrak, als ihre Augen sich an die Dunkelheit gewöhnten und sie die Gestalt vor sich entdeckte.

„Pssst. Tut mir leid, ich wollte dich nicht erschrecken. Komm mit.“

Jara rieb sich den Schlaf aus den Augen und folgte der Gestalt. Yakari kam im Morgengrauen zu ihr in die Hütte und weckte sie.

„Sei leise. Um diese Zeit schlafen noch alle.“

Stumm folgte sie ihm aus dem Dorf den Pfad entlang in Richtung des Flusses. Die Luft war noch kühl und feucht von der Nacht. Wassertropfen lagen wie Perlen auf den Blättern und Gräsern. Der Himmel war schon etwas heller und bereitete sich auf die aufgehende Sonne vor.

Als sie das Dorf hinter sich gelassen hatten, fragte sie flüsternd, „Wohin gehen wir?“ Sie war immer noch wacklig auf den Beinen. Ihr Kopf hämmerte, ihr war übel und die Landschaft um sie herum verschwamm immer wieder kurz vor ihren Augen. Die Pflege von Ima hatte Wunder bewirkt und die meisten Schürfwunden und blaue Flecken heilten bereits ab.

„Die Garimpeiros, und Pedros Leute trinken die ganze Nacht und kriechen nicht vor Mittag aus ihren Hütten. Zu viel Alkohol lässt einen müde werden.“, grinste Yakari. „Ich dachte mir, du willst vielleicht die frische Luft und die ersten Sonnenstrahlen des Tages genießen, bevor du wieder in die dunkle Hütte musst.“

„Kannst du mir nicht einfach ein Boot geben?“

Er blieb abrupt stehen und starrte sie an.

„Das geht nicht!“, sagte er drohend und ging weiter.

Sie seufzte, sie wollte ihm keinen Ärger bereiten, aber sie wollte auch nicht wieder zurück zu Pedro.

„Wie lange sind wir schon hier? Ich habe jegliches Zeitgefühl verloren."

„Heute ist der fünfte Tag."

Fünf Tage und Rafael war noch immer nicht gekommen, um sie hier rauszuholen. In Rio hatte er immer alles und jeden unter Kontrolle aber hier schienen die Ereignisse ihren eigenen Lauf zu nehmen.

Damals wollte sie einfach nur weg und jetzt sehnte sie sich nach ihm. Entweder er wusste nicht, wo sie war oder es war ihm egal und er wollte nicht auf Pedros Forderungen eingehen.

Sie kamen am Fluss an, langsam wurde es heller und die ersten Strahlen des Tages glitten über den Amazonas. Yakari und sie setzten sich auf einen Baumstamm, der halb aus dem Wasser ragte.

Als sie sich setzten, platschten sich fluchtartig rettende Schildkröten ins Wasser.

Bunte Vögel überquerten den Fluss, so tief fliegend, dass ihre Bäuche beinahe die Wasseroberfläche strichen. Wie friedlich hier der Tag begann und die bunte, aufregende Welt im Amazonas erwachte.

„Seid ihr der Stamm, der das viele Gold besitzt?", unterbrach sie die Stille.

Die Augen von Yakari verengten sich zu zwei Schlitzen. „Du bist auch hinter dem Gold her?"

„Nein bestimmt nicht." Sie wandte den Blick von ihm ab und sah hinaus auf den Fluss, auf dessen spiegelglatter Oberfläche sich die Bäume und Pflanzen reflektierten. „Ich versuche nur zu verstehen, was gerade passiert."

Der Nebel hing tief in den Wäldern, zwischen all den grünen Blättern und Zweigen. Überall dort, wo die Sonnenstrahlen den Regenwald berührten, stiegen kleine Dampfwolken über den Baumkronen empor.

„Ayahuascero sagt, wenn das Gold aus der Erde gestohlen wird, verheißt das Unheil. Er sagt, die Natur benötigt das Gold in der Erde, um leben zu können."

„Wer ist Ayahuascero?"

„Unser Schamane."

„Rafael will das Gold schürfen. Wieso erlaubt ihr ihm das? Wieso wehrt ihr euch nicht dagegen?"

„Der Rat der Ältesten unseres Stammes hat sich entschieden, die Schürfrechte zu verkaufen. Senhor Fernandes hat alles dafür gegeben, um dieses Stück Papier zu erhalten. Er ist ein Mensch, dem man besser kein Geschäft ausschlägt. Das Gold liegt aber nicht nur in dem Indio Reservat, der größte Teil befindet sich tief in den Naturschutzzonen. In diese Gegend sind nur sehr selten Menschen gekommen, wenn überhaupt. Aber sie werden kommen und den Wald zerstören, egal ob Senhor Fernandes oder Senhor Barbos. Zurück bleiben dann nur noch die Narben im Wald und Restbestände des Quecksilbers, das sie für die Gewinnung benötigen, welches die Flüsse ruiniert und das Leben vergiftet. Bald wird es so weit sein. Das Gold bringt das hässlichste eines Menschen zum Vorschein, die Gier überkommt sie früher oder später alle."

„Aber wieso holt sich Pedro das Gold nicht einfach selbst? Wozu braucht er Rafael?"

In seinem Gesicht zeichnete sich ein bitteres Lächeln ab. „Du denkst das Gold ist hier.", stellte er fest. „Das hier ist nicht mein Stamm, nicht der Ort, an dem das Gold liegt. Mein Stamm lebt isoliert tief im Amazonas. Das Gold dort im Regenwald unter den gegebenen Bedingungen zu schürfen ist sehr schwer. Dort herrscht die Natur. Es ist so tief im Wald, dass dort keine Maschinen hingelangen. Senhor Barbos hat nicht die Männer, die Rückendeckung der Regierung und die Mittel, das Gold dort herauszuholen, Senhor Fernandes schon. Er ist ein mächtiger Mann und er weiß genau, was er tut."

„Wie meinst du das?", flüsterte sie, ihr Blick abwesend auf das Wasser gerichtet.

„Eigentlich gibt es in Brasilien Gesetze, welche die indigenen Stämme schützen sollten, diese werden aber häufig missachtet oder zu Gunsten anderer verdreht. Inwieweit das Gesetz greift, hängt von der Einordnung des Stammes, in die gesetzliche Grundlage ab. Mein Stamm ist ein isoliert indigener Stamm. Als isoliert Indigene werden die Stämme eingestuft, die kein oder nur sehr selten Kontakt zur Gesellschaft haben, nach ihren eigenen Riten und Bräuchen leben und mit der westlichen Umgangsform nicht vertraut sind.

Diese Stämme werden vom Staat bevormundet und sind gesetzlich nicht handlungsfähig, können somit auch nicht strafrechtlich belangt werden.

Sollte die Regierung wegen des Schürfens Probleme machen, wird sich der Stamm gerichtlich verantworten müssen, da sie ja auf dem Papier die Besitzer des Goldes sind. Da diese Menschen aber als isolierte Indigene gelten, können sie nicht so einfach belangt werden. Es muss ein Anthropologe hinzugezogen werden, der die Situation beurteilt und dann liegt ein Großteil der Entscheidung auch beim Richter. So oder so, Senhor Fernandes würde aus der Affäre fein rauskommen."

„Nein, das würde er ..."

„Glaub mir Jara, das würde er tun und das wird er tun! Das hat er schon viele Male getan. Ich habe mich bei anderen Stämmen erkundigt."

„Aber es gibt doch Beauftragte und Organisationen, die auf die indigenen Völker achtgeben. Wieso schreiten sie denn nicht ein?"

Er schnaubte abfällig, bevor er seufzend fortfuhr. „Der Leiter dieser Behörde ist ein evangelikaler Missionar. Er kontaktiert die isoliert lebenden Stämme und unterstützt die Aktivitäten der Missionare hier im Land.

Die Missionare schleppen Krankheiten ein, die der westlichen Welt nichts ausmachen. Die isoliert Indigenen allerdings besitzen nicht dieselben Abwehrkräfte, so kommt es vor, dass ein großer Teil eines Volkes beispielsweise an einer einfachen Grippe sterben kann."

Sie sah ihn an, bewegte ihre Lippen, um etwas zu sagen, brachte aber keinen Ton heraus, fand nicht die Worte, die ihre Gefühle annähernd hätten, beschreiben können.

Ihr Herz pochte wie wild in ihrer Brust, sie konnte nicht sagen, ob es das Entsetzen war, die Wut, die sich langsam in ihr zusammenbraute oder die Machtlosigkeit, die sie verspürte. Wie konnte sie nur so naiv und blind durch die Welt laufen? Eines war sie sich aber sicher, Yakari musste ihren Herzschlag hören, denn nach einer kurzen Pause räusperte er sich und fuhr fort.

„Senhor Barbos tauchte hier vor einiger Zeit auf und drohte mir. Er hatte meine Schwester geholt und stellte mich vor die Wahl. Entweder ich würde ihm helfen, an das Gold zu gelangen, dann bekomme ich sie zurück oder ich arbeite nicht mit ihm, dann würde er sie verkaufen. So wie es scheint, wollte Fernandes nicht mit Barbos zusammenarbeiten. Senhor Barbos wusste nicht genau, wo das Gebiet mit dem Gold war. Ich habe es ihm gezeigt, er merkte aber schnell, dass er sein Vorhaben nicht ohne Fernandes umsetzen kann. Und dann bist du plötzlich aufgetaucht. Du bist das einzige Druckmittel, das er gegen Fernandes hat."

Yakari blickte hinaus auf den Fluss, der weit hinten eine leichte Linksbiegung machte und dann am Horizont verschwand.

„Es wird immer schwieriger für einen Stamm wie diesen in der heutigen Zeit zu überleben. Ich bin einer der wenigen, die zur Schule gegangen sind. Den Großteil meines Lebens, bin ich bei meiner Tante in Manaus aufgewachsen. Das Leben für einen Indigenen, der nicht mal Portugiesisch kann, wird in Brasilien immer schwieriger, die Lebensräume immer kleiner. Staudämme und Straßenbauprojekte, die Teile des beschleunigten Wachstumsprogrammes der brasilianischen Regierung sind, zerstören immer weiter die Lebensräume. Die Brände, die Rodungen und die Viehzucht fressen sich immer schneller in die Tiefen des Regenwalds. Die Lebensgrundlage der Stämme schwindet unaufhörlich. Die Welt dreht sich einfach zu schnell."

„Jemand muss etwas unternehmen. Dieser Irrsinn muss gestoppt werden!" Jara sah betrübt auf ihre Füße, die kurz vor der Wasseroberfläche hin und her baumelten.

„Ich werde helfen das zu Verhindern."

Er lachte auf. „Wie willst du das anstellen?"

„Ich weiß es noch nicht, aber ich werde es tun. Manchmal kann ein kleiner Kieselstein einen ganzen Erdrutsch auslösen.", sagte sie voller Überzeugung und sah zu ihm.

Er ließ die ersten Sonnenstrahlen auf sein Gesicht fallen. „Du allein willst die Welt retten? Du bist gefangen in einer Hütte, an einem Ort, den du nicht einmal allein verlassen kannst. Du bist sonderbar, Frau mit den Himmelsaugen und den wilden Gedanken. ", stellte er kopfschüttelnd fest.

„Irgendjemand muss anfangen das Richtige zu tun."

Schweigend, den eigenen Gedanken hinterherhängend, blieben sie eine Weile nebeneinandersitzen.

„Wir müssen zurück." Er stand auf, balancierte auf dem Stamm und schaute in den blauen Himmel.

Sie zögerte, wollte nicht zurück, wollte nicht ihre neu gewonnene Freiheit verlieren. Sie schielte immer wieder auf das Wasser.

Als hätte Yakari ihren Gedanken lesen können, fügt er mit Nachdruck hinzu. „Komm! Du hast keine Chance zu entkommen, sie werden dich einholen. Du hast bereits genug eingesteckt, willst du wirklich ihren Zorn riskieren?"

Und wie sie das riskieren wollte, aber sie wollte Yakari nicht in Schwierigkeiten bringen, also schüttelte sie betrübt den Kopf und folgte ihm.

Sie gingen den Pfad entlang zurück Richtung Dorf.

Zurück im Dorf waren die ersten Leute bereits aus den Hütten gekommen. Die Kinder tobten schon wieder lachend umher. Das hier war ein Ort aus zwei Welten, einerseits war hier die Natur dominant und wild, andererseits mogelten sich überall die Auswirkungen der modernen Welt hinein. Das Lied des Waldes wurde mit dem Dröhnen der Generatoren übertönt, die Bäume mussten den Blechhütten weichen, zwischen all den Pflanzen lag der Müll. Neben Holzschalen standen Plastikflaschen auf dem Tisch. Eine Frau telefonierte lautstark auf ihrer Veranda. Geschrei und Gezanke drang durch das Dorf.

„Ima!“ Er stürmte an Jara vorbei.

Sie folgte ihm zu einem kleinen Häuschen, eines der wenigen, das Wände aus Stein hatte. Vor dem Haus hielt einer von Pedros Männer Yakaris Schwester an den Haaren und versuchte sie wegzuzerren. Yakari eilte zu seiner Schwester und stieß den Mann beiseite.

„Was soll das? Lass sie in Ruhe.“, zischte er böse.

Ima weinte und sprach ununterbrochen etwas, dass nur er verstand. Die Tür einer Hütte wurde aufgestoßen und Pedro trat hinaus, streckte sich und gähnte.

„Was ist hier los?“, fragte er desinteressiert mit rauer Stimme, gezeichnet von der Nacht.

„Du hattest gesagt, ihr würde nichts geschehen, du würdest ihr nichts tun.“

Pedro lachte herablassend. „Ich habe sie nicht angerührt Yakari.“

„Deine Männer sollen sich zügeln.“

Wieder lachte Pedro amüsiert auf. „Ich habe für dieses Theater keine Zeit. So schlimm wird es doch nicht sein, Christian hat ja nur mal ...“

Yakari sprang Pedro an die Gurgel. Fäuste fielen und nach einem kurzen Gerangel zog Pedro seine Waffe aus der Jeans und richtete sie auf Yakari.

„Beruhige dich. Wir haben gerade andere Probleme. Es geht um fünfzig Tonnen Gold, da ist mir deine Schwester herzlich egal! Hast du das verstanden?“ Er wandte sich wieder von Yakari, der auf dem Boden lag, ab.

„Von deinem Anteil kannst du ihr was Hübsches kaufen und alles ist wieder vergessen."

Es sammelten sich nun einige zusammen, um sich das Spektakel anzusehen. Jara bückte sich und hob eine leere Schnapsflasche auf, behielt die Menschen um sich herum im Auge, beobachtete ihr Verhalten und jede ihrer Bewegungen. Sie versuchte nicht aufzufallen.

Yakari sprang auf und wollte erneut auf Pedro losgehen, dieser reagierte jedoch blitzschnell und hielt ihm seine Waffe an den Kopf. Dieses Mal entsicherte er die Waffe und das Klicken drang Jara warnend in den Kopf.

„Du ...", Jara schluckte die Worte, die ihr in den Sinn kamen, mühsam runter. Wütend trat sie auf Pedro zu. „Nimm sofort die Waffe runter. Leg dich mit Gegnern an, die sich wehren können."

Pedro sah sie überrascht an, er hatte sie nicht beachtet. Was tat sie hier draußen und nicht eingesperrt in der kleinen Hütte? Er war genervt, wollte seine Ruhe. Er rieb sich seinen hämmernden Kopf und schnaubte.

„Niemand wird an das Gold herankommen, weder du noch Rafael. Dafür werde ich sorgen!" Sie hatte Angst, ließ sich aber nichts anmerken. Ihre Angst wurde von der Wut und dem Entsetzen dominiert, welches sich schleichend in ihr zusammengebraut hatte. Innerhalb weniger Tagen wurde sie mit der hässlichen Wahrheit der Geschäfte und dem Leben im Amazonas konfrontiert und das zeigte nun seine Auswirkungen.

Sie bemerkte nicht, wie sie unterbewusst den Hals der Flasche, die sie immer noch in der Hand hielt, fester und fester umklammerte. Als sie vor Pedro stand, hob sie die Flasche an, doch Christian war zur Stelle und drückte ihre Hand wieder runter. Die beiden anderen Gehilfen von Pedro, die mittlerweile auch aus den Hütten gekrochen waren, kamen zur Hilfe und packten sie an den Armen.

„Braucht es wirklich drei deiner Handlanger, um dich vor einer einzigen Frau zu schützen? Du bist ein Feigling Pedro." Ihr Blick voller Verachtung, spuckte sie ihm die Worte vor die Füße.

„Du strapazierst langsam meine Geduld Schmetterling. Jemand muss dir Manieren beibringen." Er holte aus und schlug ihr ins Gesicht. „Sprich nie wieder so mit mir." Wieder schlug er zu, warf sie an die Wand und hielt sie dort, seine Hand fest an ihren Hals gedrückt. „Pass auf was du ..." Pedros Schimpftirade wurde von seinem Telefonklingeln unterbrochen. Er holte mit einer Hand das Telefon aus der Hosentasche und ging ran. Jara bekam keine Luft mehr, versuchte den Griff vergebens zu lösen. Sie strampelte und zerrte an seinem Arm. Ein breites Grinsen zeichnete sich nun auf seinem Gesicht ab. Er ließ sie los, sie fiel zu Boden und schnappte nach Luft.

„Los bringt sie wieder in die Hütte und dort bleibt sie auch! Ich werde mich später um sie kümmern.“, raunte er und widmete sich wieder dem Gespräch am Telefon.

„Na los Jara, komm schon.“ Yakari zog sie am Arm weg.

Kapitel 83

„Weißt du Rafael, langsam versteh ich deine Faszination an dieser Frau. Sie ist… wirklich schwer unter Kontrolle zu bringen. Irgendwie wild, sie will einfach ihren eigenen Willen nicht aufgeben. Nun ja, ich muss dir ja nicht von ihr erzählen, und was für einen Spaß wir haben.“

Es war mittlerweile später Abend, die Dunkelheit war hereingebrochen. Pedro saß auf der Holzveranda vor einer Hütte und telefonierte mit Rafael. Rafael wirkte kühl und distanziert, aber das würde sich gleich ändern, da war sich Pedro sicher.

Rafael hatte mit seinem Anruf nicht gerechnet, er war nicht auf das vorbereitet, was gleich geschehen würde. Wie auch, dachte er sich vergnügt, dieser Gedanke kam ihm auch erst heute Morgen, nach dem Drama mit dieser *Indianerin.*

Nun hatte er Jara zu ihm bringen lassen. Einige Dorfbewohner betrachteten interessiert das Spektakel, wie Jara, unter heftiger Gegenwehr, herangezerrt wurde. Zu seiner Zufriedenheit stellte er fest, dass sie sich nicht nur wehrte, nein sie schimpfte lautstark vor sich her. Wie durchaus kooperativ sie ihm zuspielte. Als sie auf dem kleinen Dorfplatz stand, richtete er sich auf und umkreiste sie langsam.

„Pedro ich schwör dir…“, drohte Rafael nun durch das Telefon und ihm entglitt seine mühsam aufrechterhaltene Beherrschung.

„Ahh, nicht doch.“, unterbrach er Rafael und hob seine Hand, als ob Rafael es sehen könnte. In Pedros Stimme schwang Vorfreude mit „Warte. Wir sind noch gar nicht fertig. Das Highlight kommt erst noch.“

Einer von seinen Männern zwang Jara auf ihre Knie und hielt sie fest am Boden. Pedro ging vor ihr in die Hocke.

„Wirst du jetzt tun, um was ich dich gebeten habe, mein Schmetterling?“

„Fahr zur Hölle Pedro“, zischte sie und blies sich ihre Haarsträhnen aus dem Gesicht.

„In Ordnung.“, sagte er schmunzelnd und wandte sich wieder seinem Telefonat zu.

„Du hast es gehört, ich habe höflich danach gefragt. Sie hat wirklich einiges ausgehalten. Ich wollte unbedingt, dass sie für dich schreit, aber es kam kein einziger Ton über ihre süßen Lippen. Ganz egal was wir mit ihr angestellt haben. Weißt du, ich überlege mir, sie selbst zu behalten. Sie beeindruckt mich. Es steckt so viel Stolz in ihr.“ Er legte eine Pause ein. Hörte den schwer gehenden Atem von Rafael, der durch das Telefon rasselte und sah vor sich die Frau mit diesem Feuer in den Augen. Er genoss die Macht, die ihn gerade in diesem Moment durchströmte. Suhlte sich in dem warmen Glücksgefühl, das in ihm emporstieg.

Er drehte sich zu einer der Feuertonnen um, spürte den aufmerksamen Blick von Jara auf seinem Rücken ruhen. Er nahm mit einer Zange einen glühenden Ring aus dem Feuer. Es war sein Ring, ein Familienerbstück, den er immer trug. Er war groß und mit so vielen Details verziert, das er beinahe zu prunkvoll wirkte. Den Ring hatte er vorhin in die Glut gelegt, sorgsam, damit er möglichst schnell heiß wurde. Mit Genugtuung sah er die Panik in Jara aufsteigen, als sie verstand was er vorhatte.

„Weißt du, es ist eigentlich etwas Besonderes. Alle meine Männer tragen es.“ Er zeigte auf seine Hand. Dort, zwischen Daumen und Zeigefinger, war ein kleines kreisrundes Tattoo. „Es ist nur ein kleines Fleckchen Tinte, ein winziges Symbol das die Verbundenheit, die Zugehörigkeit und die Loyalität zum Ausdruck bringt. Klein, kaum wahrnehmbar aber mit machtvoller Bedeutung. Es ist für die Ewigkeit.“

Jara konnte das kleine Tattoo kaum erkennen. Es war rund, Geschnörkel umrahmte eine Art Wappen.

„Es zeigt mein Familienwappen.“, erläuterte er und löste nun den Blick von seiner Hand. Dann betrachtete er den glühenden Ring. „Genau wie dieser Ring hier.“

„Nein, du wirst doch nicht…“ Vor Aufregung verschluckte sie ihre Worte.

Seine Augen funkelten vor Erregung und ein zufriedenes Lächeln umspielte seine Lippen.

„Oh aber ganz bestimmt.“

„Nein, Pedro nicht! Bitte nicht.“ Sie versuchte sich aus den Händen zu befreien, die sie auf den Knien am Boden hielten.

„Nun Rafael, wenn sie das aushält, dann hat sie mein Mal verdient und ich kann sie dir wirklich nicht mehr zurückgeben. Gold hin oder her.“

Er gab das Telefon einem seiner Männer, der direkt neben Jara stand.

Sie versuchte sich loszureißen, doch sie hatte keine Chance den eisernen Griffen des anderen zu entkommen. Sie hörte Rafaels Fluche durch das Telefon.

„Bitte nicht. Ich, ich…“ Ihr Herz raste, die Panik verlieh ihr Kraft, doch auch das nützte nichts.

„Wie bitte?“

Sie schluckte trocken.

„Was Schmetterling?“, fragte er mit falsch aufgesetzter Freundlichkeit.

„Ich werde schreien, wie du es wolltest aber bitte nicht…“

Er strich ihr mit einer Hand übers Haar, als wolle er ein Kind beruhigen.

„Ich weiß, das wirst du.“

Er grub seine Finger in ihr Haar und zog ruckartig ihren Kopf nach hinten. Legte ihren Hals frei und strich langsam darüber.

„Pedro, bitte.“, flehte sie. „Nicht! Mach das nicht!“

Dann nahm er die Zange mit dem Ring und drückte das glühende Eisen auf ihren Brustkorb, direkt unter ihr Schlüsselbein. Das leise Zischen des Eisens auf ihrer Haut, wurde von ihrem Schrei übertönt. Ein markerschütternder Schrei, der die Umgebung umhüllte. Der Gestank von verbrannter Haut lag in der Luft.

Pedro warf den Ring in einen Eimer mit Wasser. Es zischte und Rauch stieg auf. Er nahm das Telefon wieder an sich und richtete sich auf.

„Du bist ein toter Mann!“, brüllte Rafael am Telefon.

„Du hast Glück, du kannst sie wieder haben. Ich denke wir verstehen uns nun. Halte dich besser an unsere Abmachung Rafael!“ Ohne eine Antwort abzuwarten, beendete er das Telefonat und steckte sein Telefon ein. Er blickte in den Wassereimer, bückte sich und fischte den noch warmen Ring heraus.

Er warf einen letzten Blick über die Schulter zu Jara, bevor er ging.

Sie war zusammengesackt, lag auf der Erde und bewegte sich nicht.

Kapitel 84

Rafael stand auf dem Holzdeck und starrte in die Dunkelheit. Neben Wut und Hass die in ihm tobten, durchzuckte ein unerträgliches Gefühl seinen Körper. Ein Gefühl, dass er versuchte zu unterdrücken, dass sich aber fortwährend an die Oberfläche schlich und nun brennend in ihm wütete. Gedankenverloren glitt seine Hand in die Hosentasche und umfasste Jaras Kette. Pedro hatte sie ihm zukommen lassen. Eine Drohung, die er versuchte zu ignorieren. Doch dieser Schrei, der immer und immer wieder in seinem Kopf widerhallte und diesen unerträglichen Schmerz in ihm vorantrieb, zeigt ihm die bittere Wahrheit. Er hatte sich etwas vorgemacht. Er würde alles für sie tun ungeachtet der Konsequenzen. Er wollte sie zurück, sofort! Er schlug mit der Faust auf das Geländer und brüllte in die Nacht.

„Wir sollten morgen die Schürfrechte erhalten."

Lissandros Stimme riss ihn aus seinen Gedanken. Rafael drehte sich um und sah ihn an. Er hatte das Telefonat wohl mitgehört und sah nun besorgt zu ihm.

„Die Männer sind da und haben Nachschub an Waffen und Munition mitgebracht. Wir sind vorbereitet und können sofort aufbrechen."

Rafael nickte und drehte sich wieder der Nacht zu.

„Sie hält das aus, du kennst sie."

„Ich werde ihn töten, aber zuerst werde ich mir alle die ihm lieb sind vornehmen. Jeden Einzelnen, bis niemand mehr übrig ist."

Lissandro nickte wissend, seufzte und klopfte ihm auf die Schulter. „Du solltest dich heute Nacht ausruhen. Die nächsten Tage werden hart."

Kapitel 85

Jara starrte ins Leere, rührte sich keinen Millimeter und zeigte keine Reaktion, versuchte das Brennen auf ihrer Haut auszublenden. Es fühlte sich an, als wäre dieser glühende Ring immer noch auf ihrer Brust.

Yakari hatte sie nach Pedros Attacke zurück in die Hütte getragen und so wie er sie dort abgesetzt hatte, saß sie noch immer da.

Lange Zeit sagte keiner von beiden etwas. Yakari versorgte ihre Brandwunde. Auf die kreisrunde Stelle hatte er Schlamm gestrichen, um zu verhindern, dass sich die Wunde entzündete.

„Das wird wieder heilen, aber es wird eine Narbe hinterlassen."

Natürlich, das war auch Pedros Absicht. Er hatte sie gebrandmarkt wie ein Tier.

„Es tut mir leid."

Das tat es ihr auch. Sie war es so sehr Leid.

„Ich wollte nicht, dass es so weit kommt."

Das wollte sie auch nicht.

„Ich hätte nie gedacht, dass Pedro so weit gehen würde."

Sie blickte zu ihm. Ihre Augen ausdruckslos, eine einzelne Träne kullerte über ihre Wange. Eine einzige verirrte Träne.

„Bitte sag einfach nichts mehr Yakari."

„Ich wollte nur…"

„Bitte.", hauchte sie kaum hörbar.

Er seufzte und stand auf. Bevor er die Tür hinter sich schloss, blickte er nochmals über seine Schulter. Sie saß immer noch an derselben Stelle in derselben Position und rührte sich nicht.

Der Regen prasselte auf das Wellblechdach und brachte eine angenehme Kühle mit sich, trotzdem fand sie in dieser Nacht keinen Schlaf.

In der Dämmerung des neuen Tages fasste sie den Entschluss, sich nicht brechen zu lassen.

Nicht aufzugeben.

Nicht das Böse gewinnen zu lassen.

Wenn sie dachten, sie könnten sie zerstören, hatten sie sich getäuscht!

Kapitel 86

Die Tür der kleinen Hütte wurde ruckartig aufgestoßen und ein Mann holte Jara heraus. Sie gingen den Pfad zum Fluss entlang.

Sie konnte Yakari im Boot entdecken. Er ließ den Motor ins Wasser und machte das Boot zum Aufbruch bereit. Dunkle Wolken vom vergangenen Regen schwebten drohend über dem Waldland und dem Fluss. Nur vereinzelt schafften es Sonnenstrahlen durch die dicke Wolkendecke. Dort, wo sie auf den Wald trafen, leuchtete das Grün der Bäume und Pflanzen in seinen verschiedensten Facetten.

„Wohin fahren wir?“, fragte sie leise.

„Du bist still und sprichst nur, wenn du gefragt wirst. Ist das klar?“, sagte der Mann, der sie immer noch fest am Arm gepackt hielt. Er setzte sie in das Boot. Das Wasser klatschte von außen mit einem Glucksen an die Bootswand.

Wenig später stiegen auch Pedro und ein paar seiner Gehilfen ein. Alle bewaffnet und mit einem finsteren Blick. Die Spannung in der Luft war zum Greifen.

Was passierte hier?

Was hatte Pedro vor?

Mit zwei Booten fuhren sie den Fluss aufwärts, immer tiefer in den Regenwald und ließen die letzten Anzeichen der Zivilisation hinter sich. Otter tauchten ab und auf und schauten neugierig den Booten hinterher.

Als die Sonne hoch am Himmel stand und den Nachmittag ankündigte, verließen sie den breiten Fluss und fuhren einen schmalen Seitenarm flussaufwärts. Der Fluss wurde allmählich schmaler, bis die beiden Boote nicht mehr nebeneinander fahren konnten.

„Willkommen in meinem Zuhause.“, flüsterte ihr Yakari leise zu.

Die Geräuschkulisse war laut, Vögel, Affen, Insekten, Frösche alle sangen ihr Lied. Überall raschelte es und die Bäume waren voller Leben. Vor ihnen erstreckte sich zu beiden Seiten eine dichte Wand aus Pflanzen. Leuchtend grün, weit oben in den Baumkronen, schafften es die Sonnenstrahlen kaum durch das schier undurchdringliche Blätterdach. Riesige Bäume und die verschiedensten Pflanzen wuchsen miteinander und ineinander wie ein Puzzel der Natur.

„Es ist wunderschön."

Das Gewässer wurde träge. Es schien beinahe keine Strömung mehr zu haben. Sie mussten langsamer fahren, da nun der Regenwald den Fluss vollkommen überwucherte. Das leise Dröhnen der Motoren wurde von den Geräuschen des Regenwaldes übertönt. Die Männer in dem Boot vor ihnen duckten sich unter Ästen und Lianen hindurch, sie tat es ihnen gleich. Keiner wagte es, etwas zu sagen.

Sie vernahm Pedros Atem, der hinter ihr saß. Die Männer waren angespannt, alle bis auf Yakari, der sich immer mehr entspannte, je tiefer sie in den Regenwald vordrangen. Plötzlich geriet das Boot vor ihnen ins Schwanken. Ein Mann stand auf und schoss ein paarmal panisch ins Wasser. Beinahe wäre das Boot gekentert.

„Was zum Teufel ist bei euch los?", fragte Pedro in sein Funkgerät.

Die elektronische Stimme antwortete nicht sofort.

„Juan hat eine Anakonda entdeckt, sie aber leider nicht erwischt."

„Hört auf damit und bleibt in dem verdammten Boot sitzen."

Nach dem kleinen Zwischenfall murmelten die Männer leise vor sich hin, bis nach kurzer Zeit alle wieder verstummten und angestrengt um sich blickten.

Sie folgten dem Fluss weiter durch den grünen Tunnel. Durch das dicke Blätterdach drang wenig Licht hindurch und so wurde es schnell dunkler.

„Yakari wie lange noch? Wir hätten den ersten Platz bereits vor Stunden erreichen müssen!", fragte Pedro und schaltete einen kleinen Scheinwerfer an.

Es war nun so dunkel, dass die Ufer nicht mehr grün, sondern schwarz drohend zu beiden Seiten standen.

„Wir sind gleich da."

Er hatte Recht behalten, wenige Minuten später machte der Fluss eine sanfte Biegung und es tat sich eine kleine freie Stelle auf. Sie zogen die Boote auf das sandige Ufer und schlugen ihr Nachtlager auf. In der Mitte machten sie ein riesiges Feuer und Pedro teilte seine Männer zu Wachschichten ein.

Yakari setzte sich neben Jara. Er hatte einen kleinen Beutel dabei. Ohne etwas zu sagen, zog er vorsichtig ihr Shirt zur Seite und begutachtete die Schlammkruste. Schließlich fing er an, dies abzubröckeln. Jara verzog schmerzerfüllt das Gesicht.

„Das muss ab. Wir müssen die Wunde reinigen und behandeln."

Sie biss auf ihre Zähne.

Er hielt kurz inne und blickte zu ihr auf. Seine karamellbraunen Augen sahen sie liebevoll an. Dann entzog er sich ihrem Blick und machte weiter.

„Ima hat mir die Medizin zusammengestellt und mir genau erklärt was ich zu tun habe. Es darf sich nicht entzünden."

„Das wäre nicht gut, hm?"

„Nein, das wäre nicht gut." Diesmal huschte ein kurzes Lächeln über seine Lippen.

Zum Schluss strich er wieder die schlammige Masse darauf, die zuerst kühlte und dann hart, wie Stein, an ihrer Haut klebte.

„Du solltest etwas Schlafen, wir haben noch einen weiten Weg vor uns." Mit diesen Worten stand er auf und ging zu einem der Boote.

„He, Schmetterling."

Sie blickte auf, vor ihr stand einer von Pedros Männern mit einer kleinen Schale. Ihr dämmerte es bereits.

„Ihr wollt mich betäuben? Mitten im Dschungel?"

„Ja."

Sie schlug die Hand des Mannes von sich.

„Pedro!", schrie sie mit all ihrer Kraft, die sie noch besaß. „Was soll das? Wohin soll ich hier denn gehen?"

Pedro stand vom Feuer auf. Im Schein des dämmernden Lichtes wirkte er noch bedrohlicher. Er ging in die Hocke und hielt ihr Kinn.

„Ich traue weder dir noch unserem indigenen Freund.", sagte er und hielt sie fest, während der andere ihr die Masse verabreichte.

Wieder nützte alles Strampeln und Wehren nichts, sie wurde immer schlapper und schlief am Ende ihre Kraft ein.

Kapitel 87

Etwas strich ihr unsanft über das Gesicht. Jara blinzelte und öffnete langsam die Augen. Sie lag im Boot, das sich leise den Fluss hinaufschlich. Wieder strich ihr etwas über das Gesicht. Die Äste der Bäume ragten zum Teil bis in die Boote und strichen mit ihren Blättern immer wieder über die Männer und Jara.

„Gut, du wachst auf, nicht mehr lange und der Fußmarsch beginnt. Ich denke, meine Männer haben keine Lust dich hinterher zu schleifen.“, bemerkte Pedro beiläufig.

Sie richtete sich auf und beobachtete einen Vogel, der etwas weiter vorne auf einem Ast saß und neugierig die Eindringlinge beobachtete. Die Umgebung hatte sich zu gestern nicht verändert.

Einige Zeit später hielten sie an. Die Männer sprangen aus den Booten, zogen diese an Land und bereiteten sich auf dem Marsch durch den Regenwald vor.

„Nehmt die Waffen mit und lasst die Vorräte hier. Wir werden bei den Indios zu Gast sein.“, lachte Pedro und gab seinen Männern weitere Anweisungen.

Auch Jara sprang aus dem Boot, landete auf sandigem Untergrund und folgte den anderen.

Der Marsch durch den dichten Wald war schwierig und ging nur langsam voran. Sie mussten sich den Weg mit Macheten frei schlagen. Affen begleiteten sie ein Stück weit. Sie schienen keine Angst vor ihnen zu haben. Als es dämmerte, verschwanden sie in die Baumwipfel.

Der Wald war so voller Leben, überall am Boden und an den großen Stämmen der Bäume krabbelte es und von überall schienen die verschiedensten Geräusche der Tiere an sie heranzudringen.

Den Fluss hatten sie schon einige Zeit hinter sich gelassen, als die Gruppe schließlich ihr Nachtlager aufschlug. Auch wenn die Sonne schon längst hinter dem Horizont verschwunden war, war es heiß und die Luft feucht. Jara setzte sich an einen Baum und lehnte sich gegen den Stamm. Sie war schwach und hatte keine Kraft mehr. Die Moskitos surrten um ihren Kopf, aber sie hatte nicht einmal mehr Kraft, die Insekten am Stechen zu hindern. Yakari setzte sich neben sie und strich ihr die Haare von der feuchten Stirn.

„Hier du musst etwas trinken."

„Woher hast du Wasser? Wir haben den letzten Tropfen schon vor einigen Stunden aufgebraucht."

Er lächelte und deutete mit der Hand um sich.

„Der Wald gibt dir alles, was du zum Leben brauchst."

Sie nahm seine Flasche entgegen und trank die Flüssigkeit. Sie schmeckte erdig, aber erfüllte ihren Zweck.

„Danke."

„Wir sollten uns deine Wunde ansehen."

„Ja ist gut."

Wieder verarztete er ihre Brandwunde, wie bereits am Abend zuvor.

„Hast du Angst Jara?"

Sie nickte. „Ja, das habe ich."

Er wendete sich von ihr ab und sah hinauf in das dunkle Blätterdach.

„Das musst du nicht."

„Nicht vor deiner Welt Yakari, nicht vor dem Dschungel. Ich habe Angst vor dem, was passieren wird." Sie legte ihre Hand auf seinen Arm.

„Ich habe Angst davor, mein Versprechen nicht halten zu können."

Er blickte über seine Schulter in ihr Gesicht und versuchte sich an einem Lächeln. Sein Blick war sanft und gütig. Er sagte nichts und blickte wieder hoch in das Blätterdach.

„Jara wach auf.", Yakari rüttelte vorsichtig an ihrer Schulter. „Wir müssen weiter, es ist nicht mehr weit."

„In Ordnung.", gähnte sie und stand auf. Sie verspürte wieder die aufkommende Übelkeit, die ihr beinahe keine Zeit ließ zu reagieren. Sie versuchte das Gefühl zu ignorieren, atmete tief ein und aus, kam aber nicht dagegen an. Sie stützte sich mit der Hand an einem Baum ab, spürte das feuchte Moos unter ihren Fingern und erbrach sich.

„Geht es dir gut?", fragte Yakari und blickte sie besorgt an.

Sie atmete schwer ein und aus. „Ja, es ist nichts. Vielleicht eine Gehirnerschütterung. Lass uns weiter gehen.“

Die Gruppe schlug sich weiter durch den Regenwald. Nach gut fünf Stunden erreichten sie ein Dorf. Jara blieb wie angewurzelt stehen. Es kam ihr vor, als hätten sie eine Reise in eine andere Zeit gemacht.

Das Dorf war klein und bestand nur aus ein paar wenigen Hüttchen aus Holz und Blättern, alles, was der Wald hergab. In der Mitte war eine große Feuerstelle. Qualm stieg aus dem Steinkreis empor, darüber kochten die Frauen das Essen. Kinder spielten auf der staubigen braunen Erde. Einige Männer saßen an den Hütten und bereiteten Pfeile vor, dessen Spitzen sie sorgsam in eine farbige Flüssigkeit tauchten.

Die Menschen, die hier lebten, waren, wie auch Yakaris Schwester Ima, bemalt und trugen Zeichen auf ihren ganzen Körpern. Feine, rotbraune und schwarze Linien, Punkte und Formen zogen sich vom Gesicht über die Arme, bis runter zum Bauch. Sie waren nur spärlich bekleidet und trugen viele Ketten und Ohrringe.

Sie blickte in die Gesichter der Menschen und erstarrte. Als die Dorfbewohner die Ankömmlinge bemerkten, waren sie eingeschüchtert und hatten Angst. Sie wichen zurück und verschwanden in den Hütten.

Yakari begrüßte seine Familie, das war das einzige Mal, dass Jara Freude in den Gesichtern der Indigenen entdeckte.

Einige Männer mit Speeren traten hervor und fingen an, lautstark auf Pedro einzureden. Es hörte sich nicht freundlich an.

„Yakari, komm her. Was wollen sie?“

Er eilte zu Pedro und übersetzte das, was die ältesten des Stammes zu sagen hatten. Pedros Männer setzten sich zur Feuerstelle, es schien, als wären sie schon einmal hier gewesen. Sie tranken und aßen, ohne zu fragen und nahmen sich alles, wonach ihnen gerade der Sinn stand.

Jara setzte sich etwas abseits des Feuers in den Schatten des Dickichts. Nach dem Gewaltmarsch der letzten beiden Tage war sie schwach. Immer wieder verschwamm die Umgebung vor ihren Augen.

Eine wacklige Gestalt ging langsam auf sie zu. Es war ein alter Mann, der sich auf einem Stock abstützend, den Weg zu ihr bahnte. Sein weißes Haar, die tiefen Falten und die blassen Augen ließen sie vermuten, dieser Mann war weit über hundert Jahre alt. Die vielen Ketten, der Schmuck und einige Gefäße aus Holz, Knochen und andere Gegenstände, die er an sich trug, schienen ihn beinahe zu Boden zu ziehen. Er sah in ihre Augen. Er murmelte für sie unverständliche Worte. Sie wagte es nicht, ihn zu unterbrechen. Der Mann fasste in eines seiner Gefäße. Seine Fingerspitzen nahmen eine kupferfarbene Farbe an. Er strich damit über ihre Stirn, sie zuckte zurück.

„Still.“, sagte der Mann leise.

Überrascht fragte sie sich, ob dieses alte Männchen vor ihr tatsächlich gerade gesagt hatte, sie solle still sein.

Der Mann machte weiter und setzte kleine Punkte an ihre Wangenknochen.

„Komm.“

Wieder meinte sie den Mann verstanden zu haben, sprach er etwa portugiesisch? Sie rührte sich nicht und sah den Mann vor ihr verdattert an.

„Komm mit mir.“

Sie konnte es nicht fassen. Diese klapprige Gestalt vor ihr sprach mit ihr, und das auf Portugiesisch. Wie um alles in der Welt konnte dieser Mensch hier draußen, fern ab von jeglicher modernen Zivilisation, ihre Sprache sprechen? Sie stand auf und folgte dem Mann.

Kapitel 88

Rafael marschierte wütend durch den Wald. Immer wieder schlugen ihm Blätter und Äste ins Gesicht, doch das interessierte ihn nicht. Er musste zu dem Dorf, und zwar sofort. Nachdem Sie mit dem Boot an der Sandbank angelegt hatten, fanden sie die Boote von Pedro.

Sie kannten den Weg, waren schon einige Male hier gewesen und doch folgten sie der Spur von Pedro und seiner Gefolgschaft, welche sich unverkennbar und zerstörerisch durch den Wald zogen.

Sie machten erst spät in der Nacht einige Stunden Pause und noch bevor die Sonne aufging, marschierten sie weiter.

„Rafael, warte.“, rief Lissandro ihm hinterher.

Rafaels Anspannung lag greifbar in der Luft, schwebte zwischen jedem Baum und jedem Blatt. Lissandro holte ihn ein, sein Herz pochte schnell, er war außer Atem. Er griff nach seiner Schulter und brachte ihn so zum Stehen.

„Ich werde ihn töten!“, zischte er gereizt, riss seine Schulter aus Lissandros Griff und ging weiter.

Lissandro antwortete nicht und sah ihm nur kopfschüttelnd hinterher. Da sie dem Pfad von Pedro folgten, kamen sie gut voran, er wusste, es war nicht mehr weit bis zu dem kleinen Dorf.

Als Rafael und seine Leute im Dorf ankamen, rief er aus Leibeskräften nach Pedro.

Es rührte sich nichts.

„Wo ist der Mistkerl?“, fragte er durch die Zähne und brüllte gleich darauf abermals nach Pedro.

„Rafael, sieh mal einer an.“ Pedro trat zwischen einigen Hütten hervor.

„Es freut mich ungemein, dass wir eine Einigung erzielt haben und nun im Geschäft sind.“ Sein Gewehr hatte Pedro lässig umgeschnallt. Hinter ihm seine Männer, bewaffnet bis unter den Haaransatz.

„Wo ist sie?“, fragte Rafael ungeduldig.

Pedro tat erschrocken und lachte dann laut los.

„Ich bringe dich um, Pedro. Genieß deine letzten Atemzüge.“

„Die Papiere!“, forderte er.

Rafael nickte Jair zu, der ihm daraufhin einen Umschlag gab. Pedro schaute hinein und stellte mit einem zufriedenen Lächeln fest, dass alles vollständig war.

Im selben Moment kam Jara aus der Hütte des Schamanen hervor. Sie hatte die Rufe gehört. Ihr Herz raste.

„Rafael.“, flüsterte sie kaum hörbar und wollte zu ihm eilen. Bahnte sich einen Weg durch die bewaffneten Männer und vorbei an Pedro.

Pedros Arm schnellte hervor und sie lief dagegen. Für eine Sekunde blieb ihr die Luft weg. Pedro zerrte sie zurück und hielt sie fest. Überrascht beobachtete er Rafaels Reaktion. Wie seine Kiefer mahlten und sein ganzer Körper vor Wut bebte.

„Zugegeben Rafael, ich war mir bis gerade eben nicht sicher, ob du wirklich auftauchen würdest. Jahrelang kam ich nicht an dich heran, es war dir einfach alles egal. Es gab nichts und niemand, was dich in irgendeiner Weise interessiert hätte. Und nun, sieh dich an, der große Rafael Fernandes, in die Knie gezwungen von einer Frau. Welch ein Klischee.“ er strich ihr langsam über die Wange und hob dann ihr Kinn zu sich.

„Womit hast du ihn nur so verzaubert, Schmetterling? Vielleicht sollten wir das auch einmal versuchen, bevor ich dich zurückgebe.“

„Fass sie nicht an!“, knurrte Rafael. „Du hast was du wolltest, nun lass sie gehen.“

Er blickte wieder zu Rafael.

„Sie ist ganz schön widerspenstig. Aber, nun ja, du hast recht, widmen wir uns weiter dem Geschäft. Du zeigst mir die Stelle und deine Vorbereitungen, die du bereits getroffen hast, dann kannst du sie wieder haben.“

„Das war nicht die Abmachung.“ Rafael trat einen Schritt vor.

Augenblicklich entsicherten Pedros Männer die Waffen und richteten sie auf Rafael und die anderen.

„Na los, lass uns besser keine Zeit verlieren. Yakari, nimm sie!"

Yakari tauchte neben Jara auf.

„Keine Dummheiten, denk an deine Schwester.", drohte Pedro leise und ging an den beiden vorbei auf Rafael zu.

„Tut mir leid.", sagte Yakari mit gesenkter Stimme.

„Schon in Ordnung, du kannst nichts dafür.", gab Jara flüsternd zurück.

Kapitel 89

Sie marschierten gut eine Stunde durch den Regenwald. Ein paar Indigene des Stammes waren mitgekommen. Sie liefen barfuß, lediglich mit einem Schurz bekleidet und mit einem Speer in der Hand, unbeschwert durch den Wald. Es schien, als wären sie mit der Natur verbunden, schwebten über die Wurzeln und den nassen Waldboden hinweg, als wäre es für sie kein Gewaltmarsch so, wie für die anderen, die sich schwitzend und keuchend durch den Wald kämpften.

Die Männer hatten nicht nur Mühe mit der Hitze und der hohen Luftfeuchtigkeit, auch die Insekten schienen mehr Interesse an den Eindringlingen als an den Indigenen zu zeigen.

Jara schrak auf, vor ihr schnellte eine Schlange aus dem Dickicht.

„Bleib ruhig.“, warnte Yakari sie.

Sie schluckte merklich. „Das ist leichter gesagt als getan.“

„Keine Angst, sie fürchtet sich mehr vor dir als du vor ihr. Wir warten einfach, bis sie geht.“

Die Schlange hing von einem Ast und schwebte direkt vor ihrem Gesicht. Der kupferfarbene Bauch der Schlange hob sich von der grünen Umgebung ab, ihr Rücken orange, schwarz gemustert. Mit ihren leuchtend grünen Augen fixierte sie Jara.

„Was ist bei euch los? Kommt weiter, ich will nicht in dieser Gott verdammten grünen Hölle übernachten.“, schrie Pedro zu ihnen hinter.

Tatsächlich gab die Schlange ihre Angriffsstellung nach wenigen Sekunden auf und verschwand wieder im Dickicht. Jara atmete auf und ging weiter.

„Wir sind gleich da.“, murmelte Yakari.

Das Geräusch der Macheten, die ins Dickicht schnellten, wich einem leisen Dröhnen. Schon nach kurzer Zeit wurde das Dröhnen immer lauter und ein Rauschen mischte sich in das Geräusch. Auf einmal lichtete sich der Wald und vor ihnen erstreckte sich eine knapp achtzig Meter hohe Felswand senkrecht empor. Ein Fluss stürzte tosend darüber hinab, so als wäre die Kante das Ende der Welt.

Die gigantische Felswand ließ die Entfernung zum Himmel noch viel größer erscheinen. Der Sprühnebel des fallenden Wassers setzte sich wie ein sanfter Film auf ihre Haut. Jara bestaunte den atemberaubenden Wasserfall. Wie sich die Wassermassen über den Rand schoben, in die Tiefe zu ihnen hinunterstürzten und auf dem Boden grollend zerstäubten. Die stechend grünen Pflanzen, die neben den Wassermassen wucherten, standen im Kontrast zu der kupferfarbenen Steilwand.

„Dort oben haben wir das erste Gold gefunden. Es erstreckt sich Fluss aufwärts über das gesamte Gebiet.“, sagte Rafael und deutete auf den Wasserfall.

Sie konnte sich kaum vorstellen, dass ein Mensch je dieses von der Natur geschaffene Hindernis überwinden konnte.

Pedro sah erst zu Yakari, dann blickte er in den Fluss neben ihnen, als wolle er überprüfen, ob sich Gold darin befand.

„Du hast die Genehmigung und wir haben dich an den Ort geführt. Wir sind quitt. Nun lass sie gehen.“

„Oh Rafael, sie hat dir wohl ganz schön das Gehirn vernebelt.“ Seine Schultern bebten von seinem leisen, abfällig Lachen.

„Ich bin kein Narr! Ich hatte noch nie etwas gegen dich in der Hand. Noch nie hatte überhaupt jemand etwas gegen dich in der Hand.“

„Wir hatten eine Abmachung. Ich habe meinen Teil eingehalten, nun bist du an der Reihe.“

„Nein, ich denke, ich werde unsere Abmachung erweitern.“

Rafael zog eine Waffe und richtete sie auf Pedro.

„Überlege dir gut, was du tust. Wir wollen nicht, dass unserem Schmetterling am Ende noch etwas zustößt.“, fuhr Pedro grimmig fort.

Er ließ den Lauf seiner Waffe durch Jaras Haare gleiten. Seine Lippen dicht an Jaras Ohr.

„Was meinst du dazu, Schmetterling?“

Sie drehte ihr Gesicht weg.

„Fahr zur Hölle Pedro.“

„Mhh, sie kann einen bis aufs Blut reizen." Ein Lächeln umspielte seine Lippen. Er genoss sichtlich die Situation.

Rafael hielt die Waffe immer noch auf ihn gerichtet, der unbeeindruckt fortfuhr.

„Wir werden das Geschäft wie anfangs besprochen durchführen. Wie du das verdammte Gold von dort oben raus bekommst, ist deine Sache. Die Konditionen müssen selbstverständlich neu verhandelt werden."

Rafael atmete tief ein. Sein Finger zuckte am Abzug, Pedro übertrieb es.

„Und die lauten?"

„Siebzig zu dreißig und ich will das ganze Gold jetzt, nicht wie anfangs gedacht, über mehrere Jahre."

Nun lachte Rafael laut los.

Pedro hielt die Hand, um ihm zu verstehen zu geben, etwas sagen zu wollen. „Ich werde dir entgegenkommen, ich werde hier unten neben dem Dorf eine Schneise hauen und eine Landebahn bauen. Ihr müsste also das Gold nur bis zum Dorf schaffen."

„Aus genau diesem Grund wollte ich das Geschäft nicht mit dir machen. Du bist zu ungeduldig und zu gierig Pedro. Dadurch wirst du unaufmerksam und schludrig. Das Gold liegt nur zu einem kleinen Teil im Reservat der Indigenen, der größte Teil ist in der Schutzzone, so tief im Amazonas, dass die Regierung das Schürfen nicht so einfach tolerieren kann." Rafael lachte wieder auf, nahm die Waffe hinunter und drehte sich in Richtung des Wasserfalles. „Und, du willst das Gold auch noch schneller abbauen als geplant. Dir ist die Lage hier nicht entgangen, nein? Um das Gold noch schneller abzubauen, müssten wir Maschinen herschaffen. Den Großteil dieses verdammten Waldes roden, versuchen mit den Maschinen über eine Anhöhe, weiter hinten im Gebiet hinaufzukommen. Nicht zu vergessen sind die Männer, die hier Arbeiten sollten, woher sollte ich so viele Arbeitskräfte bekommen?"

„Das Dorf ist voller Arbeitskräfte und zur Not werde ich dir noch mehr einfliegen."

„Nein, Rafael, das ist Wahnsinn, tu das nicht. Ich bitte dich, lass das nicht zu!" Jara sah ihn flehend an.

„Ah, ah, Schmetterling. Was hatten wir gesagt?", tadelte Pedro und griff grob nach ihrem Kiefer. „Du sprichst nur, wenn du gefragt wirst." Er holte aus, doch Rafael entriegelte mit einem klickenden Geräusch seine Waffe und richtete sie erneut auf Pedro.

„Fass sie nicht an.", grollte es aus seiner Kehle.

Pedro hob gespielt seine Hand.

„Schon gut, schon gut." Grinsend wandte er sich wieder Rafael zu. „Tu nicht so, als hätte dich das jemals gestört, die Wälder zu roden und die Arbeiter von überall her zu holen. Ich weiß das du auch Claims in den Schutzzonen hast."

„Die ganze Welt sieht auf dieses Gebiet." Rafael zeigt auf den Wasserfall. „Wenn wir mit Maschinen das Gold holen, werden wir den Wald zerstören, den Fluss zunichtemachen und die Regierung wäre gezwungen zu handeln."

Plötzlich merkte Jara, wie Rafaels Augen, immer wieder, für einen Moment abschweiften und in den Wald hinter ihnen fielen.

Was ging hier vor?

Im nächsten Augenblick erschütterte eine Explosion den Wald. Erde und Gestein wurden durch die Luft geschleudert. Die Druckwelle zwang Jara in die Knie. Rauch erfüllte die Luft. Als sie den Kopf drehte, sah sie Pedro neben sich, der gerade wieder aufstehen wollte. Schnell kroch sie von ihm weg. Ein fester Griff umschloss sich um ihre Oberarme und zog sie hoch. Rafael fuhr mit seinen Händen über ihr Gesicht.

„Alles in Ordnung?"

„Ja, ja mir geht es gut." Sie schloss die Augen und genoss die Umarmung. Die Wärme, die von seinem Körper abstrahlte, die Geborgenheit und seinen Herzschlag an ihrem Ohr.

Dann eröffnete jemand das Feuer und Kugeln flogen durch die Luft. Rafael brachte sie hinter einem umgestürzten Baum in Deckung. Wieder eine Explosion, die grollend an den Felsen und der Wand aus Wasser widerhallte.

„Was ist hier los?", fragte sie Durch all den Rauch und Dreck, der in der Luft hing, konnte sie nichts mehr erkennen.

„Wir hatten vor einiger Zeit Sprengstoff hier im Wald gelagert."

Rafael drückte fest ihre Hand und sah sie einen Moment lang an. In seinen Augen hatte sich etwas verändert, das konnte sie sehen. Er hatte eine Entscheidung getroffen, sie sah die Entschlossenheit.

Als Kugeln dumpf in das Holz schlugen, flogen kleine Holzsplitter, des umgestürzten Baumes in die Luft. Sie wurden beschossen. Bei jeder einzelnen Kugel, die in dem gigantischen Stamm stecken blieb, zuckte sie zusammen. Sie hatte Angst, konnte die Situation nicht einschätzen, wusste nicht, was tun. Rafael hingegen war ruhig, hielt seinen Blick fest an ihre Augen gehaftet. Er holte etwas Glänzendes aus seiner Hosentasche. Es war die Kette mit dem kleinen Anhänger. Rafael legte die Kette um ihren Hals und schloss den Verschluss. Er strich ihr übers Haar, küsste vorsichtig ihre zitternden Lippen.

„Du bist das Beste, was mir je passiert ist und ich das Schlimmste, was dir jemals hätte passieren können."

„Nein Rafael, sag das nicht."

Er lächelte und seine dunklen Augen blickten sie liebevoll an.

„Ich habe mich noch nie so gefühlt. Es lässt mich nicht mehr klar denken, ich werde verrückt ohne dich." Für einen Bruchteil einer Sekunde huschte ein Lächeln über sein Gesicht, verschwand aber im selben Augenblick wieder. „Ich hatte noch nie Angst um einen anderen Menschen und als sie dich geholt haben, mir genommen haben… Ich habe alles getan, um das zu verhindern. Glaub mir, es wird nie aufhören."

„Was wird nie aufhören?"

Er starrte sie weiter an und sagte nichts.

„Was wird nie aufhören, Rafael?"

„Sie werden dich immer suchen, immer gegen mich verwenden."

„Wer?", fragte sie verzweifelt.

Er nahm ihr Gesicht in beide Hände und küsste sie innig. Dann sah er sie wieder an, mit seinem durchdringenden Blick.

„Die Welt durch deine Augen zu sehen ist so viel schöner. Das Einzige, was ich für diese Welt tun kann ist, dafür zu sorgen, dass du am Leben bleibst."

Dann ließ er sie los, sprang über den Baumstamm und verschwand.

„Warte, bitte bleib hier." Sie wollte ihm folgen und sprang auf, als jedoch erneut die Kugeln neben ihr in das Holz schlugen, ging sie wieder hinter dem Baumstamm in Deckung. Ihr Herz raste unaufhörlich. Wo war er hin und was hatte er vor?

Erneut brach ein Kugelhagel herein, dröhnend und erbarmungslos. Schreie und Rufe erklangen und verebbten wieder. Sie vernahm eine Bewegung im Wald neben sich, die Indigenen des Stammes flohen stumm und leise wie Geister.

Nach einer gefühlten Ewigkeit, verstummte langsam der Lärm. Vorsichtig lugte sie über den Baumstamm. Der Geruch von Feuer stieg ihr in die Nase, ihre Augen tränten vom Rauch, der die Luft erfüllte. Sie konnte wage Gestalten erkennen. Sie kletterte über den Baumstamm und lief vorsichtig am Flussufer entlang. Flammen schlugen meterhoch aus dem Wald, begleitet von schwarzem Rauch, tanzten sie bedrohlich und hell.

An der Böschung lag jemand, stöhnend und verzweifelt, seine Waffe umklammernd.

„Lissandro!“ Als sie ihn erkannte, eilte sie zu ihm und kniete sich neben ihn.

Die Waffe, wie ein Schutzschild, fest an seinen Körper gedrückt. Von seiner Hand tropfte Blut.

„Du bist verletzt.“, stellte sie sorgenvoll fest und tastete seine Schulter ab.

Lissandro schrie auf, als sie die Stelle berührte, wo ihn die Kugel getroffen hatte.

„Du verlierst zu viel Blut, ich muss die Blutung stoppen.“ Sie zog ihr Hemd aus und band es fest um seine Schulter. Er schrie abermals schmerzerfüllt auf, schubste sie zur Seite und feuerte seine Waffe ein paarmal ab. Erschrocken drehte sie sich um und sah einen von Pedros Männern direkt vor ihnen am Boden liegen. Tod. Ihr Herz pochte so heftig, sie hatte Angst, es würde ihr jeden Moment aus der Brust springen. Ihr Atem raste. Schon wieder verspürte sie die Übelkeit in sich aufsteigen.

„Wo ist Rafael?“

Lissandro sah sie an, sagte jedoch nichts.

„Lissandro, wo ist er?“

Wieder keine Antwort. Sie versuchte aufzustehen, er hielt sie aber fest.

„Nein, geh dort nicht hin.“

„Ich muss zu ihm.“

Er schüttelte den Kopf, doch sie entriss sich seinem schwachen Griff und verschwand in den Rauchschwaden.

„Jara.“, brüllte er ihr hinterher, doch sie ignorierte seine Rufe.

„Jara, bleib hier!“

Kapitel 90

Schüsse unterbrachen das Knistern des Brandes und ließen Jara erstarren.

„Rafael!“, sie rief seinen Namen so laut sie konnte und rannte das Ufer entlang in Richtung des dröhnenden Wasserfalls. Der Rauch kratzte in ihrer Kehle.

Vorne an der Felswand entdeckte sie ihn. Er stand mit seiner Waffe in der Hand über dem Körper von Pedro, der unbewegt am Boden lag.

„Du hast ihn erschossen.“, flüsterte sie ungläubig.

Rafael drehte langsam seinen Kopf und blickte sie an.

Sie atmete schwer, blickte sich um und vernahm das Ausmaß. Das Ausmaß der Gier nach Gold. Blut der leblosen Körper der Männer, die am Ufer lagen, rann in den Fluss. Eine Feuerwand, drohend am Waldrand.

Rafael lief langsam auf sie zu, ließ seine Waffe fallen und presste seine Hand auf seinen Bauch. Es klaffte eine Schusswunde genau dort, wo er damals als Junge getroffen wurde und ihn bis zum heutigen Tag eine kreisrunde Narbe daran erinnerte. Sein dreckiges Hemd saugte das Blut auf, das aus seiner Wunde lief.

„Er hat dich erwischt, du bist getroffen.“ Ihre Stimme flatterte, panisch tastete sie seinen Bauch ab.

„Das wird wieder, keine Sorge, dass bekommen wir hin. Wir müssen nur die Blutung stillen und die Kugel dort raus ...“

Die Erde erbebte abermals von zwei kurz nacheinander folgenden Explosionen. Jara viel zu Boden. Wieder wurde Dreck, Asche und Gestein durch die Luft geschleudert. Ihre Ohren pfiffen, sie vernahm nur noch das Pochen ihres Herzens und ihren rasselnden Atem.

Für einen Moment blieb sie liegen, auf dem sandigen Boden, atmete flach den erdigen Geruch des Amazonas ein. Glühende Blätter fielen wie Regen auf den Sand und erloschen. Benommen stützte sie sich mit ihren Armen langsam vom Boden auf und ihre Ohren nahmen wieder klar die Geräusche der Welt war. Auch Rafael war bereits wieder aufgestanden und wollte ihr gerade auf die Beine helfen. Durch den Rauch sah sie Pedro das Ufer entlang stolpern. Wie konnte das sein, er war tot. Rafael hatte ihn erschossen und doch stand er wieder vor ihnen, wie ein Geist.

„Rafael." Pedros Stimme klang kalt, dann nahm er mit letzter Kraft seine Waffe und zielte auf Rafael.

„So endet es also mit uns beiden." Sein Lachen schadenfroh, beinahe verrückt, durchschnitt es die Luft.

„Nein!" Sie überlegte nicht lang, als sie das schwarze Metall im schlammigen Boden neben sich aufblitzen sah. Instinktiv griff sie danach, umklammerte die Pistole mit beiden Händen. Der Schuss ging an Rafael vorbei und traf Pedro mitten in die Brust. Jara rührte sich keinen Millimeter, blieb starr stehen und sah zu wie Pedro leblos zusammensackte. Sie fühlte das kalte Metall. Die Waffe schien unvorstellbar schwer, so als ob das Gewicht der Welt darin lag.

Mit weit aufgerissenen Augen sah sie Rafael an, der sich nun wieder zu ihr umdrehte

„Ich… Ich habe …" Ihre Lippen bewegten sich, es drang aber kein Ton heraus. Sie hielt die Waffe immer noch mit ausgestreckten Armen fest in den Händen. „Ich habe einen Menschen getötet. Erschossen."

Rafael machte einen Schritt auf sie zu, hielt aber inne, als sie die Waffe nun auf ihn richtete.

„Welch Ironie. Der einzige Mensch, den ich je geliebt habe, richtet eine Waffe auf mich."

Sie blinzelte die Tränen aus ihren Augen und spürte, wie das Gefühl langsam in ihre Hände zurückkehrte.

„Was habt ihr bloß für eine Welt erschaffen?", hauchte sie. „Was hast du aus mir gemacht? Sieh mich an, Rafael. Ich habe einem Menschen das Leben genommen. Das wäre nicht passiert, wenn ihr mich nicht in eure Welt hineingezogen hättet. Ramon wäre nicht gestorben, wenn ihr ..." In ihrer zitternden Stimme schwangen die bittere Erkenntnis und Verzweiflung.

„Du bist mit Anlauf in diese Welt reingesprungen. Alle haben dich gewarnt Jara, auch Ramon. Du wolltest nicht hören, du bist immer weiter gegangen, wolltest immer mehr wissen, die Wahrheit erfahren."

„Ihr habt mir keine andere Wahl gelassen. Jemand musste etwas unternehmen und die Wahrheit ans Licht bringen. Und dann …" Sie schloss kurz die Augen. Brauchte einen Bruchteil des Moments für sich. „Dann, irgendwo in diesem grünen, nicht enden wollenden Meer des Amazonas wurde ich verschleppt und bin in Machenschaften hineingeraten, die ich lange nicht verstanden habe, es wahrscheinlich nie verstehen werde." Sie musste kurz zu Atem kommen. „Ich bin müde, so unglaublich müde und kraftlos. Ich will mein Leben zurück, aber ich hätte nicht einfach so weitermachen können, mit dem Wissen, das hier Dinge passieren, die nicht geschehen dürften. Mit dem Wissen, das all das Leben hier zugrunde geht und ich nichts dagegen getan habe."

Rafael schnaubte und fuhr sich mit seiner Hand durch die Haare und über sein Gesicht.

„Was nützt sie dir nun, die Wahrheit?" Er breitete seine Hände aus und schaute um sich. „Was fängst du nun an mit dieser Welt, die gebrochen zu deinen Füßen liegt?"

Ihre Lippen bebten, blieben aber stumm.

„Die Wahrheit ist nicht schön oder leicht, nein, die Wahrheit tut weh. Die Wahrheit wird dir Ramon nicht zurückbringen, geschweige denn dein altes Leben. Selbst die Liebe wird das hier nicht ändern können."

„Wann ist das alles so außer Kontrolle geraten? Wo haben wir die Grenze überschritten? Wann war der Zeitpunkt, an dem wir hätten umkehren können, Rafael?"

„Für mich gab es diesen Zeitpunkt nicht, es war bereits zu spät, viele Jahre zu spät. Wenn wir ehrlich sind, gab es für mich diesen Zeitpunkt nie."

„Nein, es ist niemals zu spät. Wir können nicht mehr zurück, du hast Recht. Mein Leben, das ich vor einigen Monaten noch hatte, existiert nicht mehr, mag sein. Aber wir können immer noch das ändern, was vor uns liegt. Wir können diesen Wahnsinn stoppen und das Richtige tun. Zusammen."

Diesmal war es Rafael, der nichts sagte. Er blickte suchend in ihre Augen und seine Lippen formten sich zu einem sanften Lächeln. Sein Gesicht sah fahl aus, hatte keine Farbe mehr. Er verlor zu viel Blut.

Er wusste, es war der einzige Weg, er musste es tun. Einmal in seinem Leben das Richtige tun.

„Was? Was ist los Rafael?“

Er antwortete nicht, sah sie nur an.

„Du wirst immer weiter machen, nicht wahr?“

„Ja Jara, das werde ich.“

Erfolglos versuchte sie den Kloß in ihrem Hals zu schlucken. Kaum merklich schüttelte sie den Kopf.

„Tu es.“ Er ging auf sie zu.

„Nicht, bleib wo du bist.“

Er lief unbeirrt weiter Schritt für Schritt, bis seine Brust an den Lauf der Waffe stieß. „Drück endlich ab.“

Tränen liefen über ihre Wangen und spülten den Schmutz ab. Sie wollte die Waffe senken, doch er hielt sie fest an seine Brust gepresst.

„Du musst damit aufhören, Rafael. All das Leid und die Zerstörung. Bitte hör damit auf und …“

„Und was dann? Mein Leben wird mich immer und überall einholen.“ Er schloss seine Augen, atmete tief ein und sah wieder in ihr Tränen erfülltes, flehendes Gesicht. „Ich werde nicht ruhen, bis das letzte bisschen Gold aus dem verdammten Wald geholt wurde.“, schrie er sie nun an.

„Sei still!“, fauchte sie mit zitternder Stimme.

„Ich werde unaufhaltsam alles zerstören. Platt machen mit Maschinen oder in Brand stecken, ganz gleich, ich werde es tun.“

„Ich glaube dir nicht.“

„Du willst mir nicht glauben, … dass solltest du aber.“ Langsam hob er seine Hände, strich über ihre Wangen und wischte die Tränen ab.

„Hör auf, bitte.“

Seine Hände wanderten von ihren Schultern die Arme hinab bis zu ihren Händen, die krampfhaft die Waffe festhielten. Seine Hände umschlossen fest ihre.

„Drück ab.“, brülle er sie an.

„Nein.“

„Tu es endlich.“

„Ich kann nicht.“ Sie fühlte, wie sich ihr Innerstes vor Verzweiflung zusammenzog.

Nun war nur noch die Waffe zwischen ihnen. Sie legte ihre Stirn auf seine Brust, sein Herz raste, raste wie ihre Gedanken, ihre Gefühle. Vor ihr stand ein Monster, in das sie sich verliebt hatte und das sie aufforderte, es zu erschießen.

„Lass meine Hände los.“ Sie wollte sich aus seinem Griff befreien, wollte die Waffe, die gefährlich zwischen ihnen schwebte, fallen lassen.

„In diesem Leben haben wir keine Chance zusammen zu sein.“

„Was redest du da? Natürlich können wir das, du wirst wieder gesund.“

Sie spürte, wie sich seine Brust langsam hob und senkte, spürte seine Hände über ihr Haar streichen.

„Du machst mir Angst.“

„Die Wahrheit, Jara. Die Wahrheit lässt sich nicht ändern, nicht einmal du kannst sie ändern. Die Wahrheit tut weh und manchmal zerreißt sie dir das Herz.“

Er hob sanft ihr Kinn an. Zwang sie ihm in die dunklen Augen zu sehen. Als sie die Augen schloss, fühlte sie seine warmen Lippen und den stoßweise gehenden Atem. Fest und intensiv, mit so viel Gefühl und Liebe. Sie musste an ihre erste Begegnung im Club denken, an die Nacht, in der sie die Sterne zählten und an die Art, wie er sie immerzu ansah. Es war ein Kuss, der um Vergebung bat, Abschied nahm. Ein Moment, dem ein Ende drohte. Ein Moment, an dem das Glück zerfloss und das Herz klirrend zerbrach.

Ein Moment, in dem er ihre Hand zusammendrückte und den Schuss auslöste.

„Nein!“, schrie sie.

Sie wollte ihn halten, doch sie sanken gemeinsam auf den schlammigen Boden.

„Rafael, was hast du getan?“, hauchte sie.

„Du wirst leben. Du bist jetzt in Sicherheit.“

„Lass mich nicht allein. Bitte nicht.“

Rafael gurgelte.

„Du bist ein unglaublicher Mensch. Der wahrscheinlich sturste, der mir je begegnet ist. Dein Lächeln hat meine Welt verändert. Du leuchtest heller als die Sonne und die Sterne zusammen. Zeig der Welt diese einzigartige Natur, gib ihr eine Stimme. Obwohl mich der Wald immer umgeben hat, immer da war, habe ich diese Einzigartigkeit erst durch dich wirklich gesehen.“

Sie konnte nicht antworten, ihr Hals schnürrte sich zusammen, sie drohte zu ersticken.

Der einsetzende Regen vermischte sich mit dem Blut und lief ihr über die Finger. Ein Regen, der versuchte, all den Tod wegzuspülen.

„Versprich mir, dass du am Leben bleibst. Versprich es mir Jara." Sein Röcheln war flach. Das Blut in seinen Lungen ließ ihn langsam ersticken.

Sie nickte, holte Luft. Wendete ihren Blick kurz auf das brennende Ufer.

„Versprich es mir.", wiederholte er drängend.

„Ja. Ich verspreche es."

„Ich liebe dich, Jara." Er wusste, dass er das tat. Er wusste das er diese Frau mehr liebte als sein Leben, als er abdrückte und sich der Schuss löste. Er wusste, solange er lebte, wäre das Leben von ihr in Gefahr. Immer. Diese wunderbare Frau, die sein Leben in kürzester Zeit so viel besser machte, hatte es verdient, ein langes Leben in Sicherheit zu führen. Erst durch sie erfuhr er, was es hieß, jemanden wahrhaftig zu lieben, die Person über sich selbst zu stellen. Liebe war das Schönste und zugleich das schmerzhafteste Gefühl, dass er je erlebt hatte. Ihr gehörte sein Herz, für immer.

Sie fühlte, wie schwer sein Körper in ihren Armen wurde, wie langsam der letzte Atemzug aus seiner Lunge strömte. Sie sah in seine leeren Augen, strich ihm ein letztes Mal durch seine schwarzen Locken. Berührte ein letztes Mal sein Gesicht.

Schluchzend presste sie den toten Körper an sich. Drohte zu ersticken. Sie bebte, die Tränen tropften von ihren bebenden Lippen. Er war in ihren Armen gestorben.

Sie legte seine Hand auf ihren Bauch. Er sollte es spüren, sollte das Leben fühlen, das in ihr wuchs.

Sie konnte nicht sagen, wie lange sie so am Flussufer saß, bis sie schließlich seine Augen schloss und ihn ein letztes Mal betrachtete.

„Wir sind in Sicherheit. Wir werden Leben." Das war ihr letztes Versprechen, bevor sie die Liebe ihres Lebens dem Amazonas übergab.

Kapitel 91

Es regnete, als würde der Himmel weinen. Das Boot schoss über den Fluss. Die Wassertropfen spritzten Jara ins Gesicht. Sie starrte ins Leere, versuchte zu begreifen, was in den vergangenen Tagen geschehen war, versuchte den Schmerz in ihrer Brust auszuhalten, versuchte zu überleben.

Kurz schaute sie über ihre Schulter, sah den Wald hinter sich immer kleiner werden, immer weiter verschwinden, während das Boot den Fluss überquerte.

Lissandro saß mit schmerzverzerrtem Ausdruck im Boot und zog seine Cap tief ins Gesicht. Sie hatte ihn mit Hilfe von Yakari zurück zum Dorf gebracht, wo er notdürftig verbunden wurde. Niemand sonst hatte diesen Tag überlebt.

Nachdem die drei Manaus erreicht hatten, waren sie ein paar Tage bei Yakaris Tante untergekommen. Nur mit viel Überzeugungskraft hatte Jara Lissandro überreden können, in ein Krankenhaus zu gehen. Seine Schusswunden waren einfach zu tief, sie hatten nicht alle Kugeln herausbekommen und er hatte zu viel Blut verloren.

„Geht es dir besser?“, fragte Jara, als sie die Türe zum Krankenzimmer von Lissandro öffnete.

Er lag in einem Bett und sah aus dem Fenster, seine Schulter und sein Arm waren bandagiert. Sein zerzaustes Haar stand in alle Richtungen.

„Ja.“, er grinste schief.

Sie ging an sein Bett und setzte ihm sein Cap auf. „Du siehst schrecklich aus Lissandro.“ Sie versuchte sich an einem Lächeln, es gelang ihr aber nicht.

„Ich bin das blühende Leben."
„Bedenkt man, was passiert ist, stimmt das sogar."
„Ohne deine Hilfe hätte ich es nicht dort rausgeschafft. Danke." Er sah in ihre blauen Augen. Ihre Augen, die sonst immer zu leuchten schienen, waren matt und leer.
Sie schüttelte den Kopf.
„Bedanke dich nicht, nicht dafür."
„Du hast auf mich achtgegeben, obwohl er immer sagte, dass ich auf dich aufpassen soll. Er hat dich immer als seine zerbrechlichste Kostbarkeit gesehen. Zerbrechlich bist du eindeutig nicht. Du bist stark und hältst einiges aus. Er sagte immer, du machst die Welt zu einem besseren Ort und bringst den Glauben an die Menschlichkeit zurück."
„Lissandro, ich habe einen Menschen getötet, ich bin kein guter Mensch."
„Du hast einen Menschen erschossen, der für viel Leid verantwortlich war. Pedro hätte niemals aufgehört, nach Gold zu suchen. Du weißt, er hätte dafür alles in Kauf genommen und wäre auch über Leichen gegangen. Außerdem hast du aus Notwehr geschossen."
„Das macht es nicht besser."
Sie ging um das Krankenbett herum zum Fenster und blickte über die Dächer der Stadt. Die Hochhäuser verloren sich weiter hinten im Regenwald. Eine Stadt, die Mitten im Nirgendwo gewachsen war und die Wildnis stetig zurückdrängte.
„Jara. Rafael hat dich sehr geliebt."
Sie blickte weiter stur aus dem Fenster und blieb still. Versuchte den Kloß in ihrem Hals zu schlucken, der ihr das Atmen verwehrte. Lissandros Worte waren wie Stiche in ihr Herz. Würde dieses Gefühl je wieder verschwinden? Würde es besser, leichter werden mit der Zeit?
„Weißt du, Pedro hatte recht mit seinen Aussagen. Solange ich Rafael kannte, gab es nichts, was ihm wichtig war. Er hat Dinge getan … Wir haben Dinge getan… Zerstört und genommen, was wir brauchten. Nicht ein einziges Mal haben wir über die Auswirkungen unserer Taten nachgedacht. Wir haben es verdammt weit gebracht, zu weit vielleicht. Rafael hatte immer das richtige Gespür für das Geschäft, alles andere war ihm völlig egal. Und dann mit einem Mal ..." Lissandro schlug mit der flachen Hand auf die Laken, „bist du plötzlich aufgetaucht und wolltest alles zunichtemachen, was wir aufgebaut hatten, und anstatt dich aus dem Weg zu schaffen, wie wir es sonst auch taten, hat er sich in dich verliebt."

„Ja, und ...“ Sie räusperte sich und versuchte ihre Stimme wieder zu finden, „und jetzt ist er tot. Es hat ihm also nicht viel gebracht, die Liebe.“

„Ich glaube, es war das erste Mal, dass er sein Herz spürte.“

„Hör auf Lissandro, bitte.“, flüsterte sie schluchzend.

„An jedem Tag, an dem er gelebt hätte, wärst du deinem Tod einen Tag näher gewesen. Er hatte viel Macht und dadurch zu viele Feinde.“

„Ich sagte, du sollst aufhören.“ Sie wischte sich die Tränen ab.

„Deinen Tod hätte er nicht ertragen, er hat es für dich getan. Rafael wollte, dass du lebst, dass du in Sicherheit bist.“

Für einen Moment sagte niemand etwas. Der dumpfe Klang von Schritten und Stimmengewirr drang durch die Wände.

„Ich habe uns Tickets für einen Flug nach Rio besorgt. Morgen fliegen wir, ich hole dich ab. Der Arzt sagte, sie würden dich morgen entlassen.“ Sie drehte sich endlich vom Fenster weg und sah Lissandro an.

„In Ordnung, Prinzessin.“ Er versuchte sich an einem schwachen Lächeln.

Sie ging zur Tür und war bereits im Begriff das Zimmer zu verlassen, dann blieb sie stehen und sah nochmals zurück zu ihm. Wollte ihm sagen, was sie fühlte, wie ihr Herz Sekunde für Sekunde erneut zersprang. Wollte ihm den Schmerz beschreiben, brachte aber keinen Ton heraus.

„Er hat dich geliebt! Mehr als sein Leben.“

Sie nickte kaum merklich, schloss für einen Moment die Augen und ging.

Epilog

Ein paar Tage nachdem sie wieder in Rio eingetroffen waren, traf Jara sich mit einem alten Bekannten.

Sie schob Mijo den Umschlag langsam über den Tisch. In Rio brannte die Sonne erbarmungslos und verdrängte alle Schatten.

„Was ist das?“, fragte er misstrauisch. Nach ihrem Anruf war er sofort in das kleine Café gekommen, das er ihr damals gezeigt hatte. Damals war sie voller Zuversicht, der Rebell und der Trotz wohnten in ihren Augen, sie wollte Gerechtigkeit. Doch nun saß eine vollkommen fremde Frau vor ihm. Ihre Augen matt und traurig, sie war aufgewacht, ihre Seele gezeichnet, sie hatte in der vergangenen Zeit so vieles erlebt und überlebt.

Sie antwortete ihm nicht. Er öffnete den Umschlag und machte große Augen.

„Jara, das ist …“ Er blickte nochmals in den Umschlag. Es waren Verträge, Fotos und ein Datenträger darin.

„Die Nummer ist von einem Freund. Lissandro Costa. Er wird dir helfen, du kannst ihm dein Leben anvertrauen.“ Sie lehnte sich im Stuhl zurück und fuhr sich müde mit den Händen über ihr Gesicht.

„Das musst du wahrscheinlich sogar wirklich.“

„Der Lissandro Costa?“, fragte er ungläubig. Die letzte Begegnung mit diesen Leuten war nicht gut für ihn ausgegangen. „Bist du dir sicher, ich meine ...“

„Mijo, nun liegt es an dir. Sorge dafür, dass kein anderer Rafaels Platz einnehmen kann, dass niemand die dreckigen Geschäfte in den Wäldern weiterführen wird. Zwinge die Politik zu handeln. Lass die ganze Welt wissen, was hier vor sich geht. Gib ihnen keine Chance wegzusehen!“

„Was wirst du nun tun?“

„Vor einigen Tagen sagte mir ein Schamane, dass wir die Vergangenheit und die Zukunft sind, die Richtung, in die wir gehen und der Anfang. Wir sind im unendlichen Kreislauf des Lebens und bis wir sterben, leben wir. Also werde ich versuchen zu leben.“

Sie stand auf. Als Mijo sich endlich von dem Inhalt des Umschlages lösen konnte, sah er sie an. Unglaube lag in seinem Blick.

„Du bist schwanger?“

Sie presste ihre Lippen zusammen und sah in die Menschenmenge. Sie konnte ihm nicht in die Augen sehen, sie wollte nicht, dass er ihre Tränen sah. Unterbewusst streichelte sie ihren Bauch.

„Ja.“, flüsterte sie mit bebender Stimme. Mittlerweile konnte man einen kleinen Bauchansatz entdecken.

„Ich werde versuchen ein neues Leben aufzubauen. Eines Tages werden wir uns wieder begegnen. Pass auf dich auf, Mijo.“

Mit diesen Worten ging sie und er blickte ihr hinterher, bis die Menge sie verschluckte.

Danksagung

Ich freue uns wahnsinnig, dass du dich für dieses Buch entschieden hast. Dass du dieser Geschichte eine Chance gegeben hast, dich für eine kurze Zeit in eine andere Welt mitzunehmen. Ich hoffe sehr, der Ausflug hat dir gefallen.

Die Personen, Namen und Handlungen sind frei erfunden, was aber nicht erfunden ist, sind die Geschehnisse, die ich versucht habe, dir in diesem Buch etwas näher zu bringen.

Von den Bränden im Amazonas wissen wir alle.

Leider wird der Amazonas nicht nur durch Flammen und das Roden der Wälder bedroht. Die Suche nach Gold und die Flächennutzung für Viehzucht und Monokulturen, sie alle tragen zu der Zerstörung dieses einzigartige Ökosystem bei.

Der Regenwald muss geschützt werden, da er nicht nur einen unschätzbaren Artenreichtum besitzt und ein wichtiger Kohlenstoffspeicher ist, sondern auch, weil er dazu beiträgt unser Klima zu stabilisieren und somit für unseren Planeten eine entscheidende Schlüsselrolle spielt.

Deswegen hoffe ich, dass ich mit diesem Buch nicht ausschließlich eine Geschichte erzähle, sondern auch nochmals aufmerksam mache. Aufmerksam auf das was täglich um uns herum passiert, und doch nicht gesehen wird.

Können wir aber, obwohl wir den Rauch nicht riechen, die Flammen nicht sehen und das Krachen umfallender Bäume nicht hören, einen Bezug zu unserem Leben herstellen?

Wenn wir das alles wissen, wenn die ganze Welt von den Geschehnissen weiß, werden wir dann etwas unternehmen?

Letztendlich bestimmen wir selbst, was Erfolg hat und was nicht. Jede Entscheidung, die wir täglich treffen, wird den Unterschied machen.

Tu es für dich, deine Familie und Freunde. Tu es für die nächste Generation, ermögliche deinen Kindern oder den Kindern deiner Freunde oder Nachbarn die Welt zu entdecken, die auch du kennenlernen durftest. Mach irgendwas ganz egal was, aber fang an. Klappe dieses Buch zu, steh auf und starte jetzt!

Liebe Grüße, egal wo du gerade bist,

A. A. Ida May

Über die Autorin

Hinter A. A. Ida May steckt eine junge Frau, deren Augen pure Lebensenergie versprühen. Das Streben nach dem Leben, nach Schaffen von unvergesslichen Momenten und die Neugier, die Welt zu entdecken, haben sie von Kanada bis nach Feuerland und an die abgelegensten Orte dieser Welt gebracht. Die unzähligen und verschiedensten Eindrücke und Erlebnisse ihrer Reisen finden sich in ihren Geschichten wieder. Die Autorin lebt in einem kleinen Dorf im Süden Deutschlands und hat neben dem Reisen, eine Vorliebe für Musik, den Duft von Orangenblüten und Kaffee.

Mit ihrem Debütroman „Paradiesgrün" hat sie es geschafft, die atemberaubende Schönheit des Amazonas und das bunte Leben Rios einzufangen. Verpackt in einer knisternden Liebesgeschichte, macht sie auf die dort herrschenden Missstände und Verbrechen aufmerksam.

Printed in Poland
by Amazon Fulfillment
Poland Sp. z o.o., Wrocław

26863958R00222